KB178666

그해 5월 X

그해 5월 4

이병주

한길사

"아, 빈들에서 너를 만나면
그저 눈물이 가려
우린 무슨 말을 해야 옳으냐.
자유 그리고 민주주의
바로 너희들이 외치던 소리는
넓은 하늘가에 그대로 남아 있는데."

1964년 겨울

6월에 오기로 했던 사카키가 1964년이 저물어가는 12월 막바지에 이사마를 찾아왔다.

그가 6월에 오지 못한 이유는 그 후 보내온 편지를 통해 알고 있었다. 사카키의 아내가 그가 출발하려는 직전 급성폐렴으로 입원한 것이다.

공항으로 사카키를 마중나갈 때 이사마는 김선을 데리고 갔다.

"6월의 그날 김선 씨를 만나게 된 행운을 얻을 수 있었던 것은 그 사카키란 녀석 때문입니다. 그자가 그날 온다고 안 했으면 내가 공항에 나갈 까닭도 없었을 것이고, 그자가 그날 왔더라면 나와 김선 씨가 택시를 같이 탈 수 없었을 것이니 그자가 그날 온다고 했다가 오지 않은 것은 김선 씨와 나를 만나게 하기 위한 섭리의 작용입니다. 그 섭리를 존중하는 뜻으로서도 같이 가는 것이 어떻겠습니까?"

이사마가 이렇게 말했을 때 김선은,

"그 섭리에 대해선 내가 더욱 감사해야 하겠어요."

하고 즉석에서 동행을 승낙했던 것이다.

공항으로 가는 차 중에서, 그리고 공항에서 기다리는 동안 자연 사카키가 화제에 오를 수밖에 없었다.

이사마는 사카키에 관해 대강 이런 말을 했다.

"그는 전연 일본인답지 않으면서 그러나 일본인일 수밖에 없는 에스프리와 품격을 가진 사나이입니다……. 유머를 빼놓곤 말 한마디 못하는, 뻔뻔스럽다고 할까 수줍다고 할까, 그런 사람이지요.

지금 뭘 하고 사는진 모르지만 그의 편지엔 얼마간 갖고 있던 땅값이 엄청나게 치솟은 바람에 서둘지 않고도 그럭저럭 살 수 있다고 합니다.

중학 시절 폐병을 앓고 2, 3년 요양생활을 하는 바람에 나보다 2, 3세 위인데도 나와 대학 동기가 된 겁니다. 그는 곧잘 말했지요. 병역을 피하기 알맞을 정도로 폐병을 앓았다구요. 뢴트겐 사진을 찍어보면 동전 크기만한 공동이 폐에 나 있답니다. 그런데 그건 완전히 유착한 거라서 아무 일 없는데도 병역을 면제시켜버린 거죠. 박학의 대가라고 자부하고·있었죠.

그의 말을 빌리면 독파만권讀破萬卷에 불성일장不成一章이라나요.

그러나 내가 보기엔 그는 마음만 먹으면 출중한 문명비평가가 될 자질이 있는 사람입니다…….

민족적 차별? 그는 차별이 뭣인지도 모르는 인간이지요. 차별할 만한 상식이 전연 결여되어 있는 사람입니다. 지식은 풍부한데 상식은 빈곤하죠. 하여간 묘한 인간입니다.

20수 년 만에 만나는 것이니 어떻게 변해 있을지 모르지요. 군자는 삼일불견三日不見이면 괄목이상대括目而相對라고 했으니…… 김선 씨도 한번 관찰해보십시오.

치바라고 하는 시골에서 자란 사람이 돼놔서 촌놈 냄새도 없지 않았는데 지금은 어떤는지……."

꼬박 한 시간 이상을 기다리는 동안이었으니 이밖에도 꽤 많은 설명을 했다.

"기다려볼 만한 사람이군요."

김선의 이 말은 이사마의 상세한 설명에 대한 공치사만은 아닐 것이었다.

큼직한 트렁크 세 개, 거기다 공항 매점에서 산 술이며 담배가 든 꾸러미를 곁들어 밀차에 싣고 밀고 나오던 사카키는 이사마 앞에 서자 재회의 인사도 없이,

"한국 세관은 세계 제일이다."

하고 웃었다.

"무엇이 세계 제일인가."

"까다롭기가. 사루마타(팬티)까지 펴들고 털어보는 덴 질렸다. 한국인은 모두 애국자라고 들었는데 사실 그대로란 걸 실감했다. 세관원이 손님의 사루마타까지 들추는 것도 애국적 충정이 시킨 사명감 때문이 아니겠는가."

이렇게 한바탕하고 나서야 사카키는,

"이게 얼마 만이냐."

며 이사마의 손을 잡았다.

"잘 왔어, 반갑다."

이사마도 감회를 섞어 말했다.

그리고 옆에 서 있는 김선을 소개했다.

"자네 마누라인가?"

사카키의 일본말을 김선이 알아듣지 못한 것이 다행이었다.

"아니다. 단순한 친구다."

하고 서로의 이름을 알렸다.

"이 선생을 통해 말씀 많이 들었습니다. 환영합니다."

김선이 한국말로 인사했다. 이사마가 통역했다.

사카키는,

"만나뵙게 돼서 반갑습니다."

해놓고,

"나는 두 번째 놀랐다."

고 했다.

"뭐가 두 번짼가?"

"세관이 까다로운 데 놀랐는데 세관에서 나오자마자 절세의 미인을
만났으니 안 놀랄 수 있어."

거북한 느낌이었지만 김선에게 그대로 통역했다.

"유머 없인 말하지 않는 사람이라고 들었더니 과연 그렇군요."

김선이 부드럽게 받았다.

"시골놈이 돼서 감동을 숨길 수가 없습니다."

하고 사카키가 수줍게 웃었다.

바깥으로 나와 택시를 잡았으나 사카키의 짐을 감당하지 못했다.

어떻게 해야 할까 하고 당혹하고 있는데 사카키가,

"택시를 두 대 부르면 될 게 아닌가. 택시 하나엔 짐만 싣고 따라오라
면 될 게 아닌가."

하며 대기하고 있는 택시에 손짓을 했다.

"짐 실은 차엔 제가 타지요."

하고 김선이 이 편의 대답을 듣지도 않고 그 차에 타버렸다.

숙소는 이사마가 서린여관에 미리 예약을 해두었다. 달리는 택시 속
에서 이사마가 먼저 말을 꺼냈다.

"요즘 무엇 하고 사는가."

"동생이 보일러 공장을 하고 있지. 그 회사의 취체역 회장을 하고 있다."

"자네가 사업가가 되다니 놀랄 일이군."

"사업가? 웃기지 말게. 나는 동생의 등에 업혀 산다. 내 동생은 가미가제 특공대 출신인데 패전이 8월 15일이 아니고 8월 16일만 되었더라도 죽었을 놈이야. 사업도 특공대식으로 하니까 일익번창이야. '사카키 보일러'라고 하면 일본에선 꽤 유명하다."

"그래 회사에서 넌 무엇을 하나."

"놀고먹는다니까. 민망해서 주식 배당이나 받아서 살려니까 동생 녀석이 그건 안 된다는 거야. 꼭 회장 노릇을 내가 해야 한다나? 그놈은 괴짜야. 내가 회사에서 무엇을 하는지 말해줄까?"

"얘기해보게."

"일본 국내 같으면 비밀이지만 여기는 조선, 아 실수, 한국이니까 괜찮겠지."

하고 사카키가 한 얘기는,

"동생 녀석이 내게 맡긴 과업은 사장인 자기를 중역이나 사원들이 보는 앞에서 한 달에 한 번꼴로 호되게 야단을 치라는 것이다. 예컨대 네가 사원들에게 대하는 태도가 돼먹지 않았다, 민주적이 아니다, 너, 그 특공대 기질을 버려야 한다는 등등으로 자기를 몰아세우라는 거야. 그리고 반년에 한 번꼴로 사원들 월급 올려주라고 야단을 치라는 거고. 보너스 계절이 되면 자기가 책정한 액수에 적어도 50퍼센트는 더 보태 주도록 내가 호령하라는 거야. 내가 하는 과업이 또 있지. 동생 녀석이 어떤 사원을 파면이나 감봉 처분을 했을 땐 그 사원의 편에 서서 싸워

달라는 거야. 그러고서 그 처분을 끝내 취소하도록 하라는 거지."

"자기 형을 성인군자 만들려고 자네 동생이 세밀한 시나리오를 장만했구먼."

"바로 그거다. 그런데 그것만은 아냐. 동생은 자기의 단점을 잘 알고 있어. 만사를 특공대식으로 안 하면 직성이 풀리지 않는 성격이거든. 조금만 비위가 상해도 주먹이 올라가. 골마루에 종잇조각 하나라도 떨어져 있으면 소제부 전원을 불러 들들 볶으니까. 한데 그래 갖고 인화가 안 될 것 아닌가. 회사를 운영할 수 없을 것 아닌가. 그 단짐을 날더러 메꾸어달라는 거지. 동생놈, 즉 사장 미워서 이 회사에 있기 싫지만 형놈, 즉 회장 때문에 떠날 수가 없다, 이렇게 되도록 말야. 게다가 동생놈은 인색하기가 구두쇠 같애. 자기 재량으로선 월급 한 푼 올려줄 수 없고 2백 퍼센트, 3백 퍼센트의 보너스를 줄 수 없는 거라. 결정적인 압력을 받고서야 만부득이 내는 그런 놈이거든. 동생이 사무실이나 공장에 들어서면 모두들 경련을 일으킬 정도로 긴장해버려. 숨도 크게 못쉬지. 그러니 춘추로 회사 간부 또는 사원 일동을 데리고 야유회 같은 걸 하는데 그런 '부레이코'無禮講 자리에서도 동생놈만 섞이면 얼어붙어버려. 그러니까 그놈은 자리엔 절대로 나가지 않아. 그 빈자리를 내가 메꾸는 거지."

"듣고 보니 자네의 동생은 괴짜가 아니고 대인물大人物일지 모르겠군."

"대인물? 천만에, 철저하게 소인물이다."

"아냐, 회사를 운영하기 위해 그런 시나리오를 짠다는 건."

"할 수 없이 꾸민 시나리오지 별게 아니다."

"일부러 단점을 만들고 있는 것 아닌가? 자네 동생은."

"천만에. 어릴 때부터 그런 성격이었으니까."

"그렇더라도 그걸 자기의 단점으로 자각하고, 자네의 그 루스한 성격을 이용해서 보완한다는 건 대단한 일 아닌가."

"요컨대 괴짜야, 괴짜."

"그런 괴짜가 형한텐 잘하는 모양이로구나."

"그놈에겐 나름대로의 철학이 있어. 내 말엔 절대복종인데 사실을 따져보면 내게 대한 복종이 아니고 자기의 철학에 대한 복종이야. 그놈이 특공대를 지원한 것은 첫째 천황을 위해서고 둘쨀 부모님과 단 하나 있는 형이 편안한 나라에서 살도록 한다는 데 있었는데 전쟁이 끝나고보니 천황의 권위는 간 곳이 없고 부모님은 죽고, 자기가 위해야 할 유일한 존재로서 형, 즉 나만 남은 거야. 그놈은 뭔가 위하는 게 없고는 살아갈 수 없는 묘한 심정을 가지고 있는 놈야. 내가 잠깐, 잠깐도 아니지, 바람을 피웠더니 마누라가 동생에게 가서 호소를 한 거라. 야무지게 나를 견제해달라구. 그랬더니 동생놈 하는 소리가 이랬다더군. '형님은 내게 천황폐하와 같은 사람이오. 내 마음에 들지 않는 행동을 한다고 해서 감히 천황폐하에게 무슨 말을 할 수 있다는 거요. 그런 일로 형님을 괴롭히기만 하면 나는 형수를 가만두지 않을 거요.' 어때 근사하지?"

"자넨 좋겠다. 그런 동생을 가지고 있으니."

"말 말게. 내겐 지겨운 부담이다. 보통 형제처럼 지내보고 싶네."

"자네부터가 보통이 아닌 사람인데 어떻게 보통 형제처럼 될 수가 있나."

"내가 보통이 아니면 보통 이하란 말인가?"

"이상인지 이하인진 모르지만 하여간 넌 보통은 아니다."

"먼 한국까지 와서 따끔한 소리 듣는구나."

"아이는 몇이지?"

"아들만 둘이다."

"편리하게 낳았군."

"며느리는 한국 처녀로 할까 싶다."

"네 마음대로 되겠어?"

"마음대로 될 수 있으면 그렇다는 거다. 자네 아이들은?"

"1남 1녀."

"그야말로 리즈너블하게 낳았군."

"리즈너블 갖고 아이를 만드나?"

"그랬던가?"

"조카는 몇이나 되나."

"동생놈 아이 말인가? 그놈은 결혼을 안 했어."

"나이가 몇인데."

"벌써 40은 넘었지."

"그런데도 결혼을 안 했어?"

"도통 결혼할 의사가 없는 놈야."

"서머싯몸주의인가?"

"그런 서구적인 얘기가 아니다. 특공대의 선후배가 평생 여자 맛을 모르고 죽었는데 어쩌다가 살아남았다고 해서 여자를 데리고 살 수 있느냐, 이거다. 고무사적古武士的인 얘기지."

"진짜로 괴짜군."

"진짜로 괴짜다."

택시가 제2한강교를 통과했다.

기우는 겨울의 햇빛이 북한산 언저리에 남아 있었다. 그 근처에 시선을 보내며 사카키가 중얼거렸다.

"산이 아름답군, 올라보고 싶은 산이야."

"올라보고 싶은가? 그럼 내일에라도 올라보자."

"그러자. 산을 보니까 동생놈 생각이 나는군. 그놈은 무척 산을 좋아
해. 그 바쁜 회사 일 틈틈으로 산에 가거든. 동경에선 산이 멀어. 이렇게
가까이 산이 있다면 그놈은 매일 산에 가 있을 거야."

"넌 무척 네 동생을 사랑하고 있구나."

"사랑? 나는 그놈이 불쌍할 뿐이다."

"불쌍하다니?"

"불구화된 생활을 하고 있는 놈이 불쌍하지 않은가."

이사마는 잠잠해버릴 수밖에 없었다.

택시가 연희동 로터리를 돌고 있을 때였다. 사카키는 돌연 생각이
난 듯,

"참, 그놈은 너희 나라 다카키 대위를 무척이나 좋아한다."

다카키 대위란 박정희 대통령의 일제 때 이름이다. 뜻밖의 말이어서
이사마는 얼떨떨했다. 까닭을 묻지도 않았는데 사카키가 말을 보탰다.

"그건 그것대로 또 하나의 스토리다."

서린여관이 사카키는 마음에 썩 든 모양이었다. 넓직한 방의 탱자빛
장판 위를 걸어보고 대청에 나가서 마룻바닥을 밟아보았다가 다시 기
둥마다에 걸린 액자 글귀를 읽어보았다가는 방으로 돌아와 보료 위에
앉아 팔걸이에 팔을 걸고는 말문을 열었다.

"비로소 조선에 온 기분이 난다. 역시 이 군은 다르군. 나는 자네가
도쿄 제국호텔의 종제뻘쯤 되는 호텔 방에 나를 밀어넣지 않을까 했었

는데."

하고 고마워했다.

"이 여관은 내가 부산 신문사에 있을 때 서울에 오면 들었던 단골여관이다. 각별한 배려가 있어서 이 여관을 택한 건 아니다."

사실을 말하면 이사마는 조선호텔이나 반도호텔의 방을 예약할까 했었는데 왠지 쑥스러운 생각이 들어 서린여관을 선택한 것이다.

한 가지 흠이 있다면 그건 욕실이 시원찮은 점이었다. 그러나 그 대신 서린탕이란 대중탕이 이웃하고 있어 여관에서 수월하게 드나들 수 있기 때문에 그다지 불편하진 않았다.

김선은 나중에 북창동 '라 세느'에서 만나기로 하고 돌아갔다.

"내가 세 번째 놀란 이야기를 해줄까?"

하고 장난스런 표정을 지었다.

"해보렴."

"정부에서 박해를 받고 있는 사나이가 김선 씨와 같은 미인을 걸프렌드로 하고 있다는 사실에 놀란 거다."

"나는 지금 박해를 받고 있진 않다."

"아무튼 대단한 여자를 친구로 사귀고 있는 게 아닌가 무슨 내력이 있는 여자 같은데 어떻게 된 건가."

사카키는 김선에게 흥미를 느낀 모양으로 꼬치꼬치 파고 물으려 들었다. 이사마는 우선 김선과 알게 된 동기를 말했더니 사카키는,

"그러고 보니 내가 큐피드의 역할을 한 셈이로구나."

하고 깔깔대며 웃었다.

"큐피드가 등장하면 살큼이라도 에로티시즘이 있어야 하는 건데 그런 게 전연 없는 사이다, 우리의 사이는."

"이건 네 번째 놀라야 할 사건이군. 그런 절세의 미녀를 관상목 취급을 하다니. 남편 있는 여자는 아니지?"

"그런 것 같애."

"그런 것 같다니."

"사실은 나도 김선 씨의 정체를 잘 몰라."

"이건 다섯 번째 놀랄 일이다. 정체를 잘 모르는 여자를 데리고 공항까지 친구 마중을 나와?"

"그 이유는 아까 얘기하지 않았나."

"똑바로 말해봐. 자네와 그 여자와의 사이가 정 그렇고, 앞으로 그 이상 진전될 가망이 없는 건가?"

"그렇다. 그런데 왜 자네는 그렇게 다급하게 구는가. 자네가 어떻게 해볼 참인가?"

"예끼 이 사람. 난 절세의 미녀에게 미칠 정도로 덜 영리한 놈이 아니다. 만일 그 여자가 독신이고, 현재 애인이 없는 상황이라면 꼭 소개해주고 싶은 사람이 있다."

"누군데."

"내 동생이다."

"자네 동생은 결혼하지 않겠다는 사람이라며?"

"그러니까 상대가 김선 씨쯤 되는 여자를 눈앞에 갖다놓고 싶은 거라. 그래도 마음이 동하지 않는가 시험을 해볼 겸."

어느 정도로 믿어야 할 말인지 몰랐지만 막상 농담만은 아닌 것 같아서 이사마는 그저 애매하게 웃고 있는데,

"일본인이라고 해서 김선 씨가 싫어할까?"

하고 사카키는 진지한 표정이었다.

"글쎄."

"내 동생은 잘생겼어. 체격도 좋구. 나와 비교해서 상상하면 큰 잘못이야."

"자네가 어때서."

"내 동생이 달이면 나는 자라야, 자라."

이건 일본 사람 사이에만 통용되는 말이다. 전연 비교가 안 될 만큼 우열이 심한 것을 말할 때 일본인은 '달月과 자라'라는 표현을 즐겨 쓴다.

"자네 동생이 달이건 별이건 내 입으로 그런 제안을 김신 씨에게 할수는 없다."

사카키는 이사마의 진의를 타진해보려는 듯,

"자네의 애인이라고 하면, 현재는 아니라도 앞으로 그렇게 될 가망, 또는 희망이 있는 것이라면 내가 이런 생각을 해볼 필요조차 없다. 내 제안은 그렇지 않은 경우를 상정하고 하는 것이니까 솔직하게 말해달라." 고 했다.

"자넨 성미가 급하군. 우리가 만난 지 두 시간밖엔 안 됐고, 자네가 김선 씨를 본 것은 처음이고 짧은 시간인데, 어쩌자고 성급하게 덤비는가." 하고 이사마가 쓴웃음을 지었다.

"옳다고 싶거든, 또 좋다고 싶거든 서둘라는 말이 있잖나. 요는 자네의 김선 씨에 대한 감정이다. 그것만 석연할 수 있다면 나의 동생을 이곳으로 부르겠다. 불러와서 김선 씨를 소개하는 거다. 만일 내 동생이 김선 씨를 보고 마음을 움직인다면 얼마간 교제를 시켜보고 그때 김선 씨의 의중을 묻는 거라. 김선 씨가 '노'라고 하면 드라마는 거기서 끝나는 거구."

"아무튼 성급하지 않나, 자넨 좀더 시간을 두고 김선 씨를 관찰하고 나서 서로 의논해도 될 건데 왜 그처럼 서두르나."

"왠지 육감이 있어. 내 동생놈이 김선 씨를 보면 반드시 감응이 있을 것 같애. 일본 여성이 아니라는 사실 때문에 심경에 변화를 일으킬지도 모르구. 나는 동생이 불쌍해서 견딜 수가 없어. 그 일본의 고무사적인 사고방식에서 해방시켜주고 싶어. 그놈은 지금 주술에 걸려 있는 놈야. 내가 김선 씨를 보자마자 느낀 충격을 차차 검토해보니 이런 여자일 것 같으면 내 동생을 주술에서 풀어낼 수 있지 않을까 하는 생각이 바탕에 있었던 거였어. 어때 이 군, 사전에 김선 씨에게 그런 말을 할 필요가 없지 않나. 동생이 서울에 오면 자리를 같이할 수 있도록만 해주면 돼. 단 한 가지 조건만은 따져둬야겠지. 어떤 경우에도 일본인은 상대하지 않겠다는 배일의식이 철저하다면 곤란하니까."

"자네 동생에겐 배타의식이 없는가."

"있겠지. 그러나 자네 나라 박정희 대통령을 절대적으로 존경하고 있는 처지니까 한국인은 상대 않겠다는 의식은 없을 거라고 판단할 수 있어."

"자넨 한국에 며칠쯤 머물 예정으로 있는가."

"2주일, 내키면 더 연장할 수도 있을 게고."

"그럼 그동안에 생각해보기로 하고 목욕이나 하러 가자."

며 이사마는 일단 그 화제에서 벗어났다.

사카키가 들고 들어온 세 개의 짐꾸러미 가운데 두 개는 전부 책이었다.

이사마가 사카키에게 편지로 부탁한 것은 솔제니친에 관해 일본에서 출판된 책과 외국에서 일본에 들어와 있는 솔제니친의 작품, 또 작가 자신에 관한 책이었는데 사카키는 솔제니친에 관한 것만이 아니라 소련의 반체제 작가들의 작품으로서 일본에서 출판된 책은 거의 다 사 가지고 온 것이다.

"이걸 모으는 데만 꼬박 한 달이 걸렸다. 일단 사 모으기 시작하니 자꾸 욕심이 나는 걸 어떻게 해."

하며 사카키는 부탁도 하지 않은 책까지 사 가지고 온 것이 미안하다는 투로 변명을 했다.

"책의 세관 통과는 특히 어렵다고 들었는데 이 많은 책을 자넨 용케도 들고 들어왔군."

사실 이사마가 이렇게 감탄할 만했다. 조금이라도 이상스럽다고 생각되는 책, 특히 소련 관계의 책은 거의 절대적이라고 할 만큼 세관 통과가 어려운 일이었던 것이다.

"다 하는 수가 있지."

사카키가 싱글벙글했다.

러시아인이란 이유로 톨스토이의 책까지 압수하고 짐멜의 『사회학』이 '사회'라는 글자 때문에 압수되기도 한 세관 사정이고 보면,

"다 하는 수가 있지."

란 사카키의 말을 범연히 흘려들을 수가 없었다.

"무슨 수를 썼는가?"

"실토를 한다면 동생놈 덕택이다."

하고 사카키는, 한국으로 책을 운반해야 하겠는데 일본 서적의 한국 반입은 지극히 곤란하다고 하니 어떻게 해야겠느냐고 동생에게 의논을 했더니 동생이 무슨 수를 썼는지 그 두 꾸러미의 책만은 내용을 살피지도 않은 채 무사히 통관되었다고 했다.

"그랬는데 세관이 까다롭다는 건 무슨 소린가?"

"구체적으로 말하면 이렇게 됐어. 하네다에서 탑승 수속을 하고 있노라니까 어떤 청년이 내 곁에 와서 사카키냐고 묻는 거다. 그렇다고 했지. 책이 든 짐이 어디 있느냐고 하기에 두 꾸러미를 가리켰지. 빨간 표 같은 걸 붙여주곤 가버리더군. 인사성이란 조금도 없는 녀석이었어. 김포에 도착해서 짐을 회전대에서 끌어내고 있으니까 하네다에서 만난 그 청년이 불쑥 나타나는 게 아닌가. 그는 아무 말 않고 그 두 개의 책꾸러미를 밀차에 얹고 가면서 나머지 한 개의 짐을 가리키며 5번대로 가라는 거야. 5번대에 가니 가방 속을 샅샅이 뒤지는 게 아닌가. 선물용으로 가지고 온 노리갯감 같은 것은 포장을 일일이 찢고, 속내의까지 들춰내는 거라. 그 엄밀 철저한 수색을 받고 그곳을 지나서 나오니 바로 내 눈 앞에 책꾸러미를 실어놓은 밀차가 있더라 이 말이야. 007 영화의 등장인물이 된 것 같은 기분이던데."

"말하자면 자넨 일부분 VIP 취급을 받은 거로군."

"내가 받은 게 아니고 내 동생이 VIP 취급을 받은 거지."

"자네 동생은 한국 정부와 무슨 관계가 있는 거로구나."

"속속들인 몰라. 그가 '다카키 대위를 지키는 모임'의 회원인 것만은 확실해."

"그런 모임이 있나?"

"일종의 극비조직인데 그런 게 있는 모양이더라"

"회원은 어떤 사람들인데."

"다카키 대위의 일본 사관학교 동기생 가운데 한 사람이 중심인물인데 그 뜻을 알고 지원한 사람들로 구성한 것 아닐까?"

"회원은 많은가?"

"잘은 모르지만 그렇게 많진 않은 모양이더라. 특공대 출신이 대부분이란 얘기였어."

"특공대 출신들이 회원이란 게 이상하구나."

"그 모임의 중심인물인 유가와 고헤이란 자가 다카키 씨와는 일본 육사 동기인데 내 동생을 비롯한 특공대원들의 교관이었대. 그 교관의 영향을 받은 거지."

"기특한 사람들이군."

"일본 사회에선 걸핏하면 '누구를 지키는 모임'이니 '누구를 돕는 모임'이니 하는 걸 잘 만든다. 센티멘털리즘이라고나 할까, 섹트주의라고나 할까, 얄팍한 책략주의라고나 할까, 그런 거야. 그런 걸 모으는 중심인물은 어떤 책략을 가지고 섹트를 만들어 회원들의 센티멘털리즘을 자극해서 이용하는 거지."

"그렇더라도 일본에서 그런 모임이 성립될 수 있다는 게 대단한 것 아닌가."

"다카키 씨, 아니 박정희 씨가 대단하다는 얘기로 되는 거지."

"아무튼 대단해. 그런데 무슨 골자가 있을 것 아닌가. 박정희 씨가 대단하다는 것만 가지곤 그런 모임이 성립될 까닭이 없지 않은가."

"유가와의 말에 의하면 다카키 씨는 일본 최후의 무인이란 거야. 패전과 더불어 국내에선 무인이 전멸했는데 무인다운 무인이 한국에 존재한다는 거지. 그런 만큼 일본인으로 봐선 귀중하기 짝이 없는 존재인데 어찌 우리가 가만있을 수 있느냐, 하는 것이 그 모임을 발기한 취지라나? 내 동생놈은 유가와의 말이라면서 다카키 씨는 일본 육사가 배출한 두 위인 가운데 하나라고 하더라."

"거창하게 나왔구나. 또 하나의 위인은 누군데."

"장개석."

"그럴듯하군."

"그들의 사고방식으로선 그렇게도 생각할 수 있는 거야. 일본 육사 나온 사람 가운데 정권을 잡은 사람은 장개석과 박정희, 단 두 사람이 아닌가."

이사마는 뭐라고 할 수가 없어서 피식 웃었다.

"웃을 일이 아니야. 내 말을 좀더 들어봐. 그들은 조선반도의 반을 찾은 거나 마찬가지라고 생각하고 있어. 그들이 다카키 씨를 좋아하는 것까진 무난한데 거기서 비롯된 사고방식의 방향이 문제인 거라. 그래서 동생에게 그 문제점을 지적해주고 싶었지만 한창 들떠 있는 모양이라서 당분간 잠자코 있을 작정이지."

"사고방식의 방향이 뭔데?"

"한국의 시장을 석권하겠다는 거지. 요컨대 한국의 경제를 자기들 마음대로 할 수 있다고 생각하고 있는 거라. 경제권만 장악하면 실리를 차지하는 셈 아닌가."

"그렇게 간단하게는 안 될걸."

"그렇게 되어서도 안 되지."

"결국은 그 다카키를 지키는 모임인가 뭔가가 한국을 경제적으로 잡아먹겠다는 발판이구면."

"센티멘털한 요소가 없는 것이 아니니까 그렇게 말해버릴 순 없지만 중심인물, 즉 유가와의 흉중엔 그런 계산이 없지 않을 것이다."

"그건 그렇고 다카키를 지킨다는 말이 뭔가. 박정희 대통령을 돕는 모임이라고 해도 될 텐데."

"그래버리면 너무 노골적으로 되지 않는가. 그들로선 어디까지나 비밀로 하자는 모임일 것이니까. 만일 박정희 운운하면 한국 내 반대파의 반발을 유발할지도 모르구. 다카키쯤으로 해두는 게 마음에 맞기도 한 모양이구."

"별반 기분 좋은 얘기는 아니다."

"그럴 테지. 그런 만큼 한국인이 경각심을 높여야 한다. 만일 국책으로 엄중한 브레이크를 걸지 않으면 한국은 10년 이내에 결정적인 경제 침략의 피해를 입을지도 몰라. 일본에선 벌써 한국에 보세가공 지역을 설정할 움직임을 보이고 있더라.

한국의 저임금을 노려 노동력을 이용하고 상품까지 한국에 팔아먹을 작정이거든. 경제협력이니 합판회사니 하는 것을 만들어갖고 결국은 기계류를 팔아먹자는 거고, 드디어는 일본 경제에 의존하는 종속체제를 만들어버릴 모양인데 그렇게 되고 나선 울며 겨자라도 먹어야 하는 거여. 사전에 조심해야지."

"사전에 조심하라구? 누가 조심해야 하는가, 국민이?"

"그것까지야 내가 알 바 아니다. 한국은 일본 이케다池田의 고도성장 정책을 배울 요량으로 있는가 본데, 일본과 한국은 비슷하면서도 사정이 같질 않다. 일본엔 그런대로 메이지유신 이래 축적된 기술의 바탕이란 게 있어. 원자재가 없어서 그렇지 일본은 제2차 세계대전 중에 세계 최고의 전함을 만들 수가 있었고, 미국의 전투기보다 우수한 '제로센' 전투기를 만든 나라다. 라디오나 선풍기에 있어서도 미국의 웨스팅하우스에 못지않았다. 그런 기술적인 바탕이 있었으니 고도성장정책이 성공할 수도 있었다. 그런데 내가 알아본 바에 의하면 한국엔 기술적 전통이란 것이 불모 상태나 다름없더라. 이런 바탕 위에 공업화를 통한 고도성장을 추구하려면 하나부터 열까지 일본이나 미국의 기술에 의존해야 된다. 기술원조가 공짜로 되나? 기술과 더불어 원자재며 기계

26

를 사들여야 된다. 그렇게 해서 제법 장사가 된다 싶을 때 보면 엄청난 빚을 지고, 그 빚더미 아래서 선진국과 본격적인 경쟁을 해야 하는 처지에 몰린다. 그렇게 되면 선진국의 기술원조가 인색해질 뿐 아니라 가장 요긴한 기술을 감추어두고 애를 먹인다. 후진국은 바로 그 기술을 개발하기 위해 엄청난 돈을 쓰게 되어 그것이 또한 부담이 된다. 한마디로 말해 일본이 한국의 경제를 돕는다고 하지만 이 돕는 방식 자체가 자기들의 사업에 유리하도록 배려되어 있고, 그 이상의 범위를 넘어서지 않는다. 결국 경제적인 소국이 되는 게 고작이다. 일본은 그걸 노리고 있다."

"우리나라에도 유능한 경제학자와 경제정책 전문가가 많을 텐데 그런 것 모르고 시작하겠나?"

"아니다. 학자 바보, 전문가 바보라는 말이 있다. 그들은 긴 안목을 가지지 못하고 사리의 미묘한 점을 모른다. 이건 내 동생 말이지만 한국의 정치가 또는 고관은 일본의 정치가와 고관들관 본질적으로 다르더라고 하더군. 한마디로 말해 한국의 정치가는 순진의 도가 지나쳐 경박하더란 것이다."

"구체적으로 말해보게나."

"일본의 정치가는 여당이나 야당이나 일단 국익에 관한 문제를 앞에 두면 상대가 외국인일 경우 극도로 신중하다. 거의 침묵 상태로서 상대방의 말만을 듣고, 상대방에겐 국민이면 누구나 할 수 있는 큰 희망만을 겸손하게 토로할 뿐이다. 그런데 한국의 정치가는 요정에서 일본의 정치가나 실업인을 만나기만 하면 기고만장해 일본을 잘 아는 척 떠들고, 나라의 운명을 자기 혼자 짊어지고 있는 듯해 갖곤 이편에서 좋은 말을 하기만 하면 당장 그 자리에서 '좋소, 해봅시다.' 하는 식으로 승낙하더란 것이다. 그래서 동생놈 하는 소리가 박정희 대통령은 훌륭한데 그 밑에 있는 자들은 거의 전부가 그렇지 못한 것 같더라고 했다. 뿐만 아니라 한국의 정치가가 일본에 오면 돈을 물 쓰듯 한다는구면. 인도네시아의 수카르노도 돈 씀씀이가 굉장하게 호탕했다고 하는데 그건 일본 상사가 갖다 바친 돈을 쓴 것이지만 한국의 상당한 유력자로 불리는 사람은 수카르노 이상으로 돈을 쓰더라고 하니 도대체 어떻게 된 얘긴가. 과연 그들이 한일 간의 경제협정의 조문 하나하나를 어떻게 검토하고 어떻게 풀이하고 어떻게 소화하고 있는지. 무슨 까닭으로 그처럼 다급하게 한일협정을 서둘렀는지. 한일 간의 국교 정상화는 당연하지만 정상화하겠다는 대원칙만 서면 정상화된 거나 다름없지 않은가. 그런 상황 속에서 긴 안목으로 심사숙고해 되도록이면 한국 측에 유리하도록 일본의 양보를 촉구하는 태도로 나갔어야 옳았다. 일본에 있어선 5억 달러라는 돈은 아무것도 아니다. 그러나 한국에 있어선 1억 달러도 대단한 돈이다. 그걸 10억 달러쯤 받아내도록 끈질긴 교섭을 왜 할 수 없었느냐 말이다. 명분은 얼마라도 있고 이유도 얼마든지 있을 텐데 말이다. 계엄령 같은 것 선포하지 말고 학생들의 반일 데모가 두 배 세 배 격화되도록 방치해두었다가 그걸 역으로 이용할 수도 있지 않았겠는가."

"듣고 보니 자넨 한국 편이구나."

"나는 한국 편도 아니고 일본 편도 아니다. 동양의 평화를 원할 뿐이다. 그렇게 말하면 크게 나오는구나 싶겠지만 그것도 아니다. 한국이 잘못되면 그만큼 동양의 정세가 불안해지는 거고, 따라서 내 생활이 불안해진다. 요컨대 나 자신을 위해 하는 소리다."

"자네가 평론가가 되어 언론계를 지도했더라면 좋았을걸!"

"내가 평론가가 되었더라면 본의 아니게 반한파가 되었을지 모르지. 왜 한국 정부가 단돈 5억 달러로써 한일협정을 서둘렀느냐 하는 문제만 파고들어도 반한파의 레테르가 붙었을 테니까. 그러나 나는 말을 이렇게 해도 반한파 되긴 싫거든."

사카키는 동경이라고 하는 관측 장소에서 관찰한 한국의 동향에 대해 날카로운 비판을 섞어 많은 이야기를 했다. 심지어 한글 전용 문제에까지 얘기가 미쳤다.

"자네 한국에 관한 연구가 보통이 아니군."

하고 이사마가 감탄할 정도였다.

"이 군이 혁명재판에 걸렸다는 소식을 듣고부터 나는 한국에 관한 관심을 가졌다. 자네의 소식을 알기 위해서만으로도 나는 한국에 관한 기사라면 일간지, 잡지는 물론 개인업체의 사내지社內誌, 어떤 단체의 기관지까지도 빼놓지 않고 읽었다. 뿐만 아니다. 이 군이 하숙하고 있었던 아오키가青木家의 딸이 스가모에서 기쿠후지菊富士라는 술집을 한다고 듣고 그곳에서 거의 매일 밤 자네 얘기를 하며 지내기도 했다. 자네가 석방되었다고 들었을 때 자네를 아는 친구들을 부를 수 있는 대로 기쿠후지에 불러놓고 술판을 벌이기도 했다. 네가 동경엘 가면 제일 먼저 가야 할 곳이 스가모의 기쿠후지다. 알았나?"

사카키의 말에 이사마는 한동안 회상에 잠겼다. 그리고 문득 옛날 사카키가 자기를 만나기만 하면 즐겨 쓰던 말투가 상기되었다.

"오리가 먼 곳에서 왔구나. 즐겁지 않을쏜가. 냄비 쓰고, 파 짊어지고 달려 왔구나. 게다가 푸른 목이로다."

이건,

'붕우가 멀리에서 오니 즐겁지 않을쏜가'有朋自遠方來 不亦樂乎

라는 공자의 말을 그런 익살로 고친 것이다. 일본말로 붕우는 '도모'라고 하고 오리는 '가모'다. '도모'와 '가모'의 어감으로 해서 이 익살은 유머러스하다. '푸른 목'은 오리 가운데서도 특히 맛이 좋은 오리인 것이다.

그 생각이 나서 이사마가,

"오리가 동경에서 왔구나. 즐겁지 않을쏜가. 책 지고 술 들고 비행기 타고 날아왔구나. 게다가 익살꾼이로다."

하고 사카키의 말버릇을 흉내 냈다.

사카키는 '핫핫' 하고 웃고,

"이건 여섯 번째의 놀람이다. 네 기억력도 대단하구나."

하고 말했다.

"기억력 갖고 먹고 사는 놈 아닌가."

이렇게 얘기하고 있는 동안 창밖에 눈이 내리기 시작했다.

"서울에 잘 왔다. 몇 년 만에 보는 눈인가."

사카키가 소년처럼 환성을 올렸다.

그 눈을 밟고 북창동의 '라 세느'로 갔다. 가로등 불빛을 받으며 훨훨 날리는 눈이 그토록 정다울 수가 없었다.

"내일 아침엔 위트릴로의 거리가 되겠군."

눈 속의 경치를 보며 사카키가 한 말이다.

'라 세느'엔 김선이 벌써 와 기다리고 있었다.

마담 윤옥신이 자줏빛 드레스에 하얀 에이프런을 두르고 상냥하고 화려하게 이사마를 맞이했다.

이사마가 윤옥신을 소개하자 사카키는,

"일곱 번째로 놀랐다."

며 윤옥신에게 '절대의 미녀'라고 찬사를 서슴지 않았다.

"와주신 것도 고마운데 찬사까지 들으니 영광이에요."

하고 다소 서툰 억양이긴 했으나 또박또박한 일본말로 인사를 했다. 이사마도 그 일본말에 놀랐거니와 사카키도 놀랐던 모양으로 눈을 둥그렇게 떴다.

"여덟 번째 놀란 것 아닌가?"

이사마가 말했더니,

"일곱 번 이상은 놀라지 않기로 했다. 럭키세븐의 놀람으로 마담 윤을 만났으니 그 이상 무엇으로 놀라겠는가."

하고 사카키는 황홀한 얼굴로 웃었다.

"그런데 미녀 두 분에게 각기 최고의 찬사를 썼는데 어떻게 되는 건가."

포도주를 마시며 이사마가 빈정댔다.

"이 사람아, 말 똑똑히 들어. 김선 씨에겐 절세絶世라고 했어, 이 세상엔 둘도 없다는 뜻으로. 마담 윤에겐 절대絶代라고 하지 않았나, 어떤 시대에도 이런 미녀는 없을 것이라는. 절세는 공간적인 개념이고 절대는 시간적인 개념이다."

"유식한 놈 데리고 다니니까 배우는 것도 많군."

"핫하하."

사카키가,

"마담 윤, 그 에이프런 풀고 동석하면 어떻겠습니까."

하자 윤옥신이,

"전 가오마담이구요, 주인은 여기 이분 김선 씨예요. 김선 씨의 허락을 받아주세요."

라고 말했다.

"얌체 같은데."

하면서 김선은 윤옥신의 에이프런을 끌러버렸다.

외진 코너에 칸막이가 되어 있어 홀의 손님들과는 무관하게 놀 수가 있었다. 윤옥신이 자리에 앉자 사카키가 말했다.

"모처럼 서울까지 왔는데 무슨 프랑스 음식점엘 데리고 왔느냐고 이 군에게 핀잔을 주려고 했는데 마담 윤을 만나고 보니 감사할 생각이 들었습니다. 서울에 미녀가 많다고는 들었습니다만 오는 날 이렇게 연속 적으로 미녀를 만날 줄은 정말 꿈에도 기대하지 않았습니다."

"일본인은 돈 쓰지 않고 여자의 환심을 사는 덴 선수들이니까 디스카운트해서 들어야 돼요."

이사마가 주의를 주었다.

"이 군은 옛날부터 일본인 체신 깎아버리는 덴 선수니까 그 말 그대로 듣지 마십시오."

사카키가 반발했다.

"전 칭찬하는 말을 디스카운트할 줄 몰라요. 얼마라도 칭찬해주세요. 차곡차곡 쌓아두었다가 우울할 때 한 마디씩 꺼내 위안으로 삼을 테니까요."

윤옥신의 일본말은 할수록 세련되어 갔다.

"일본말 속에 앉아 있으니까 시골닭 장마당에 간 기분이네요."

하고 김선이 웃었다.

"외국어는 되도록 안 하는 게 점잖아요."

이사마가 한 소리다.

"안 하는 것과 못하는 것과는 다르지 않아요?"

이사마와 김선의 대화 내용을 윤옥신으로부터 전해 듣자 사카키가 이런 말을 했다.

"옛날 브라질에 13개 국어로 유창하게 웅변할 줄 아는 대통령이 있었답니다. 그 대통령을 쿠데타로 쫓아내고 다음 대통령이 된 사람은 13개 국어로 침묵할 줄 알았답니다. 그러니 걱정 마십시오. 나는 일본어로 김선 씨를 칭찬하는 말은 할지언정 불리한 말은 안 할 테니까요."

"내가 죄다 대변해줄 테니까 점잖게만 앉아 있어."

하고 윤옥신이 애교를 부렸다.

포도주도 잔을 거듭하면 취기가 오른다. 사카키는 욕을 하면서 자기 나라 일본을 추어올리고, 칭찬하는 척하면서는 일본을 비난하는 묘한 화법을 썼다. 사카키가,

"원숭이처럼 남의 나라의 모방을 잘 하지요. 일본 고유의 것이란 땅덩어리와, 그 비좁은 곳에서 가난하게 살자니까 자연 익히게 된 습성밖엔 없습니다. 좀 좋다 싶은 건 모두 조선이나 중국을 모방한 것이고 근세에 와선 서양을 모방한 거죠. 모방의 천재, 즉 원숭이로서의 천재지요. 그러나 이 원숭이가 사자보단 낫습니다. 사자는 형편없이 오만하고 게으르지만 우리 원숭인 겸손하고 부지런합니다. 그러니 원숭이라고 해서 비웃지 마십시오. 비웃고 있는 동안 조선반도가 먹히지 않았습니까. 여우의 교지를 가진 원숭이란 점을 잊지 마십시오."

이것은 초보적인 얘기였고,

"일본 국민이 천황을 온존시키며 받들고 있다는 사실은 특히 주목할 만합니다. 천황이란 오랜 세월 일본인의 생활 전통이 만들어놓은 제2의 자연현상 비슷한 것이지 이론적으로 분석해 설명할 수 없는 겁니다. 헛된 것을 싫어하고 실리만을 추구하는 일본인이 그 헛된 것, 실리

완 동떨어진 천황을 이 이성의 시대에서 승인하는 정도가 아니라 높이 받들고 있다는 덴 일본인에게 본능적인 정치적 지혜가 있다는 증거도 되는 겁니다. 정치란 원래 이지적으로 분석할 수 있는 부분과 이지가 뚫고 들어갈 수 없는 암흑의 부분으로 되어 있는 겁니다. 정치는 계획대로 되어야 하는 것이지만 너무 계획대로 되어서도 안 되는 겁니다. 계획대로만 되는 건 동화작용만 있고 이화작용은 없다는 얘기도 되는 것이니까요. 계획대로 되어야 하는데 계획대로 되지는 않는다, 이 미묘한 자리에서 보수파와 신보파가 니뉘는 것이지만 일본은 내전제에 일견 무용지장물無用之長物인 듯한 천황을 두고 있는 나라이고 보니 보수가 반동으로 지나치지 않고, 진보가 혁명으로 극단화하지 않는 묘한 밸런스를 취하고 있는 겁니다."

난해한 설명이었는데 이사마가 듣기론 윤옥신의 질문에 대한 요령 있는 대답이었다.

"일본에도 공산당이 있지 않아요? 진보파가 혁명으로 극단화하지 않는다는 말과 모순이 있는데요."

윤옥신이 이렇게 질문하자 사카키는,

"나는 대세를 말한 겁니다. 지금 일본에서 중요한 건 공산당의 주장이나 세력이 아니고 천황제를 없애겠다고 하는 그 극단적인 공산당을 천황제적 풍토에서 그냥 승인하고 있다는 사실입니다. 그만큼 일본이 성장한 것이라고 봐야지요. 아니 그보다도 민주주의에 대한 신뢰가 그만큼 강하다는 얘기일지 모르지요."

하고 대답했다.

이렇게 대화는 주로 윤옥신과 사카키 사이에 진행되었는데 윤옥신은 자기의 질문과 사카키의 대답을 가끔 김선에게 설명하기도 했다.

"과거지사에 대한 사카키의 생각은 어떻습니까?"

하는 윤옥신의 질문에 대해선,

"내 개인이 어떻게 생각하느냐가 문제될 건 없지요. 국가적으로 사과를 해야죠. 그러나 사과한다고 한 사과는 별 볼일 없습니다. 한국이 빨리 훌륭한 나라가 되어 일본이 보상하지 않고는 견딜 수 없도록 만들어야지요. 하나의 예가 프랑스와 독일과의 관계입니다. 서독은 번영하고 프랑스는 다소 낙후된 상태에 있었는데 드골이 들어서자 서독은 드골의 청이 있을 때마다 그야말로 성의를 다해 프랑스를 도운 겁니다. 끄나풀이 붙고 무슨 조건을 앞세운 원조가 아니라 자기들의 희생을 무릅쓰고 드골의 경제정책이 성공할 수 있도록 돕게 된 겁니다. 전비前非를 마음으로부터 뉘우치는 태도를 보인 거지요. 그런데 제4공화국 시절은 그렇지 못했습니다. 한국도 당연히 그런 식으로 해나가야 하는데 박정희 대통령께선 너무나 관대하시고 위대하셔서 일본의 회개를 문제시 안 하시는 것 같습니다. 내 개인으로선 사과할 것이 없습니다. 있기야 하겠죠. 서울 거리 한복판에서 엎드려 빌 수도 있겠지요. 그런데 그렇게 할 수 없는 것은, 저놈이 한국인에게 잘 뵈려고 아첨한다고 하지 않겠습니까. 실지로 아무런 보람도 없으면서 말만으로 한국을 위하는 척하는 부류가 더러 내 주위에도 있는데 나는 그런 부류를 싫어합니다. 한국에 대해 사과할 것 없다는 말도 괜히 하는 말이 아닙니다. 내가 뭐 일본을 대표할 처지도 아닌 거고, 학교 다닐 때 나는 이 군에게 당하고만 살았으니까요. 술을 사라 하면 꼼짝없이 복종했고, 이런 책을 구해오라고 하면 동경 시내의 고서점을 뒤져 사다주었으며, 돌연 나타나서 네 집을 써야겠다고 하면 방을 빌려주었지요. 아무튼 이 사람은 나에게 폭군처럼 군림했고, 나는 시종처럼 전전긍긍했으니까요. 솔직하게 말하면 나는 이

군에게 그 대가를 받으러 온 겁니다. 내 개인에 관한 한 나는 이 군과의 관계에 있어서 대방貸方만 있고 차방借方엔 아무것도 없습니다."

농담에 따른 약간의 과장이 있었을 뿐 사카키의 말은 거짓이 아니었다. 동경 시대 사카키는 이사마를 위해 그야말로 견마지로犬馬之勞를 다했다.

"이 선생 그게 사실이에요?"

윤옥신이 물었다.

"7할쯤 디스카운트하면."

하고 이사마가 웃었다.

"내가 그처럼 받들던 이 군을 감옥에 집어넣었다고 하니 흥분하지 않을 수 있었겠어요?"

해놓고 사카키가 낮은 소리로 보탰다.

"그래서 나는 별로 모 어른을 좋아하지 않습니다."

"이 선생께서 사카키 씨에게 신세진 것을 우리가 갚아드리지요."

김선을 돌아보면서 윤옥신이 말하자 사카키는,

"두 분을 만날 수 있는 기회를 준 것으로써 내가 받을 것 이상을 받았으니 마음 쓰지 마시오."

하고 손을 저었다.

술에 취하자 사카키의 얘기는 음담패설로 흘러갔다. 그러나 숙녀들을 앞에 놓고 있어 절도를 잃지 않은 세련된 음담이고 향취가 있는 패설이었는데, 도중 사카키는,

"일본 문화가 세계에 자랑할 수 있는 것 가운데 하나가 '와이단'猥談이오."

하고 뽐내기도 했다.

눈은 아직도 내리고 있는데 밤은 깊어만 갔다.

눈 오는 밤의 술, 눈 오는 밤의 정담은 한량없는 기쁨인데 통행금지 시간이 박두했다. 통행금지 시간이라는 소리를 듣자 사카키는 신음하듯 중얼거렸다.

"아아, 여기가 서울이었구나."

'라 세느'를 나오니 거리는 백일색白一色이었다.

"미끄러지지 않도록 조심하세요."

하고 윤옥신이 인사를 하자 사카키는,

"서울의 눈에 미끄러져 목발 신세가 되어보는 것도 평생의 기념이 될 것이니까 걱정하지 마시라."

는 익살로 답했다.

서린여관을 향해 조심조심 걸어오는 동안 사카키는 윤옥신의 총명과 미모를 극구 찬양했다. 이사마는 윤옥신이 미국에서 박사과정까지 한 여성이란 얘기를 했다.

"박사가 문제될 것 없어. 그 여성은 박사 이상이다."

하고서 최근 일본에서 유행되고 있는 거라며,

"사람을 보거든 '하카세'(박사)라고 알아라. '하카세'를 보거든 '바카세'(바보)라고 알아라 하는 말이 있다."

고 했다.

전후 급조된 박사가 많다는 얘기일 것이었다.

"마담 윤도 기막히지만 잠자코 웃고만 있던 김선 씨의 매력은 신비롭기까지 하던데? 웅변은 은이고 침묵은 금인가 봐. 역시 여자는 외국어를 안 해야 할 것 같아. 알더라도 지껄이진 말아야. 마담 윤의 그 총명한 웅변의 매력이 김선 씨의 침묵하고 있는 품위엔 견줄 바가 못 돼."

사카키의 말에 이사마가,

"자네의 그 일일이 코멘트해야 직성이 풀리는 일언거사적一言居士的인 버릇은 여전하구나."

하고 핀잔을 주었다.

"버릇이 천성이 된다는 말이 있잖나. 그건 그렇고 김선 씨를 내 동생 마누라로 하겠다는 꿈은 포기했다. 운상雲上의 여인이 어찌 천민의 아내가 되겠는가. 동시에 충고한다. 너도 친구의 선을 넘어서진 말라. 그런 여인을 모시는 덴 남자의 일생만 갖곤 모자랄 것 같다."

고 말했다.

이어,

"아아, 서울 밤."

하고 탄성을 올리는 순간 사카키는 비틀거리며 눈 위에 미끄러져 주저앉았다. 사카키를 잡으려다가 이사마도 뒤따라 미끄러져 눈 위에 뒹굴었다.

두 사람은 눈 위에 퍼져 앉은 채 '핫하' 하고 같이 웃음을 터뜨렸다.

그 웃음소리를 누비며 눈은 소리 없이 내렸다. 그날 밤의 눈은 20년래의 대설이었다.

꼼짝 말고 누워 있으라고 사카키에게 일러두고 이사마는 신문사에 출근했다. 오전 중에 칼럼 하나 써놓고 사카키에게로 돌아갈 작정이었다.

책상에 앉아 눈을 주제로 해서 칼럼을 쓰고 있는데 사환이 이사마에게 전화가 왔다고 했다.

송수화기를 들었다. 높은 곳에 계신 형님뻘 되는 사람으로부터 온 전화였다.

"어떻게 된 일입니까. 전화를 다 하시구. 눈이 오니까 개구쟁이 때 생각이 난 겁니까?"

대뜸 이사마가 익살조로 말하자 저편에서도 익살조가 되었다.

"너 요즘 일본 사람과 교제한다더구나."

"어떻게 알았습니까."

"우리가 공짜로 월급 타먹고 노는 사람인 줄 아나?"

"일본 사람과 교제해선 안 됩니까? 한일 국교정상화 시대인데."

"그 사람 이름이 사카키 유이치지?"

"그렇습니다만."

이사마는 살큼 불안을 느꼈다

"그 사람을 어떻게 알았니?"

이사마의 기억이 되살아났다.

"옛날 도쿄에 있을 때 괴짜 일본인 친구가 있다고 안 합디까. 한 번 형님과도 만날 뻔했지요. 무슨 일인가 생겨서 못 만난 적이 있지 않소."

"아아 그 사람인가. 그 사람이 사카키였단 말인가?"

"그렇습니다. 그러니 그 사람이 수상하더라도 잘 봐주시오."

"수상한 게 아니라 그 사람은 거물이다."

"크다는 거물입니까, 거머리란 말입니까."

"진짜 거물이다. 그 사람 동생은 게이지란 이름이지?"

"이름까진 물어보진 않았습니다만 사카키 보일러의 사장이라고 하데요."

"맞았어, 바로 그 사람이다."

"그럼 게이지가 거물이었으면 거물이지, 형이 거물일 턱이 있습니까. 본인은 동생 등에 얹혀산다고 하던데."

"그런 정도가 아냐. 동생은 우리나라를 도우려고 적극적인데 형이 브레이크를 거는 바람에 이용할 수가 없어. 동생은 형에게 절대 복종인 모양이다."

"그런 얘긴 들었습니다."

"전화로 복잡한 얘기를 할 수 없다. 오늘 밤이라도 좋고 내일 밤이라도 좋으니 그 사람과 같이 식사라도 할 기회를 만들어라."

"응하지 않으면 어떻게 합니까."

"응하도록 만드는 게 네 수완 아닌가."

"내겐 그런 수완 없는데요. 그리고 사카키는 그런 초청엔 응하지 않을 겁니다. 워낙 괴짜가 돼놔서요."

이사마는 은근히 약을 올릴 심술을 부렸다.

"그러지 말고 타일러 봐."

"그렇게 사카키가 중요한 사람입니까?"

"나도 그건 잘 모른다. 아무튼 식사 약속 서둘러 봐."

"일개 보일러 회사의 회장이 무엇이길래."

"보일러 회사의 회장이 문제가 아니라 그 동생은 일본 재계에 있어선 중진인 모양이다. 이용 가치가 있는 인물인가 봐. 그런데 그 형 때문에 큰 플랜 하나가 좌절될 상태에 있다는구나. 하여튼 너만 믿는다. 오후 6시까지 사무실에서 기다리고 있을 테니까 연락 바란다."

이렇게 말하고는 저편에서 전화를 끊어버렸다.

펜을 놓고 이사마는 생각했다.

사카키는 자기가 내키지 않는 일은 절대로 안 하는 성격이었다. 그가 브레이크를 걸었기 때문에 큰 플랜이 좌절 상태에 있다면 거기엔 만만 치 않은 이유가 있을 것이 아닌가.

"무슨 일이라도 생겼습니까?"

바깥에서 돌아온 K기자가 이사마에게 조심스러운 표정으로 물었다.
이사마의 얼굴이 우울해 보였던 모양이다.

이사마의 재종형, 즉 권력기관에 있는 사람을 일단 L이라고 해둔다.

L의 부탁을 이사마가 사카키에게 전하자 그는 별반 주저하는 빛도
없이,

"그런 사람들을 만나보는 것도 후학에 도움이 될 것 아닌가."

하고 간단하게 승낙했다.

장소는 '거하'라고 하는 최고급 요정, 시간은 오후 7시.

이사마가 사카키를 데리고 '거하'에 갔을 때 L은 미리 와서 기다리고
있었다. 인사가 있고 나서 L은,

"저 사람을 통해 이야기 많이 들었다."

며,

"어쩌면 20년 전에 만나뵐 수 있었을지 몰랐다."

고 활달하게 말했다.

사카키는 병풍이며 족자·보료 등을 자세히 살펴보는 눈으로 되면서
병풍에 글씨 쓴 사람의 이름을 물었다. 병풍 마지막 자락이 겹쳐져 낙
관이 보이지 않았기 때문이다.

L의 설명이 있었다.

"추사 김정희의 글씨입니다. 추사의 시는 국보로 치고 있지요. 사카
키 선생을 모시기 위해 특별히 쳐놓은 것입니다."

사카키는 한동안 감상을 하더니,

"필치가 웅혼하다. 일본의 서법관 확실히 다르다."

며 감탄을 아끼지 않고,

"일본의 서가로선 오노 도후小野道風를 으뜸으로 치고 있는데 이 글씨에 비하면 습자의 정도를 벗어나지 못한다."

고 했다.

추사에 대한 L의 좀더 상세한 설명이 있었다. 김정희는 서가로서 특출한 사람이기도 하지만 일세의 풍운아였다는 것이다.

그 얘기를 듣곤 사카키는,

"추사와 같은 반골 있는 문화인을 숭앙하는 것을 보면 선생의 뮤화인에 대한 아량을 짐작할 수 있을 것 같다."

며 빙그레 웃었다. 딴으론 약간의 풍자를 한 것이다.

"저 사람이."

하고 L은 이사마를 가리키곤,

"무슨 소릴 했는지 몰라도 우리는 문화인을 소중히 하고 있다."

며 웃었다.

"소중히 하기 위해 이 군 같은 사람을 감옥에 가두었습니까?"

사카키의 농담이었다.

"저 사람을 가둔 것은 문화인으로서가 아니라 범법자이기 때문이오."

L도 농담조로 말했다.

사카키도 L도 이사마를 통해 서로에 대한 약간의 사전지식이 있었기 때문에 그런 농담이 가능했던 것이다.

사카키는 자기 왼편 벽에 걸린 산수화를 가리키며,

"저 그림도 꽤나 유서가 있어 보이는 것 같습니다."

하고 화제를 바꾸었다.

"저 그림은 소정 변관식의 그림입니다. 아직 생존해 계시는 분이죠."

하고 L이 소정의 그림을 높이 평가한다고 하자 사카키는,

"화가로선 일류의 화가일지 모르나 저 그림은 그다지 높이 평가할 수 없군요. 나무나 바위가 매너리즘에 빠져 있습니다."

하고 따끔한 비평을 가했다.

사카키는 미술평론가로서 일가를 이룰 수 있는 견식의 소유자인 것이다.

"말씀을 듣고 보니 그렇군요."

L이 맞장구를 쳤다.

주인이 들어와 공손한 자세로 앉아,

"술상을 준비할까 합니다."

고 하자 L은 시계를 보고,

"30분쯤 후에 하라."

고 하고 이사마더러,

"조금 있으면 자네가 가장 싫어하는 사람이 오게 돼 있어. 자연스럽게 빠져나가도록 하라."

고 일렀다.

"돈까쓰가 오나?"

L이 고개를 끄덕였다.

"그럼 나는 일찌감치 가야겠소."

하고 사카키에게 호텔에서 기다리겠다는 말을 남기고 일어섰다.

"나 혼자 남겨 두고?"

사카키가 난색을 표했다.

"식인종들은 아니니 걱정 안 해도 될 거야."

하고 이사마는 방에서 나왔다.

그날 밤 그들이 사카키에게 무슨 말을 했는지 이사마는 알 수가 없었다.

11시쯤에 서린여관으로 돌아온 사카키는,

"일본의 유행가를 일본인인 나보다 그들이 더 잘 하더라."

며,

"완전한 식민지 풍경이더라."

고 익살을 부렸다.

"무슨 얘길 했나."

"그들과 있었던 얘기는 절대 비밀로 해달라고 하더라. 대접에 대한 체면으로서도 최소한의 의례는 지켜주어야 하지 않겠나. 얘길 하재도 기억에 없다. 요령부득한 얘기이기도 해서 귀담아듣지도 않았으니까."

"그래 그 자리에서 얻은 감상이 어때."

"자네 형뻘 된다는 사람에겐 약간의 인텔리전스가 있어 보였지만 나중에 온 사람한테선 식인종 같은 느낌을 얻었을 뿐이다. 아무튼 위험하기 짝이 없는 사람이더군."

"구체적으로 말해야 알지."

"구체적이고 추상적이고도 없어. 나는 한국민에게 동정심을 느꼈다. 그런 위험천만한 사람이 생사여탈의 권을 가지고 있는 나라의 국민 된 사람의 처지가 어떨까 해서 말이다."

그러고 나선 사카키의 엉뚱한 말이 있었다.

"내 동생이 박정희 씨를 존경하는 이유를 알았다."

고 하고,

"일본 유행가와 군가를 부하들을 통해 한국에서 적극적으로 권장하고 있는 사실이 내 동생에겐 대견스러울 것이고, 기왕의 역사에 구애받지 않는 노골적인 친일정책이 또한 반가울 것이 아닌가. 뭐니뭐니 해도 박정희 씨는 대단해. 위험천만한 인간을 그런대로 활용하고 있다는 사실도 그렇고, 같이 쿠데타를 했다는 인연을 잊지 않고 보잘것없는 사람에게 그런 대임을 맡겨놓는 것도 그렇고……."

"그 정도로 해두게."

이사마가 손을 저었다.

"그런 그렇고."

사카키가 싱긋 했다.

"또 뭔가."

"아까 그 집은 꽤나 격식이 있는 집 같았는데."

"그래서?"

"정전이 되지 않았겠나. 밴든가 뭔가를 불러놓고 한창 흥청대고 있는 중에. 그래서 촛불을 켰는데 그 촛대가 맥주병이더란 말이다. 사실 내 얼굴이 화끈하더먼. 정전이 안 된다고 해도 촛대쯤은 방불한 걸 준비해 놓아야 할 건데, 추사의 병풍, 소정의 그림을 걸어놓은 방에 맥주병 촛대가 뭐냔 말이다. 나는 한국에 일종의 요정문화라고 할 만한 게 있을 줄 알았지. 그런데 그 꼴을 보고 실망했어."

"돈만 벌면 그만이란 속셈일 텐데 무슨 요정문화가 있겠나."

"일본 사람도 돈 벌겠단 근성은 마찬가지다. 그런데도 일류 요정쯤 되면 여간 신경을 쓰는 게 아냐. 조도 하나, 그릇 하나에 이르기까지. 그러니까 촛대라고 하면 대단한 거야. 맥주병을 촛대로 쓰는 집이면 손님은 그날로 끊어져버릴걸."

"그러나 그게 뭐 대단한 일인가."

"그렇다. 대단한 일이 아니다."

하곤 사카키는 맥주라도 한잔했으면 좋겠다고 했다.

"술을 많이 마셨을 건데 또 술?"

이사마가 놀라자,

"그런 자리에서 마신 술이 술일 까닭이 없다."

며 종업원을 불러달라고 했다.

시각은 통행금지 시간을 5분쯤 넘어 있었다.

부를 것도 없이 종업원이 나타났다.

무슨 신통력이 통했나? 하고 있는데 종업원의 말이,

"어떤 아가씨가 와서 사카키 상을 찾고 있습니다."

이사마의 통역에,

"아가씨가 찾아왔다."

사카키가 눈을 둥그렇게 떴다.

"누군지 들어오라고 하시오."

검은 오버를 입고 머플러를 두른 예쁜 아가씨가 방 안으로 들어오더니 이사마를 보자 멈칫했다.

사카키는 납득이 안 간다는 듯 그 여자를 지켜보고 있더니 아가씨가 머플러를 풀자 외마디 소리를 질렀다.

"앗, 당신!"

"누구냐?"

고 이사마가 물었다.

"요정에서 아까 내 곁에 있던 아가씨야. 무슨 이유로 왔는지 한번 물어봐달라."

는 사카키의 말이었다.

물어보나마나 한 얘기였다. 그러나 이사마가 물었다.

"거게 오신 손님이 저더러 이곳으로 가라는 분부가 있었어요. 가지 않으면 좋지 못한 일이 있을 것이라고까지 했어요."

아가씨는 낭패한 얼굴을 하고 말했다.

그 뜻을 전하자 사카키는 파안일소하고,

"삼국지적 빈객 대접법이 남아 있었군."

했다.

"삼국지적이 아니라 메이지유신적이 아닌가."

"오오라, 그렇게도 되겠군. 그러나저러나 통쾌한 일 아닌가. 심야에 나타난 미녀를 돌려보내는 건 불수不粹한 노릇일 게고."

하고 사카키는,

"오늘밤 장야長夜의 연연宴을 치자."

고 했다.

"간단하게 주안상을 보아오게."

이사마가 종업원에게 일렀다. 그리고 아가씨에겐 그 외투 벗고 편하게 앉아 있으라고 했다.

검은 외투를 벗은 아가씨의 옷은 진홍빛 울의 투피스였다. 가슴팍에 포도송이를 닮은 진주 브로치가 빛났다.

"미인이지?"

사카키가 탄성을 올리며 이사마에게 소개했다.

"이름이 '죤난'이라고 했던가."

"죤난이 아니고 정란이겠지?"

이사마가 묻자 아가씨는,

"그렇습니다, 정란입니다."

하고 수줍게 웃었다.

"나이는 몇이지?"

"스물셋입니다."

이사마는 부끄러움을 느꼈다.

아무리 술집에 나가는 여자라고 해도 여관방에까지 손님을 찾아가라고 강제하진 못할 것이 아닌가. 무신경이 그 정도에까지 이르고 있다면 불쾌하게 여기는 사람이 뭣하다는 생각이 들었다.

"데리고 잘 의사가 있는가?"

이사마가 사카키에게 물었다.

"엣, 이 사람."

사카키는,

"내가 호색민족 일본인이라고 해서 그처럼 정신 빠진 사람으로 아는가. 모처럼 찾아왔으니 같이 술이나 마시자는 거다."

하고 그대로 통역해달라고 했다.

"통행금지 시간에도 다닐 수 있나?"

이사마가 정란에게 물었다.

"아깐 자동차로 태워다주었어요."

"그게 아니고 지금 집으로 돌아갈 수 있느냐를 묻고 있다."

정란은 시계를 들여다보고 있더니,

"가라고 하면 어떻게 해보겠어요."

라고 했다.

"그런 게 아니다. 모처럼 왔으니까 같이 술이나 마시자는 건데, 피로하거든 방을 하나 마련해줄 테니 가서 쉬어도 된다."

"고마워요."

"그러나 잠깐 동안 놀다가 가라. 이 일본인 손님은 점잖으신 분이니 네게 불측한 짓은 안 할 거다."

"아까 쭉 모셨어요. 좋은 분이란 걸 저도 알고 있어요."

그렇게 되어 이른바 '장야의 연'이 시작되었다. 정란은 영리하기도 하고 유머를 이해하기도 해서 술자리를 어우르게 했다.

얼만가 술자리가 계속되었을 때 정란이 물었다.

"이 손님은 어떤 분이죠? 아까 그 높은 사람들이 이 손님 앞에서 사족을 쓰지 못하데요. 일본인 앞에 너무 굽신거리니까 보기가 딱하데요. 일본에서 되게 높은 사람인가요?"

"훌륭한 사람이라고만 알아둬."

그러자 사카키가 끼어들었다.

"무슨 얘기를 하고 있지?"

이사마가 정란이 한 말을 그냥 그대로 통역했다.

"그럼 이렇게 대답해주게. 나를 돈 많은 사람의 심부름꾼으로 그들은 알고 있는 모양인데 사실은 그렇지도 못하다. 그들이 굽신굽신한 것은 내게 대해서가 아니고 내 배후에 있는 어느 사람에게 대해서라고."

"그런 설명을 할 필요가 어디 있겠나. 이 아가씨가 좋아할 만한 얘기나 해라. 그럼 내가 통역해주마."

"좋아, 그럼 질문이 있다."

하고 사카키가,

"일본 여자들은 종교 얘기를 하면 열이면 열 한숨을 쉬지요. 일본 여성들에게 사랑 얘기를 하면 헛웃음을 웃어요. 일본 여성들에게 사랑 얘기를 하면 하품을 합니다. 과학 얘기를 하면 일본 여성들은 대개 졸음을 참으려고 기를 씁니다. 그런데 옷, 즉 드레스 얘길 하면 얼굴에 생기가 돋아나지요. 한국 여성들은 어떻습니까?"

하고 말하자 정란이,

"전 한국 여성으로서 말할 자격이 없는걸요."

라고 했다. 그 대답이 이사마의 기분에 들었다. 사카키도 그 말엔 적이 놀란 모양으로,

"그처럼 자기를 비하할 것까진 없다."

며 위로를 겸한 말을 했다. 그리고 이렇게 덧붙였다.

"행복에의 굳은 의지를 가져요. 굳은 의지만 가지면 뻘밭을 걸어도 그 뻘을 곧 씻어버릴 수가 있으니까. 당신과 같은 처지에 있는 여자가 빠지기 쉬운 과오는 자포자기에 있는 것이오."

그러곤 쑥스럽다는 생각이 들었는지 사카키는,

"쓸데없는 소릴 늘어놓는 걸 보니 나도 취했군."

하고도,

"'거하'라는 술집에선 여자 종업원을 함부로 강제하느냐?"

고 물었다.

"주인 말은 들어야죠. 그 집을 그만둘 생각이 아니면요."

하고 정란이 한 말은,

"그러나 그런 경우는 특수해요. 높은 사람들의 압력이 없으면 주인도 우리에게 강제하지 않아요. 주인도 장사를 하려니까 도리가 없는 거죠, 뭐."

화제가 이렇게 되고 보니 자리가 어수선해졌다.

1시가 되려는 무렵 이사마는 술상을 걷고 정란을 다른 방으로 보냈다.

자리를 나란히 하고 불을 끄기 전 사카키는,

"한 2주일쯤 한국에서 머물 작정이었는데 내일 경주나 구경하고 일본으로 돌아가야겠다."

고 했다. 이사마가,

"모처럼 왔는데 서둘 필요 없지 않느냐?"

고 하자,

"오래 있을수록 입장이 거북해지겠다."

며 사카키는,

"내일 밤 또 만나자는 초대를 거절하느라고 땀을 뺐다."

고 했다.

"무슨 까닭으로 그들이 자네에게 그처럼 집착할까?"

"한일회담이 목하 진행 중 아닌가. 한국 정부로선 회담이 완전 성립되기 전에 돈이 필요한 모양이야. 그 정도로만 알아두게. 내 본심을 말하면 자네에게 툭 털어놓고 자네의 의견을 묻고 싶지만 아까도 말했듯 최소한의 의례는 지켜야 하지 않겠나."

"궁금하군."

"궁금해할 건 없어. 나는 그들의 제안을 완곡하게 거절했으니까. 없었던 얘기나 다를 바가 없어. 그러나 남의 일이긴 하되 걱정이다."

"무엇이."

"정치가 그처럼 단순할 수 있을까. 그런 식으로썬 일본의 정치가들에게 판판이 지고 말겠어. 일본의 정치가들은 능구렁이다. 내세우는 말과 속셈이 다르거든. 술좌석 같은 데선 절대로 참말을 하지 않아. 물론 거짓말을 하는 것은 아니지만. 참말과 거짓말 사이에 중성어라고나 할 수 있는 무색의 말이란 게 있어. 일본의 정치가가 쓰는 말은 전부 그런 거다. 그런데도 그들끼리는 그런 말 갖고 통하거든. 왜 있잖나, 일본

말에 '하라게이'라고 하는 것."

'하라게이'란 일본말을 한자로 쓰면 '두예'肚藝로 된다. 중성적인 말, 빛깔 없는 상대방의 말을 눈치로써 알아듣고 이편에서도 무색의 말로써 상대방께 암시하는 것을 '뱃속'에서 하는 기술이라는 뜻으로 이런 말을 쓰고 있는 것이다.

"순진하다기보다 정치의 소양이 없는 걸 어떻게 하나."

이시마는 이렇게밖엔 대응할 수가 없었다.

"생각해보겠다, 고려해보겠다는 말쯤으로도 될 것을 지레 결론을 내어버리는 태도는 아무래도 납득이 안 가. 정치하는 마당에선 내일이 어떻게 될지 모르는 것인데 지레 대답을 해버릴 필요가 있는가 말이다." 하고 사카키는 물었다.

"한국의 야당은 어떤가?"

"한마디로 말하면 한국의 야당은 현재의 여당보다도 더욱 보수적이다. 보수주의가 아니고선 야당의 처지를 지탱할 수 없으니까, 보수주의가 호신책으로 될 수밖에 없지. 진보적 빛깔을 띠기만 하면 용공분자로 몰리니까. 뿐만 아니라 미국의 보호를 받으려면 어떻게든 용공분자로 몰려선 안 돼. 이게 한국 정치 상황의 한계가 되는 거지."

"이렇건 저렇건, 보수세력이라도 좋으니 야당이 한 덩어리로 될 순 없을까?"

"그게 불가능해. 야당의 지도자들은 저마다 영웅이니까. 야당이 단결할 줄만 알았더라면 이런 꼴이 되었겠나. 5·16쿠데타는 물론 쿠데타를 주동한 자들의 책임이 크지만 군웅할거적인 야당의 상황도 일말의 책임은 져야 해. 난맥한 보수정객들의 꼬락서니가 야심가의 야심을 자극시킨 것이니까"

52

"그렇다면 이런 상황을 수정할 방도가 전연 없다는 얘기가 아닌가."

"현재의 집권자가 자중지란이나 자체의 압력에 의해 분해되지 않는 한 궤도의 수정은 거의 불가능하다고 보아야지."

"야당의 지도자로서 자네가 앞으로 기대를 걸어볼 만한 사람은 없는가?"

"없어, 보다도 나는 정치란 것에 기대를 걸지 않기로 했다."

"그건 대단히 좋은 생각이다. 공자의 말씀에도 있지 왜. 난방불거亂邦不居 위방불입危邦不入이라고. 한국에서의 정치계는 얼핏 느꼈을 정도 이지만 난방이고 위방이다."

경주엘 다녀온 사카키는 '라 세느'에서 김선과 윤 마담을 끼운 식사를 마지막으로 그 이튿날 일본으로 돌아갔다.

그때 공항에서 사카키가 한 말이다.

"한국은 아마 베트남에 파병할 요량이지?"

"지난 여름 의무중대가 베트남에 갔다."

"의무중대쯤이야 명분이 설 수 있는 일이니까 대단할 것은 없어. 내가 말하는 건 전투부대의 파견이다."

"그런 걸 자네는 어떻게 알았나."

"며칠 전 '거하'에서 그런 눈치를 챘다. 노골적인 얘긴 없었지만 베트남을 통해 한국의 국제적 위신을 올릴 일이 있을 거라고 대단히 뽐내는 말을 했어. 아무리 생각해도 베트남 때문에 한국의 국제적 위신이 올라갈 일은 그런 문제를 두곤 없을 것 같애. 그런데 내 의견으론 그 이상으로 위험한 일은 없을 것 같애. 분단되어 있는 나라가 비슷한 사정으로 분단되어 있는 남의 나라의 일에 개입한다는 건 위험천만하지 않은가. 필요 이상으로 중공을 자극할 것이니 말이다. 그러나 찬성이건 반대이건 자네가 나설 문제는 아닌 것 같다. 그렇게 알아두기나 해라."

솔직하게 말해 이사마는 베트남에 관해선 소설적인 흥미 이상을 가져본 적이 없고 베트남에 파병하려는 사고방식을 상상한 적도 없었기 때문에 사카키의 말을 그저 덤덤하게 받아들였을 뿐이다.

그런 만큼 그 문제가 이사마의 발등에 금시 떨어질 불똥이 될 것이란 사실을 상상하지도 못했다.

사카키가 떠난 날은 12월 30일이다.

그를 전송하고 신문사로 돌아오니 하오 4시였다. 사장이 자기를 기다리고 있다고 했다. 사장은 대강 서울에 있었고 가끔 신문사에 나오면 지사장실을 쓰고 있었다.

지사장실에 들어선 이사마를 반갑게 맞이하고 의자를 권하더니 사장은 대뜸 이렇게 시작했다.

"이 주필의 면목을 세울 일이 생겼소. 모든 오해를 풀고 떳떳하게 행세할 수 있게 될 뿐 아니라 혹시 출세의 길이 트일지 모르겠소."
하고 '핫하하' 웃곤,

"우리가 월남에 파병해야 할 불가피성과 필요성에 관한 멋진 논설을 써야겠다."
는 것이다.

아찔하는 느낌이었지만 이사마는 침착하게 물었다.

"도대체 어떻게 될 일입니까?"

사장의 장광설이 시작되었다.

"설명할 필요도 없는 일이지만 우리 정부는 월남 정부로부터 도와달라는 요청을 받고 있소. 심사숙고한 끝에 대통령이 결단을 내린 것 같

54

소. 나는 대통령의 친구로서 신문사의 사장으로서 그 결단을 위대한 결단이라고 평가하고 우리 신문사로선 적극 지지할 방침을 세웠소. 그러나 이 문제는 델리케이트합니다. 정부가 발표하기 전에 한 걸음 앞질러 월남 파병의 필요성과 이익점을 강조함으로써 대통령의 결단이 얼마나 훌륭한가를 일반 독자들에게 알려 일종의 국민적 동의가 이루어지도록 하는 분위기를 만들어보자는 것이오.

첫째, 명분이 서는 일 아닙니까. 자유진영의 공동의 적인 공산주의의 침투를 막는 데 우리 한국이 그 일익을 담당하게 되는 것이니까요. 중공은 아시아 일원을 공산화하려는 음모를 가지고 있소. 작년 프랑스의 승인을 얻고 난 후 국제적 진출을 활성화하더니 작년 말엔 핵실험을 성공시켜 그 영향력을 아시아, 아프리카 지역에 떨치려고 흥분하고 있지 않소. 그 음모의 일환으로 인도차이나 반도에서 분규를 일으키고 있는 것이오. 베트남의 적화를 방지하는 것은 우리의 안전보장과 직결되는 겁니다. 우리 국군의 월남 파병은 미국이 아시아에서 전면적으로 진출할지 모르는 만일의 사태에 대한 견제력이 될 수도 있을 것 아닙니까. 그리고 우리가 6·25 때 받은 자유진영의 은혜를 잊을 수 없는 일 아닙니까. 우리의 운명이 괴뢰군의 남침으로 풍전등화 격이 되었을 때 미국을 비롯한 우방 16개국이 우리를 도와준 덕택으로 오늘의 평화를 유지하게 된 게 아닙니까. 오늘의 베트남 상황은 6·25 때 당한 우리의 사정과 꼭 같습니다. 그러한 한국이 자유월남의 위기를 보고만 있을 수 없는 일 아닙니까.

그런데 이번 파병하려는 것은 전투부대가 아니고 공병과 수송병, 그 자체 경비를 맡은 소수의 경비 병력입니다. 이런 정도의 성의는 다해야 하지 않겠소? 자유진영의 일원으로서 도의적으로나 실질적으로 살아

남기 위해서. 앞으로 북괴가 어느 때 남침할지 모르는 위험이 상존하고 있는데 우리가 자유월남을 수호하는 데 성의를 다하지 않으면 만일의 경우에 우리는 누굴 보고 원조를 요청할 수 있겠소. 월남 파병은 절대로 필요한 일이며 꼭 해야 할 일입니다. 안 그렇소?"

이사마는 어이가 없었다. 그러나 반대의사를 밝힐 필요를 느끼지 않았다. 효과 없는 토론은 하나마나 한 일이었기 때문이다. 그래서 이렇게 말했다.

"사장이 이제 한 그말만 해도 훌륭한 논설이 되겠습니다. 누구를 시킬 게 아니라 사장 스스로가 쓰시죠."

"글은 전문가인 논설위원이 써야지."

"그런 중대한 논설을 객원 논설위원에게 맡기셔야 됩니까."

"겸손하지 말고 이 주필이 쓰시오. 고위층에서도 이 주필이 쓸 거라는 말을 듣고 기뻐하십디다. 차제에 이 주필이 명논설로써 면목을 세우도록 하시오."

고위층과 사장과의 친분관계를 잘 알고 있는 이사마는 사장이 들떠 있는 기분을 이해할 순 있었지만, 신문이 앞장설 일은 아니라고 생각했다. 그렇다고 해서 면전에서 거절하기엔 이사마의 용기가 부족했다.

"월남 파병의 불가피성과 필요성을 내 나름대로 한번 생각해보지요."

하고 일어서려고 하자 사장이 이사마의 손을 끌어 도로 앉히곤 어젯밤 있었던 고위층과의 얘기를 되풀이하기 시작했다. 그러곤,

"그런 델리케이트한 문제를 누구에게 맡기겠소. 이 주필! 내 체면을 보아서라도 용기를 내주시오."

했다.

"이건 용기의 문제가 아니라 사리의 문제인 것 같습니다. 한번 생각

해보지요."

하고 이사마는 지사장실에서 나왔다.

　긴장된 얼굴로 광고부장 자리에 앉아 있던 지사장이 벌떡 일어나 편집실까지 따라오며,

　"무슨 일이 있었습니까?"

하고 물었다.

　"별게 아니오."

하고 이사마는 정치부장 Y를 데리고 근처의 술집으로 갔다.

　"월남 파병 문제가 지금 제기되어 있나?"

하는 이사마의 질문에 Y는,

　"어제 김 국방이 이효상 국회의장을 찾아와서 중대한 군사상 문제에 관해 국회의 동의를 요청했다고 하던데 틀림없이 그게 월남 파병 문제일 것입니다."

하고 덤덤한 대답을 했다.

　"그게 가능한 일일까?"

　"이미 일부가 파견되어 있지 않습니까."

　"그건 의무중대 아닌가."

　"시작은 그렇게 하는 거지요."

　"단순한 문제가 아닌데."

　"단순하지 않으면 또 어떻습니까. 그 사람이 하려고 해서 안 되는 일이 있기라도 했습니까?"

　"이건 참으로 중대한 문제다. 우리의 군인을 무슨 명분으로 베트남에서 죽일 수 있을까?"

　"명분이 없는 것도 아니지요. 6·25 때 미국의 병정은 무슨 명분으로

이 땅에 와 죽었습니까. 그와 같은 취지로서 우리도 베트남의 적화를 막기 위해 출전한다고 하면 그만 아닙니까."

"남을 도울 땐 그만한 힘이 있어야 하는 것 아닐까? 자유우방이라고 하지만 나라마다 자기의 국리를 앞세우고 행동하고 있지 않은가."

"그만한 힘이 있다고 대통령이 결심하고 국회가 동의하면 되는 것이지 별게 있습니까."

"미국 말고 전투 병력을 파견한 나라가 있나?"

Y는 수첩을 꺼냈다.

"미국이 25만, 호주는 1천5백 명, 뉴질랜드가 1백50명, 필리핀은 앞으로 2천 명을 파병할 예정으로 되어 있습니다. 이밖에 자유중국은 심리작전반이란 이름으로 18명을 파견하고 있고, 말레이시아는 장갑차와 수송차량을 제공하고, 태국은 일곱 명의 조종사와 한 명의 항공사, 아홉 명의 정비사를 파견하고 있고, 그밖의 다른 나라는 군사지원이 아니고 경제지원입니다."

"일본은?"

"얼마간의 전비를 부담하고 있을 정도입니다."

"그런데 자네 생각은 어때?"

"제 생각이라뇨?"

"월남 파병에 찬성하는가?"

"찬성도 아니고, 반대도 아닙니다. 설령 반대하는 마음이 있다고 칩시다. 그걸 어떻게 행동화합니까. 행동화할 수 없는 반대 의사는 가지나마나가 아닙니까."

"나는 그런 말을 하고 있는 게 아니다. 베트남의 장래가 어떻게 될 진 아무도 몰라. 미국도 몰라, 미국 국내에서 치열한 반대운동이 일어나고 있다고 하더군. 그러니 미국이 언제 정책을 바꿀지 몰라. 그런 와중인데 우리가 뛰어들어? 백해무익할 것 아닌가."

"그렇게만 말할 것도 아니지요."

"어째서."

"백해무익이랄 수는 없고 백해삼익百害三益쯤으로 될 겁니다. 미국에 대해 체면을 세우는 이익, 파병에 편승해서 몇몇 기업체가 돈을 벌 수 있는 데 따른 이익, 과잉인구에 허덕이는 상황에 인구를 줄일 수 있는 이익……."

"그런 걸 들먹이는 걸 보니 자넨 베트남 문제를 제법 생각하고 있구나."

"제 생각이 아니라 기자들이 모이면 가끔 해보는 소립니다."

"그래 기자들은 3익을 위해 97해害를 감내하자고 되어 있는가?"

"기자들 가운데 마음으로부터 월남 파병을 찬성하는 사람은 내 주위엔 한 사람도 없습니다. 사세事勢, 도리 없다고 보고 체관하고 있는 거죠."

"한심하군."

"한심한 게 어제오늘 시작된 일입니까. 이 주필께서도 그런데 신경 쓰지 마십시오. 될 대로밖엔 안 되는 일에 신경을 쓰면 뭣 합니까. 월남 파병 반대는 바로 용공으로도 되는 겁니다."

"97해害를 들먹일 수 있는데 겨우 3익三益 때문에 용공이 돼?"

"용공의 결정권이 어디 있는질 아시면서 그러십니까. 아무튼 서대문은 소풍 삼아 드나들 곳이 아니지 않습니까."

Y와 이사마가 주고받는 말은 이미 뜻을 잃고 있었다. 이사마는 카운터에서 메모지를 빌려와서 술잔을 밀쳐놓은 탁자 위에서 간단한 사표를 썼다. 그러곤 그걸 Y가 보는 앞에서 봉투에 넣어 Y 앞으로 밀어놓

으며,

"이걸 내일 아침 사장에게 갖다 주게."

하고 일렀다.

"어떻게 된 겁니까."

Y가 놀라며 물었다.

"얼마 전부터 작정한 일인데 차일피일 미뤄왔을 뿐이다."

하고 이사마는 아까 사장과의 사이에 있었던 사건을 짤막하게 설명했다.

"쓰고 싶지 않다면 그만이지 사표까지 낼 필요가 있을까요?"

"필요의 문제가 아니라 내 감정의 문제다."

"감정의 문제이면……."

Y의 얼굴에 긴장감이 돌았다.

그리고 나직이 덧붙였다.

"참으셔야죠."

"그 문제는 계기가 되었을 뿐이다. 신문사에 더 있을수록 곤란한 문제가 자꾸만 생길 것 같다. 이왕 신문사를 그만둘 생각을 하고 있는 판인데 마지막 쓴 게 월남 파병 환영론일 순 없지 않겠나. 아무리 따져도 나는 월남 파병엔 찬성할 수가 없다. 공공연하게 반대할 용기가 없는 그만큼 찬성할 용기도 없다. 용기 없는 자는 언론계에서 물러나야지. 사장이 나를 개인적으로 좋아하는 건 알고 있지만 그럴수록 괴로워. 아무 말 말고 이걸 사장에게 전달해줘."

"꼭 그런 의사이시라면 다른 사람을 시키십시오. 전 이 사표를 절대로 전달할 수가 없습니다."

하고 Y는 봉투를 이사마 앞에 밀어넣고 술잔을 들이켰다.

신문사를 그만둘 결심을 했을 바에야 사표 전달의 방식이 문제될 것이 없다. 이사마는 그 봉투를 집어 포켓에 넣었다.

어떤 일이 있어도 1964년을 마지막으로 신문사를 그만두어야 하는 것이다.

Y는 숙연히 말했다.

"여태껏 참고 살아온 것 아닙니까. 선생님이 신문사를 그만둔다면 나도 이 회사에 남아 있고 싶지 않군요."

이사마는 Y의 심정을 짐작할 수가 있었다. 형무소에 가기 전엔 부산과 서울에 각각 떨어져 있었기 때문에 그다지 깊은 교분은 아니었지만 출옥 이래 서울지사의 비좁은 편집실에서 매일처럼 얼굴을 맞대고 일해왔고 밤이면 으레 술을 나누며 지내온 처지이고 보면 이사마가 떠난다는 사실이 충격이 되지 않을 수 없는 것이다.

"내가 신문사를 떠난다고 해도 서울을 떠나는 건 아니다. 만나고 싶으면 언제라도 만날 수 있을 것 아닌가. 자네야말로 성급하게 굴지 말고 좀더 참고 견디어라."

Y는 말이 없었다.

이사마는 베트남이 자기 인생의 전기가 된다고 생각하니 야릇한 감회가 가슴속에 일었다.

서대문 형무소에서 열심히 읽었고 그런 만큼 마음속에 깊이 새겨져 있기도 한『구약성서』「전도서」의 몇 절이 상념의 표면에 떠올랐다.

'……나무를 심을 때가 있고 그것을 뽑아버릴 때가 있다. 기쁠 때가 있고 슬플 때가 있다. 간직해야 할 때가 있고 포기해야 할 때가 있다. ……침묵할 때가 있고 말을 해야 할 때가 있다. 사랑할 때가 있고 미워해야 할 때가 있다.'

이런 말을 되뇌며 이사마는 주전자를 들어 Y의 술잔에 술을 따랐다.

"Y군, 우리 비굴하게만은 살지 말자."

Y의 눈에 눈물이 일었다.

"선생님은 그래도 좋습니다. 문학이 있으니까요."

"문학?"

하고 이사마는 웃었다.

그러자 또 Y의 말이 있었다.

"사마천도 있구요."

"사마천?"

이사마는 또 웃었다.

그런데 그건 허탈한 웃음이었다.

'과연 내게 나를 비굴하게 하지 않을 문학을 키울 수 있는 능력이 있는 것일까. 내게 사마천의 제자가 될 수 있는 능력이 있는 것일까.'

그 술집을 나와 거리에 나섰을 때 회오리가 일고 있었다.

회오리바람 속으로 이사마는 광화문에서 북창동까지 걸었다.

'라 세느'에 김선의 모습이 없었다. 손님도 드문드문 있을 뿐이었다.

"미라보 다리 밑을 세느가 흐른다."

고 그레코가 노래 부르고 있었다.

"술에 취하셨군요."

윤 마담의 말이었다.

"왜 술에 취했겠소. 인생에 취했소. 그런데 저 상송은 치우는 게 좋겠소. 바깥에 회오리가 일고 있는데 미라보 다리 밑으로 세느가 흐를 수 있겠소? 아무래도 센스의 빈곤인 것 같습니다."

"그렇군요."

하고 윤 마담이 그 레코드를 들어내고 슈만의 「겨울밤」을 걸었다.

그러곤 이사마를 구석진 자리로 안내해놓고 전화를 걸었다.

김선을 불러내는 것이로구나 하는 짐작이 갔다.

코냑을 마시며 30분쯤 지났을까.

김선이 나타나서 곧바로 이사마 앞으로 왔다.

근심스런 표정인 것은 윤 마담이 전화로 무슨 말인가를 했기 때문일 것이다.

"안 좋은 일이라도 있었어요?"

"김선 씨가 이렇게 눈앞에 있는데 안 좋은 일이 있을 까닭이 있습니까."

김선이 의자를 이사마 자리에 바싹 당겨 앉았다. 그러곤 속삭였다.

"무슨 일이 있었던 것 아뇨?"

"일이 있었소."

"무슨 일인데요."

김선의 말은 조심스러웠다.

"베트남에 우리 군대를 파견한답니다."

"그래요?"

하면서도 덤덤한 반영이었다.

"베트남의 공산화를 막기 위해서 우리 국군이 그곳에서 죽어야 한답니다."

김선이 주위를 돌아보더니 속삭였다.

"선생님, 우리 딴 곳으로 갑시다. 어디 조용한 곳으로."

"이 이상 조용한 곳이 있겠소?"

"아무튼 일어서시오."

김선의 말엔 거역할 수 없는 빛이 묻어 있었다.

의아해하는 윤 마담의 표정을 '라 세느'에 남겨놓고 거리로 나온 김 선은 택시를 잡아 이사마를 태웠다.

"워커힐로 갑시다."

김선이 택시 운전사에게 한 말이다. 택시 안에선 말이 없었다.

위커힐의 '힐탑'에서 위스키를 한잔하고 있는 동안 연락이 된 모양으로 김선이 다음에 이사마를 데리고 간 곳은 '빌라'라는 곳이었다.

일체의 외계와 절연한 빌라에서 창을 통해 천호동의 불빛을 볼 수가 있었다. 한강은 어두운 흐름으로밖엔 짐작되지 않았다. 음력으로는 그믐께인 것 같았다.

종업원이 음식을 날라다놓고 도어 저편으로 사라지자 김선이 글라스에 술을 따르며 물었다.

"월남 파병이 어떻다는 거예요. 그게 이 선생을 그처럼 침울하게 만든 원인인가요?"

"그렇지도 않습니다."

"그런데 왜 그러시죠?"

"내가 어쨌는데요."

"윤 마담의 말이 심각했어요. 아마 무슨 중대한 일이 있는 것 같다고."

"중대한 일이 있었소."

"뭔데요."

이사마에게 약간 장난기가 생겼다.

"나는 1965년 1월 1일부터 룸펜이 됩니다."

"룸펜?"

"신문사를 그만둘 작정이니까요."

"그게 그처럼 대문제예요?"

"내게 있어서 그 이상의 문제기 있겠습니까."

"진짜로 그렇게 생각하세요?"

"그렇습니다."

"신문사로부터 파면당하셨나요?"

"내가 그렇게 결심한 겁니다."

"그 이유를 알고 싶군요."

"차차 얘기하지요."

김선이 성난 얼굴이 되었다.

"사람이 다급하게 물으면 곧바로 대답하셔야죠. 고의로 사람의 속을 썩일 건 없잖아요?"

이사마는 김선의 진실을 느꼈다.

"그럼 말하지요. 벌써부터 신문사를 그만둘 마음은 있었죠. 그런데 어디 그게 수월한 일입니까. 차일피일하고 있었지요. 그런데 오늘 사장이 나더러 월남 파병을 찬성 지지하는 논설을 쓰라고 합디다."

"월남 파병은 좋지 않은 일인가요?"

"좋다고 생각하는 사람도 있겠죠. 마지못한 일이라고 생각하는 사람도 있을 거구. 백론이 있을 수 있는 문제지요."

"그렇다면 그 백론이 있을 수 있다는 사정을 쓰면 될 게 아녜요?"

"사장은 그런 해설을 쓰라는 게 아닙니다. 쌍수를 들고 찬성 지지하는 논설을 써서 독자들을 계도하라는 겁니다. 그러나 나는 그렇게 쓸 순 없습니다. 우리 국군이 간다고 해서 베트남의 공산화를 막을 수 있을 것이라고 생각할 수 없는 것과 마찬가지로 우리가 안 간다고 해서 공산화될 것이라고도 생각할 수 없습니다. 그렇다고 해서 반대하고 나설 처지도 못 되고 그럴 용기도 없습니다만 마음에도 없는 소릴 쓸 순 없습니다."

"그렇다면 그만인데 우울해하실 것은 없지 않습니까."

"나는 그 문제로 해서 우울한 것은 아닙니다. 약간 센티멘털한 기분으로 된 것뿐이지요."

"룸펜이 되었다는 데 대한 센티멘털리즘인가요?"

"그렇지도 않습니다. 룸펜이 되었다고 해서 당장 굶어 죽을 그런 처지는 아니니까요. 그러나 왠지 허전한 것만은 사실입니다."

"허전할 것도 없을 것 같은데요?"

"없을 것 같은데 그렇다는 것, 내 마음 나도 몰라라는 노래가 있듯이."

"저는 축하할 일이라고 생각해요."

하고 김선은,

"그런 뜻에서 축배를 듭시다."

하며 화사하게 웃었다.

그 웃음의 표정이 어쩌면 그처럼 정다웠을까.

이사마는 어릴 때부터 시작해서 대학 시절, 일본 학병에 갔던 시절, 해방 이후 있었던 일, 겪었던 일을 얘기했다.

그것은 참회의 이야기이기도 했고 앞으로의 전신轉身을 위해 다져보는 자기확인이기도 했다.

"생각하면 철저하게 추악한 반성이라고 해야 할지 모르죠."

하는 말이 이사마의 입에서 나왔을 때 김선이,

"진짜로 추악한 건 나 같은 여자예요."

하고 눈물을 흘리며,

"입으론 고백할 수 없는 추악이 있는 겁니다."

어느덧 이사마는 김선의 어깨를 안고 있었다. 김선이 신음하듯 말했다.

"아무것도 묻지 말고 내 추악을 용서한다고 말하세요."

"나는 누굴 용서한다고 할 자격도 없는 놈이오."

…….

1964년 겨울은 이래저래 이사마에게 있어선 잊을 수 없는 계절로 되었다.

배리背理의 늪

1965년으로 이사마는 만 44세가 되었다. 44이면 인생의 절정을 넘은 나이다.

그 나이로 이사마는 인생을 전연 새롭게 시작해야 하는 것이다. 그것이 과연 가능할 일일까.

고향의 전답은 이미 처리해버렸으니 고향으로 돌아가 농사를 지을 수도 없게 되었다. 모셔야 할 노모가 있고 대학에 다니는 아들과 딸이 있고 그밖에도 부양 책임을 져야 할 계루係累가 있었다.

그런데 신문사를 그만둔 이젠 다달이 들어올 수입원이란 전연 없는 것이다. 소설과 잡문이 팔리기 시작하고 있다지만 담뱃값을 지탱할 정도의 액수에도 미달했다. 실로 앞날이 난감할 뿐이었다.

그런 기분이 이사마의 표정에 나타나 있었던 모양이다. 신년 들어 처음으로 만난 것이 1월 5일이었는데 김선이,

"앞으로 어떻게 할 것인가요?"

하고 물었다.

"설마 산 사람 입에 거미줄이야 치겠소."

이사마의 대답이었다. 김선은,

"그런 것 묻고 있는 게 아니고 앞으로 하실 일을 정했느냐고요?"
고 했다.

"할 일이야 빤하죠. 나름대로 소설 쓰기에 정진해 기록자로서의 사명을 살려야죠."

"그 사람에게 대한 감정을 버릴 수가 없나요?"

"이젠 감정 없습니다. 1년 남짓 지내는 동안에 옥중생활의 고통을 잊을 수 있었으니까요. 그러니 그 고통에 따른 감상적인 빛깔에 사로잡히지 않고 사상事象을 볼 수 있게 되었소."

"그런 것 저런 것 초월해버리고 소설에 전념할 수 없으세요?"

"초월할 순 없습니다. 나는 사명의식을 가지고 있습니다. 얼토당토않게 왜 내가 감옥생활을 해야 했습니까. 그 사항을 기록하라고 섭리가 명령한 겁니다. 그 숱한 비극을 내가 볼 수 있도록 섭리가 나를 감옥 속에 잡아넣은 것입니다. 그러니 나는 그 일을 포기할 수 없어요."

"감정에 사로잡히지 않게 되었다면서요?"

"그건 그렇습니다. 그 사람을 5·16쿠데타를 중심으로 평가할 것이 아니라 현재의 행동, 앞으로의 행동으로 평가하겠다는 거죠. 기왕에 사로잡히고 보면 불만과 불평을 가지지 않을 수가 없습니다. 불만과 불평은 어떤 각도에서 보더라도 불모의 감정이며 비생산적 사상입니다. 그래서 나는 5·16의 사태를 일단 괄호 속에 묶어버리고 사람을 관찰할 작정입니다. 그가 만일 앞으로 좋은 치적을 쌓기만 한다면 나는 그를 구국의 영웅으로 받들 용의가 있습니다. 정치에 희생자는 있게 마련이니까요. 정치는 어디까지나 현실 문제이고 그 결과에 따라 평가되는 것이니까요. 정치는 윤리학적인 문제가 아니기 때문입니다."

김선은 우울한 표정으로 듣고 있었을 뿐 아무런 말이 없었다.

이사마는 이와 비슷한 말을 했을 때의 조스의 반응을 상기했다. 조스는 다음과 같은 말을 했던 것이다.

"정치에 있어선 어떤 상황도 괄호로써 묶을 수가 없어. 정치는 인과관계다. 나폴레옹과 같은 영웅도 그 인과관계로 해서 망했다. 나폴레옹이 비록 영웅이라고 하지만 그로써 그의 범죄를 용서받을 수는 없다. 그리고 그의 범죄는 쿠데타에서 비롯된 것이다. 쿠데타를 한 사람에게서 좋은 정치를 기대할 수는 없다. 범죄인은 어떤 강한 세력이 나타나 철퇴를 가하지 않는 한 그가 저지른 범죄를 은폐하기 위해서 범죄를 거듭하게 되어 있다."

잠잠해버린 김선에게 조스의 말을 되풀이하고 이사마는 덧붙였다.

"그러나 만에 하나라는 예가 있는 것이니까요. 그 사람을 추종하는 사람들의 말 그대로 중흥의 대업을 이룩할 수도 있지 않겠습니까."

김선은 애매하게 웃었다. 무슨 소릴 해도 당신 속은 내가 안다는 그런 표정이었다.

"그건 그렇고 앞으로의 생활 문제는 어떻게 하시렵니까?"

"소설 써가지고 먹고 살도록 노력할 참입니다."

"그게 가능할까요?"

"가능하도록 노력하지요."

"생활 문제는 제가 해결하도록 해보겠어요."

김선의 말에 이사마가 웃었다.

"왜 웃으시죠?"

"나는 지난 12월 30일 밤을 기억하고 있습니다. 우리는 서로의 부담이 되지 않도록 살자고 약속하지 않았습니까. 정신적으로도 물질적으로도 내 생활에 대한 걱정은 마십시오."

"도와줄 수 있는 처지에 있는데도 방관만 하고 있는 것은 도리어 정신적인 부담이 되는 거예요. 형편에 따라 도움을 주기도 하고 받기도 하는 것이 부담이 되지 않게 사는 것으로 되는 것 아닐까요?"

"정 딱하면 이편에서 청을 드리죠. 그러기 전에 내 생활 문제에 관해 신경을 쓰시지 마십시오. 아무려나 건장한 사나이가 자기 생활 하나 꾸려나가지 못하겠습니까."

그러자 김선이 무슨 말인가를 하려는 것을 이사마는 앞질렀다.

"궁하진 않게 가난하게 사는 것이 내 소원입니다. 지금부터 내 소원대로 살아볼 작정입니다. 그러니 내 생활 문제에 관해선 언급하지 마십시오."

"가난하게 살면서 가난에 관한 소설을 쓸 참인가요?"

하고 김선이 장난스럽게 물었다.

"우리 문학에 가난의 주제가 범람하고 있습니다. 그런데 거기다 또 가난의 문학을 보태요? 나는 굶어죽는 한이 있더라도 가난을 주제로 해서 소설 쓸 작정은 없습니다."

"듣던 중 반가운 얘기네요. 현진건의 소설 『빈처』를 비롯해서 한국의 가난에 관한 소설엔 지긋지긋할 지경이었으니까요."

김선은 이사마의 생활 문제에 관해 진지한 얘기를 하고 싶었던 모양이지만 이사마의 완강한 거절로 그 이상의 얘기는 하지 못하고 그날은 헤어졌다.

K신문의 S사장은 사표를 수리하지 않겠다고 했지만 이사마는 일단 작정한 마음을 바꿀 의사는 없었다.

"월남 파병에 관해선 이 주필에게 부탁하지 않을 테니 나오시오."

하는 S사장으로부터의 전화가 있었다.

"그 문제로 신문사에 나가지 않겠다는 게 아닙니다. 사표에 썼듯이 순전히 일신상의 문제로 그만둘려는 겁니다."

하고 이사마가 얼버무렸으나 S사장은 무슨 말을 해도 다 안다고 껄껄 웃으며,

"아무튼 이 주필은 월남 파병에 반대하는 것 아니냐?"

고 물었다.

"반대는 반대할 수 있는 사람이 반대하는 일이지 내 처지로선 반대고 뭐고 없습니다."

하고 일전 Y가 이사마에게 한 것 같은 대답을 했다.

"그렇다면 굳이……."

"반대는 안 하지만 찬성도 안 합니다. 더구나 찬성하는 글을 꾸밀 순 없습니다."

"그러니까 그 문제는 그만두자는 것 아니오."

"아무튼 나는 신문사를 그만두겠습니다. 내 형편으로선 신문사에 근무할 수 없다는 걸 절실하게 깨달았습니다. 신문사란 생활 때문만으론 있을 수 없는 직장이란 것도 깨달았습니다."

"앞으로 뭣 할 거요?"

"소설이나 쓰지요."

"소설은 신문사에 있으면서도 쓸 수 있을 텐데요."

"아닙니다. 소설이 그렇게 쉬운 것은 아닙니다."

"꼭 그렇다면 할 수 없지요. 기회를 보아 우리 신문에 이 주필의 소설을 연재합시다."

"그럴 기회가 있었으면 좋겠습니다."

"그럴 기회를 마련해야죠."

이로써 전화는 끝났다.

이사마의 신문사 생활은 명실 아울러 청산된 것이다.

신문사를 그만둔 집적적인 동기가 되었다는 것이 이사마로 하여금 월남 파병 문제에 집중적인 관심을 갖게 하는 이유가 되기도 했다.

그날부터 이사마는 내외의 각 신문에 나타나는 월남 관계 기사와 내외 잡지에 실린 기사를 모으기 시작했다.

1965년 1월 8일, 국무회의는 베트남에 대한 전투부대의 파병을 결정했다.

그 구체적인 내용은,

① 주월남 한국군사단은 사이공에 본부를 두고 현지에 있는 미국의 군사원조단장의 지휘하에 들어간다. 한국 군사원조단 단장은 이훈섭 합동참모본부 군수국 차장이다(국무회의 당시).

② 육군 1개 경비대대, 육군 공병야전정비반, 육군 1개 수송중대, 육군 1개 공병대대, 해병대 1개 공병중대, 해군 LST 1척으로써 편성하고, 장교 97명, 하사관·병 1천7백60명의 1개 연대 규모를 파견한다.

③ 한국 정부는 장병의 기본급만을 지급하고 미군은 군대의 수송 및 현지에서의 경비와 장비 전부를 부담한다. 이 가운데에는 현지 수당으로 대령급엔 월 2백 달러, 병사에겐 월 30달러를 지급하는 조건이 포함되어 있다.

④ 파견군의 안전도를 보장할 수 없기 때문에 지원병을 원칙으로 해 선발하고 사상자에겐 한국의 군사원조법을 적용한다.

⑤ 1년 교대를 원칙으로 한다. 앞으로 보다 큰 규모의 부대를 파견하

는 문제는 정세에 따라 정한다.

　이 문제가 최초로 국회에서 문제가 된 것은 지난 12월 29일이다. 김성은 국방부 장관과 박원석 공군 참모총장이 국회의장단과 여야당 총무를 방문해 극비리에 월남 파병의 필요성을 알린 것이다.

　이것이 1월 8일의 국무회의 의결로써 표면화된 것인데 정부 대변인 홍종철 공보부 장관은,

　"파견 부대는 후방에서 수해 복구를 돕는 비전투부대."

라고 했고 김성은 국방부 장관은,

　"파견 부대의 임무는 재해 복구와 베트콩 토벌이다."

하고 홍종철 장관의 말과는 다소 엇갈리는 성명을 발표했다.

　처음에 정부는 파병이 미국의 요청에 의한 것이라고 명언하지 않고,

　"구엔칸 장군의 요청에 의한 것이다."

또는,

　"우리 정부가 자주적으로 결정한 것이다."

등등으로 설명하고 있다가,

　"국회의 동의 없이 자주적으로 해외 파병을 결정한 것이면 중대한 헌법 위반이다."

고 야당이 들고 일어나자 1월 21일 주한 미국대사관 대변인이,

　"이 사실은 작년 12월 19일 존슨 대통령의 뜻을 받들어 브라운 대사가 박 대통령에게 요청한 것이다."

고 밝혔다.

　정부는 1964년 9월에 이미 의무중대와 당수교관 10명을 베트남에 파견하고 있었고 지난 10월 말부터 약 1개월간 한국에서 한미합동의 연습이 있었는데 이 합동 연습은 종전의 '적성 정규군'을 대상으로 한

상륙작전 연습과는 취향을 달리한 '비정규 게릴라 토벌'에 중점을 둔 작전연습이었다.

그러한 사정을 감안할 때 한국군의 파월 문제는 '12월 19일'보다 훨씬 앞선 시점에서 한미 고위층 간에 벌써 의논이 있었던 것이 아닌가 한다.

국무회의 파병 결정이 있은 직후부터 유력한 신문들은 파병 반대의 논설을 게재했다.

『동아일보』는 9일자 사설로써,

"파병에 관해선 법적으로나 명분상으로나 많은 문제가 제기된다. 즉 우리 헌법의 규정, 한국과 베트남 사이에 동맹관계가 있느냐 없느냐 하는 문제 등이 논의되어야 할 것이다."

하고 파월 문제가 결코 만만히 취급되어선 안 된다는 주장을 했다.

1월 19일에 열린 국회의 국방외무합동위원회에선 야당 의원이 파병 반대의 의사를 뚜렷이 하고 정부 측에 대해 파병에 따른 법적 근거와 명분이 불분명하다는 점을 들어 따졌다.

민정당과 민주당은 당무회의와 의원총회에서 파병 반대를 당의黨議로 결정하고 있었고 민정당 최고위원 서민호 의원은,

"명분도 없고 국제법상으로 하등의 근거도 없는 파병은 한국을 고립시킬 뿐이다. 얄팍한 인정과 의리를 내세워 한국 청년을 희생시켜선 안 된다."

고 역설했다.

민주당의 최영근 의원은,

"도대체 한국군을 해외에 파병한다는 것은 분수에 넘친 노릇이다. 정치적으로 전연 무의미할 뿐 아니라, 국군의 목적인 국토방위의 의미

에서 일탈한 짓이며 중립국 여러 나라에 악인상을 심을 우려가 있다. 뿐만이 아니다. 만일 북베트남이 김일성 정권에게 파병을 요청했을 경우 베트남에서 동족상잔의 비극이 생겨날 우려마저 있지 않은가."
하고 주장했다.

1월 16일 아침 서울시내 정계 요인들의 주택 부근엔,
"한국 청년의 피를 헛되이 흘리지 말라."
는 삐라가 '구국동맹'의 이름으로 살포되기도 했다.

1월 25일 국회 국방위원회는 정부가 제출한 '파병동의안'을 찬성 9, 반대 3, 기권 4로 가결했다. 이어 26일 국회 본회의는 국방위원회로부터 회부된 이 안건을 야당의원이 퇴장한 가운데 표결에 부쳐 출석 총수 125명 중 찬성 106, 반대 11, 기권 8로써 가결했다. 이로써 베트남 파병이 정식으로 결정되었다.

"솔직히 말해 우리들은 국회의 표결이 좋다고도 나쁘다고도 말할 수 없는 것을 유감으로 생각한다. 왜냐하면 2천 명에 달하는 한국 청년의 생명에 유관한 문제이며, 동시에 한국의 국제적 입장에 갖가지 작용과 영향을 끼칠 것으로 예상되는 중대 문제가 충분한 심의와 검토도 없이 성급하게 결론지어졌다는 느낌이 짙기 때문이다."

같은 날짜 『한국일보』의 사설은 다음과 같다.

"결국 역사적으로 중대한 이 문제는 야당계의 소극적 반대 내지 묵인하에 여당 의원들의 군은 결속으로 통과했다. 그 경위는 어떠했건 이제 정부와 국회의 책임 아래 우리 국군의 월남 파병은 기정사실로 되어 전선 없는 이방의 전쟁에 참가하게 되었다. 대한민국 건국 이래 최초의 해외 파병이 지닌 중대성과 심각성에 대해 새삼스럽게 논할 필요를 느끼지 않는다. 다만 최소의 희생과 최대의 성공을 빌 뿐이다. 헛되이 우

리 청년들이 베트남의 땅에 고귀한 피를 흘리지 않기를 갈망한다. 그리고 정부나 국민은 2천여의 국군만이 베트남에 참전한 것이 아니란 사실을 명심할 필요가 있다. 우리의 파견군은 나라의 명예와 위신과 운명을 걸머지고 베트남의 전선에 파견되는 것이다. 이 여파로 나타날 어떠한 사태의 변화에도 대처할 수 있도록 군은 결의와 만전의 대비를 잊어선 안 된다."

이 사설의 제목은 "주사위는 던져졌다"는 것이다.

이에 앞서 『조선일보』는,

"작년 가을 이래 군부 쿠데타의 연속으로 베트남의 정정은 복잡하기 짝이 없다. 자유와 민주주의를 생명으로 하는 우리나라의 국가이념에 비춰 단 하나의 장정이라도 명분 없는 전쟁터에 보내고 싶지 않다는 것이 국민 모두의 감정일 것이다."

라고 하고 1월 22일자 사설로썬,

"'대공투쟁', '군사 문제', '대미관계'란 세 가지 지상과제만 내세우면 공공연하게 비판의 권외처럼 생각해 그저 슬쩍 지나쳐버린 과거의 정치풍토를 생각할 때, 중대한 국가 이익에 관한 문제이긴 하나 의론이 백출했다는 것은 민주의식의 성장을 말하는 것으로서 우리들은 이를 가장 고무적인 현상이라고 본다."

고 했다.

1월 12일자 『영남신문』은,

"베트남 전쟁에 개입하면 그것이 중국과 북조선 등의 적극적 참전의 원인이 된다는 것을 깊이 생각해볼 필요가 있다. 동시에 국제전쟁으로 확대될 가능성이 있다는 것도 경시할 수가 없다. 대미일변도 외교의 갖가지 역효과를 감안할 때 월남 파병만은 말았으면 하는 마음 간절하다."

고 했다.

1월 10일자 『대구매일』은 "미국의 용병이 되어선 안 된다"는 제하에, "도대체 정부는 어떤 법적 근거로써, 어떤 국제협약의 테두리에서 국군의 파병 또는 타국의 전쟁에 참가해도 좋다는 합법성·합리성을 찾으려는 것일까. '버림받은 전장'이라고 하면 모가 난 표현이 될지 모르지만 베트남 전쟁에 대한 자유진영 내의 국제적 관심을 살펴보면 미국 이외의 대부분 나라들이 그 협력을 경원하고 있는 사실을 알 수가 있다. 이러한 전쟁터에 국군을 투입해 선전포고 없는 전쟁을 한다는 것은 아무래도 납득이 가질 않는다."

고 했다.

1월 16일자 『경향신문』에는 다음과 같은 앙케트가 있었다.

"베트남 전쟁은 미국조차 감당하지 못하는 싸움의 늪이다. 그런 곳에서 모든 조건이 부실한 우리 국군이 무엇을 하겠다는 것인가." (전 정치인)

"반대할밖에 없다. 파병할 대의명분이 없다. 우리의 정책을 미국의 처지로써 결정할 순 없다."(『시사영어』 주간)

"반대한다. 지금까지의 아시아·아프리카 및 중국과의 다면 외교를 위한 노력이 수포로 돌아간다."(실업가)

"찬부를 결정하기 이전에 전략적인 검토가 필요하다. 한국군이 베트남 전쟁에 개입함으로써 예상되는 극동의 군사적 긴장을 생각해야만 한다."(국방대학원 연구원)

이러한 반대의 소리를 무릅쓰고 정부는 국군의 베트남 파병을 결정했다. 금후 어떠한 결과가 나타날 것인가. 『동아일보』는 1월 28일자에 "파병은 무엇을 초래할 것인가"란 제하에 다음과 같은 장문의 논설을 실었다.

국제적 반향—2천 명의 한국군을 베트남에 파병토록 한 미국 요청의 의도는 단순한 군사 면에 있어서의 이점보다도 차츰 악화되어 가는 베트남 전황에서 '국제적인 책임 분담'을 함으로써 미국이 고립과 불명예를 면하려고 하는 심리적 효과를 노린 것이 아닌가 한다. 이번의 파병이 이러한 측면적 효과를 노린 것이라고 하면 베트남에 반미 반전의 풍조가 고조되어 있는 현재, 캄플주사注射의 역할을 하기는커녕 베트남인들의 민족감정을 자극할 위험성이 오히려 크다.

한편 한국군의 파견이 군사적 의미에 있어서 비중이 높다고 하면 베트남전은 필연적으로 확대 다극화할 가능성이 농후하다. 이미 중공은,

"행동으로써 해결할밖에 없다."

고 말하고 있고 북한은,

"결코 방관만 하고 있지 않겠다."

고 공식적으로 선언했다.

북베트남은 1954년의 제네바 협정 참가 제국에 대해 한국군의 파병에 항의하는 각서를 제출하고 있고, 소련은 이에 대한 회답에서 미국의 베트남 내정간섭을 중지하도록 요구하는 한편, 계속 북베트남을 지원할 것이라고 공언했다.

이러한 공산진영의 반응과는 달리 서독의 유력한 신문은 한국군의 파병을 찬양하는 기사를 실어 주목을 끌었다. 영국은 한국의 파병

이 제네바 협정을 위반한 것이라는 공산 측 항의에 대해 비공식적이었지만 한국군은 북위 17도선 이남의 베트남에서 부흥사업을 도울 뿐이라고 해 중립적인 태도를 취하고 있다.

한국의 파병이 베트남이나 북베트남에 대해 심리적인 효과만을 노려 이용될 것인지, 국제전으로 확대하는 데 일익을 담당하게 될 것인지 미국의 금후 태도를 주목할 뿐이다.

이번 파병으로 인해 중립국과 제휴하려는 다원적 외교엔 득보다 실이 많을 것으로 예상한다. 그 반면 미국에 대한 발언권이 강화될 것이란 기대도 할 수가 있다. 그런데 과연 실리 면에서 우리가 어느 정도의 이익을 올릴 수 있을 것인가.

정부는 지금까지 대한군원관계, 한미 상호방위조약 개정 문제, 대베트남 군사협정 체결 문제 등에 관해 구체적인 의도를 밝히지 않고 있다. 이 모든 문제를 '선파병 후교섭'의 방식으로 처리한다고 하면 대미관계에서 개선할 문제가 너무나 많고 군대 파견 이상으로 중요한 처리 사항이 산적해 있는 것이다.

경제적 실리—정부는 작년 가을 베트남 시찰 여행에서 돌아온 원용석 무임소 장관을 중심으로 베트남 전쟁 특수 붐이 앞으로 수년간 계속될 것이란 전제 아래 종래의 철강재 단일상품의 범위를 넘어 산업 전역에 걸친 수출 태세 강화와 본격적인 대미 교섭을 벌일 예정으로 일을 진행시키고 있다. 정부의 의도는 미국을 끌어들여 대베트남 수출의 연차 계획이라도 세워 1억 달러 정도의 수출을 하겠다는 데 있다. 이미 1963년 철강재 하나만으로 1천만 달러의 대베트남 수출 실적을 올린 바 있는 경제계와 정부는 베트남 파병의 정치풍을 타고 베트남에 수출시장을 확대할 작정, 즉 미국의 원조 자금을 노리고 있는 것이다. 베트남의 수입 총액의 60퍼센트에 해당하는 1억 4천만 달러가 미국의 원조 자금으로서 결제되고 이밖에도 4천만 달러 상당의 미국 잉여 농산물이 그곳으로 흘러 들어가고 있기 때문이다.

철강재를 제외하고도 이미 약간의 실적이 있는 의약품·시멘트·고무제품·군복지·자전거·섬유제품·발동기 기계류·미싱·볼트·유리·도서인쇄품 등의 직접 수출은 관계업체의 큰 관심사다. 이상의 유망한 직접 수출은 시멘트를 제외하곤 중소기업이지만 베트남으로 가는 미국의 잉여 농산물, 즉 원면과 소맥을 한국에서 가공 수출하는 것은 대기업이 개입하게 되는 것으로서 워싱턴 당국과 협의해 볼 만한 일이다. 그런데 이 대베트남 수출에 있어선 우리와 비슷한 경제 조건과 대미 관계에 있는 대만을 무시할 수가 없다. 게다가 철강재의 경우를 비롯해서 국내 수출업자의 신용 하락으로 베트남 정부의 수입 금지 조치를 받고 있는 경우가 있어 신중을 기할 수밖에 없다.

정치적 반응—국내의 세론을 통합하지 못한 채 야당의 반대를 무릅쓰고 여당이 일방적으로 국회를 통과시켰다는 사실은 금후 상당 기간에 걸쳐 국내 정국과 주베트남의 한국 장병들의 행동이 일종의 함수관계를 이루게 할 것이다. 베트콩과 대결하는 한국 장병들의 임무 수행의 성패 여하에 따라 국제적인 국면에서만이 아니라 국내 정국에도 무시할 수 없는 바람을 일으킬 것이다. 파월 장병들이 눈에 보이게 성과를 올리면 문제가 없을 것이지만 아무런 성과도 없이 베트콩의 불의의 습격을 받고 상당수의 사상자라도 내었을 경우 그것이 국내 정국에 미치는 영향이 어떠할지 예측하기 곤란하다.

특히 한국에선 격동기라고 할 수 있는 3, 4월에 그런 불행한 사태가 나기라도 하면 문제는 더욱 심각해질 것이 명백하다. 지금 한일 문제가 피크에 이르고 있는 무렵인 만큼 한일 문제와 파월 문제가 겹쳐 정치적인 혼란이 격심해질지 모른다. 그리고 국군 파월 문제의 논란 과정에서 씨앗이 뿌려졌다고 할 수 있는 대미 비판 풍조가 양성화되지 않을까 하는 우려마저 있다.

지금 한일회담 타결이란 중대한 문제에 곁들여 월남 파병 문제로 공화당 정부는 양면에서 세찬 바람을 맞게 되었다. 이 바람이 정국에 어떤 영향을 미칠지 모르지만 혹시 이것이 여야당, 그리고 원내의 움직임에 결정적인 전기가 될지 모른다.

군사사정―베트남 파병으로 인해 군사 휴전선을 걱정하는 사람이 많다. 그러나 국방당국의 동향으로 보아 이번 파병으로 북한 측이 어떤 태도로 나올 것인지를 충분히 검토한 연후 안전도가 보장되어 있다는 전제 아래 취해진 결정인 것처럼 느껴진다.

주베트남 한국 군사원조단은 김홍규 준장을 단장으로 장교 97명, 사병 1천7백60명으로 편제된 육군 2개 대대, 해병대 1개 중대, 해군 LST 1척이 즉각 출동하기로 되어 있다. 엄격한 지원제를 원칙으로 해 선발된 장병 가운덴 능숙한 고참병이 많이 섞였다고 한다. 사기는 높다는 얘기다.

대령급 2백 달러, 사병 30달러란 외화 수당의 인력 때문인지, 국내를 탈출해 해외에서 활약할 수 있는 매력 때문인진 모르지만 이러한 군대 내 사정은 금후 있을 증파, 또는 파견군의 교체에 있어서 별반 다를 점이 없을 것이다.

'북방에 휴전선', '남방에 베트남전선'으로 확대된 전선은 군 내부만이 아니라 사회적으로도 또 실지 전열 면, 후방 심리전의 면에 갖가지 작용을 미칠 것으로 추측된다.

이사마는 이러한 기사와 논설을 정리하고 있는 가운데 일종의 이상한 감정을 맛보았다.

우리의 국군이 베트남 전선으로 떠난다는 전제엔 그 얼만가가 죽을 수 있다는 사정이 개재되어 있는 것이다. 그런데 우리의 청년을 죽음터로 보낸다는 사실에 대한 절박감이 어느 기사, 어느 논설에서도 결여되어 있었다.

국제사정, 국내정치, 미국과의 관계, 그것에 따른 수출 문제 등도 모두 중요하지만 정부가 국민의 생명을 다루는 문제를 이처럼 소홀하게 취급하는 건 실로 중대한 일이 아닌가.

정치는 물론 대다수의 국민적 이해를 위해 소수를 희생시키는 수단을 불가피한 것으로 취급할 수가 있겠지만 언론에 있어선 국민의 생명이란 점에 중요성을 두고 퍼세틱한 논진을 폈어야 할 것이었다.

그런 점 우리의 언론엔 중대한 병폐가 있다. 그것은 어떤 기정사실이 있으면 판단하기에 앞서 체관이 앞서버리는 경향이 곧 그것이다.

외국의 어떤 고명한 학자가 전쟁에 관한 코멘트를 요청받았을 때 다음과 같이 대답한 것을 이사마는 상기했다.

"나는 전쟁에 관해서 무어라 말할 수가 없다. 전쟁에 관해서 생각하려면 내가 배낭을 메고 총을 들고 언제 죽을지 모르는 전쟁터로 나가야 할 경우를 생각해야 하는 것이다."

이사마는 이러한 처지에서 베트남 파병을 다룬 기사가 한 군데도 없는 것을 우리 언론을 위해 섭섭하게 생각했다.

아무튼 월남 파병은 현실적으로나 역사상으로 중대한 문제인 것만은 틀림없다. 따라서 그것은 박 정권을 평가하는 데 있어서 결정적인 사실이 될 것이었다.

이사마는 서투른 판단을 지레 할 것이 아니라 앞으로의 추이를 예의 관찰하기로 했다. 그러나 하나의 결론만은 미리 내릴 수가 있었다. 앞으로의 사태가 어떻게 진행되건 월남 파병에 성공적 결과가 있을 수 없다는 것과, 현명한 정치인이면 월남 파병 같은 어리석은 짓은 하지 않을 것이란 결론이다.

물론 반론은 있을 것이다.

"한국의 운명은 미국에 달려 있는데, 어떻게 미국 대통령의 간곡한 요청을 뿌리칠 수 있겠느냐."
고.

그러나 그 어려운 고비를 넘길 수 있는 능력과 견식이 곧 정치가로서의 자질이 아닌가. 아니 그런 까닭에 '현명한'이란 형용사를 붙인 것이 아닌가.

한국을 월남전에 끌어넣은 미국의 사정도 딱하다는 것을 이사마는 그 무렵 발표된 『뉴욕 타임스』의 사설을 통해서도 알 수 있었다.

미국의 일반시민은 베트남 문제에 관해 모두가 익히 알고 있는 진부한 설명을 듣고자 하는 것은 아니다. 아시아 대륙의 가장 위험한 동남부의 일각에서 미국이 지불하고 있는 인명과 물질의 희생, 그리고 그곳에서 범하고 있는 위험이 정당하다는 것을 증명하는 합리적이며 설득력 있는 설명을 요구하고 있는 것이다. 미국은 서구식 민주주의를 베트남에 실현하기 위해 베트남에 머물러 있는 것이 아니다.

사이공에 인기 있는 안정된 민주정권이 탄생할 수 있으면 그건 확실히 유익한 일일 것이다. 그런데 장군들과 정치가들의 개인적인 세력 다툼은 말할 것도 없고, 역사적·정치적·사회적·종교적·부족적인 제 요소가 그러한 발전의 가능을 저해하고 있는 것이다. 물론 미국이 머물고 있음으로써 이득을 얻을 수 있는 사람들은 미국이 계속 머물러 있기를 원할 것이고, 미국의 개입 때문에 좌절감을 느끼고 있는 사람들, 즉 내셔널리스트·공산주의자·불교도·대부분의 지식인들·농민의 대다수는 미국이 떠나줄 것을 원할 것이다. 명백한 사실은 미국이 베트남에 머물러 있는 것은 미국 자체의 안전보장에 필요하다고 믿고 있기 때문이다. 베트남 전쟁은 냉전 속에서의 하나의 전투이며 그 전투가 열전화되어 있는 현상이다. 1954년 미국이 베트남에 들어간 것은 프랑스가 떠난 뒤의 공백을 메꾸어 이 지역에 공산주의가 진출하지 못하도록 막기 위해서였다. 이러한 동기는 훌륭하다고 할 수가 있고 미국인은 이를 자랑할 수도 있을 것이다. 그러나 결정적인 의문은 그대로 남는다. 그것이 과연 실현 가능한 일인가. 너무나 많은 희생을 치러야 할 것이 아닌가. 베트남에 미국 군대를 증파한 '케네디' 정권의 군사 결정이 원래 틀린 일이 아니었던가. 전쟁 확대의 위험이 있는 것이 아닌가. 냉전의 전투장으로서 과연 베트남이 적당한 무대일 수 있을까. 미국은 얻는 것보다 많은 것을 잃어야 하는 것이 아닌가. 결국 일부 상원의원들이 제기하고 있듯이 다음과 같은 기본적인 질문이 도출된다. 이 전쟁은 꼭 필요한 전쟁인가. 높은 지적 수준 위에 입각한 현실정치, 전략에 관한 솔직한 설명이 있어야 할 것이다.

이사마는『뉴욕 타임스』의 이러한 논조가 어느 날 미국의 정책에 반영될지 모른다고 예상했다. 그렇게 되었을 경우 한국은 어떻게 될 것인가, 강대국인 미국은 약간의 스타일을 구기는 방식으로 결말을 짓겠지만 소국인 한국의 처지는 심각하게 될 것이 아닐까.

이사마는 거의 같은 무렵 영국의 일간지 『맨체스터 가디언』에 'AR'의 서명으로 된 다음과 같은 기사를 읽었다.

텍사스의 도박사 같으면 존슨의 북베트남에 대한 태도를 비평해,

"상대방의 카드를 짐작하지 못하고 판돈을 늘리는 수작."

이라고 할 것이다.

자기의 카드가 약한데 많은 판돈을 거는 건 위험하기 짝이 없는 노릇이다. 북베트남을 방문하고 모스크바로 돌아간 알렉세이 코시긴 수상은 캄보디아에 보낸 메시지 가운데서 이렇게 말하고 있다.

"현재 인도네시아반도 정세의 정상화를 저해하고 있는 것은 미국의 반동정책이다. 소비에트는 남베트남으로부터의 미국 철회, 미 군사시설의 철거, 북베트남, 라오스, 캄보디아에 대한 군사도발 행동의 정지, 인도차이나반도 국내 문제에 대한 일체의 군사간섭의 정지를 요구한다."

북베트남의 수상 팜반동 씨가 지난 1월 영국 노동당의원 윌리엄 워비에게 한 말을 참작해보면 소련의 코시긴이 무슨 까닭으로 갑자기 거만하게 나왔는가를 짐작할 수가 있다.

팜반동은 베트민越盟의 지도층에선 젊은 세대에 속하는 사람이다. 1946년 내가 파리에서 그를 만났을 때,

"1924년 광동廣東에서 혁명훈련을 받고 있는 베트남 청년들을 본 적이 있었는데 혹시 당신은 그 가운데 있었던 청년이 아닙니까."

하고 물었더니 그가 깜짝 놀란 표정을 한 것을 나는 기억한다.

팜반동 부처夫妻는 그 후 프랑스군에 체포되어 오랫동안 프랑스령 고도孤島의 감옥에 감금당해 있었다.

그가 감옥에서 받은 고통은 이만저만이 아니었는데 그는 결코 북경노선을 답습하는 강경파가 되진 않았다.

팜반동 수상은 워비 씨에게 이렇게 말했다.

"당신이 1957년 이곳에 왔을 땐 우리나라는 평화를 되찾고 있었소. 디엔비엔푸의 전투를 최후로 해 우리는 9년간에 걸친 프랑스 제국주의와의 싸움에 이겼고, 1954년의 제네바 협정은 베트남의 평화적 재통일, 완전독립의 기반을 우리에게 제공했소, 1957년 고딘디엠 정권과 미국은 자유선거에 의한 남북통일의 실현을 저지하려 하고 있었지만 우리는 영국과 소련이 그들의 의도를 분쇄해줄 것을 기대하고 있었지요. 그러나 그런 희망은 수포로 돌아가고 우리는 다시 전쟁에 휘말리게 되었소. 여전히 해방전쟁입니다. 그런데 이번의 상대는 프랑스가 아니고 미국입니다. 베트남 국민의 전부가 미국을 적으로 치고 있으니 미국은 어떤 수를 써도 이 전쟁에 이길 가망은 없소. 물론 사이공에 있는 극소수의 군인들은 별문제지만 그들은 이미 만화가 되어버렸소. 웃기는 얘기지요.

그러나 정세는 우리들에게 있어서도 당신들에게 있어서도 중대합니다. 미국이 그들의 과오를 깨닫고 철퇴하지 않는 한 남쪽의 국민들은 계속 싸울 것입니다. 남쪽의 동지들은 벌써 정글을 벗어나 평원의 전투로 옮겼습니다. 그리고 승리하고 있소. 구엔칸 장군 휘하의 군인들은 이미 전의를 상실하고 있습니다. 미국이 그들에게 준 무기는 계속 해방전선으로 흘러 들어오고 있지요. 미국인이 기왕 프랑스가 디

엔비엔푸에서 겪은 결정적 패배의 경험을 배우고자 한다면 우리는 철저하게 가르쳐 줄 작정으로 있소."

이 회견에서 팜반동 수상은 미국 철퇴를 포함한 몇 가지 평화안을 제의하고 있는데 그것은 비교적 온건한 것이다.

"먼저 1954년의 제네바 협정을 부활시켜 남북베트남에 적용시키는 게 중요합니다. 제네바 협정의 군사조항은 당신도 알고 있을 겁니다만 외국과의 군사동맹 체결, 외국군 기지 대여, 외국군의 출입, 외국 병기의 수입을 금지시키고 있는 것입니다. 말하자면 군사적 중립을 뜻하는 것이지요. 우리들은 무기한으로 이런 조건을 승인할 용의를 가지고 있고, 남쪽의 해방전선도 같은 의향입니다.

과거 20년간의 경험에 비춰 서방사회는 우리의 정치적 중립까진 기대하지 않을 겁니다. 우리는 우리에게 협력적인 모든 나라와 우호적인 통상 문화관계를 포함한 조약을 체결할 작정이지만, 사회주의 진영의 맹우로서의 태도는 계속 지닐 것입니다.

남베트남에 관해선 처지와 사정이 다르죠. 우리는 사회주의 계획경제의 노선으로 나라를 발전시켜 왔지만 남쪽은 사기업 지역입니다.

당분간 그런 상태가 계속되겠지요. 그러니 해방전선은 군사적 중립과 아울러 정치적 중립정책을 취할 겁니다. 우리는 그들의 노선에 간섭할 생각은 없습니다.

그런 만큼 우리는 정치적 재통일을 바쁘게 서둘 의향은 가지고 있지 않습니다. 남북 간에 통상과 교류를 재개해 이산가족의 재회를 실현시켜주고 싶습니다. 정치적 재통일 문제는 우리 정부와 사이공에 수립될 새 민주정권 사이에 생기게 될 접촉 과정을 통해 시간을 들여 신중하게 연구할 참입니다. 이 문제는 우리끼리 해결할 문제이니 외부의 간섭은 전연 무용한 일입니다."

코시긴 수상이 하노이를 방문하고 있는 동안 미군 비행기가 북베트남을 폭격해 상대방의 카드엔 아랑곳없이 판돈을 늘린 결과 남쪽 해방전선의 압도적인 정치적·군사적 승리로서 형성되어가던 상대적인 점진방식을 변경하지 않으면 안 되게 되었다. 즉 소련이 아시아의 공산당을 대면해 공공연하게 미국의 항복을 요구할밖에 없게 되었다. 그렇다고 해서 쿠바의 경우처럼 소련이 개입하고, 한국동란 때처럼 중공군이 개입할 필요는 없다.

미국이 베트남에 한국군을 끌어들인 것과 같은 방식으로 공산 측은 북조선군을 끌어넣으면 된다. 북조선군이 소련의 최신 군용기, 고사포 등으로써 무장해 베트남 전선에 나타나는 결과가 된다고 하면 미국 군용기의 북폭은 그야말로 비싸게 치인 것으로 된다. 미국은 이윽고 호치민이 약속한 아량을 기대할 수조차 없게 될 것이 명백하다.

윌리엄 워비가 호치민에게,

"미국이 철퇴하기 쉽도록 무슨 의사표시를 하는 게 어떻겠느냐?"고 제안하자 호치민은 미소를 지으며 다음과 같이 말했다는 것이다.

"왜 그럴 필요가 있을까? 미국이 철퇴할 결심을 하는 게 선결 문제다. 그렇게 결심하기만 하면 남쪽의 우리 동지들은 그들이 가는 길에 붉은 카페트를 깔고 그 위에 꽃을 뿌려 손을 흔들며 이별의 인사를 미국인에게 보낼 것이다."

그러나 지금에 와선 꽃을 뿌려 손 흔들며 하는 이별의 인사를 바라는 건 무망한 노릇이다.

이사마는 이 글에서 베트민의 수상 팜반동이란 자의 공산주의자식인 레토릭을 읽었다. 팜반동이 사술적詐術的인 언사를 쓰고 있는 것은 확실했다.

미군이 철퇴했을 경우 남쪽을 '사기업 지역'으로 남긴다는 말도 거짓말이고, 해방전선이 독자적으로 사이공에 민주정권을 세울 것이란 상정 또한 거짓말이다.

그런데 충격적이었던 것은 팜반동의 자신만만한 말투였다. 사이공 정부는 부패할 대로 부패하고 있다는 것이고, 사이공 정권의 군인들이 전의를 상실하고 있다는 것이며, 미군이 공급한 신예무기가 해방전선으로 속속 흘러 들어가고 있다는 것이 사실이라고 하면 아무리 미국이 서둔다고 해도 결과는 뻔하지 않은가.

패배가 예상되는 전쟁에, 미국의 언론마저 승리가 어렵다고 판정하고 있는 전투에 뛰어들어 한국군은 무엇을 하겠다는 말인가.

이사마가 받은 충격은 그것만이 아니다.

"미국이 한국군을 베트남에 끌어들인 것처럼 공산 측은 북조선군을 베트남에 데리고 오면 될 것이 아닌가."

하는 발상이 곧 충격이었다.

이사마는 베트남 사태에 관한 해외 세론을 수집하고 있는 도중 미국의 잡지에서 다음과 같은 문장도 읽었다.

존슨 대통령은, 미국이 무슨 까닭으로 이런 위험한 모험을 하게 되었는가를 미국 시민과 지적인 신문 독자에게 설명하기 이전, 베트남 전쟁의 규모를 확대시키지 않을 수 없는 모든 전제조건을 만들어버렸다. 그런데 사실을 말하면 존슨 대통령은 케네디 정권 이래 냉전의식을 가진 지식인 특유의 기계적 사고에 익숙해 그 도취에서 벗어나지 못하고 있는 상태인 것이다. 케네디 측근의 냉전 지식인들이 공산주의의 침략, 파괴활동에 대해선 도의적인 격렬한 반발을 하면서도 CIA가 꾸민 카스트로 정권 타도를 위한 코티노스만 상륙작전에 대해선 이론을 제기하지 않았다는 것은 하버드, 매사추세츠 공과대학이 교육시킨 케네디류 '이지주의'의 본질을 잘 나타내고 있다. 그리고 이번의 베트남에서의 실험은 냉전의식에 사로잡힌 반공 지식인들이 비정하기 짝이 없는 스탈린주의 관료와 같은 정도로 '기계적'이란 사실을 입증했다. 케네디 정권의 발족 이래 베트남 전쟁은 이 정권 둘레에 있는 전문가들에게 있어선 가장 중요한 문제였다. 전문가들 가운데 어느 사람은 사이공 현지를 방문하기도 해 반공투쟁을 어떻게 조직해야 하는가에 관해 대통령에게 권고했다.

그들의 지적 능력은 대단하다. 일단 그들의 권고가 승인되기만 하면 재정적·인사적인 원조가 어김없이 베트남에 보내졌다. 작은 나라의 남반부에 1일 평균 2백만 달러의 원조가 있었다면 상당한 금액이다. 돈만이 아니라 유능하고 젊은 미국의 장교, 하사관이 상당수 파견되었으니 보통의 성의가 아니다.

그런데 그것이 실패했다.

실패한 이유는, 냉전의식에 사로잡힌 사람에게 불가피한 두 가지의 약점이다. 그 하나는 미국 세력의 방위 또는 확대는 그것이 어떤 것이건 도의적이고 바람직한 것인데, 타 세력의 확대는 어떤 것이건 비도의적이고 침략적이란 가설이다. 이 가설에 이끌려 사이공 정권을 뒤집어엎어 정권 담당자를 바꾸기도 했고, 그들이 국민들을 고문하는 짓을 본체만체하는 것이 전의를 앙양시키는 것으로 믿게 되었다.

또 하나의 약점은 냉전 지식인의 사상事象의 판단엔 기계적인 점이 있다는 사실이다. 케네디 측근에 있던 지식인들, 충분한 돈, 적당한 인물, 많은 장비만 공급하면 정교한 전자계산기를 조립하듯 효과적·민주적인 반공정권을 만들 수 있다는 환상을 가지고 있었던 것이 아닌가 한다. 말하자면 기왕 식민지였던 나라에 조립식으로 반공정부를 조립하는 것은 불가능하다는 사실의 인식이 없었다. 물론 예외는 있다. 한국 같은 경우다. 한국의 중산계급엔 결정적인 반공적 요소가 많다. 베트남에선 우익으로 기우는 반공적 요소를 가톨릭 교도에서 발견할 수가 있다. 그러나 소수파에게 무거운 짐을 지워 명명백백하게 외국세력의 앞잡이를 만들어버리면 그들이 일반 국민들로부터 독재자란 낙인을 찍히게 되어 우익 민족주의자로부터도 미움을 사게 될 것은 필지의 사실이다. 그런 까닭에 미국이 베트남 민족주의자들의 공격 목표가 안 될 도리가 없고, 공산당이 그런 풍조를 이용하지 않을 까닭이 없는 것이다. 이런 사실을 파악할 수 없었다는 것은 케네디 측근의 지식인들이 얼마나 어리석었는가의 증거다.

북베트남에 대한 보복은 도의적, 합리적이라고 생각하는 사고방식은 냉전 지식인의 어리석은 독선적 심리상태를 전제하지 않곤 이해할 수가 없다. 돈·물량·인원 등 모든 조건이 압도적으로 우세한데 승리할 수 없는 것은 북쪽으로부터의 침략과 파괴활동 때문이라고 그들은 생각한다. 따라서 미국 군인들이 베트남에서 싸우는 행위는 도의적인데, 남쪽 베트남인이 북쪽에 가서 훈련을 받는 것은 '부도덕'하고 북베트남인이 남쪽 베트남에 와서 게릴라 전술을 가르치는 것은 이중으로 '부도덕'한 행위로 된다. 미국인이 베트남에 무기를 가지고 오는 것은 '도의적'인데, 베트남 사람들이 북쪽으로부터 무기나 라디오를 가지고 오는 것은 '부도덕'하게 된다. 이러한 이중사고의 테두리 속에서 최고로 '도의적'인 행위는 '침략'을 그 원천에 있어서 단절시키는 행위, 즉 침략을 발본색원하는 노릇이다.

그런데 이러한 사고방식이 곤란하다는 것은, 전쟁을 확대시킬 위험은 별문제로 하더라도 오늘날과 같은 복잡한 세계정세에 적합하지 않다는 바로 그 이유로서다. 정치적으로 활발한 베트남 국민은 2백 년 전 미국인이 혁명의 전쟁 과정에서 목적한 바와 같이 자기늘의 지도자를 선출할 권리를 가지고 있고, 백 년 전의 미국인이 했던 것처럼 남북을 통일시킬 권리를 가지고 있다. 케네디 측근의 역사가들이 이와 같은 사실을 이해하지 못했다는 것은 정말 놀랄 일이다.

미국인이 미국의 정치에 대해 이렇게 말하고 있을 때 우리는 우리 정부에 대해 베트남 문제를 두고 어떻게 말할 수 있는 것일까.

이사마는 이 심각한 문제를 타협 없이 해명해보려고 애썼다. 2월 말경 성유정 씨가 상경했다.

해동을 기해 서울로 이사 올 작정을 하고 집을 마련하러 왔다는 성유정 씨는 이사마가 신문사를 그만두었다고 해도 별반 놀라는 빛도 없이 신문사를 그만두게 된 동기와 경위를 물었다.

벌써부터 그만둘 생각을 하고 있었는데, 직접적인 동기는 '월남 파병' 문제라고 하자 성유정은,

"명분으로선 그럴듯하다."

며 웃었다.

말이 그렇게 나온 김에 이사마는 그동안 월남사태에 관해 모은 문헌

과 국내외 신문 잡지에서 끊어낸 스크랩을 성유정 씨 앞에 쌓아 보였다.

"집념이 대단하군."

"집념이랄 것도 없습니다. 달리 할 일이 없다가 보니 그렇게 된 거지요."

"그건 그렇고 사이공 정부는 그 명맥을 어느 정도 지탱할 수 있다고 보는가?"

"미국이 버티고 있는 동안엔 지탱하겠지요."

"요즘에 또 쿠데타가 있었다며?"

"얼마 전에 구엔칸 장군이 쫓겨났지요."

"그 사람 지난 1월 말경의 쿠데타로 정권을 잡은 사람이 아닌가."

"2월 22일까지 세 번의 쿠데타가 난 셈이지요. 1963년 11월 고딘디엠 정권이 붕괴한 이후론 5, 6차의 쿠데타가 있은 셈이지요. 이번 2월 19일부터 22일까지에 있은 정변은 세 개의 쿠데타가 파상적으로 발생한 것이죠. 제1쿠데타는 반곡타오 대령이 일으킨 구엔칸 반대의 쿠데타이고, 제2의 쿠데타는 제1쿠데타를 진압하는 과정에서 젊은 장교단이 구엔칸을 축출한 쿠데타이고, 제3쿠데타는 축출된 구엔칸이 권력의 탈회를 노린 실력행사인데 결국 실패하고 말았습니다."

"후임은 누군가."

"찬반민 준장이라고 하지만 실권은 구엔카오키 장군을 비롯한 젊은 장교단입니다. 며칠 있으면 또 쿠데타가 일어날 것이니 기억해둘 필요도 없을 것 같아요."

"그런 상태로서 미국은 베트민을 상대로 승산이 있다고 보는 건지."

"그래서 미국도 고민인 모양입니다."

"쿠데타는 대강 미군의 사주에 의한 게 아닌가."

"그렇겠지요. 이놈을 시켜봐도 그렇고 저놈을 시켜봐도 그러니 자꾸만 바꿔보는 모양인데……."

"그런 사정인 나라에 우리 국군을 파견해?"

"그러니까 문제가 되는 거지요."

"문제 되고 뭐고 그런 데 관심 쓰지 말게, 시간낭비다."

"역사의 심판에서 논고할 자료를 만들어야지요."

"자네가 만들지 않아도 베트남 전쟁의 결말이 논고의 자료가 될 게다. 포부는 없고 야심만 있는 정치인의 성체를 알아볼 만한 자료가 될 테지."

"그렇게만 생각할 수도 없을 겁니다. 어쩌다 월남 파병에 대한 반대급부로 뜻밖의 수확이 있을지 누가 압니까."

"괜한 소리 말게. 얼만가라도 희생자가 있으면 어떤 반대급부로써 그 희생자들의 생명을 보상할 수 있겠나. 정치에선 국민의 생명 보호가 제1의적인 의미가 아닌가."

"원칙주의는 통하지 않게 돼 있는 것 아닙니까."

"그렇다면 이런 이야긴 집어치우자."

고 성유정이 상을 찌푸리고 덧붙인 말은,

"자네 앞으론 내게 기댈 생각은 말게. 서울에 오면 나도 최저의 생활을 해야 할 지경이다."

"선배님 믿고 신문사 그만두었는데 무슨 말씀을 그렇게 하십니까."

하고 이사마는 오랜만에 깔깔대고 웃었다.

서글픈 봄

―호지胡地에 무화초無花草이니 봄이 와도春來 봄 같지 않구나不似春.

이사마의 심경이 바로 이러했다. 호지 아닌 서울에 화초가 없을 까닭이 없지만 그 화초마저 빛과 향기를 잃어 1965년의 봄도 이사마에게 있어선 황량하기만 했다.

그 무렵 김선이 종로 2가에 '반월'이란 요릿집을 차렸다.

"배운 도둑질은 어떻게 할 수 없는가 봐요. 아무리 생각해도 이짓밖엔 할 게 없어요."

어느 날 비원을 같이 산책하며 김선이 한 말이다.

이말 끝에 김선은 4년 전 요릿집을 한 경험이 있다는 것을 실토하고 그녀의 슬픈 성장 과정의 일단을 털어놓았다.

"내 삶의 바탕도 성격도 정상적인 인생 코스를 밟도록은 안 돼 있는 모양이지요?"

김선은 남의 말처럼 자기의 과거를 설명했다. 그것도 윤곽만을.

"해낼 자신이 있어요?"

하고 물은 것은 인사치레였다. 이사마는 김선이 술장사를 하겠다는 얘기를 듣자 마음이 무겁게만 가라앉았다.

"'라 세느'의 윤 마담이 도와주게 돼 있어요."

하곤 김선은 이런 말도 했다.

"세상을 산술적으로만 살아선 안 될 것 같아요. 전번엔 실수했지만 이번엔 악착같이 서둘러볼 참예요."

"윤 마담은 그럼 '라 세느'를 그만두는 겁니까?"

"도리가 없죠. 경양식 갖곤 재간을 부릴 여지가 없어요. 현상유지가 고작이거든요. 당초엔 그거나 하며 조용히 지낼 작정이었는데……."

김선이 말꼬리를 흐렸다.

"조용히 지내면 안 될 이유라도 생긴 건가요?"

"이유는 마음속에 있지 바깥에서 생길 까닭이 있습니까. 내로라하고 으스대는 사람들을 한번 이용해보자는 거지요. 생각해보세요. 내가 학문을 하겠어요? 생산업을 하겠어요? 가정주부가 될 수 있겠어요?"

"사람은 자기 자신의 인생만을 살 수도 없는 거예요."

묘한 뉘앙스를 풍기는 말이었지만 이사마는 따져 묻지 않기로 했다. 어차피 먼 세계로 떠나는 김선인 것이다.

한동안 말없이 걷고 있다가 연못을 왼편으로 낀 오솔길로 들어섰을 때 이사마가 물었다.

"개업은 언제쯤?"

"이달 중순쯤으로 잡고 있어요. 워낙 고옥古屋이 돼 놔서 개축할 곳이 너무나 많아요. 외관은 한옥, 내부는 양식으로 할 작정이거든요. 물론 온돌방은 남기구요. 수리가 다 되면 개업 전에 초대하겠어요."

"단골손님이 될 자격도 없는 사람을 초대해서 뭣 합니까."

"손님이 돼 달라고는 안 해요."

"그럼 뭡니까?"

"친구로서 모시는 거죠."

"고맙습니다."

"그 말투가 이상하네요."

"고급 요정의 손님이 될 자격이 없는 게 서러울 뿐입니다."

김선의 표정에 그늘이 서렸다.

"이 선생님, 우리 사이에 그런 말 하지 말기로 해요. 제 마음도 꽤나 복잡해요. 가보시면 알겠지만 요릿집을 할 요량인 집의 바로 뒤에 조그마한 양옥이 있어요. 그 집을 사서 보뒀어요. 이 선생님께서 부담없이 드나들 수 있을 장소로 하기 위해서죠. 물론 출입문은 별도이지만 담장에 문을 뚫으면 되게 돼 있어요."

이사마는 쓴웃음을 지었을 뿐이다.

김선의 말은 계속되었다.

"제가 요릿집을 성공적으로 해나가는데 있어선 이 선생님의 도움이 필요해요. 제가 제 자신을 지키기 위해서도 이 선생님이 필요해요."

이사마는 묵묵히 듣고만 있었다.

"무슨 뜻인지 알겠지요? 이 선생님."

"알겠소."

란 대답을 안 할 수가 없었다.

"평생토록 사귈 수 있는 친구 하나쯤은 필요하지 않겠어요?"

이사마는 애써 평온한 표정으로 고개를 끄덕였지만 마음속은 평온하지 않았다. 돈에 집착하게 되는 여자의 마음이 어떠한 파장을 갖게 되는가를 모를 이사마가 아니었다. 더욱이 화류계 여성의 마음의 경사傾斜가 어떻게 쏠리는가를 짐작 못할 이사마가 아니었다.

김선의 현재의 심경이 어떠했건 이사마는 그날 비원의 산책을 김선과의 이별을 기념하는 마지막 의식이라고 생각했다. 고급 요정의 여주인과 룸펜 신세가 된 전직 언론인과는 아무래도 어울릴 수 있는 관계가 아닌 것이다.

저녁식사를 같이 하자는 김선으로부터의 제안이 있었지만 성유정 씨와의 약속을 핑계로 비원 앞에서 헤어졌다. 헤어지기 직전 이사마는

"이왕 시작한 바엔 잘해보시오."

란 말을 남겼다.

정부는 한일국교의 정상화를 서두르고 있고, 이와 정비례해서 한일 협정에 반대하는 측도 기세를 펴고 있다. 대학마다 학생들이 반대 데모에 열을 올리고 있는 것이다.

이사마는 나름대로 이 문제를 검토해보기로 했다. 과연 지금 정부가 추진하고 있는 조건으로서 한일협정을 하는 것이 옳은 일인가, 나쁜 일인가.

이사마는 남산의 도서관에 다니면서 우선 한국 경제 실태를 파악하려고 애썼다.

한국의 인구는 2천7백만. 이것을 일본의 인구와 대비하면 3분의 1이다. 그리고 국민총생산액은 현재의 시점에서 1백분의 1이 채 못 되었다.

농업 인구가 전 인구의 6할, 농가 1호당 경지 면적은 9백 평. 3백 평당 단위의 평균수확량은 1석 2두.

제2차산업의 낙후성은 더욱 비참하다. 노동인구 1천만 가운데 실업자의 수는 3할이다. 서울의 인구는 3백60만 명인데 그중 1백만 명 가까이가 실업자인 것이다.

주요산업 가운데 1963년 통계에 의하면 9할 이상의 가동률을 나타내고 있는 것은 시멘트·전기동·판유리 정도이고 정당精糖의 가동률은 16퍼

센트에 불과한데 그 가격은 1년 동안에 2배 반이나 등귀하고 있었다.

이처럼 제조업이 부진하다는 것은 대학 졸업자의 취업률이 극히 낮다는 결과를 자아낸다. 80개의 대학에서 매년 4만 2천 명의 졸업생이 나오는데 취업률은 3할에도 미달이다. 대학생들이 데모가 극렬한 색채를 띠는 것은 불투명한 장래에 대한 불안 때문인지도 모를 일이다.

물가의 등귀가 경제사정을 더욱 곤란하게 한다. 1960년을 100으로 치면, 1961년 113.2, 1962년 123.8, 1963년 149.3, 1964년 209.8, 1965년 1월 215.0으로 된다.

한편 근로자의 수입은 1960년의 상태로 정체된 채로 있다. 한국의 평균 가정의 가계는 적자다.

한국은행 통계연감 1964년 판에 의하면 다음과 같이 되어 있다.

1962년 소득

평균 7천1백50원, 적자 8백 원.

봉급생활자 소득 8천6백80원, 적자 9백70원.

노무자 소득 4천9백50원, 적자 5백70원.

1963년 소득

평균 7천9백40원, 적자 1천1백30원.

봉급생활자 소득 9천7백70원, 적자 1천3백70원.

노무자 소득 5천4백90원, 적자 8백10원.

이런 적자생활이 어떻게 가능할까. 죽지 못해 살고 있는 사람의 수가 압도적으로 많다는 얘기가 아닌가.

가계도 적자인데 나라의 재정도 적자다. 국가의 재정수입 중 조세수

입은 약 반액이다. 미국으로부터의 원조가 재정수입의 3분의 1을 차지하고 있는 실정이다. 세출예산의 총액 3분의 1에 해당하는 국방비를 감당해야 하니 보통 문제가 아니다. 재정적자가 1962년엔 1백17억 원이었다. 게다가 국제수지는 해마다 1억 달러 이상의 적자를 내고 있다.

작년 5월 3일, 1달러＝1백30원 하던 공정환율을 1달러＝2백55원으로 바꿨다.

두대체 20년간에 걸쳐 미국으로부터 37억 달러가 들어왔다고 하는데 그 돈은 어디로 가버렸을까.

지금 한국의 경제를 주도하고 있는 것은 AID자금을 쓰고 있는 '유솜'이다. 그런데 '유솜'은 영세공업에 도움을 주어 이를 육성하려고 하지 않고 미국에서 플랜트를 들여와서 경제개발을 촉진하려고 하고 있다. 그러니까 자연 매판자본가 정상政商 부패정치가들이 단물을 빨아먹기 일쑤다. 대중을 돌볼 의사도 여유도 없는 것이다.

한국의 경제는 자본주의경제가 아니라 이권경제다. 그 증거가 금융특혜로 나타나 있다. 막대한 자금이 수개 특정 재벌에 흘러들어 갔는데, 대중의 생활은 외면한 채 그 특정 재벌만 살찌우고 그 보상으로 권력정치가에게 뇌물이 바쳐진다.

이러한 상황에 일본 자금이 침투해 들어오려고 한다.

'김·오히라' 메모에 의한 합의는 무상 3억 달러, 유상 2억 달러다. 이 돈을 어떻게 쓸 것인가. 결국 특정 재벌에 대한 특혜융자로 돌아갈 것이 아닌가.

무상 3억 달러, 유상 2억 달러라고 하는 경제협력 방안이 성립되기만하면 청구권 문제는 소멸된다고 하는데 그것이 과연 타당한 일일까.

민주당 정부 당시 외무부 장관으로 있으면서 한일 간의 교섭을 담당했던 정일형 의원의 말을 들어둘 필요가 있다.

—일본은 필리핀·인도네시아·버마 등지를 3년 반 정도 점령한 보상으로 각각 8억 달러의 돈을 지불했다. 그런데 35년 동안이나 우리를 지배해놓고 3억 달러로써 쓱싹하려고 하고 있다. 내가 외무부 장관 시절 일본의 고사카 외상은 법적 근거를 갖고 하는 한국의 청구권에 대해선 일본이 응할 용의가 있다는 의사를 밝혔다. 그때의 계산은 8억 달러 이상이었다. 그런데 현 정부는 그러한 역사적 사실을 무시하고 일본의 3억 달러 제안을 대단한 것인 양 받아들이려고 하고 있다. 우리는 결코 찬성할 수가 없다.

이사마는 어업협정 조항·독도영유권·문화재 반환 문제 등을 살펴보았다. 이 문제는 어떻게 되는 것일까.

사실 이사마의 실력으로는 진행 중인 한일교섭을 가타부타 어느 편으로도 단정하기가 곤란했다.

이와 같은 내용을 설명하고 성유정 씨의 의견을 물었더니 성유정은,

"내 감정적 의견으로선 앞으로 10년 동안만 일본과 관계를 끊고 있는 이대로 살고 싶다."

고 할 뿐 귀찮게 한일 문제를 생각하기도 싫다고 했다.

4월에 들어섰다.

일본의 사카키로부터 짤막한 편지가 왔다.

"노구치 다케시란 자가 귀국을 방문한다고 하기에 이 군을 소개해주었다. 혹시 전화라도 있으면 한두 번 만나주기 바란다. 현양사玄洋社 계열의 기인인데, 경제에 패나 조예가 깊은 사람이다. 이번에 그가 한국을 방문하는 목적은 한일협정에 관한 비판문을 쓰기 위한 현지답사라

고 했다. 사실을 말하면 비판문을 다 써놓고 실지 검증으로 간다고 하는 게 정확할지 모른다. 너무나 솔직하면서 기교한 언동이 있는 사람이라 폐가 될 염려가 없지 않지만 그런 종류의 사람을 알아두는 것도 인생수업에 도움이 될까 해 소개하는 것이다."

노구치로부터 전화 연락이 있은 것은 사카키로부터 편지를 받은 일주일쯤 후였다.

"사카키 군이 당신을 만나라고 해서 전화를 걸었소. 만나고 싶지 않다면 굳이 만날 의사는 없소. 만나주실 용의가 있거든 시간과 장소를 말하시오. 가급적이면 장소는 현재 내가 묵고 있는 반도호텔의 내 방이면 좋겠소. 널찍한 방을 잡아두었으니까."

대단히 당돌한 말투여서 불쾌하긴 했지만 한편 호기심도 있었다.

"오후 5시에 찾아가면 어떻겠느냐?"

고 이사마가 말했다.

"요로시, 그 시각에 기다리겠소."

'요로시'란 말은 좋다는 뜻의 비어다. 초면 인사에게 함부로 쓸 수 없는 말인 것이다.

그러나저러나 상관할 바 아니었다. 이사마는 약속한 시간에 지정된 방문을 노크했다.

도어가 안쪽으로 열리고 반들반들한 대머리 사나이가 얼굴을 내밀었다. 60세 가까운 나이로 보였다.

이름을 말했더니 노구치는 이사마를 방 안으로 인도하고 명함을 건넸다. 엽서 크기만한 명함엔,

"노구치 정경연구소 소장 노구치 다케시."

라고 적혀 있었다.

이사마가 명함을 보고 있는데,

"소장이라고 씌어 있지만 그 연구소의 직원은 나 혼자입니다. 소장 겸 소사 겸 연구원, 이렇게 되는 거죠."

하고 큰 소리로 웃었다.

"내가 일본서 가지고 온 차요."

노구치는 주전자에서 차를 따라 이사마에게 밀어놓으며 물었다.

"단도직입적으로 묻겠는데 당신은 지금 진행 중인 한일교섭을 찬성하오, 불찬성하오?"

"찬성도 불찬성도 아니오."

이사마도 무뚝뚝하게 말했다.

"인텔리는 뭔가 의견을 가지고 있을 터인데."

"간단하게 의견을 갖긴 해도 복잡한 문제라서요."

"물론이지. 생각을 해봤는데두?"

"이웃끼리 국교를 정상화해야 하는 기분으로선 찬성이고, 그러나 한 10년쯤은 일본관 상관하지 말고 살았으면 하는 기분으로선 불찬성이오."

"그 말 재미있군. 그런데 내가 묻는 건 현재 진행되고 있는 교섭 내용에 대한 찬반이오."

"그건 지금 검토 중이오."

"섣불리 결론을 내는 것보다 신중하게 검토한다는 건 좋은 일이오. 그럼 내 의견을 말해볼까요?"

"말해보시오."

"현재 진행되고 있는 내용으로는 절대적으로 당신들에게 불리하오. 박 정권에겐 유리하겠지만."

이사마는 잠자코 있었다.

"국민의 입장으로선 반대해야 할 거요. 하지만 반대해봤자 소용은 없겠지. 박 정권에겐 사활이 걸려 있으니까."

"무슨 소린지 알 수 없는데요."

"그럼 차례대로 설명을 하지."

노구치는 차를 한 모금 마시고 시작했다.

"청구권 협정으로 일본이 한국에 무상으로 3억 달러, 유상으로 2억 달러, 민간차관 3억 달러, 합계 8억 달러의 경세원조를 한다는 거요. 이 경제협력은 한국의 대일청구권을 1962년 10월에 오히라와 김종필과의 밀약에 의해 경제협력 방식으로 바꾼 것인데 이렇게 바꿨다는 데 의미가 있는 거요. 청구권 문제로서 나가면 일본은 얼마가 나가든지 일본으로 봐선 마이너스가 될 뿐이오. 그런데 경제협력 방식으로 하면 일본은 본전 이상의 경제적 이익을 한국으로부터 짜낼 수 있는 거란 말요. 요컨대 한국을 일본시장화할 수 있다 이거요. 우쓰노미야 도쿠마字都宮德馬 같은 가뜩똑이는 한국의 경제력이 약하니까 8억 달러의 투자를 하는 경우 회수하기가 곤란할 것이니 일본이 무엇 때문에 그런 양보를 할 것인가고 떠벌리고 있지만 그 녀석은 바보야 바보. 박 정권은 일본으로부터 8억 달러의 원조가 들어가면 지금 놓여 있는 경제위기를 극복할 수가 있어. 정치적 안정을 얻을 수도 있고. 박 정권이 1962년 1월 경제개발 5개년 계획인가 뭔가를 공표했지만 무슨 보람이나 있었소? 그 경제적인 초조가 박 정권으로 하여금 한일협정을 서두르게 한 거요. 미국으로 보아서는 경제가 항상 불안한 한국의 현상은 한국-대만-베트남이라고 하는 극동 전략 거점을 위태롭게 하는 것이니까 박 정권의 안정을 위해선 일본의 대한경원對韓經援이 절대적으로 필요하단 말이오. 미국의 입장으로선 그런 안정만 이룩할 수 있으면 한일 경제협력의 결과 장차 한국 경제가 어떻게 되건 말건 상관할 바 없는 거지. 알아듣겠소? 내 말을."

"그런 염려 말고 얘기나 계속 하시오."

노구치는 다시 한 모금 차를 마시곤 얘기를 계속했다.

"그럼 앞으로 한일 경제협력이 어떤 양상을 취할 것인지 그걸 검토해봅시다. 제1은 미국의 한국 원조를 자금원으로 하는 상품과 플랜트의 수출일 거요. 이때까지도 마루베니 이이다가 AID자금으로 충주 수력발전소에 플랜트를 수출한 예가 있소. APA(재일육군조달본부)를 통해 도요타자동차 회사가 병원兵員 수송차를, 미쓰비시중공업이 전차를 수출한 예도 있고. 군수품과 무기 수출은 대강 이러한 예에 준해서 이루어질 것이오.

제2는 한국의 5개년 경제계획 사업을 대상으로 한 플랜트 수출 기술 제휴 차관 등일 것이오. 이 형태로써 일본의 대기업이 진출하겠지. 히타치·가지마 건설이 한전 삼척 화력발전소에 수출한 플랜트, 고베 제강의 제3비료공장 플랜트 수출 등이 전형적인 예가 되겠지.

제3은 보세가공 무역 방식에 의한 진출이오. 이건 노동집약적인 산업, 특히 섬유공업이 중심이 되지. 종전에도 마루베니 이이다·도멘·미쓰이 물산 등의 상사가 중심이 되어 중소기업체를 모아 보세가공을 하고 있었는데 최근엔 아사히 화성·테이진 등 대기업 화섬 메이커가 진출하고 있소.

제4는 재일한국인의 재산 반입의 형식으로 일본 자본이 들어가는 케이스가 있소. 마루베니 이이다·일본강관·아사히 제철 등을 통해 인천중공업에 소형고로 건설에 투자하리란 말도 나돌고 있지요.

제5는 미국의 민간차관 상업차관으로 위장한 일본 자본의 진출이오. 마루베니 이이다·아메리칸·뉴욕 가네마쓰 등이 그 예외다.

어때 내 얘기에 흥미를 느꼈소? 흥미가 없으면 그만해두지."

"아닙니다."

이사마가 얼른 말했다. 이사마에게 있어선 노구치의 얘기가 전부 새로운 정보였다. 어렴풋이 한일협약의 내막을 알 것 같은 기분이 되었다.

노구치는 산호 파이프에 동강낸 담배를 꽂아 두세 번 연기를 토해내곤 꺼버리고 다시 얘기를 시작했다.

"이와 같은 형태로 진행될 것이지만 불원한 장래 경제협력의 중심으로 될 것은 아무래도 보세가공 방식일 거요. 플랜트 수출이 주류로 되기엔 한국 경제가 너무나 불안정하거든. 플랜트 수출의 경우 민간 베이스로 하려면 한국 기업의 지불능력이 관건으로 될 것인데 현재 한국의 기업체는 장래에 있어서의 지불능력은 도외시하더라도 수출입은행에 지불할 보증금의 조달조차 불가능한 상태에 있거든. 일본 기업체가 수출입은행의 자금을 쓸 경우 보증금이 10퍼센트이면 8년 반제, 15퍼센트이면 15년 반제로 되는 것인데 현재 한국의 기업체는 이 보증금의 조달이 곤란하단 말요. 그러니까 한국에 대한 플랜트 수출은 지불보증이 확실한 정부 베이스로 옮겨가게 되지. 당연히 무상 3억 달러, 유상 2억 달러를 노리게 되는 거지. 무상분은 일본 정부의 일반회계로부터, 유상분은 해외협력기금의 장기저리 차관으로 공여되는 것이니 안전하고 확실하지. 그러니 현재 민간 베이스로 계약되어 있는 플랜트 수출도 무상, 유상 5억 달러의 정부 베이스로 옮겨지는 거요.

아까도 말했지만 한일 경제협력의 주류는 보세가공 무역이 차지할 게 뻔해요. 일본보다 3할 내지 5할이나 싼 한국의 저렴한 노동력을 이용하자는 것인데 이미 일본의 섬유업계와 인쇄업계가 관심을 쏟고 시험적인 발주를 위해 교섭을 진행하고 있는 모양이오. 한국 정부도 보세가공 방식으로 일본의 판매력을 이용해 외화를 획득할 수 있을 것으로 보고 이 방식을 강력하게 추진할 모양 같아요.

그런데 문제는 무상 3억 달러, 유상 2억 달러, 민간차관 3억 달러의 경제원조가 과연 유효적절하게 쓰여 그로써 한국 경제의 위기를 극복할 수 있을까 하는 점이오. 이 문제에 대해선 나는 비관적이오. 그 최대의 이유는 지금 진행할 작정으로 있는 한일협력은 공업 또는 제조업 중심이고 한국 경제의 주축이라고 할 수 있는 농업과는 직접적인 관련이 없다는 사실이오. 일본의 경제원조로 공업생산이 상승한다고 해도 그것이 당장 한국 경제 전체의 개선으로 되는 건 아니니까. 한국 경제를 갱생시키려면 농업 대책을 포함한 보다 넓은 계획적인 원조가 필요하다고 나는 생각하는 거죠. 한국의 경제위기, 그리고 사회위기의 중요한 원인이 농업의 피폐에 있다는 사실을 감안하지 않는다면 모든 경제계획은 무의미한 것으로 될 것이기 때문이오."

이사마는 노구치의 농업경제에 대한 언급에 특히 동감이었다. 한국은 뭐니뭐니 해도 번영된 농촌을 바탕으로 해서 그 토대 위에 산업 체제를 만들어나가야 한다는 것이 이사마의 소신이었던 것이다. 그런 까닭에 노구치에게,

"농업 대책까지 포함한 경제계획은 어떤 것이라야 하겠는가?"
고 물었다.

노구치는 지금 당장 구체적으로 대답할 수 없다고 전제하면서도 토지개량·경지정리·수리시설·기술개발·농민협동체 등의 항목을 들어 농산물 가공업에 특히 중점을 두어 농공을 결부시키는 계획이 필요할

것이란 극히 유익한 말을 했다. 그러기 위해선 경제원조 가운데서 1억 달러 상당의 금액이 농업과 어업에 할당되어야 할 것인데, 철저한 상인 근성, 곧 돈을 벌어야 한다는 사고방식의 소유자들이 그런 생각을 할 수 있겠느냐고 흥분하기도 했다.

다시 본론으로 돌아간 노구치의 다음 얘기는,

"한국의 공업 자체에 관해서 양측은 제조업 전체의 가동률을 약 53퍼센트로 잡고 있어요. 그러니까 한국 제조공업의 약 반수가 유휴상태로 되는 거지요. 그러니 한국 공업이 당면한 긴급 과제는 새로운 시설투자를 할 것이 아니라 기존 시설을 충분히 가동시키는 일이오. 따라서 중요한 건 공업 원료의 입수, 생산부문 간의 조정에 의한 상호 판매 시장의 조성에 있다고 봐요. 말하자면 기존 시설이 남김없이 순조롭게 가동된 연후에 필요에 따라 플랜트를 수입해 신시설을 갖추도록 해야 할 건데 우선 외자 도입부터 시작하려는 박 정권의 발상은 본말이 전도된 생각이오. 그런데 현재 가지고 있는 설비능력을 충분히 발휘하려면 인플레를 방지해야 해요. 급진하는 인플레 상황에선 공업생산의 급증은 있을 수 없는 것이니까. 그러나 인플레를 억제하려면 첫째 거액의 군사비를 삭감하는 데서부터 시작해야 하는데 현재의 박정희 군사정권하에선 그런 방책은 전혀 무망한 노릇이 아닌가요. 그렇다고 하면 아무리 경제원조를 해도 한국의 경제위기는 완화될 수 없다는 이치로 되는 거요.

다만 보세가공 무역의 경우는 인플레의 영향을 덜 받을 수가 있지. 외화를 획득하며 생산설비의 가동률을 높일 수가 있지요. 그러나 국내에 인플레가 진행하고 있으면 제품이 국내로 흐를 가능성이 강하게 되는 거죠. 한국의 경우엔 보세가공의 제품을 국내에서 팔 수 있게 돼 있으니까요."

여기서 일단 얘기를 끊고 노구치는 창밖을 내다보고 있더니,

"이제 가장 중요한 말을 하겠소."

하고 식은 차로 목을 축였다.

"경제협력의 유효성에 관련해서 특히 문제가 되는 건 박 정권의 능력과 자질이오. 박 정권의 경제능력은 낙제요 낙제. 지금까지의 경제정책 중에 실패하지 않은 게 있어요? 몇몇 사람을 부자로 만들고 그 주변사람들을 부정에 의해 살찌워 준 일 이외에 경제적으로 한 일이 뭐요. 실수밖엔. 고리채 정리도 영농자금 문제도 초보적인 단계에서 실패하고 말았지 않소. 가격통제정책만 해도 그렇지. 법률까지 만들어 법석을 떨었지만 아무런 실효도 보지 못했지 않소. 게다가 박 정권이 하는 짓을 보면 경제적으로 무능하면서 청결성에도 결함이 있어요. 추잡하다는 겁니다. 예컨대 특혜금융 같은 것 말이오. 3대재벌에 총대출액의 16퍼센트를 주었다고 하면, 아니 전 통화량의 33퍼센트를 그들에게 집중했다는데 일국의 살림을 살고 있는 사람으로선……. 나는 감각이 문제라고 생각해요. 그다음 정부 내의 부정 사건, 예컨대 증권파동·새나라자동차 문제·삼분폭리·파칭코 도입·워커힐 사건 등은 상식을 의심하게 하는 사건들 아니오? 나는 그런 경제적 무능력에 불결하기조차 한 박 정권이 대한 경제협력을 보람 있게 사용해 경제위기를 극복할 수 있으리라곤 믿을 수가 없어요. 뿐만 아니라 엉뚱한 결과로 나타날 것이 뻔해요. 그 첫째는 저렴한 노동임금인데, 현재 진행되고 있는 보세가공 방식의 유일한 이점이 저임금 아니오? 한일협정이 성립되는 날엔 다른 형태도 등장해 한국인의 저임금을 철저하게 이용할 거요. 대기업 수산회사가 계획하고 있는 한일 합동의 선단 편성, 일본의 탄광과 어장에 한국인 노동자를 대량으로 도입할 방책 등이 계획에 들어 있어요. 이처

럼 한국의 불행한 노동자를 저임금을 미끼로 국제적으로 이용한다는 게 옳은 짓일까요? 둘째로 생각할 수 있는 건 한일 간에 하청 계열이 형성된다는 거요. 이건 보세가공 방식이 경제협력의 주류가 되면 당연히 예상되는 사태죠. 한국과 일본 사이의 경제력을 비교할 때 양자 사이에 평등한 국제분업이 성립할 여지는 없다고 봐요. 일본 국내에서 대기업과 소기업 사이에 형성된 것 같은 계열화 현상이 일본과 한국과의 사이에도 생겨날 가능성이 있는 거죠. 즉 한국 경제는 일본 경제에 대해 하청관계를 맺을 수밖에 없다는 겁니다. 셋째로 경제협력이 진전됨에 따라 일본이 한국시장을 전면적으로 지배하게 될 거요. 현재에도 일본이 한국의 수출입에 중대한 비중을 가지고 있소. 동시에 일본 상사의 비중이 날로 증대하는 경향이 있소. 전쟁 전 조선반도를 양분하고 있다시피 한 미쓰이·미쓰비시에 이토추·마루베니 이이다 등이 곁들어 진출해서 이미 한국의 무역을 누르고 있는 상황이오. 뿐만 아니라 한국에서 보세가공한 것은 해외에 수출해야 하는데 한국 내에서도 판매할 수 있도록 되어 있다고 해요. 그렇게 되면 일본의 기업은 보세가공 방식으로 한국의 싼 노동력을 이용해 앉은자리에서 한국에서의 시장을 확대할 수 있게 된다, 이 말이오. 즉 한국시장을 일본이 지배하는 거죠.

마지막으로 중요한 것은 경제협력의 진행과 더불어 일본의 한국 기업에 대한 지배권이 확립될 것이란 사실이오. 보세가공 무역 방식이라고 해도 한국의 기업능력이 낮기 때문에 원래의 위탁가공의 테두리를 넘어 일본의 기술과 설비투자가 필요하게 될 것이기 때문이오. 보세가공이라고 해도 일본 측의 기업으로선 제품이 일정 정도 이상의 질을 가져야 할 것을 요구할 것이고, 한편 한국 기업 간의 경쟁이 치열한 관계로 일본 측 기업의 기술과 자본을 도입하지 않을 수 없게 될 것이란 말이오. 또 일본 기업들은 원래가 저렴한 노동력의 이용을 노린 것이기 때문에 이윽고 기업의 관리에 대해서도 간섭하게 되겠지요. 이렇게 보세가공 방식을 기점으로 해 일본의 원료·설비·기술·관리술이 도입되어 한국 기업은 일본 기업 지배의 그물 속에 사로잡히게 될 것은 명약관화한 사실이란 말이오.

이와 같이 해 한일 간의 경제협력은 한국의 경제위기를 타개하기는 커녕 한국의 노동력 시장 기업 등을 일본 자본이 지배하는 것으로 되어 결국은 한국에 대한 일본의 경제침략이 성공하리란 것이 내 의견인데 당신의 생각은 어떠하오?"

이사마는 멍청하게 노구치를 쳐다보며 잠시 할 말을 잊었다.

'한국의 경제학자로서 과연 노구치만큼 앞으로의 한일관계를 내다본 사람이 있을까.'

하는 생각과,

'한국의 정책 메이커들이 과연 어느 정도로 노구치가 지적한 위험을 예상하고 있을까.'

하는 마음으로 얼떨떨했던 것이다.

"놀랐습니다. 노구치 씨는 언제부터 한국 경제에 대해 그처럼 소상한 연구를 하셨습니까?"

"연구라고? 이건 연구도 아니오. 한국은행에서 발행한 통계자료와 한국의 경제단체에서 펴낸 팸플릿, 한국 정부의 간행물을 일람하는 것으로서 만들어낸 결론일 뿐이오. 경제라는 것은 패턴을 가졌고, 그 패턴엔 각각 공통된 생리가 있는 것이기 때문에 약간의 관심과 세밀한 관찰력만 있으면 되는 거죠."

"그런데 노구치 씨가 예상한 사태, 즉 일본의 한국에 대한 경제침략은 노구치 씨가 갈파한 점을 미리 파악하고 대비해나가면 미연에 방지할 수 있지 않을까요?"

"방지할 수 있지요. 그러나 나는 현재 한국의 정치능력과 경제적인 견식과 능력 갖곤 어림도 없다고 생각해요. 그보다도 지도급에 있는 사람들의 절조가 문제요. 플랜트를 수입할 때 그 플랜트의 경제적 의미보다도 그 플랜트를 수입함으로써 얻어낼 리베이트, 즉 뇌물의 다과를 먼저 생각하는 습성이 귀국의 정치가들의 몸에 밴 것 같아요. 해방 이후 이날까지 수십억 달러의 경제원조를 미국으로부터 받았는데 그게 모두 어디로 갔을까요? 나는 한일 경제협력도 그렇게 되지 않을까 해서 우려하는 사람이오."

하고 노구치는 자기의 정보망에 걸려든 한국 정치인의 스캔들은 아연 실색할 정도라고 했다.

"어떤 스캔들이오?"

"나는 여자에 관한 문제 같은 것은 스캔들이라고 치지 않소. 배꼽 아래엔 인격이 없는 거니까. 나는 돈에 관한 스캔들을 말하는 것이오. 일본에도 부패한 정치가가 없진 않소. 그러나 그들에겐 일족낭당一族朗堂을 먹여 살린다는 명분만은 갖추고 있소. 그런데 한국의 정치인들에겐 그런 명분도 없는 것 같아요. 한일 간의 경제협력이 결국에 가선 특정한 몇몇만 졸부로 만들어놓고 대중을 도탄으로 몰아넣는 결과밖엔 되지 못할 것이 아닌가 하는 짐작을 지워버릴 수가 없단 말요."

"그래 당신은 어떻게 하겠단 말입니까?"

이사마가 시니컬하게 물었다.

"어떻게 하긴."

노구치는 이사마를 쏘아보는 듯하더니,

"우리 어디 가서 술이나 합시다. 그럴싸한 요정이 있으면 안내하시오."
라고 했다.

"꼭 요정이라야 하겠소?"

"이왕이면 최고급 요정이라야지."

이사마는 노구치란 인간의 정체를 알고 싶은 호기심을 느꼈다. 비록 현양사라고 하는 극우단체에 속한 '야쿠자'라고 할망정 경제에 있어서의 한일관계의 본질을 그처럼 석출析出해낼 수 있다는 것은 범상한 견식으로 가능한 일이 아닌 것이다.

이사마는 노구치를 대접해줄 만한 인물이라고 인정했다. 김선의 요정으로 데리고 갈 생각을 하게 된 것은 그런 마음의 탓이었다.

김선의 안내를 받아 방으로 들어가 좌정을 하자 노구치는 감탄의 말을 발했다.

"허허, 완전히 이조풍으로 된 방이로군."

듣고 보니 이사마도 병풍이며 액자·목기·백자 등에서 이조풍의 정서를 느낄 수 있었다.

이사마가 그 말을 통역하자 김선이,

"이 일본 사람은 아는 게 있는 사람이군요. 이조의 풍속을 연구하는 전문가를 불러 일일이 고증한 끝에 방만은 그렇게 꾸며본 것입니다."
하고 생긋 웃었다.

노구치는 대만족이었다.

몇 번인가 옛날 한국의 요정을 찾은 적이 있었지만 이처럼 차분하게 한국식으로 꾸며놓은 방은 처음이라면서 김선의 세련된 취미를 칭송하기까지 했다.

식탁에 놓인 그릇 하나하나가 이조백자이고 술을 담아 오는 항아리까지 백자라는 것을 알자 노구치는 지필묵을 가지고 오라고 하더니,

槿域古風倭人坐 羞顔猶想今昔情 근역고풍왜인좌 수안유상금석정

이라고 썼다. 일본인의 서書치고는 탈속의 멋이 있었다.

"한국 옛날 풍정 속에 일본인이 앉고 보니, 부끄러운 얼굴을 하면서도 옛날과 오늘을 생각하는 마음으로 된다."

고 이사마가 풀이해주었더니 김선이,

"일본인다운 발상이군요."

하고 웃었다.

노구치는 주기가 오름에 따라 자꾸만 기분이 좋아지는 모양이어서 이사마는 서슴없이 질문할 수 있었다.

"당신은 무슨 까닭으로 한일협정에 그토록 관심을 가지는가?"

"나는 일본인 하고도 국사國土로서 자부하는 사람이다. 관심을 가지는 게 당연하지 않는가."

"그 관심의 결과로써 일본 정부에 건의할 것인가?"

"나는 건의도 안 할 뿐더러 비판도 안 할 작정이다."

"그렇다면 그런 연구가 무슨 소용이 있는가?"

"어느 시기 국사 노구치는 이런 견해를 가지고 있었다고 기록해둘 뿐이다."

"하필이면 나를 찾아와 그 얘기를 한 의도는 무엇인가?"

"사카키의 말에 의하면 당신은 한국을 대표할 수도 있는 지성인이라고 하더라. 그런 사람에게 내 의견을 전하고 장차의 전개를 함께 검증

하기 위해서다."

"당신의 견해에 의하면 한국인은 이 협정을 반대해야 된다는 걸로 되는데."

"그렇다. 내가 한국인이면 결사 반대하겠다. 그렇다고 해서 한국 정부가 포기하진 않을 것이다. 전 국민이 반대하더라도 한국 정부로선 이미 정해진 조건으로 한일협정을 서둘 것이다. 반대를 무릅쓰고라도 협정을 맺지 않으면 안 될, 바로 그 사정이 한국을 일본의 경제적 식민지로 만들게 돼 있는 사정이기도 하다."

이렇게 말해놓고 노구치는 잠깐 생각하는 듯하더니 이런 말을 했다.

"무상 3억 달러, 유상 2억 달러라고 하지만 한국이 이미 일본에 빚진 것을 반제하고 나면 한국이 일본으로부터 받아낼 돈은 연간 4천5백만 달러나 될까? 어쩌면 2천5백만 달러밖엔 되지 못할지도 모르지. 그러나저러나 한국이 베트남에 출병하게 되는 동시 다량의 군수품을 베트남에 공급하게 될 터인데, 그 군수품은 철강재·의약품·시멘트·타이어·군복지 등일 것이거든. 이런 업종은 모두 한일 경제협력과 유관한 것이오. 말하자면 한일협정이 베트남 전쟁에까지 영향을 미치게 되는 거요. 그래서 나는 이런 결론을 가지고 있소. 무상 3억 달러, 유상 2억 달러, 민간차관 3억 달러의 경제원조는 옛날의 종주국이 옛날 식민지에 대한 사죄의 뜻을 가지고 있다. 따라서 그건 평화를 위한 것으로 되어야 하며 구식민지의 독립을 원조하는 것으로 되어야 한다. 그럼에도 불구하고 지금 일본이 약속하고 있는 경제협력은 사죄에 필요한 최저의 조건도 충족시키지 못한다."

식탁을 칠 듯 격앙된 어조로 노구치는 말해놓고 옆에 앉은 아가씨를 힐끗 보며 쑥스러운 얘기는 그만하자고 했다.

그런데 이사마에겐 궁금한 게 있었다. 노구치가 속해 있다는 현양사란 존재에 대해서다.

틈을 보아 이사마가 물었다.

"현양사란 무엇입니까?"

"현양사, 간단하게 설명할 순 없는 문제지."

노구치의 말이 묵직했다. 그리고 되물었다.

"꼭 알고 싶소?"

"알고 싶군요."

"현양사는 아시아를 위한 아시아인의 단합을 제창하고 그렇게 실천하려던 지사들의 결속이오."

"아시아를 위한 아시아인의 단합이란 제2차 세계대전 중 일본이 내걸고 있던 대동아공영권의 사상이 아니오?"

"그것관 달라요. 우리의 이상과 사상을 군부놈들이 엉망으로 만들어버린 게 그 대동아공영권의 작태요. 현양사는 동학당을 도와 한국이 진정한 자주독립의 나라가 될 수 있도록 바랐고, 손문의 혁명운동을 도왔고, 버마·인도의 독립운동을 성심성의 도왔소. 공산당이 일부를 잠식한 바람에 아시아의 사정은 달라졌지만 아시아를 위한 현양사의 정신은 아직도 살아 있소. 이 정도만 알면 될 게 아뇨?"

"도야마 미쓰루頭山滿라는 인물에 관해서 알고 싶은데요."

노구치는 들었던 잔을 놓고 옷매무새를 고쳤다. 그러고는 장중하게 시작했다.

"선생은 지금 도야마신사頭山神社를 만들자는 제안이 나와 있을 만큼 절대적인 숭앙을 받고 계십니다. 그런가 하면 일부에선 폭력단의 괴수로만 알고 있습니다. 한마디로 말해 나는 선생을 무소불능한 인물로

118

알고 있습니다. 간단히 설명해서 될 일이 아니니 선생의 일화 가운데서 하나만 소개하지요. 한국과 관계되는 일화만으로도 큰 책 한 권을 엮을 만하지만 한일관계가 미묘하고 보니 백론의 해석이 있을 것이라서 피하기로 하고 인도관계의 얘기를 하겠소.”

다이쇼大正 4년, 그러니까 1913년에 있었던 일이라고 한다. 당시 29세인 비하리 보스는 인도의 혁명당원이었는데 영국 관헌의 추적을 받아 ‘다구르’란 이름으로 일본에 망명해왔다. 일본에 도착한 그는 그때 일본에 머물러 있던 손문을 만나 미야사키라는 사람의 소개로 도야마 미쓰루에게 접촉했다. 그 무렵 영국 대사관이 일본 외무성을 통해 11월 28일 보스 일행을 퇴거시키라는 명령을 내렸다. 기일은 12월 2일, 퇴거의 방법은 상해행 배를 태우는 것이었다.

상해에 가면 영국 관헌에 붙들리게 돼 있었다. 미국 가는 배를 타면 어떻겠냐고 신청했지만 거절당했다. 그들은 각 신문사에 호소했다. 당시의 수상은 오쿠마이고 외상은 이시이였다. 일인협회장 오시카와가 수상을 방문해 설득하려고 했는데, 오쿠마는 병중이라는 이유로 만나주지도 않았다. 많은 명사를 동원해 정부 요로에 탄원했으나 아무런 보람도 없었다.

만책이 끝났을 때 그들은 도야마 미쓰루를 찾아갔다. 도야마 미쓰루는,

“어떻게 해보지”

하고 말했을 뿐 분개하는 빛도 없고 특히 동정하는 빛도 없었다. 동행한 인도인은,

‘저런 정도면 안 되겠다.’

고 판단했다. 그런데 12월 2일의 전야 도야마 미쓰루로부터 전화가 왔

다. 보스와 그 일행은 경시청 경사 네 명의 감시하에 도야마 미쓰루의 집으로 갔다. 그리고 그날 밤 도야마 미쓰루의 집에서 그들은 행방불명이 되어버렸다.

보스 등 두 인도인을 도야마 미쓰루는 신주쿠 나카무라야의 주인 소마의 집에 숨겨둔 것이다. 그로 인해 정부와 도야마 미쓰루 사이에 옥신각신하다가 이듬해 3월에 겨우 낙착을 보았는데, 1962년 보스가 일본으로 귀화할 때까지 8년간, 영국의 스파이와 자객으로부터 도야마 미쓰루는 보스를 지켜주었다.

뿐만 아니라 도야마 미쓰루는 일본에 있는 인도 독립운동가들을 보호 격려하는 일이 적지 않았는데, 어느 때 그들을 초청한 자리에서 가수로 하여금 림스키 코르사코프의 가극 『사도코』를 노래 부르게 해 커다란 감동을 주었다. 오페라 『사도코』는 인도의 상인이 항해 도중 동선한 각국의 선객들 앞에서 조국의 산하와 인도 고대문명의 우수함을 노래로써 표현한 내용이다.

마하트마 간디는 일찍이 도야마 미쓰루에게 자신의 서명이 든 사전과 더불어 감사의 서한을 보냈고, 전후 일본을 방문한 네루 수상은 고인이 된 도야마 미쓰루에게 깊은 사의를 표한 바 있다.

"어쨌건 선생은 위대하셨소. 외국인들의 평만을 들어도 알 수가 있지요. 『크리스천 사이언스 모니터』 신문의 극동 특파원 체임벌린은 1938년 6월 1일자 신문에 '나는 그의 너무나 유순한 태도에 깊은 인상을 받았다. 이런 인물이 어떻게 폭력행위에 연관되어 있을까 하는 것이 하나의 의혹이다.'라고 했고, 내막물로서 유명한 존 간더는 그의 저서 『아시아의 내막』에서 '두 시간 전의 예고로써 5만 명을 한군데 모을 수 있는 사람이 도야마 미쓰루다.'라고 쓰고 있고, 어느 프랑스 언론인은

'그는 평소엔 잠을 자고 있다. 그런데 일단 잠을 깨어 입을 열기만 하면 역사가 바꿔진다.'라고 했다. 아무튼 선생은 거대한 인물이었소.”

하고 노구치는,

“한국에 이와 비등한 인물이 과거에나 현재에 있느냐?”

고 물었다.

“유감스럽게도 생각해낼 수 없다.”

고 하고 이사마는,

“그런 인물의 출현이 바로 일본의 특수성 아니겠느냐.”

고 응수했다.

“도야마 미쓰루 선생과 같은 존재가 없다는 것이 한국의 불행으로 될 것은 없겠지만 그런 사실이 한국의 자랑으로 되진 못할 것이오.”

하며 노구치는,

“정부, 아니 정치하는 사람은 두려워해야 할 대상을 가지고 있어야 하오. 권력자는 법률을 두려워하지 않소. 필요에 따라 만들기도 하니까. 권력자는 도의라는 것도 두려워하지 않소. 귀에 걸면 귀걸이, 코에 걸면 코걸이가 되니까요. 변명은 얼마든지 할 수 있거든. 그런데 두려운 것은 도야마 미쓰루와 같은 사람이오. 무소불능한 위력을 가진 사람이 세상 한구석에서 눈을 부릅뜨고 자기의 소행을 지켜보고 있다고 생각하면 덮어놓고 국익에 배반되는 짓을 하지 못할 테니까. 그런 뜻에서 나는 한국에 도야마 미쓰루 같은 인물이 필요하지 않을까 해요.”

노구치는 호쾌하게 말하며 술잔을 집어들었다.

영락에의 향수

가장 잔인한 달이 아니었던가.

연일 한일협정 반대 데모가 있었다.

그사이 G신문 간부를 포함한 간첩단을 체포했다는 당국의 발표가 있었다.

김중배란 학생이 데모 중에 죽은 사건이 있었다.

서울 시내의 대학은 거의 휴교상태가 되었다.

각의에선 한일 굴욕외교 반대투쟁위원회를 불법단체로 규정했다.

4월 19일 서울시청 앞 광장에서 4·19 5주년 기념식이 있었다.

이사마는 덕수궁 담장을 등지고 서서 먼빛으로 그 기념식 광경을 지켜보고 서 있었다.

그 이튿날이다.

아침 9시가 되었을까 말까 한 시각에 검은색 양복을 단정하게 입은 젊은 신사 세 사람이 마포아파트로 이사마를 찾아왔다.

그중 한 사람이 도어를 열어준 이사마를 보고 물었다.

"당신이 이○○인가."

"그렇소."

하자 세 젊은 신사들은 이사마를 밀치듯 하고 들어와 마루의 서가와 방 안의 서가를 이곳저곳 뒤지기 시작했다.

이사마는,

"왜 그러느냐. 누구냐?"

하고 물을 엄두도 내지 못했다.

그 가운데의 하나가 책 몇 권을 꺼내들고 자기들끼리 무슨 말인가를 수군대더니 아까 말을 건 사람이 이사마에게,

"같이 좀 가자."

고 했다.

"어딜 가자는 거요?"

이사마가 어름어름 물었다.

"가보면 알 거요."

감정을 말쑥이 빼버린 탈색된 목소리였다.

겁에 질린 아내의 얼굴이 민망스러웠다. 겨울 스웨터를 찾아 입고 그 위에 상의를 걸치곤 그들을 따라 아파트를 나섰다.

입구에 검은 지프가 대기하고 있었다. 양쪽에 체격 좋은 사나이가 앉고 운전석에도, 그 옆자리에도 덩치가 큰 사람들이 차지하고 있었기 때문에 결국 어떤 골목을 어떻게 돌았는지 알 수가 없었다. 이윽고 어느 허술한 건물 앞에 지프가 섰다.

이사마를 데리고 간 곳은 지하실이었다. 나전구 하나가 덩실 천장의 중앙에 드리워져 있는 방 한가운데쯤 탁자와 의자가 놓여 있었다. 젊은 신사 하나가 가운데의 둥근 의자를 가리키며 앉으라고 했다.

이사마 혼자를 남겨두고 세 신사는 어디론가 사라졌다. 10분쯤 지났을까. 두 사람이 나타났다. 검은색 정장을 벗고 작업복으로 갈아입고

있었다. 황량하기만 하던 방 안이 공포의 빛깔로 변했다.

"우리 신사적으로 합시다."

이 말과 함께 하나가 이사마의 정면에 앉았다. 그리고 심문이 시작되었다.

"당신 최근에 일본인을 만난 적이 있지요?"

노구치 다케시에 관계되는 일이로구나 하는 짐작이 들었다.

"만난 적이 있습니다."

"그자의 이름은?"

"노구치 다케시."

"그자가 뭘 하는 사람인지 알면서 만났소?"

"만나고 나서야 알았소. 노구치 경제연구소 소장이라고 합디다."

"그건 그저 간판일 뿐이고, 그 정체를 알고 있겠지."

"정체? 현양사 계통의 인물이란 뜻인가요?"

"이 사람? 신사적으로 대접할 사람이 아니군. 정말 그 사람의 정체를 모른단 말인가?"

"현양사 계통의 인물로서 경제 문제 전문가란 사실 외엔 아는 바가 없습니다."

"바른대로 말햇!"

하고 사나이는 책상을 칠 듯이 주먹을 휘둘렀다.

"나는 지금 바른대로 말하고 있습니다."

"그자의 정체를 내 입으로 말해야 하겠나?"

"……."

"간첩이야, 간첩."

"옛?"

"당신은 그자에게 포섭되었어."

"나는 그자가 간첩인 줄도 몰랐고, 그자가 그 비슷한 소릴 하는 것도 듣지 못했으며, 나에게 부탁이나 요구를 한 일도 전연 없었소. 그러니 포섭되었느니 어쩌니 하는 말부터가 이상한 소립니다."

"으레 그렇게 나올 줄 알았다. 그러나 그런 수에 속아 넘어갈 거라고 생각한다면 대단한 잘못이다."

"……."

"당신 징역살이하다가 출옥한 지 얼마나 되었지?"

"1년 반가량 되었소."

"징역살이가 그처럼 하고 싶나?"

"……."

"특사로 나왔으면 고맙다는 것도 알고 반성할 줄도 알아야지. 대학 교수도 하고 언론계에도 있었다는 사람이 그처럼 지각이 없어? 하기야 지각이 없어서 한 짓이 아니고 김일성에게 충성하기 위해 각오를 단단히 하고 한 짓일지 모르지만."

"무슨 말을 하는지 나는 도무지 납득할 수가 없소."

"걱정하지 마, 곧 납득할 수 있을 테니까."

하고 그 사나이는 일어서서 바깥으로 나가고 옆에 서 있던 사나이가 이사마의 정면에 와 앉았다.

사나이는 째려보듯 이사마의 얼굴을 아래위로 응시하고 있더니,

"도대체 당신은 어떻게 그런 사람을 알게 되었소?"

하고 측은하다는 눈빛으로 되었다.

"내 대학 동기에 사카키란 친구가 있소. 그 사람 소개로 알게 되었소."

"사카키란 사람은 어떤 사람이오?"

"일본에서 꽤 큰 사업을 하고 있는 사람이오."

"그 사람의 사상은?"

"일본의 여당인 자민당과 깊숙한 관계를 가지고 있는 사람이니까, 우리나라로 봐서 위험한 사상을 가진 사람은 아닐 겁니다."

"자민당 내에도 반한적인 인사가 있다는 걸 모르고 하는 말이오?"

"나는 자민당 사정에 밝지 못하니까요."

"무슨 까닭으로 그 사카키란 사람이 당신에게 노구치를 소개했는지 알기나 하오?"

"잘은 모르지만 노구치는 기골이 있는 사람이니 알아둘 만한 사람이라고 편지를 써 보냈습니다."

"그 편지 가지고 있소?"

"아마 집에 있을 겁니다."

"집 어디에 두었소?"

자칫 대답을 잘못했다간 가택수색을 자청한 결과가 되겠다 싶어,

"내가 가서 찾으면 찾을 수 있겠지만."

하고 이사마는 말꼬리를 흐렸다.

"그 문제는 다음에 챙기기로 하고, 노구치란 사람과 많은 얘기를 했을 텐데 이상하다는 생각을 해보진 않았소?"

"더러 이상한 말을 합디다만, 일본인이면 혹시 그렇게 말할 수 있을 것이라고 생각했습니다."

"어떤 점이 이상합디까?"

"꼬집어 지적할 순 없습니다. 대강 느낌이 그랬다는 겁니다."

"그런 말로써 당신의 태도를 설명할 수 있다고 생각해?"

사나이의 태도가 급변했다.

"정신 차려요. 이 중대한 시기에 이상한 말을 하는 외국인을 만났으면 지체 말고 당국에 알려야 할 것 아닌가. 일본을 거점으로 하고, 일본인을 이용하기도 해서 얼마나 많은 간첩이 침투해 있는가를 알기라도 해?"

"나는 그 사람을 간첩이라곤 생각하지 않았습니다."

"간첩이 얼굴에 '나는 간첩이다.' 하고 써 붙이고 다니는 줄 아나?"

"그 사람을 소개한 사람은 믿을 만했고, 노구치가 관련을 맺고 있는 현양사란 건 원래 극우단체여서 간첩이란 생삭의 근처에도 가보지 못했던 겁니다."

"최근 모 신문사의 간부가 관련된 간첩 사건을 알지?"

"신문을 통해 읽었소."

"간첩은 교묘하게 파고드는 거요. 문제는 놈들의 언동에 있소? 이상스런 언동을 했다고 하면 일단 의심해볼 만한 거요. 그런데 당신은 노구치와 상당 시간 접촉하고 있었으면서도 당국에 알리지 않았소. 우리는 그자가 한 말을 녹음해두고 있소. 당신이 빨리 보고해주었더라면 놓치지 않았을 텐데. 당신의 잘못으로 우리는 그자를 놓치고 말았단 말요. 그래서 우리는 결론을 내렸소. 당신이 그자에게 포섭되었기 때문에 당국에 보고하지 않은 것이라고."

"나와 다소 의견이 틀렸다고 해서 더욱이 상대가 외국인인데 어떻게 보고를 하란 말입니까?"

"그만큼 당신의 사상이 흐리멍덩하단 이야기요. 도대체 국가관이 결여되어 있는 증거가 아뇨?"

이사마는 할 말을 잃었다.

그 사나이는 일어서서 나가며,

"하여간 당신 고생 좀 해야겠어."

하는 말을 남겼다.

적막하게 이사마 혼자 지하실에 남았다. 나전구의 빛깔이 그처럼 음산하다는 것은 처음 발견한 것이었다. 그 험한 가시밭길을 걸어왔으면서도 나전구의 음산한 빛깔을 이제 처음으로 알았는가 싶으니 이사마는 자기 자신에게 정떨어질 지경이었다.

사막에 가면 사막의 사상이 있을 것이다. 산상에 가면 산상의 사상이 있을 것이다. 감방엔 감방의 사상이 있었다.

이사마는 나전구가 드리워진 지하실의 사상을 익혀보기로 했다. 철두철미 자기 자신을 객관화해보기로 한 것이다. 예컨대 해부대에 오른 개구리를 보는 눈으로 자기 자신을 보려는 것이다. 이런 작업은 2년 7개월 동안의 형무소 생활에서 익히고 또 익혔다.

─너 또 더럽게 걸려들었구나.

이사마는 해부대 위에 핀으로 꽂혀 있는 개구리 같은 자기 자신에게 이렇게 말을 걸었다. 그러나 개구리는 대답하지 않았다.

─나비가 되어 영어의 벽을 뚫고 나가기만 하면 다신 장난꾸러기 아이들에게 붙들리지 않게끔, 전기가 통하는 전선에 앉지 않게끔 조심하겠다고 쓴 사람이 누구지? 바로 네가 아니었나.

불쌍한 개구리가 말할 까닭이 없었다.

─참으로 넌 어이없는 놈이다. 네가 뭣이 잘났다고 함부로 사람을 만나고 지껄이고 술을 마시고 지랄을 했느냐.

개구리는 숨을 죽이고 있었다.

─앞으로 어떤 고문이 닥칠지 모른다. 넌 고문을 이겨낼 수 있겠나.

개구리는 꿈틀했다.

'내가 무슨 죄를 지었어야 고문을 이겨내든지 말든지 하지.'

개구리는 그곳에만 뛰고 있는 심장의 일부를 어루만지며 한숨과 더불어 말했다.

—뭔가 할 말은 준비해 두어야 할 것이 아닌가.

'내가 할 수 있는 것은 노구치의 말을 그냥 그대로 재생할 수 있도록 노력해보는 것뿐이다.'

—노구치가 뭐라고 했지?

'기억이 아득하다.'

—자세히 기억을 더듬어라.

'요정 반월에서 들은 얘기는 그런대로 기억할 수 있다. 그러나 그곳에서 노구치가 한 말엔 그다지 위험한 내용이 없었다. 한국인의 처지로선 한일협정을 반대해야 할 것이지만 정부의 입장에선 끝내 성취해야 할 것이다. 노구치가 반월에서 한 요지는 그런 것에 불과했고, 다음은 한국의 경제사정에 관해서 지껄였을 뿐이다.'

—노구치를 간첩이라고 했다. 그를 간첩이라고 단정할 만한 말이 있었더냐, 없었더냐.

'없었다.'

—그자가 한 위험한 소리는?

'반월에서 술을 마신 다음다음 날 선각이란 요정에서 술을 마실 기회가 있었는데 그날 밤 노구치는 묘한 소릴 했다. 그러나 그때 노구치가 무슨 소릴 했는지 기억에 없다. 그날 밤 나는 너무나 심하게 술에 취했다. 일이 있었다면 그날 밤 있었나 보다.'

—기억이 없다고 해서 해결될 일이 아니다. 아마 넌 각오해야 할 것

같다.

'무슨 각오를 하란 말인가.'

—죽을 각오를 해야지.

개구리는 말이 없었다. 그러나 이사마는 말하지 않는 개구리의 마음을 읽을 수 있었다.

'어쩌다 노구치를 만난 것이 죄가 된다면 도리가 없지. 죄 없이 죽은 사람이 어디 한둘이던가.'

—참으로 원통한 일이다.

'고문을 당하면 고통스럽겠지?'

—기껏해야 개구리의 고통이 아니겠느냐. 그러나 체면이란 게 있고 위신이란 게 있다. 당당하게 견디어라! 죽어도 의연하게 죽어라!

'해부대에 오른 개구리에게 무슨 체면이 있고 위신이 있단 말인가?'

—하기야 그렇다. 해부대에 오르게 된 사실 자체가 잘못된 일이다. 좀더 나를 소중히 했어야 옳았다. 개구리야, 네가 너무나 불쌍하구나.

이사마와 개구리와의 대화가 채 끝나기도 전에 지하실의 문이 털커덕 하고 열렸다.

먼저의 사나이가 뭔가를 손에 들고 들어왔다. 종이와 연필이었다.

사나이가 말했다.

"노구치란 녀석과 네가 한 얘기를 빠짐없이 적어라. 우리에겐 녹음 테이프가 죄다 준비되어 있으니 대조해보고 조금이라도 어긋난 데가 있으면 가만두지 않겠다. 알았나?"

이사마는 그 사나이를 말끄러미 쳐다보기만 했다.

"나는 묻고 있는 거야. 알았지?"

이사마는 고개를 숙였다. 그 동작을 수긍한 것으로 보았던 모양이다.

"두 시간도 좋고 세 시간도 좋다. 다 쓰고 나거든 문을 두드려라."

하고 사나이는 지하실에서 나갔다.

이사마는 연필을 들려다가 말았다.

한참 동안 백지를 노려보았다.

마음속에 결심이 익어갔다.

—나는 쓰지 않으리라!

개구리의 말이 있었다.

'안 돼, 뭔가 써야 해. 내 기억을 일깨울게, 기억이 나는 대로 써야 해. 나는 무서워서 견딜 수가 없어.'

—개구리야, 들어라. 겁이 많은 놈은 수백 번 죽고, 용기 있는 자는 한 번 죽는단다. 나는 한 번 죽으란다.

'안 돼, 용기는 두고두고 발휘하기로 하자. 지금 내가 무엇과 대치하고 있는질 알아야지. 억울하다는 걸 증명하기 위해서도 최선을 다해야 할 것이 아닌가.'

—개구리야, 네가 불쌍하다는 걸 나는 안다. 그러나 어떻게 하는 게 최선을 다하는 노릇인지 어떻게 알 수 있나. 술좌석에서 오간 말을 어떻게 샅샅이 기억할 수 있는가. 더욱이 이런 환경에서. 정확하게 기록할 수 없을 바에야 차라리 포기하는 것이 낫다. 한일 간의 경제관계에 관한 장광설이 있었는데 그걸 어떻게 다 기억한단 말인가. 어차피 당할 바에야 비굴하게 불분명한 기록을 꾸며낼 게 아니라 이냥 이대로 당하는 편이 떳떳하다. 이러나저러나 고통은 당하게 마련이 아닌가.

'안 돼, 안 돼, 기억나는 대로 써야 해. 성의는 보여야 해. 그들도 나라를 위해 일하는 사람들 아닌가. 노구치의 말을 일부분이라도 적어 노구치에 대한 정확한 판단을 할 수 있도록 도와야 할 게 아닌가.'

―그들은 녹음 테이프를 가지고 있다고 했다. 노구치에 대한 판단은 그로써 내릴 수가 있다. 서투른 기억력이 어찌 녹음 테이프를 따를 수 있겠는가. 내 운명은 그 녹음 테이프가 결정한다. 부정확한 내 기억력으로써 적은 기록은 내게 도움이 될 수 없을 뿐만 아니라 화근이 될 염려밖엔 없다.

'그래도 그래도 나는 성의만은 보여야지.'

―개구리야, 각오하자. 너무나 많은 고생을 하지 않았나. 이 이상 비굴하진 말자. 개구리야, 한 번만 죽자. 두 번 세 번 죽기는 단연코 싫다.

'죽긴 왜 죽어. 우린 간첩이 아니다. 노구치가 간첩일 까닭이 없다. 두산만의 숭배자가 좌익의 간첩일 수 없지 않는가. 그러니까 성의만은 다하자. 그럼 살아날 길이 있을 것 아닌가. 억울함을 알아줄 것 아닌가.'

―개구리야, 불쌍한 개구리야. 나는 쓸 수가 없구나.

우선 기력이 없다.

개구리도 잠잠해졌다.

잠잠해진 개구리를 보고 있으니 뭔가 써야겠다는 마음이 돋아나기도 했다. 연필을 쥐어보기도 했다. 노구치의 호방한 웃음소리가 뇌리에 메아리를 쳤다. 뒤이어 냉소하는 듯한 노구치의 얼굴이 나타났다. 그가 한 말이 그 냉소 어린 얼굴의 저편으로 안개처럼 사라져 버렸다.

한 자도 쓸 수가 없었다.

이사마는 탁자 위에 팔을 꼬고 이마를 고였다. 비몽사몽간에 고향의 산천이 나타났다. 개울에서 가재를 잡는 소년의 모습이었다.

―그가 불렀다. 네가 누구냐.

고개를 든 소년의 얼굴이 자기를 닮아 있는데 너무나 놀랐다.

―도대체 네가 누구냐.

이사마는 그렇게 외치려다가 꿈에서 깨어났다.

그것도 잠시였다.

중국의 양자강을 보고 서 있는 청년이 있었다.

―네가 누구냐.

그가 물었다.

고개를 돌린 청년을 보고 이사마는 깜짝 놀랐다. 다름 아닌 자기 자신의 청년 시절의 얼굴이었는데 상대방은 차가운 눈으로 이사마를 보았다.

―결국 그 꼴이 되려고 살았느냐.

이것은 그 눈초리를 본 이사마의 느낌이었다.

아버지가 나타나더니 '쯧쯧' 혀를 차며 돌아서버렸다. 꿈속에서도 한사코 어머니의 모습은 거절했다. 어머니의 모습이 보일 듯하면 고개를 저어 생시로 돌아왔다.

그러는 동안 꽤 깊은 잠에 빠져들었던 모양이다. 6·25 때 죽은 친구가 나타났다. 선명한 인상이었다. 그 얼굴에 노기를 띠고,

―무슨 꼴이냐, 너의 꼴이. 너는 내 몫까지 살기로 하지 않았느냐. 용기를 가져라, 임마.

이사마는 꿈속의 그 일갈에 정신을 차렸다.

눈앞에 종이가 있었다. 연필이 있었다.

그 친구가 한 말,

―용기를 가져라.

그것이 무슨 뜻인가를 살펴볼 마음으로 되었다.

이윽고 각오가 섰다.

그 친구는 공산군의 총부리 앞에서도 당당하게 죽었으리라. 이사마는 신념대로 행동하기로 했다.

시계를 차고 나오지 않았기 때문에 몇 시간이 흘렀는지 몰랐다.

털커덕 하고 지하실의 도어가 열렸다. 작업복 차림의 사나이가 나타나더니 손대지 않은 백지가 그냥 남아 있는 것을 보자,

"이 자식."

하고 이를 갈았다. 이사마가 조용히 말했다.

"내가 그 사람을 만나고 있었을 땐 대강 술에 취해 있었습니다. 술에 취하기 전엔 그자도 별로 말이 없었습니다. 그러니 그자가 무슨 말을 했는지 도시 기억이 나질 않습니다. 더욱이 이런 환경이고 보니 도무지 기억해낼 수가 없습니다. 나를 집으로 보내주면 한 일주일 동안 노력해서 기억을 더듬어보겠습니다. 지금 상태론 불가능합니다."

"신사적으로 대접해줄까 했더니 이 친구 안 되겠구면."

하고 그 사람은 씩씩거리며 지하실에서 나가더니 이번엔 두 사람을 데리고 들어왔다. 새로 들어온 사람이,

"이 선생, 이러면 안 됩니다. 우리는 무슨 장난을 하고 있는 게 아닙니다. 우린 노구치란 놈의 정체를 알아야 합니다. 그래 갖고 대책을 세워야 합니다. 그래서 이 선생의 협조를 부탁하고 있는 겁니다."

하고 부드럽게 말했다.

"가능한 한 협조는 하겠습니다. 그러나 아까 이분에게 한 말대로 취중의 일이어서 기억이 불분명합니다. 불분명한 기억을 근거로 했다간 정당한 판단에 방해가 될 것 아닙니까. 녹음 테이프를 가지고 계신다고 하니 그걸로 참고를 하시면 될 게 아닙니까. 그 근거로써 내가 범법을 했다는 사실이 밝혀지면 달게 벌을 받겠습니다. 그러나 지금 기억할 수 없지만 그자가 우리에게 해가 될 만한 말은 별로 없었다고 생각합니다. 우리에게 달갑지 않은 말을 했다는 느낌만은 기억하고 있습니다만 간

첩 행위를 할 사람이라고 짐작할 만한 언동은 전연 없었습니다."

"시치밀 떼도 그럴듯하게 떼요."

다른 한 사람이 끼어들었다.

세 사람은 서로 눈짓을 하는 모양이더니 그 가운데 하나가 지하실에서 나갔다. 남은 하나가 말했다.

"우리가 녹음 테이프를 가지고 있다는 말을 믿지 않는 모양인데 한번 들려주지. 그걸 듣고도 노구치가 간첩 행위를 안 할 사람이라고 판단한다면 그때부터 시작된다."

나갔던 사람이 녹음기를 가지고 돌아왔다.

노랫소리, 밴드소리, 웃음소리를 곁들인 잡음이 한동안 계속되더니 불쑥 노구치의 말이 튀어나왔다.

"한국에 필요한 건 갖가지겠지만 가장 필요한 게 있어."

"그게 뭔데요?"

이건 이사마 자신의 목소리였다.

"듣고 싶소?"

다음은 잡음.

다시 노구치의 말이 시작되었다.

"필요하지, 테러리스트는 절대로 필요해. 시간의 진행이 답답할 땐 테러리스트가 있어야 해. 모스크바 총독을 죽인 테러리스트, 레닌을 쏜 테러리스트, 제1차 세계대전의 계기를 만든 세르비아의 청년, 이토를 쏘아 죽인 당신네 나라의 안중근, 모두 기막힌 인물들 아닌가. 당신네 나라에 꼭 필요한 건 테러리스트가 아닐까? 내가 둘러본 결과 야당 국회의원 갖곤 일을 치르지 못해. 모두들 소영웅주의에 배금주의자들이니 될 게 뭐 있어."

노구치는 기고만장해 떠들어젖혔다. 이사마의 말이 끼었다.

"남의 나라 얘기라 해서 함부로 지껄이기요?"

다시 노구치의 말.

"이 선생, 오늘 밤은 좀 참으시오. 일본인은 대개 남의 나라 사람 앞에서 그 나라의 얘긴 잘 하지 않소. 좋은 말은 할지 모르지만 신랄한 비판 같은 건 하지 않소. 자기 나라에 돌아가서 신문이나 잡지에 쓰긴 하겠지만. 그러니까 나 같은 자는 예외지요. 그런 만큼 참고가 될 거요. 아무런 이해관계도 없지만 한국의 정세 돌아가는 걸 보고 있으면 답답해서 견딜 수가 없어요. 그러니까 입바른 소리도 하게 되는 거요."

"뭣이 답답하단 말이오?"

"한국의 정치인들이 일본에 영합하려고 애쓰는 것 같아서 우선 그게 답답하고, 일본의 너구리 같은 정객들의 속임수에 넘어가는 것 같아서 그게 또 답답하고, 북조선과의 관계에 있어서 대담하게 행동하지 못하고 있는 꼴이 답답하고, 아무튼 답답한 게 한두 가지가 아니니 가슴이 상쾌하게 테러라도 있어보았으면 싶다, 이거요."

"무책임하기 짝이 없군요. 테러가 보고 싶으면 일본에 돌아가서 테러장려론이나 쓰시오."

"그런데 유감스럽게도 일본엔 테러가 전연 필요 없소. 그놈의 자유가 끝간 델 모를 지경으로 무한무진한데 뭣 때문에 테러를 하겠소."

"자유는 있을지 모르지만 부조리도 있을 것 아니오. 부조리가 테러의 대상이 될 수도 있을 텐데."

"부조리야 많지. 그러나 그 부조리가 국민적인 합의 위에 이루어진 건데 어찌하겠소. 예컨대 일본의 정치가들은 공공연하게 첩을 거느리고 있소. 미키 부키치 같은 사람은 자기 입으로 마누라를 일곱이나 거느리고 있다고 공언할 정도니까요. 말을 하자면 이 이상의 부조리가 어디에 있겠소. 그런데 배꼽 아래의 문제는 인격과 관계없는 것이니 그런 것 갖고 왈가왈부해선 안 된다는 불문율이라고나 할까 국민적인 합의라고나 할까 그런 게 있어요. 국민적 합의가 승인한 부조리를 테러리스트인들 어떻게 하겠소."

"하여간에 우리나라에서 테러를 권하는 것 같은 얘기는 안 해주었으면 하오. 우리는 해방 직후 테러 때문에 숱한 지도자를 잃었소."

"그 얘기 한번 해보시구려."

"해방하자마자 얼마 안 되어 송진우 선생이 테러에 쓰러졌소. 여운형 선생·장덕수 선생·김구 선생이 차례로 테러리스트들의 제물이 되었소."

"그런 빛나는 전통을 가졌는데 요즘은 어째서 테러가 없을까?"

"그만큼 발달한 거죠. 국민의 도의의식이 높아진 거죠."

"도의의식? 웃기지 마시오. 국민 전체가 비굴해진 거요. 뇌물을 먹고 비대해진 관료가 대로를 활보하도록 놔둬요? 고대광실 높은 집에 떵떵거리고 사는 놈들을 그냥 보고 있어요? 나라를 팔아먹고 사리를 노리는 자들을 그냥 둬요? 도의의식이 높아진 게 아니라 도의의식이 시궁창에 빠져버린 거요."

"일본엔 뇌물수수가 없소? 고대광실 높은 집에 떵떵거리고 사는 놈이 없소?"

"있지, 일본에도. 그러나 일본에선 뇌물 사건이 탄로났다 하면 일반 국민이 납득할 수 있도록 공개재판을 합니다. 몇 년이 걸려도 뿌리를 파내고 말아요. 고대광실 높은 집에 사는 놈들은 그런 집에서 살 수 있다는 경위를 언제이건 증명할 수 있도록 돼 있어요. 그런데 당신 나라에선 어떻게 돼 있어요. 증권파동 사건이 세상 사람이 납득할 수 있도록 처리가 되었소? 고급관료가 삽시간에 벼락부자 된 사태를 순리적으로 설명할 수가 있소? 그러니까 테러리스트가 사회 정화의 일익을 담당해야 한다는 거요. 내 말은⋯⋯."

노구치는 취기에 곁들여 테러의 필요성에 관해 계속 장광설을 폈다.

그 사이 이사마의 말은 한마디도 나타나지 않았다.

이사마는 그 녹음이 선각에서 채취되었고, 녹음기를 설치한 건 술자리가 반쯤 지나서였다는 것을 짐작할 수 있었다. 뒷부분에 가서 자기의 말이 없는 것은 술에 취한 탓도 있었지만 주정을 하는 노인의 말에 참견할 흥미를 잃었기 때문이었다.

녹음기를 끄고 나서 한 사람이 물었다.

"한국에 테러리스트가 필요하다는 말은 한국의 법질서를 파괴해야 한다는 말과 같은 말 아냐? 당신 어떻게 생각해?"

"따지고 보면 그렇게 되겠지만 취중의 횡설수설이라고 쳐버릴 수도 있지 않습니까."

"국가를 변혁할 소리를 함부로 지껄여도 취중의 말이라고 해서 내버려 두란 말요?"

"⋯⋯."

"그자는 술에 취한 척하고 자기의사에 동조할 사람을 물색하고 있었던 거요."

"⋯⋯."

"당신은 거기 걸려든 거야."

"나는 반발했소."

"처음엔 반발했지. 그러나 뒤에 가선 승복해버렸지 않았는가."

"귀찮아서 가만있었던 거지 승복한 것은 아니오."

"승복하지 않았다면 어째서 그따위 위험천만한 소릴 하는 놈을 당국에 보고하지 않았지?"

"미친놈 하는 소리 정도로 생각한 거요."

"당신은 그 사람을 기골이 있는 사람이라고 하지 않았나. 그런데 이제 와선 미친 사람?"

"기골이 있다고 한 것은 그자를 소개한 친구의 말이지 내 말은 아니오."

"그렇게 말을 돌리지 말고 솔직할 수 없을까."

"나는 지금 솔직하게 말하고 있소."

이런 승강이를 하는 동안 이사마는 차츰 사태의 윤곽을 파악했다.

녹음 테이프는 선각에서 채록한 그것 하나뿐이고, 노구치에 관한 정보도 그것에 국한되어 있는 것이다. 당국은 최초 조총련이 파견해 국내를 혼란시키는 동시, 그자를 통해 간첩망을 신설할 작정이 아니었던가 하는 가정하에 움직였던 모양이다.

이사마는 꼬박 48시간 동안을 시달렸다. 노구치와의 사이에 있었던 이야기를 기억나는 대로 쓰라고 했지만 사실상 그건 불가능했다. 최악의 경우를 각오하고 이사마는 완강히 거절했다. 그런데도 다행했던 것은 난폭한 욕지거리는 있어도 폭력을 쓰진 않았다.

놓여나올 때 그들의 하나가 말했다.

"입장을 바꿔놓고 생각해보시오. 한일관계로 시국이 어수선하고 G신문 간부가 낀 간첩단 사건이 적발되고 한 차제에 노구치 같은 당돌한 언행을 하는 일본인이 나타났다는 정보가 들어왔을 때 책임 있는 부서에 있는 사람들이 가만있을 수 있겠소? 불쾌했을 것은 당연하겠지만 감정에 끼지 마시오."

그런 말이 없었더라도 이사마는 석연할 수 있었다. 시국이 시국이고 보면 노구치 같은 인간에 관해서 알아볼 수 있는 데까진 알아보아야 하는 것이다.

그러나 이사마의 우울은 좀처럼 가셔질 수가 없었다.

풀려난 후 거의 한 달 동안 집 안에 처박혀 있다가 광화문 근처에 있는 알리스 다방으로 나갔다.

한일협정 비준을 두고 여전히 어수선한 공기가 감돌고 있었는데 갖가지 큼직큼직한 사건이 연이어 발생했다.

전 경향신문 사장 이준구 씨 등 세 명이 반공법 위반으로 구속되었다. 반정부음모가 적발되어 원충연 대령 등 일곱 명이 구속되었다. 전방 사단장 장경석 준장이 반국가음모 사건으로 구속되고 같은 협의로 전두열 대령이 체포되었다. 국회의원이며 예비역 장군인 김형일 씨가 반국가음모 관련 협의로 구속되었다.

오랜만에 나간 이사마를 소설가 최 씨는 반갑게 맞이하면서도 무슨 일이 있었느냐고 근심스럽게 물었다.

최 씨는 해방 직후 『길』이란 꽤 좋은 소설을 쓰기도 했지만 그 무렵엔 거의 펜을 꺾다시피 해 글을 쓰지 않았다. 그러나 학처럼 마른 체구에 움푹 들어간 눈을 하고 조용히 세상의 움직임을 보고 있는 듯한 그에겐 한국 마지막의 문사를 느끼게 하는 무언가가 있었다.

"별일 없었다."

고 이사마가 대답하자 최 씨는,

"별일 없도록 해야 될 거요."

라며 소리 없이 웃었다.

역시 소설을 쓰는 남 씨가 나타나서 최 씨 옆에 앉았다. 남 씨는 그 필법이 너무나 날카로워 언제나 위험선상에 있는 작가다. 깡마르기가 최씨와 비슷하고 좀처럼 타협할 줄 모르는 기질이, 유수한 얼굴인데도 엿보이는 그런 사람이다.

조금 있으니 시인 천 군이 들어와 이사마를 보곤 싱긋 웃으며 손을 내밀었다. 이사마가 천 원짜리 한 장을 꺼내주자,

"이렇게 많은 돈 필요 없어요."

하고 카운터에 가서 거슬러 7백 원을 이사마에게 돌려주고 나가려는 것을,

"그렇게 바쁘게 서둘 필요 없지 않느냐."

며 붙들어 앉혔다.

천 군의 고향은 마산이어서 이사마완 진작부터 알고 있었다. 천 군은 한때 기가 막힌 시를 쓰고 깔끔한 문학평론을 쓰기도 했는데, 무슨 까닭인지 글을 쓸 생각은 않고 매일 술을 마시고 유련流連하고 있었다. 낙백落魄을 자처하고 있는 파멸형의 문인인 것이다.

이사마는 그 재질이 아까워 만나기만 하면 가끔,

"천 군, 왜 그러나."

하고 충고 비슷한 얘기를 하곤 했는데, 대강의 경우 듣고만 있던 그가 어느 날 이런 말을 했다.

"쓰나마나 한 시, 쓰나마나 한 평론, 없는 게 되레 좋은 소설, 그런 걸 써 갖고 무엇 하겠습니까. 쇠주나 마시고 파락호처럼 돌아다니다가 객사나 하죠 뭐. 돌봐야 할 가족이 없는 게 다행입니다. 이제 와서 군인이 되어 XXX를 하겠습니까, ○○○처럼 돈을 벌겠습니까. 항의를 하자니 나 자신에게밖엔 항의할 데가 없고 욕을 하재도 나 자신에게밖엔 욕할 데가 없을 때 도대체 어떻게 해야 하는 겁니까. 선생님은 나에게 쇠주

한 병 값 베풀어주었다고 충고를 하는 겁니까?"

이사마는 대꾸할 말을 찾지 못했다.

천 군의 말에 진실이 있다고 생각했다.

끝내 패배할 것이 확실한 인생이면 승리니 성공이니 하는 것을 바라 아득바득할 것이 아니라 패배를 자인하는 것이 되레 현명한 일이 아닐까.

그런 것을 알면서도 철저하지 못한 주제에 누구를 보고 어설픈 충고를 한단 말인가. 이사마는 천 군 앞에서 얼굴을 붉혔다.

알리스 다방의 단골엔 시인 김종삼 씨가 있었다. 근무하고 있던 신문사를 자진사직하고 기아선상에 스스로를 팽개쳐놓곤 가난한 시만 쓰는 사람이다. 김 씨는 언제나 독수리 같은 눈을 하고 주위의 사람들을 불안하게 했다. 이사마는 그가 웃는 것을 보지 못했다. 언제나 성이 난 얼굴을 하고 사람들을 노려보지 않으면 무시하는 표정을 지었다.

자연히 이사마는 그를 경원하고 있었던 것인데, 어느 날 우연히 어떤 시 잡지에서 그의 시를 읽었다.

제목은 「실기」實記.

나의 막역한 친구
볼프강 아마데우스 모짜르트가
병고를 치르다가 죽었다. 향년 35세
장의비가 없었다
동네에서 비용을 거두었다
부인이 보이지 않았다

묘지로 운구 도중

비바람이 번지고 있었다
점점 심해지고 있었다
하나 하나 도망치기 시작했다
한 사람도 남지 않고 다 도망치고 말았다
볼프강 아마데우스 모짜르트

이사마는 이 시를 읽고 김 씨를 다른 눈으로 보게 되고 그의 시를 찾았다. 이런 시도 있었다. 제목은「장편 2」掌篇 2.

조선총독부가 있을 때
청계천변 10전 균일상均一床 밥집 문턱엔
거지 소녀가 거지 장님 아버지를
이끌고 와 서 있었다
주인 영감이 소리를 질렀으나
태연했다
어린 소녀는 어버이의 생일이라고
10전짜리 두 개를 보였다

또 하나는「추모합니다」.

작곡자 윤용하尹龍河 씨는
언제나 찬연한 꽃나라
언제나 자비스런 나라
언제나 인정이 넘치는 나라

144

음악의 나라 기쁨의 나라에서
살고 있을 것입니다.

유품이라곤 유산이라곤
오선지 몇 장이었습니다
허름한 등산 모자 하나였습니다
허름한 이부자리 한 채였습니다
몇 권의 책이었습니다

날마다 추모합니다

이에 이르러 이사마는 김 씨에게 다소곳한 정을 느꼈다.

독수리 눈 같다고 생각했던 그 눈이 비둘기 눈이었다는 것을 알았다.
언제나 성난 것 같은 얼굴은 성난 얼굴이 아니고 자기의 수줍음을 가리
기 위한 함수含羞의 표정이었다.

한 달 만에 그를 만났을 때 이사마는 손을 뻗어 김 씨의 악수를 청
했다.

김 씨의 얼굴엔 보일까 말까 한 경련이 일었다. 너무나 오래 웃음을
잊어버렸기 때문에 안면의 근육이 이미 굳어 있었던 것이다.

그후로 김 씨는 이사마에게만은 돈을 빌렸다. 얼마 되지 않은 액수라
서 이사마는 힘들이지 않고 그에게 돈을 줄 수 있었다.

최 씨·남 씨·김 씨에게 대한 정으로 해서 이사마는 알리스 다방의 단
골이 되었다. 그곳에 가 있으면 마음이 편해지는 것이다.

이윽고 이사마가 그들에게서 발견한 공통점은 그들이 가슴속에 간

직하고 있는 영락에의 향수라고나 할 수 있는 미묘한 정열이었다.

모든 사람들이 생존경쟁의 선두주자가 되려고 애쓰고 있을 때 최 씨는 레이스에서 비껴 서버려 구경을 할 생각도 안 하는 사람이었다. 남 씨는 비껴 서서 구경은 할망정 참여할 생각은 안 하는 사람이고 시인 김 씨는 생존경쟁의 반대편으로 걸어가 최말단의 낙오자를 지원해 청계천 변의 10전 균일 밥집 앞에서 거지 소녀의 얼굴을 쳐다보고 있는 것이다.

성공자가 되기 위해 산 사람 눈알을 빼려고 서두는 서울의 한복판에, 승리자가 되기 위해 쿠데타도 불사하는 세태 속에 '영락에의 향수'를 가꾸고 있는 사람들이 숨 쉬고 있다는 것이, 그런 사람들이 모여드는 곳이 알리스 다방이라고 하는 것은 놀랄 만한 일 아닌가. 아니 기적과도 같은 일이 아닌가.

이사마는 비로소 노구치 사건 이래의 우울증에서 벗어날 수 있었다.

박 대통령이 존슨 대통령과의 회담을 마치고 돌아오는 날이었다.

이사마가 다방으로 가는 도중 최 씨를 만났다. 태극기를 들고 연도에 도열하고 선 사람들을 보고 최 씨가 물었다.

"뭣 하는 사람들이오?"

"대통령이 돌아온다고 환영 나온 사람들 아닙니까."

"대통령이 어디에 갔었는데?"

"미국에 갔다 오는 길입니다."

"그래요?"

"선생님은 신문도 읽으시지 않습니까?"

"골치 아프게 신문을 뭣 하려고 읽어요. 그럴 짬이 있으면 소설이나 읽지."

"그럼 선생님은 시사엔 전연 관심이 없습니까?"

"관심을 가져 무슨 소용이 있겠소. 골치만 아플 뿐이지."

"그렇다면 참여문학이란 걸 어떻게 생각합니까?"

"그런 문학을 하고자 하는 기질이 있겠지요."

"문학의 기능으로써 비판이란 것도 소중한 것 아닙니까. 이를테면 정치비판·사회비판 같은 것 말입니다."

"필요하겠지요. 그러나 난 관심 없어."

"그런 관심이 없으면 문학의 존재 이유의 반이 없어지는 건데요."

"그러니까 나는 쓰지 않는 것 아니오."

"언제부터 그렇게 되셨습니까?"

"6·25 때부터요."

"이유는 뭡니까?"

"국토분단의 아픔을 되씹고 있으니까 만사가 싫어졌어. 가장 간단한 그 문제, 가장 절실한 문제를 해결할 생각조차 못 하는 주제에 무슨 놈의 정치가 있단 말요. 그때부터 정치라는 건 꼴도 보기 싫어졌소. 그러다가 보니 가장 중대한 걸 외면하고 있는 문학도 싫어졌소."

"그런 상황 자체를 묘사하는 기능으로서의 문학이 필요한 것 아닐까요?"

"내 재능으로선 감당하지 못할 것 같아요. 이런 상황 속에 마음 편하게 살려면 가장 밑바닥에 사는 사람들과 운명을 같이하는 수밖에 없어. 그게 내 게으른 성미와 꼭 들어맞기도 하거든."

남 씨에 의하면 최 씨는 변두리 여인숙의 방을 얻어 시집간 딸로부터 영세한 돈을 받아 최저생활을 하면서도 어쩌다 돈이 생기기만 하면 여인숙에 있는 사람들을 다 불러 모아놓고 돈대로의 파티를 해선 그 자리에서 날려버린다고 했다.

　보통사람이 들으면 성격파산자 또는 폐인이라고 하겠지만 관찰한 결과 그런 것이 아니었다. 자기를 다스리는 덴 그야말로 엄격했다. 돈이 없으면 굶고 결코 남에게 돈을 빌리거나 하지 않고 딸아이에게 재촉하지도 않는다.

　아무튼 6·25 이후 최 씨는 국토분단의 문제에 사로잡혀 모든 의욕을 잃은 게 사실인 것 같았다.

　어느 날은 이사마에게,

　"이것 김규동 씨의 시요. 한번 읽어보라."

며 다음과 같은 시를 보였다.

　　탱크를 몰고 나왔던

　　함경도 어부의 아들인 미소년과

　　지리산 기슭 농군의 아들로 태어난 김 일병이

　　어떻게 해서

　　한 무덤 속에 나란히 누웠는지

　　아는 사람은 없다

　　세월이 흐르고

　　산천은 변했으나

　　여기서는 예포가 울리는 일도 없고

　　꽃다발을 들고 찾아오는 사람도 없다

　　그들이 지녔던 일체의 쇠붙이는

　　흙에 묻혀 한줌 가루가 되어버린 지 오래고

　　여러 짐승들이

그들과 더불어 함께 놀고
구름이 또한 두 넋을 가상히 여겨
그들의 머리 위에 정답게 머문다
김 일병이 미소년의 손을 잡고
지리산 한라산 구경하러 다녀왔는가
하면
미소년은
김 일병과 어깨동무하여
백두산 금강산 개마고원도 다녀왔단다
오도가도 못하는 휴전선도
훨훨 날아다니며
해와 달을 벗하여
농사를 짓고 고기를 잡았다
남북의 두 젊은이는
통일된 삼천리 강토 위에서
평등하게 자유로이 살고 있다
이 허술한 언덕
잡초 우거진 남녘 기슭에
누가 억울한 두 전사자의 시체를
함께 묻어줬는지
잘은 모르지만
여기를 지나는 이는
죽어서 비로소
형제의 우애를 굳게 맹서한

젊은 남북 전사의 가엾은 넋 앞에

다만 머리를 숙이고

깊은 생각에 잠기는 것이었다

마저 읽고 이사마는,

"가슴이 쩌릿한데요."

했다.

"쩌릿한 정도요?"

하고 최 씨는 덧붙였다.

"내게 시를 평할 자격은 없지만 분단된 민족의 안타까움을 시로써 이렇게 나타낸 건 아마 없을 거요."

"그런데 선생님, 대한민국이 그래도 대단합니다."

"뭐가 대단하단 말이오?"

"우연히 안 일인데, 북쪽에서 이태준이, 석양에 전쟁터를 둘러보았더니 거긴 중공 병사의 시체도 있고, 인민군 병사의 시체도 있고, 남조선 병사의 시체도 있고, 흑인 병사의 시체도 있는데, 그렇게 한곳에 누워 있는 것이 애달프더라고 써서 흑인 병사와 인민군을 동일시했다고 해서 김일성이 화를 내어 이태준을 강제노동소에 추방했다고 해요. 그런 사정인데 만일 이 시를 북쪽의 시인이 썼더라면 사형감이 될 것 아니겠습니까."

"그놈들이 어디 사람이오."

최 씨는 뱉듯이 말했다. 김규동 씨 또한 알리스 다방의 단골이었다.

'영락에의 향수'가 서려 있는 알리스 다방에서 이사마는 비로소 마음의 안정을 얻었다.

　그런 뜻을 전했더니 성유정 씨의 말은 이랬다.

　"룸펜은 룸펜끼리 모여야 마음이 편하겠지. 그러나 알아둬. 영락에의 향수로 시는 쓸 수 있어도 역사는 쓰지 못한다."

　"그래도 좋다."

는 게 이사마의 감상이었다.

　역사나 문학이나 필패의 기록일 바엔 매한가지가 아닌가.

하나의 고빗길

연일 '한일 굴욕외교'를 성토하는 데모가 있었다.

1965년 6월 21일 있었던 사건만으로도 다음과 같다.

'대일 굴욕외교 반대투위'는 박 대통령에게 면담을 요청했는데, 박 대통령은 이를 거절했다. 이제 와서 반대파들과 만날 필요는 없다는 것이다.

야당은 한일회담을 저지하기 위해서 최대한의 실력행사를 할 것이라고 일본 측에 경고하는 성명을 발표했다. 그러나 정부 여당·일본은 이에 대한 논평을 거부했다.

정부는 전국 13개 대학과 서울의 58개 고등학교에 휴학령을 내리는 동시 전국 경찰에 비상경계를 명령했다.

서울시내에 있는 11개 대학과 3개 고등학교의 학생 약 1만 명의 데모가 이었다. 경찰과 충돌해 8백72명의 학생이 연행되었다.

서울·부산 등지의 학생들이 한일회담 반대를 외치고 그 가운데 약 8백 명이 단식투쟁에 들어갔다.

드디어 1965년 6월 22일.

이날에도 사건이 연이어 발생했다.

'대일 굴욕외교 반대투위'에 소속한 정계의 거물들과 민중당 소속 국회의원들이 안국동 로터리에서 성토와 연좌데모를 벌였다.

고려대학·연세대학·수도의과대학·동국대학 등 학생들이 데모에 돌입했다. 정부는 이를 저지하기 위해 경찰관 4천 명을 투입했다. 곳곳에서 충돌 사건이 생겼다.

정부와 여당은 연석회의에서 강력하게 데모를 저지하기로 방침을 굳혔다고 발표했다.

13개 대학 학생들이 한일 간의 조인을 반대해 난식두생을 계속했다. 서울대학 법과대 학생들의 단식은 오늘로써 9일째.

야당인사들이 떠들건 학생들이 단식을 하건 아랑곳할 것도 없었다. 바로 이날 동경에선 한일조약이 조인되었다.

일본의 A신문은 이날의 광경을 다음과 같이 보도했다.

14년을 끌어오던 한일회담 본 조인은 오늘, 일본 도쿄 나가타 초永田町 1반치番地의 일본 수상 관저에서 이루어졌다. 식장 중앙에 ㄷ자형의 큰 테이블이 설치되고, 그 테이블 좌우에 16명씩으로 된 한일 양국의 실무자들이 자리 잡고 앉았다.

일본 측 대표 면면은,

우시바 차석대표·니야 법무성 민사국장·야기 법무성 입관국장·우시로쿠 아세아국장·니시야마 외무성 경협국장·후지사키 외무성 조약국장·하리야 외무성 문화사업국장·히로세 참사관·사토 참사관·오와다 참사관·나카오 대장성 이재국장·스즈키 대장성 국제금융국장·후쿠다 문부성 초중국장·미야지 문화재 사무국장·이마무라 사회국장·이시다 수산청 차장.

한국 측 대표 면면은

방희 공사·이규성 공사·김영준 기획원 차관·연하구 외무부 아주국장·전상진 외무부 통상국장·이경호 법무부 법무국장·김재현 공사·이민용 외무부 방교국장·김명년 어업문제 대표·김봉은 청구권 대표·이홍직 문화재 대표·황수영 문화재 대표·김정태 서기관·정순근 서기관·김동희 과장·권일 고문.

이날 동경의 날씨는 아침부터 비가 내리고 있었다. 오후 들어 비는 멎고 선선한 바람이 일었다. 하늘에 먹구름이 오락가락했다.

오후 5시.

악대가 헨델의 「개선행진곡」을 연주하기 시작했다. 그 음악 연주와 더불어 두 나라의 대표가 입장했다.

시나 외무대신을 선두로 이동원 한국 외무부 장관이 뒤따르고 다카스기 일본 측 수석대표, 김동조 주일 한국대사의 순으로 들어왔다. 뒤이어 사토 수상이 들어와 자리에 앉아선 눈을 지그시 감았다. 참의원선거 지방유세에 바빴기 때문에 사토 수상의 얼굴은 거무스레하게 그을려 있었다.

헨델의 행진곡이 멎었다.

5시 3분.

시나 외상과 이동원 장관 사이에 전권위임장의 교환이 있었다.

5시 5분부터 조인이 시작되었다.

보좌역들이 넘겨주는 페이지마다의 조약문과 협정문에 만년필로 서명했다. 7개 조약 및 협정문은 한일 양국어로 각 두 통씩, 도합 네 통이다.

조인이 끝난 것은 5시 10분.

맨 먼저 서명을 마친 건 이동원이었고, 그다음이 시나, 다카스기, 김동조의 차례로 교환서명을 완전히 끝낸 것은 오후 5시 17분.

조인이 끝나자 시나 외상이 먼저 일어나서 이동원 장관과 악수를 나눈 후 조약문과 협정문의 교환이 있었다. 오후 5시 19분, 시나 외상의 약 10분간에 걸친 인사연설이 있었다. 통역은 마에다 동북과장이었다. 다음 이동원은 권태웅 외무부 서기관의 통역으로 연설문을 낭독했다.

두 사람의 연설이 끝나자 악대가 두 나라 국가를 연주했다.

주악이 끝나자 10여 명의 웨이터들이 백여 명 참석자들에게 샴페인을 돌렸다. 굳은 표정인 사토 수상이 잔을 높이 들고,

"두 나라의 번영과 우호를 위해 축배를 들자."

고 했다.

5시 40분 조인식은 끝났다. 시작부터 끝까지 장내의 공기는 무거웠고 참석한 사람들의 표정은 침울할 정도로 굳어 있었다.

식이 끝나자 사토 수상이 먼저 이 장관 앞으로 가서 악수를 청했다.

이 장관은 일본 각료들을 찾아가 일일이 악수했다.

5시 41분 사토 수상과 일본 각료들이 퇴장했다. 5시 43분, 한국 측 대표들도 퇴장했다.

이로써 종전 후 20년 동안 단절되었던 일본과 한국과의 국교가 정상화의 궤도에 들어선 것이다.

그런데 이날 오후 2시부터 5시 사이에 시바 공원·히비야 공원에선 전학련 등의 조인 반대집회와 데모가 있었고, 이들과 경찰과의 사이에 충돌하는 사건이 있었다.

일본 공산당은 저녁 6시부터 8천여 명의 당원을 동원해 히비야 공원에서 성토대회를 열고 하오 8시엔 동경역까지 시가데모를 벌였다. 한일회담 반대데모 때문에 동경 시내의 일부 지역은 교통마비상태를 빚었다.

알리스 다방엔 여전히 우울한 군상들이 모여 있었다. 김종삼이 메모지에 뭔가 쓰고 있는 것을 이사마가 들여다보았더니 다음과 같은 글귀가 보였다.

망국의 설움마저 팔아먹었다.
그 돈으로 어느 놈 배때기를 살찌울 것인가.

달을 보고 짖어대는 개꼴이라고
하면 데모하는 학생들에게 대한
모욕이 될까.

그러나 데모하는 학생들의
그 순진한 외침을 어느 누구가
무시할 수 있으리!

그 외침에 거부반응을 일으킨
자들에게 저주 있으라!
저주가 등장하면 시詩는 망한다.

이사마가 들여다보고 있다는 것을 알자 김종삼은 그 메모지를 찢어
버렸다.

"찢어버릴 걸 쓰긴 왜 써."

이사마가 한마디 했다.

"찢기 위해 쓰는 것도 있는 거유."

시무룩한 표정으로 김종삼이 말했다.

옆자리에서 최 씨와 남 씨가 소곤대고 있었다.

"이완용은 어느 시대에도 있는 법인가요?"

한 것은 남 씨.

"매국노 상대론 말도 말아야지."

한 건 최 씨.

이밖에도 이곳저곳에서 말이 있었으나 다방이란 장소 탓도 있어 빗
속의 모닥불마냥 활활 타오르지 못했다.

집으로 돌아가서 이사마는 한일회담이 진행되는 동안 발생한 대소
의 사건을 스크랩을 통해 정리해보았다. 이를테면 사료의 집성이다.

1962년 11월 12일 당시의 김종필 중앙정보부장이 일본으로 건너가
일본의 오히라 외상과 만났다. 그 자리에서 한일 간의 교섭에 관한 대
체적인 방안이 섰다.

1963년 12월에 발족한 제3공화국은 한일국교 정상화를 최대과제로
내세웠다.

1964년 3월 5일 청와대에서 열린 정부 공화당 연석회의에서 3월
10일 한일농상회담을 열고, 본회담을 12일경 병행하기로 했다. 이어 고
위회담을 가져 3월 타결, 4월 조인, 5월 비준의 진행 과정을 계획했다.

정부는 예정대로 원용석 농림부 장관을 일본에 파견해 아카기赤城

일본 농상과의 회담을 갖게 했다.

그리고 12일엔 제6차 한일회담이 정식으로 열렸다. 이에 참석한 한국 측 대표는 배의환·박도조다. 이와 때를 같이 해 제주도에서 있은 기자회견을 통해 16일 박정희 대통령은,

"야당이 아무리 반대한다고 해도 한일회담은 성취시키겠다."

는 소신을 밝혔다.

3월 21일부터는 부산을 비롯한 전국 주요 도시에 공화당의 유세반을 파견했다. 왜 한일회담을 빨리 타결하지 않으면 안 되는가를 국민들에게 알리기 위해서다.

정부의 이와 같은 움직임에 대응해 민정당과 삼민회 소속 국회의원들은 3월 1일 '대일 저자세외교 반대 범국민투쟁위원회'를 결성하기로 하고 3월 9일 오후 2시 시민회관에서 정당·사회단체 대표들을 초청해 확대회의를 열었다.

그 회의에서 원내투쟁으론 제41회 임시국회에 야당 단일안을 제출, 한일회담 조인 반대, 비준 반대투쟁을 하기로 결정하고, 원외院外에선 김종필의 방일 반대투쟁을 하는 한편, 지방유세에 나서기로 했다.

3월 15일 부산에서 '반대투위'의 첫 유세가 있었다. 3월 19일엔 대전에서 유세가 있었는데 그 유세에서 윤보선은,

"민의를 무시하고 회담을 타결지으면 국회의원직을 사퇴하겠다."

는 강경 발언으로 주목을 끌었다.

3월 21일 오후 서울중학교 교정에서 열린 반대투위 강연회에서는

① 매국 외교를 즉시 중단하라.

② 평화선을 3억 달러로 팔 수 없다.

③ 현재의 협상으론 한국을 일본의 경제적 식민지로 만들 뿐이다.

는 등의 주장이 있었고, 그 대안으로

① 대일청구권은 27억 달러로 하라.

② 전관수역은 40마일로 하라.

고 제시했다.

강연회가 끝난 후 약 5백 명의 군중이 가두데모를 벌였으나 곧 경찰에 의해 저지되었다. 그러나 이 움직임엔 큰 의미가 있었다. 5·16 이후 자취를 감추었던 데모가 소생한 것이다.

국내 사정이 이렇게 어수선할 무렵 김종필은 동남아 친선방문 여행을 마치고 동경에 도착하고 있었다. 이것이 3월 20일. 그리고 23일 오히라 일본 외상과 회담을 가졌다. 이 회담에서는 다음과 같은 예정표에 합의를 보았다.

① 4월 초 양국 외상회담을 연다.

② 4월 20일부터 25일 사이에 협정문의 초안을 작성한다.

③ 5월 초에 조인한다.

3월 21일 데모는 미수에 그쳤다.

3월 24일 오후 서울대학 문리대 학생 약 5백 명이 '제국주의자 및 민족 반역자 화형식'을 올렸다. 이 화형식 후 학생들은 가두에 진출했다.

이것이 계기가 되어 학생들이 거리에 쏟아져 나오게 되었다. 서울대학에 이어 고려대학·연세대학·대광고등학교 학생들이 각각 데모를 벌여 경찰과 충돌을 빚었다.

24일 아침 대구로 떠났던 박 대통령은 이러한 소식을 전해 듣고 25일 0시에 상경해 심야회의를 소집했다. 이 회의에서 다음의 사항이 결정되었다.

① 연행된 학생들의 석방.

② 25일 오전 10시, 중앙청에서 각 대학 학생대표 3명을 초치해 문교·외무·내무 3부 장관과 간담회를 갖는다.

③ 통행금지 시간은 연장하지 않는다.

3월 25일 데모의 불길은 확대되었다.

서울대학 약 5백, 연세대학 약 3천5백, 한양대학 약 4천, 중앙대학 약 3천, 건국대학 약 3천, 경희대학 약 1천, 동국대학 약 3천, 외국어대학 약 5백 명의 대학생과 배명·중동·수송고등학교 학생 약 2천 명이 데모에 나섰다. 부산에서 약 3천 명, 대구에서 약 1천5백 명, 전주에서 약 1백50명의 학생이 데모를 벌였다.

중앙청에서 열린 학생대표와 3부 장관의 간담회에선 고광만 문교부 장관이 장황한 설교를 늘어놓자,

"우리는 수신강의를 들으러 온 것이 아니다."

하고 학생들은 자리를 박차고 일어섰다. 동시에 그들은 한일회담의 즉각 중지, 대통령과의 연석회의, 구속 학생의 전원 석방을 요구했다.

데모 대열이 청와대를 향해 전진하자 완전무장을 하고 대기 중이던 경찰병력은 학생들을 향해 최루탄을 쏘았다.

이틀 전부터 발생한 데모 사태와 이를 저지하려는 경찰의 행동은 정치 문제로 번졌다. 국회에서 관계 장관을 출석시켜 따졌다. 그러곤 엄민영 내무부 장관의 해임 결의안까지 나오기에 이르렀다. 이 안은 28일의 표결에서 재석 1백52명 중 가 77, 부 71, 기권 4로 부결되었지만 20명 이상의 공화당 의원이 해임안에 찬성표를 던졌다는 사실은 주목할 만하다.

3월 26일 한일회담에 대한 정부 방침이 라디오를 통해 전국에 방송되었다. 그러나 그것은 데모를 부채질하는 결과가 되었다. 약 2만 5천

명이 참가한 대규모 데모로 번진 것이다.

데모의 구호는 이렇다.

"이것이 민족적 민주주의냐?"

"박 정권은 부정과 부패를 청산하고 국민 앞에 사과하라."

지방에서도 데모의 불길은 차츰 높아졌다. 부산·수원·대구·대전·원주·온양·이리·여수 등 8개 도시 12개 교의 약 1만 2천 명이 참여했다.

학생들의 데모가 치열해지자 일부 정치인들도 데모에 나섰다. '대일외교 반대투위'에선 반대 궐기대회를 열고 이어 가두시위에 나섰다. 이날 김준연 의원이 국회 본회의에서 1억 3천만 달러의 사전수수설을 퍼뜨렸다.

3월 27일에도 데모는 계속되었다. 약 1만 명이 거리로 쏟아져 나왔다. 지방에서도 약 45개 교 4만 3천 명이 데모에 나섰다.

3월 28일 김종필이 돌아온다는 소식을 듣고 학생들이 김포공항에 밀어닥쳤다. 그러나 경찰기동대 덕택으로 김종필은 무사할 수가 있었다.

이날 국회에선 김성은 국방부 장관을 불러 데모진압을 위해서 병력을 동원하고 있는 데 대해 따졌다. 김 장관은,

"비상사태는 아니지만 안녕질서의 유지를 위해 병력을 동원했다."

고 시인하고,

"그러나 국가전복 같은 불상사가 발생하지 않는 한 무력행사는 피하겠다."

고 다짐했다.

이날 오후 서울대학을 비롯해 고려대학·연세대학 학생들은 각각 학생회를 열고,

"앞으로 실력행사를 일단 보류하고 정부의 태도를 주시하겠다."
는 성명을 발표하고 데모를 중단할 것을 선언했다.

이러한 동안에도 한일 어업협상은 계속되고 있었다. 3월 30일 중앙
고등학생 약 1천 명이,

"데모 학생은 전체 학생의 20퍼센트에 불과하다."
고 한 김종필의 동경발언을 규탄하는 모임을 가졌다.

3월 31일 정부는 박 대통령의 지시에 따라 오후 중앙청에서 시내
38개 대학 학생대표 57명에게 1962년 11월 12일에 있었던 '김·오히라
메모'를 비공식으로 공개하고 이를 설명했다.

비교적 평온한 날이 계속되더니 4월 16일 학생들이 다시 거리에 나
섰다. 내세운 구호에 다음과 같은 것이 섞였다.

"학원사찰을 중지하라!"

"구속 학생을 석방하라!"
데모의 양상이 거칠었다. 경찰의 태도도 경화되었다. 곳곳에서 유혈
사태가 발생했다.

4월 17일 서울대학 문리대 학생 약 1백50명이,

"한일회담을 중지하라!"

"학원사찰을 중지하라!"

"구속 학생을 석방하라!"
는 구호를 내걸고 가두에 나섰다. 종로를 거쳐 청와대로 향하던 데모대
는 중앙청 앞에서 저지되었다.

이날 국회에서는 엄민영 내무부 장관과 고광만 문교부 장관을 불러
학원사찰과 괴소포 문제를 따졌다. 괴소포 사건이란 이런 것이다. 4월
8일 서울대학 문리대 학생 현승일·김중태에게 발송지가 부산으로 되

어 있는 소포가 전달되었다. 소포 안에 불온서적과 미 본토 불佛이 들어 있었다. 비슷한 소포가 연세대학의 안성혁, 고려대학의 박정훈·서진영 등에게도 보내졌다. 이들 학생은 모두 데모의 주동자들이었다.

4월 18일 2시 반쯤 서울대학 사범대 학생 1백50명가량이 비를 맞으며 데모를 벌였다.

"민족 주체성을 확립하자."

는 구호를 외치면서 종로 세종로까지 진출했을 때 경찰의 저지를 받았다. 태평로 감리회관에 있는 일본 상사 간판 두 개를 떼어 부수고 국회 앞에서 해산했다. 이날의 구호엔,

"매판자본 몰수해 2백50만 굶주린 사람 구출하자."

는 것이 있었다.

4월 19일 서울시청 앞에서 기념식을 올린 '한국학생총련' 학생 1천여 명이 청와대 쪽으로 행진하다가 경찰과 충돌, 학생 일곱 명이 연행되었다.

학생 데모의 양상은 점차로 과격의 도를 더해갔다.

4월 20일 교정에서 4·19 기념식을 올린 서울대학 문리대 학생 약 2백 명은

"붉은 피는 매국정권을 증오한다."

는 플래카드를 들고 거리에 나섰다. 성균관대학 학생 약 3백 명도 가두로 나와 데모를 벌였다. 청주공업고등학교 학생 1천여 명은,

"5월혁명의 자랑은 4월혁명의 모독."

이라는 구호를 내걸고 데모를 감행했다.

4월 21일 동국대학 학생 약 1천8백 명, 성균관대학 학생 약 7백 명, 서울대학 문리대 학생 약 20명이 데모를 벌였다. 이윽고 투석과 최루탄이 맞서, 이 충돌로 학생 80여 명, 시민 10여 명, 경찰 10여 명이 상처를

입었다. 1백 30명의 학생이 경찰에 연행되었다.

4월 22일 박 대통령은,

"비상한 각오로 데모를 저지하라."

는 훈령 제3호를 내렸다.

이 훈령은 언론계의 무책임한 보도를 비난하고, 학교 책임자에게 범법 학생을 교칙에 따라 엄격하게 다스리라는 경고를 포함하고 있었다. 고광만 문교부 장관은 데모 주동학생을 무조건 퇴학 처분하겠다고 했고, 엄민영 내무부 장관은 폭력적인 데모와 신고 없는 데모는 엄중히 다스리겠다는 방침을 발표했다.

4월 23일 서울대학 문리대 학생 약 2백 명이 교정에 모여 YTP 내막을 폭로하는 성토대회를 가졌다. 이날 YTP 회원이던 송철원은 그 자금이 공화당에서 나오고 있으며 '갑피甲皮 516'이란 암호를 쓰고 있다고 밝혔다. 이날 동국대학에서도 학원사찰 성토대회가 있었다.

4월 24일 최두선 국무총리는 데모로 구속된 학생 전원을 석방하라고 지시를 내렸다. 이로 인해 현승일 등 15명의 구속 학생들이 풀려나왔다. 불구속으로 송청되었던 83명의 학생도 전원 불기소 처분을 받았다.

이날 밤, 서울시내 28개 대학의 총·학장이 모여 다음과 같은 4개 항목을 정부에 건의하기로 합의했다.

① 학원의 자유를 보장하고 정치사찰을 중지할 것.

② 부정부패를 일소해 학생이 다시 거리로 나오지 않도록 할 것.

③ 정계는 대국적으로 정쟁을 지양할 것.

④ 학생들의 의사는 충분히 표명되었으니 학생들은 학원으로 돌아갈 것.

5월 9일 최두선 내각이 총사퇴하고 11일에 정일권 내각이 들어섰다.

정부는 한일회담을 연내에 타결할 방침을 굳히고 13일에 농상회담의 재개를 교섭했다. 그리고 18일부터 국교가 정상화되기 전에 차관을 선행한다는 설이 나돌았다. 급기야 데모는 재발하고 말았다.

5월 20일 서울과 지방을 합쳐 약 50개 교, 2만 5천 명이 참여한 데모가 발생했다. 연행된 학생이 1천여 명, 즉결재판에 회부된 학생이 약 1백 명이라고 발표했다.

데모의 양상은 전엔 '굴욕외교 반대'였던 것이 '박 정권 물러가라'는 것으로 바뀌었다.

이날 오후 1시 45분 서울대학 문리대 교정에선 색다른 행사가 있었다.

'민족적 민주주의 장례식'이란 것이 시내 각 대학으로부터 참집한 1천5백 명에 의해 거행된 것이다. 선언문 조사 결의문 낭독에 이어 성토대회가 열렸다. 오후 3시 학생들은 두건을 쓰고 '민족적 민주주의'가 들어 있다는 검은 관을 메고 곡을 하며 교문을 나서려는데 경찰의 강력한 저지에 봉착했다. 최루탄·곤봉·투석 등으로 빚어진 유혈극이 발생한 것이다.

4시간 동안이나 계속된 이 충돌로 인해 1백80명의 학생과 시민이 연행되고 33명이 구속되었다.

5월 21일 새벽 4시 반쯤 완전무장한 13명의 공수단 군인이 법원에 난입해 판사가 데모 학생들의 영장을 기각했다는 이유로 난동을 부린 사건이 있었다.

재야 법조인들은,

"법치국가에서 있을 수 없는 일."

이라며 흥분했다.

이날 새벽 전날 YTP 정체를 폭로한 송철원이 괴한들에게 납치되어

실신하도록 두들겨 맞은 사건이 발생했다.

5월 25일 오전 11시를 기해 전국적으로 '대학생 난국타개 궐기대회'를 열기로 했다. 그런데 서울에선 이날 아침 각 대학 학생대표들이 사건에 연행된 때문에 이 대회는 좌절됐다. 그러나 9개 대학은 각기 교내에서 궐기대회를 열었다.

부산·대구·춘천 등지에서 궐기대회를 가졌다. 궐기대회 선언문은 '구국비상결의선언'이라고 했다. 내용은 박 정권의 부정부패를 공격하고 학원사찰의 비난, 법원에 난입한 군인들을 처단하라는 것이었다.

끝으로 행동강령에선,

"금주 안으로 주장이 관철되지 않으면 4·19 정신으로 돌아가 실력투쟁을 하겠다."

고 각오를 밝혔다.

5월 26일 한양대학·동덕여자대학·단국대학에서 전일에 이어 교내 궐기대회가 열렸다. 성남고등학교 학생 약 1천2백 명이 교문을 나와 데모를 벌였다.

이날 오전 양 내무부 장관은 데모사태에 관한 보고를 하면서 '민족적 민주주의 장례식' 배후에 용공적 색채가 짙은 '민족주의비교연구회'라는 서클이 있다고 하고, 일부 혁신계와 일부 정치인이 물심양면으로 방조하고 있는 사실이 드러났다고 밝혔다.

5월 27일 아침 전남대학 학생 약 5백 명이 계림동 버스 정류소에 모여

"신망 잃은 박 정권의 하야를 요구한다."

는 플래카드를 들고 데모를 했다.

서울대학에서는 긴급교수회의를 열고 시국수습에 관한 다음과 같은 건의안을 정부에 제출했다.

① 정부는 실력행사만을 능사로 삼지 말고 원인을 규명하라.

② 군은 정치에 엄중중립을 지키고 학생은 최후의 순간을 제외하고는 학업에 전심하라.

③ 미술대학에 경찰이 침입한 사건에 관해 국무총리와 관계 장관은 공개 사과하라.

④ 구속된 학생을 전원 석방하라.

⑤ 총학장 임명제를 즉시 시정하라.

⑥ 교수의 연구자유를 보장하라.

5월 29일 오전 11시, 서울시내 28개 대학 학생대표들이 서울대학 법과대에서 '난국타개 학생 궐기대회' 제3차 준비회의를 열고 25일에 채택한 '구국비상결의선언'에서 내세운 요구 조건이 30일 밤 12시까지 관철되지 않을 때에는 실력행사에 들어가겠다는 '대정부 통고문'을 작성했다.

5월 30일 오후 2시 반부터 서울대학 문리대 학생 40여 명이 4월 학생 기념탑 앞에서 단식투쟁에 들어갔다. 3시에는 학생대표 여섯 명이 정 국무총리를 찾아가 대정부 건의안을 직접 전달했다.

이날 밤 10시 검찰은 송철원을 납치해 구타한 범인 이동식·박영철·송명성 등을 체포했다. 모두 모 기관에 소속된 사람들이었다

6월 1일. 학생들이 실력행사를 하겠다고 선언한 일자이다. 19개 대학 학생대표 31명이 청와대 쪽으로 가다가 대기 중이던 경찰 버스에 실려 중앙청 안으로 연행되었다. 이 학생들은 그곳에서 농성투쟁을 8시 반까지 벌이다가 윤 문교부 장관의,

"학생들의 요구가 실현되도록 적극 조력하겠다."

는 말을 듣고 해산했다.

3일째로 접어든 서울대학 문리대의 단식투쟁 학생은 1백30명으로 늘어났고, 여자대학 학생과 의과대 학생들이 이들의 간호에 바빴다.

6월 2일 오전 고려대학, 서울대학 법과대·상과대 학생들이 교내에서 반정부 구호를 외치며 성토대회를 하고 거리로 몰려 나왔다. 오후엔 동국대학에서 성토대회가 있었다.

고려대학·서울대학 학생들은 안암동·신설동·종로3가에서 경찰과 충돌했다.

이날 연행된 학생은 6백32명이었다. 학생들의 구호는 한층 과격하게 되었다.

"박 정권 물러나라!"

"공포정치 그만두라!"

한편 서울대학 8개 단과대의 학생회장들은 오후 6시 법과대에 모여 단식투쟁을 중지하고 3일부터 실력행사에 들어가기로 했다.

단식투쟁 학생수는 3백 명으로 불어났고, 법과대 캠퍼스 안에서 새로이 1백여 명이 단식에 돌입했다. 동국대학에서도 약 20명이 단식을 시작했다.

정부에서는 이날 밤, 총리실에서 관계 각료회의를 열고 학생 데모로 구속 송치된 15명 중 11명을 석방하기로 했다.

6월 3일 서울대학 약과대·수의과대·치과대·사범대·상과대 등의 약 2천 명, 한양대학 3천 명, 성균관대학 1천 명, 동국대학 1천5백 명, 홍익대학 1천 명이 거리로 쏟아져 나왔다. 서울대학 농과대 학생 6백 명이 수원으로부터 걸어 상경했다.

시내 18개 대학 약 1만 5천 명이 곳곳에서 경찰과 육박전을 벌였다.

국회의사당 앞에서 청와대에 이르는 대로는 완전히 학생과 경찰이 뒤섞여 싸우는 수라장이 되었다.

경기도청 앞 피켓이 무너졌을 때 경찰병력은 수도경비사령부 소속 군병력과 교체되었다.

데모대는 중앙청 정문 앞의 피켓을 무너뜨리고 해무청 앞 피켓에 육박했다. 치안상태는 극도로 문란해 경찰차와 군용차가 데모대원의 손으로 넘어갔고 파출소가 파괴되었다.

경찰차 군용차가 데모대원의 손에 넘어간 것과 파출소가 파괴된 것은 계엄령을 내리기 위해 정부가 조작한 사태라고 밀하는 사람이 있다.

정부는 긴박한 사태를 수습하기 위해 국가안보회의를 소집했다. 오후 4시 반에 버거 미국대사와 하우스 유엔군사령관을 청와대에 초치했다. 이들은 헬리콥터를 타고 청와대에 도착했다.

미국의 양해를 얻어 계엄령을 선포했다. 1964년 6월 3일 오후 8시로 소급해 계엄령에 의해 중무장을 갖춘 군 병력이 서울시내를 장악했다.

이로써 데모사태는 자취를 감추었으나 학생들의 외친 갖가지 구호들은 시민들의 가슴에 메아리를 남겼다. 예컨대 다음과 같은 것이다.

△ 매국적 한일회담 즉시 중지하라!

△ 매판자본가 타도해 민족자본 형성하라!

△ 쪽바리는 물러가라.

△ 삼분폭리三粉暴利 자수하라.

△ 매국이 애국이냐.

△ 데모가 이적이냐, 굴욕이 이적이냐.

△ 제2의 이완용 화형에 처하라.

△ '닷도산'이 '새나라'냐, '새나라'가 '닷도산'이냐.

△ 대일외교는 저자세, 학원사찰은 고자세.

△ 못살겠다 정보정치.

△ 부정부패 일소하라.

△ 벌 받는 애국자 상 받는 매국노.

△ 부정부패 고개 들면 4·19 다시 난다.

△ 신망 잃은 박 정권 물러나라.

△ 권고 권고 하야 권고.

△ 데모가 난동이냐, 쿠데타가 난동이냐.

△ 무단정치 박 정권은 민족 위해 물러가라.

데모의 발단은 굴욕외교에 대한 반발에 있었다. 그러나 그것만은 아니다. 2년 7개월 동안 억압되어 있었던 원한이 폭발한 것이다.

'구악을 일소한다'고 해놓고 그들이 저지른 엄청난 죄악이 시일이 감에 따라 차츰 노출되었다. 이에 대한 감정이 기폭력이었다. 보다도 박 정권의 '정당성'에 대한 뿌리 깊은 회의가 데모를 촉진시켰다.

계엄령으로 인해 데모를 막을 순 있었으나 문제의 뿌리는 그냥 남아 있었다. 1965년에 들자 다시 한일조약 문제가 대두되었다.

그 경과를 살펴본다.

2월 16일 '굴욕외교 반대 범국민투쟁위원회'는 17일로 예정된 일본 시나 외상의 방한을 계기로 지도위원회를 소집해,

"김·오히라 메모 백지화와 평화선의 고수, 한일무역 불균형의 시정 등이 이루어지지 않는 한 한일회담 타결을 반대한다."

는 방침을 다짐했다.

2월 17일 오후 1시 반, 열두 명의 수행원을 대동하고 시나가 김포공항에 도착했다. 그가 숙소인 조선호텔에 이르자 수백 명의 군중이 '한일회담 반대'의 구호를 외치며 달려들어 일장기를 찢으려다가 경찰에 의해

저지되었다. 이날 민간인 열 명과 대학생 네 명이 경찰에 연행되었다.

2월 19일 대일 굴욕외교 성토대회는 장소 사용 허가를 얻지 못했으나 서울시청 앞에서 강행해 두 시간 동안 일대 혼란을 가져왔다. 이날 경찰관과의 충돌로 12명이 부상하고 72명이 연행되었다. 어떤 경찰관이,

"조센징 쇼가나이."

라고 해서 말썽이 일어났다.

2월 20일 오후, 14년간의 장기교섭에 매듭을 싯고 한일 기본조약의 가조인이 이루어졌다.

3월 20일 투쟁위원회 주최로 서울운동장에서 성토대회가 있었다. 29명을 연행해 26명을 즉결심판에 돌렸다. 서울운동장에선 일장기 화형식도 가졌다.

3월 27일 부산·목포·춘천 등지에서 성토대회가 열렸다. 윤보선 민정당 총재는 부산에서 미국의 극동정책을 비난했고 유옥우는 박정희가 공산주의 교육을 받은 사람이라고 폭로했다.

3월 28일 광주·마산·속초에서,

"매국외교를 반대하기 위해 전 국민이 궐기하자."

는 성토대회가 있었다.

3월 29일 진주·여수·강릉에서 성토대회와 데모가 있었다.

3월 30일 한산도에서 윤보선은,

"박 씨가 국민 앞에 자신의 공산주의자로서의 과거를 밝히라."

는 성명을 발표했다.

경찰은 유옥우를 특정범죄처벌에 관한 임시특별법 위반으로 구속, 광주로 송치했다.

3월 31일 광주에서 전남대학 학생 8백여 명이 데모를 벌여 경찰과 충돌했다.

4월 1일 대구 수성천 변에 2만 명이 모인 성토대회가 있었다. 원주에선 8백 명, 군산에선 1천여 명의 데모가 있었다.

4월 2일 전남대학은 주동자로 알려진 정동년 등 7명을 제적 처분했다.

4월 5일 원주 대성고등학교에서 데모한 3백 명 학생 중 주동자 정교섭 등 6명을 퇴학 처분했다.

4월 9일 '반대투위' 제2차 유세가 온양에서 시작되었다.

4월 10일 여당은 대구에서, 야당은 제주와 인천에서 유세를 벌였다. 서울대학 법과대 학생의 데모가 있었다. 1백71명이 연행되었다.

4월 12일 연세대학·경희대학·동국대학에서 성토대회가 있었다.

4월 13일 고려대학·연세대학·경희대학·동국대학·성균관대학 등에서 성토대회를 갖고 거리로 나와 데모에 돌입, 4천여 명의 학생이 경찰과 충돌해 5백28명이 연행되었다.

4월 14일 성균관대학·중앙대학에서 성토대회 후 데모, 1백34명이 연행되었다.

4월 15일 경기고등학교 학생 1천여 명 데모. 고려대학·외국어대학·연세대학 일부 학생과 제주대학·대구대학 등에서도 데모. 서울대학 법과대 학생 60여 명이 단식을 시작했다.

4월 16일 서울시내의 고등학교와 대학은 학교의 재량으로 휴교하라고 문교부가 지시했다. 동국대학·중앙대학·한양대학이 휴교했다. 동국대학 김중배 군 15일 밤에 사망. 4·13데모 때 맞아죽은 것으로 추측. 다시 각 대학 데모.

4월 17일 오후 2시, 효창운동장에서 '투위' 궐기대회 열고 데모에 나서 파출소를 습격했다. 연행 2백27명, 영장신청 13명, 경찰관 1백58명 부상, 배재고등학교 김행연 경찰 곤봉 맞고 입원.

4월 18일 정부에서 군대를 동원할 기색을 보였다. 정부는 '투위'를 불법단체로 규정.

4월 20일 정부 여당 연석회의에서 4·17사태를 폭동이라고 규정했다.

그후로도 한일회담에 대한 반대 성토와 데모는 단속적으로 계속되어 6월 22일의 사태를 맞이하게 된 것이다.

이렇게 약 2년간에 걸쳐 있었던 사건들을 정리하고 있으니 저절로 한숨이 나왔다.

'아무래도 이것은 나라의 꼴이 아니다.'

하는 생각이 이사마의 가슴에 고였다.

만일 국민이 한결같이 받드는 대통령을 모시고 있었더라면 이런 꼬락서니가 될 까닭이 없다.

요컨대 학생들은 폭력으로 헌정을 유린한 사람에 대한 불신과 혐오를 터뜨린 것이다.

국방과 외교는 초당적이어야 한다고 되어 있다. 그런데 정부는 어째서 야당의 의견엔 일절 귀를 기울이려고 하지 않는 것일까. 비등한 반대 기운을 이용해 보다 유리한 협정을 맺을 수도 있었을 것이고 유리한 협정이 되지 않으면 국민감정을 이유로 보류 또는 천연遷延할 수도 있었을 것인데 무엇이 바빠 불리한 협정까질 감수해 조속한 타결을 서둘렀을까.

이사마가 가장 궁금하게 여긴 것은 세 가지다. 하나는 제2차 세계대전 때 일본군에 소속되어 싸우다가 전사한 군인·군속에 대한 보상이다. 협정 문제에 세부 조항에도 그 문제는 일언반구 언급이 없었다. 이 사마가 들은 기억으로는 일본 정부가 전사한 그들의 군인·군속에겐 일 시금으로 2백만 엔을 주었다는 것이다. 일체의 명분을 거두절미하더라 도 이 문제에 있어서만은 형평의 원칙이 적용되어야 한다.

뿐만 아니라 타결한 협정엔 전몰자의 유골 문제에 관한 조항이 없다. 혹시 실무자 간의 양해 사항으로 규정된 것이 있지 않을까 해서 물어보 았으나 그런 양해 사항조차 없었다. 사자에 대한 극진한 예의는 우리의 도덕이다. 설혹 극진한 대우는 하지 못한다고 하더라도 최소한의 예의 는 있어야 할 것이 아닌가. 현재 발견되어 보관되고 있는 유골의 인계 와 인수에 관한 절차쯤엔 언급이 있어야 당연하지 않는가. 일본 후생성 창고에 동포의 유골이 먼지를 쓰고 있다는 사실을 한일 양국의 실무자 들이 알고 있으면서도 그 문제를 회피했다고 하면, 그 이면에 불미스런 거래가 있었던 것이라고 의심해볼 만하지 않은가.

'그 문제는 거론하지 않을 테니까 그 몫으로 한 1억 3천만 달러쯤 달라.'

고 했을 때 그 문제가 거론되면 10억 달러를 지출해야 할 경우가 생길 지도 모르는 판국에 일본의 계산속은 얼른 그 제안을 받아들였던 것이 아닐까.

물론 이것은 억측이지만 그 사이의 사정이 너무나 애매모호하기 때 문에 이런 억측이 생겨나기도 하는 것이다.

또 한 가지 궁금한 것은 평화선의 문제다. 정부의 이에 대한 설명은 요령부득인데 일본 측의 신문에 의하면 이번의 한일조약의 조인을 계 기로 평화선이 철폐된 것으로 되어 있다.

이사마는 4·19 직후 K신문의 주필로서 일본 기자단과 회견한 일을 상기했다. 그때 일본의 어느 기자가 '이승만 라인'에 관해서 물었다. 그 질문에 이사마는 다음과 같이 대답했다.

"당신들이 '이승만 라인'이라고 부르는 것을 우리들은 평화선이라고 부른다. 이승만 대통령이 한 짓이 백이면 백 나빴다고 하더라도 대한해협에 평화선을 그은 것은 참으로 잘한 일이라고 나는 생각한다. 국토의 잔등이 휴전선이라고 하는 아주 부자연하고 거북한 선으로 잘려 있는 나라가 자위책으로 또는 생활의 방책으로 바다의 일부에 선을 그어놓고 간첩의 접근을 막는 동시, 어업을 보상하려고 하는 노력이 이째서 나쁜가. 당신들 일본은 평화선을 횡포라고 떠들어대고 있지만 그렇게만 보아선 안 된다. 당신들은 상식에 어긋난 짓이라고 하지만 그런 사례가 있지 않은가. 페르시아만의 공해에 금을 그어 한 나라가 그 밑의 유전을 독점하고 있는 사례도 있고, 태평양의 산호초를 금 지어 해저산물을 독점하고 있는 나라도 있다. 듣건대 당신네 나라 가고시마 남쪽 바다엔 기막힌 참치어장이 있는데 미군이 그 어장을 무기 실험장으로 쓰고 있다더군. 그래서 참치잡이 어부들은 곤경에 빠져 있다고 들었는데 당신네 신문은 한마디도 그 횡포에 대해선 불평이 없고 평화선만 가지고 야단하고 있잖나. 당신들의 어업은 발달해 있고 우리의 어업은 원시적인 상태를 아직 면하고 있지 않다. 만일 그 라인을 철폐하면 우리 어부들은 살아가기 힘들다.

그런 사실을 감안해 평화선 문제는 가만두는 게 좋겠다. 동정을 바라는 건 아니지만 분단된 나라에 대한 이해심은 가져야 할 것이 아닌가 ……."

대강 이와 같은 얘기였는데 일본인 기자들은,

"그와 같은 견해도 있을 수 있었구나."

하고 납득하는 눈치를 보였다.

아무튼 평화선 문제에 있어 양보가 있어선 안 되는 것이다. 그런데 그 평화선을 철폐하고 말았다. 학생들이 굴욕외교라고 떠들어댈 만하다.

또 한 가지 석연할 수 없는 것은 당당하게 청구만을 문제 삼지 않고 무슨 까닭으로 '경제협력'이라는 문제로 대처했느냐 하는 사실에 대해서다.

청구권이라고 하면 마땅히 우리가 받아야 할 것을 받는 것으로 되지만 경제협력이라고 하면 상대방의 호의와 은혜를 받는 것처럼 문제가 흐리멍덩하게 되어버린다. 요컨대 일본의 방식에 따라 경제협력을 얻어내는 것이다. 일본의 방식대로 받은 경제협력이 한국을 일본의 경제적 식민지로 만드는 결과가 될 것은 뻔한 일이다.

한일 간이 언제나 부자연한 관계에 있어선 안 되는 것이고 국교 정상화는 있어야 할 절실한 문제다. 그러나 모처럼의 국교 정상화가 이런 형식과 내용으로 되었다는 것은 통탄할 일이다.

이사마는 노구치의 말을 상기했다. 그는,

"일본의 정치가는 노회한데 한국의 정치가는 너무나 단순하다. 씨름이 안 될 것이다."

라고 했던 것이다.

사실이 그럴까? 이사마는 한국의 정치가가 단순했기 때문에 그렇게 된 것이라면 용서할 수 있다고 생각했다. 그러나 단순한 탓만이 아닐 것이란 짐작을 지워버릴 수가 없었다. 부정, 부패, 불결……. 언젠가는 밝혀지고 말 무대 뒤의 거래를 이사마는 결단코 잊지 말기로 하고 일기에 다음과 같이 써넣었다.

한일회담을 추진한 것은 애국심도 아니고 절실한 국가적 필요성에 의한 것도 아니다. 뭔가가 있다. 불미스러운 뭔가가. 그 사실을 캐내는 것이 역사가로서 또는 기록자로서 할 일이다. 전몰자에 대한 보상금 문제는 왜 거론조차 되지 않았던가. 왜 평화선 철폐에 호락호락 동의했을까. 어째서 청구권 문제가 경제협력 문제로 탈바꿈을 했을까. 그렇다. 줄잡아 20년의 세월이 흐르면 이러한 수수께끼가 풀릴 것이다. 그때까지 너는 깨어 있어야 한다.

이사마는 1965년이란 시점을 생각해보았다. 일본으로부터 해방된지 20년, 을사보호조약으로부터 60년이 되는 해다. 사람으로 치면 환갑을 맞이한 해에 또다시 한국은 일본에 굴복한 꼴이 되었다.

따져보면 을사보호조약이나 이번의 한일조약을 두고 일본만을 비난할 순 없다. 일본을 비난하려면 그와 꼭같은 정도로 우리들 자신을 비난해야 한다. 책임의 반은 우리에게 있었던 것이다. 그러나 정치라는 것은 결국 민도를 반영하는 것 이상도 이하도 아니다. 우리의 불행은 멀게는 한일합방을 있게 한 사태에 있었고 가깝게는 5·16쿠데타로써 비롯된 것이다.

반국가음모 혐의로 기소된 원충연 피고가 법정에서,

"5·16의 주체세력은 혁명공약 제6항을 어김으로써 국민을 배신하고 국제적으로 국가의 체면을 손상했기 때문에 정부전복의 음모를 꾸몄다."

고 당당하게 진술했다.

한일회담 반대의 소용돌이에 묻혀 대중의 관심을 끌지 못했으나 기록해둘 만한 사건이었다.

성유정은 이 사건을 중시하고,

"서둘지 말고 천천히 지켜봐. 그들은 자중지화로 망하고 말 테니까."
하고 페루에서 있었던 이야기를 했다.

금세기 초두 페루에서 군부 쿠데타가 있었는데 몇 년 동안 잘 나가다
가 친위대의 대장이 쿠데타로 집권한 대통령을 죽여 쑥대밭처럼 되었
다는 얘기였다.

한일회담의 조인이 있은 이튿날 민중당 의원들은 한일협정 무효를
선언하고 24시간 단식에 돌입하는가 하면 '굴욕외교 반대투위'는 전국
유세를 벌이기로 결정하는 등 정국은 어수선하게 되었다. 이에 월남 파
병 문제가 겹쳤다.

정부와 여당은 한일협정 및 월남 파병 동의안을 이번 국회에서 강행
키로 하고 야당은 한일협정 비준 동의안 상정을 전력을 기울여 봉쇄하
겠다고 결의했다.

학원에선 다시 데모의 바람이 불기 시작했다.

7월에 들어 정국은 더욱 어수선하게 되었다.

1일엔 1백여 명의 목사들이 모여 한일협정 반대 성토대회를 열었고,
2일엔 정부가 의결한 '비밀보호, 보안조사법안'에 대해 신문기자들이
작년의 언론규제법보다도 더 나쁜 것이라고 비난하고 그것은 부정과
부패를 은폐하기 위한 수단이라고 반발했다.

5일엔 효창공원에서 한일협정 조인 후 첫 성토대회를 열어 무효를
선언했다. 영락교회에선 1천여 기독교 신자가 모여 비준 반대의 구국
기도회를 가졌다.

12일 정부는 한일협정 비준안과 월남 파병안을 국회에 제출했는데

14일 국회에서 난투극이 벌어졌다.

15일엔 야당이 한일협정과 월남 파병안의 발의를 무효라고 선언하고 의원직 총사퇴를 결의했다.

8월에 들어 공화당만으로 13일에는 월남 파병안을 통과시키고, 14일엔 한일협정 비준안을 정부 원안대로 통과시켰다.

이러한 과정에서 윤보선·서민호·정성태·정일령·김도연·김재광 등 여섯 명의 의원이 의원직을 상실하는 사태가 있었다.

학생들의 맹렬한 반대 데모는 무장군인의 줄동으로 막았나. 서울지구에 위수령이 선포되고 6사단의 병력이 서울에 진주해 무장군인이 대학의 캠퍼스를 점령했다. 고려대학과 연세대학에 무기 휴업령이 내려졌다.

이러한 사건이 진행되는 가운데 이승만 박사가 하와이에서 죽었다. 7월 19일에 있었던 일이다. 이승만의 장례식은 7월 27일에 있었다.

"이승만은 죽음으로써 교훈을 남겼다고 할 수 있다. 그리고 그 교훈을 명심해야 할 사람은 이 판국에 꼭 하나 있는데, 과연 그는 어떻게 그 교훈을 받아들일까."

한 것은 성유정 씨였다.

이사마는 자기가 주필 시절 그처럼 가혹하게 비난을 퍼부은 인물 이승만의 죽음을 예사롭게 생각할 수가 없었다.

장례식이 있은 날 이사마는 일기에 다음과 같이 썼다.

그의 애국심은 마키아벨리즘의 발현이었던가. 우리는 위대할 수도 있었던, 숭배의 대상일 수도 있었던 인물을 잃었다. 그는 운명하기에 앞서 벌써 죽었던 것이다. 결국 그는 인생에 있어서 패배자였다. 필리핀의 어느 언론인이 그들의 지도자 아기날도를 평하며,

180

"그는 너무 오래 살았다."

고 했다. 우리가 이승만을 평하는 말도 마찬가지가 될 수밖에 없다. 그는 너무 오래 살았다고. 6·25동란의 휴전이 성립되었을 무렵에 죽었더라면 찬연히 민족사에 빛날 인물이었을 것을. 애석하다. 그를 위해서나 민족을 위해서나. 그러나 먼 훗날 이승만의 전기가 어떻게 씌어질진 속단하기 어렵다. 학생들의 데모에 밀려 경무대를 떠났을 때 이승만은 그가 저지른 과오의 반쯤은 보상한 것으로 되었으니까. 그런데 그에게 꼭 물어보고 싶은 것이 있었다. 이번에 체결된 한일협정을 어떻게 생각하느냐고…….

알리스 다방은 더욱 침울하게 되었다.

7월 9일 저녁 때쯤이다.

이사마가 알리스 다방으로 나갔더니 최태응 씨가 구석진 자리에 묵묵히 기대앉아 있었다. 가까이 가보니 눈물이 한 줄 왼쪽 눈꼬리로부터 흘러내려 말라붙어 있었다.

"어떻게 된 일입니까?"

하고 이사마는 조심조심 물었다.

최태응 씨는 슬프게 눈을 깜박거리며 낮은 소리로 말했다.

"남정현 군이 붙들려 갔어."

이사마는 깜짝 놀랐다.

"무슨 이유로?"

하고 묻기가 고작이었다.

"그 사람 작품에 『분지』糞地라는 게 있지 않소. 그 작품에서 북괴 선전에 동의했다는 게 이유라오."

이사마는 눈앞이 캄캄해지는 것을 느꼈다. 남정현 씨는 동인문학상의 수상작가일 뿐 아니라 예리한 관찰안과 수발한 문제의식을 가진 뛰어난 작가다. 이사마는 자기보다 어린 작가인데도 언제나 경외의 마음으로 대해왔었다. 그의 작품 『분지』는 조국을 사랑하는 나머지 그 치부적인 상황을 보아넘길 수가 없어 쓴 작품으로써 칭찬은 할지라도 비난할 순 없는 성질의 소설인 것이다.

"어이가 없군."

이사마가 중얼거리자 최태웅 씨는,

"그 사람 몸이 약한데 되게 얻어맞기나 안 할는지. 맞으면 그 사람은 죽어."

하고 주루룩 눈물을 흘렸다.

'아아 이렇게 불행한 나라가……'

싶으니 목이 멜 것 같아 이사마는 최 씨를 데리고 근처의 술집으로 갔다.

최 씨와 이사마는 말없이 소주만 마셔댔다.

술에 취한 김에 이사마는 창선동 재종형의 집에 가서 남 씨의 구명을 호소해보았다. 애국심이 직업의식으로 굳어진 재종형은,

"조국을 똥구덕이라고 하는 놈을 어떻게 용서할 수가 있겠는가. 얼마가의 글재주를 믿고 조국을 모독하는 글을 갈기는 놈에겐 본때를 보여줘야지."

하고 이사마의 말을 끝까지 들으려고도 안 했다. 뿐만 아니라,

"자네도 정신 차려야 한다."

며 으름장을 놓기까지 했다.

허전한 마음으로 집에 돌아온 이사마는 시 잡지를 꺼내 김규동의

「4월의 어머니」라는 시를 읽었다.

이 허전한 마음은
지옥의 입구같이 스산한
현실을 살아서 헤매고 있다는
유일한 증거다
아, 들에는 아무것도 보이지 않는다
가련한 생물같이 지친
인간의 머리 위를
한 떨기 목련이
초롱불 켜놓고 머뭇거릴 뿐
흰 구름 끝없이 흘러
봄풀만 새로운데
어머닌 작은 길을 돌아
또 들에 나선다
책가방을 들고
어머니를 부르며 뛰어들던 네가
내 가슴속에서 웃고 있구나
괴로울 때도 슬플 때도
엄마를 불러다오
네가 사는 곳엔
인정도 빛도 많아서
아, 빈들에서 너를 만나면
그저 눈물이 가려

우린 무슨 말을 하여야 옳으냐

자유 그리고 민주주의

바로 너희들이 외치던 소리는

넓은 하늘가에 그대로 남아 있는데

총탄에 뚫린 네 가슴의 상처

아, 내 흰 저고리로 가리우마

하지만 이 지구의 어딘가에

네가 부르는 소리 남아 있을 것만 같아

빈들을 달리는

어미의 마음을

혁명의 날이여

4·19

너는 잊어선 안 된다

이 시를 읽고 나서 이사마는 남정현 씨가 체포되었다는 소식을 들었다면 김규동 시인은 이처럼 애절한 시를 쓸 것이다 싶었다.

그러나 불행을 시로써 씻어낼 수 있는 것은 아니다. 슬픔을 더욱 슬프게 할 뿐이다.

'아아, 정치 또는 권력이란 무엇일까.'

너무나 슬픈 강산이다.

그러나 오늘 울지 않겠다

남정현 씨가 체포되었다는 소식이 어찌해 이사마에게 그처럼한 충격이 되었는지 모른다.

그 소식을 전한 최태응 씨의 비통에 감염되었다는 것도 이유의 하나일 것이지만 이유의 전부는 아니다.

이사마 자신의 과거를 회상하게 된 것도 이유의 일부이지만 이유의 전부는 아니다.

체포는 이미 보편화된 사회 현상이었다. 수많은 학생들이 체포되었고, 당당한 정치인들도 체포되었다. 체포는 새삼스럽게 사람을 놀라게 하는 일이 아니었다.

그런데도 왜 하필이면 남정현 씨의 체포가 특별한 충격으로 되는 것일까.

이사마는 남정현 씨의 빈약한 육체가 마음에 걸렸다. 이 세상에서 악이 존재한다는 사실을 전연 모르고 있다가, 그것이 실지로 존재하고 있을 뿐 아니라 강한 작용력을 행사하고 있다는 사실을 알고 느끼게 된 당황감을 감추지 못하는 듯한 그의 눈빛이 마음에 걸렸다.

남정현 씨의 소설 『분지』는 그렇게밖엔 달리 쓸 수가 없는, 다시 말하면 그렇게 쓰지 못할 바에야 소설이 나와 무슨 상관이냐고 할 절박한 기질이 만들어놓은 절박한 작품인 것이다. 그것이 또한 마음에 걸렸다.

이사마는 남정현 씨가 체포된 그대로 돌아오지 못하지 않을까 하는 공포마저 느꼈다. 이 세상에 체포되어선 안 될 사람이 있다면 그것은 남정현 씨 같은 사람이다. 그의 결벽이 강한 정신을 감당하기엔 그의 신체는 너무나 약하다. 그런데다 그의 정신을 감당하기엔 그의 마음이 너무나 약한 것이다.

알리스 다방의 앞 골목엔 라이터 수리사, 노점 책가게, 구두닦이, 껌을 파는 아이들이 누구의 말 따라 '최소의 자본으로 최소한의 기업'을 하고 있는데 그 가운데 한 사람의 얼굴이 보이지 않아도 남정현 씨는 안절부절못했다.

"그 사람 왜 나오지 않지요?"

"어디 아픈가요?"

"무슨 사고라도 난 게 아닐까요?"

하고 이웃에서 장사하고 있는 사람들에게 꼬치꼬치 묻고 돌아다니는 그런 성미의 사람이다. 김규동의 「4월의 어머니」를 읽고 난 후 이사마는 잠을 이루지 못한 채 또 한 권의 책을 서가에서 꺼냈다.

도스토예프스키가 체포되었을 때의 상황이 기록되어 있는 책이다. 이사마는 그 대목을 읽어 보았다.

1849년 4월.

22일이라고 해도 23일의 아침 4시경 그리고리예프 집에서 돌아왔다. 자리에 들기가 바쁘게 잠에 빠져들었다. 한 시간쯤 지났을까? 알지 못하는 사람들이 방 안에 들어와 있는 것을 잠결에서도 느꼈다.

벨 소리가 났다. 무엇일까? 가까스로 눈을 떠보니 부드러운 소리가 귓전을 울렸다.

"일어나십시오."

보니 경찰관 같기도 하고 무슨 특명을 가진 당국의 사람들 같기도 했다. 기막히게 훌륭한 수염을 기르고 있었다. 말을 한 사람은 수염을 기른 사람이 아니고 육군 중령의 계급장을 단 푸른 제복을 입은 사나이였다.

"무슨 일입니까?"

일어나 앉으며 내가 물었다.

"명령입니다."

아무렴 '명령입니다'였다.

문간에 역시 푸른 제복을 입은 병사가 서 있었다. 벨 소리를 낸 것은 그 병사였다.

"음, 저 소리였구나."

하고 나는 중얼거렸다.

"그럼."

"알았습니다. 옷을 입으십시오. 기다리겠소."

중령의 말은 더욱 상냥했다.

내가 옷을 입고 있는 동안 그들은 책을 끄집어내기도 하고 근처를 들쑤셔놓기도 했으나 대단한 게 있을 까닭이 없었다. 그들은 온 방을 뒤져 원고 나부랭이와 책을 끈으로 얌전하게 묶기 시작했다. 명령을 받은 경찰관이 페치카 속으로 기어들어가 나의 긴 담뱃대로 난로의 식은 재를 휘저었다. 하사관은 그도 또한 명령을 받고 페치카 위에 기어올랐다가 미끄러져 요란스런 소리를 내고 방바닥에 뒹굴었다. 아무것도 없었던 것이다. 탁자 위에 우그러진 동전 하나가 있었다. 검찰관은 그 동전을 가리키며 중령에게 눈짓을 했다.

"위조 동전같이 보여요?"

내가 물었더니 중령은,

"조사해보아야지."

하고 그 동전을 서류 꾸러미 속에 끼워 넣었다.

그리고 우리들은 바깥으로 나왔다.

훗날 도스토예프스키가 회상하고 있는 것처럼 그때 장차 자기를 기다리고 있을 것이 사형 선고이며 시베리아 유형이란 사실을 짐작할 까닭이 없었다.

무슨 까닭인지 1백16년 전의 도스토예프스키의 얼굴과 남정현의 얼굴이 이사마의 망막에 겹쳐졌다.

설마 남정현 씨의 앞날에 사형 선고 같은 것이 있을 리가 없고, 징역 4년, 강제병역 4년을 도스토예프스키가 겪어야 했던 고난이 있을 수 없을 텐데도 왠지 남정현 씨의 수난이 도스토예프스키의 수난과 겹쳐지는 것이다.

이사마는 자기가 체포되었을 때의 상황을 회상해 보았다.

그땐 5월이었다. 조금만 지나면 바쁜 일에서 벗어나 황혼의 거리로 해방될 시각이었다. 돌연 체포라는 검은 손이 그의 인생 정면에 나타났다.

체포라는 것이 무엇일까?

이 '체포'에 관해 쓴 소련 작가의 기막힌 문장이 있다.

……그리고 나와 당신들처럼 그곳에 죽으러 가는 자가 꼭 통과해야 할 하나의 관문이 있다. 그것은 체포다. 체포! 그것을 당신의 생활 전체의 급선회라고 말할 수 있을지 모른다. 당신이 벼락을 맞았다고 할 수 있을지도 모른다. 견디기 어려운 정신적 충격이라고 할 수 있을지도 모른다. 누구도 익숙해질 수 없는 일이고, 때문에 정신착란을 일으킬 경우도 있을 줄 안다.

이 우주에는 그곳에 살고 있는 생물의 수효만큼의 중심이 있다. 우리들 각기 이 우주의 중심인데,

"너를 체포한다."

는 말을 들을 때 순간 그 우주는 박살이 나버린다.

"너를 체포한다."

고 들었을 때 그 충격에 미동도 않고 침착할 수 있는 사람이 과연 있을 수 있을까.

우리들은 망연자실해 이 천변지이天變地異를 이해할 수 없어서 민감한 사람이건 둔감한 사람이건 자기의 그때까지의 인생 경험을 총동원해선 막힌 목구멍에서 짜내듯 이렇게 물어보는 것이 고작이다.

"나를 체포한다구요? 왜요?"

이것은 기왕 수백만 번 수천만 번 되풀이된 물음이지만 한 번이고 만족스런 답을 얻지 못한 물음이다.

체포, 그것은 돌연 하나의 상태로부터 다른 상태로 숨쉴 여유도 없이 던져지는 상황이다.

우리들은 굴곡이 심한 긴 인생행로를 더러는 행복한 기분으로 더러는 불행한 기분으로 걷고 있으면서 어떤 때는 판자 울, 어떤 때는 흙 담장, 어떤 때는 콘크리트 벽, 아무튼 갖가지 벽과 담장을 곁눈으

로 보고 왔다. 여태껏 우리들은 그 담장 저편에 무엇이 있는가를 생각해보기조차도 안 하고 지내왔다. 그런데 '감옥'이라는 세계는 우리들과 가까운 곳, 2미터도 채 떨어져 있지 않은 곳에서부터 시작되는 것이다. 뿐만 아니라 헤아릴 수 없는 작은 문이 교묘하게 위장된 채 그 담장 이곳저곳에 마련되어 있는데 그 작은 문이 모두 우리들을 위해 준비되어 있다. 이윽고 그 문 하나가 철커덕 열려, 노동엔 익숙하지 않았지만 실로 민첩하고 억센 네 개의 손이 뻗어와서 우리들의 발·팔·목덜미·귀를 잡고 무슨 포대를 끌어들이는 것처럼 우리들을 끌어들이곤 우리의 배후의 문을, 우리 과거의 생활과 연결되어 있는 그 문을 덜컥 영원히 닫아버린다. 만사휴의. 당신은 체포되어 버린 것이다.

당신은 어린 양처럼 힘없는 소리로 다음과 같이 호소해볼 뿐이다.

"나를? 무슨 까닭으로?"

이것이 체포라는 것이다. 그것은 눈앞이 화끈하다가 캄캄해져 버리는 번개와 벼락이다. 그 순간부터 현재는 순식간에 과거로 변해버리고 전혀 있을 수 없었던 일이 사실로 화해버린다. 당신은 체포 직후 한 시간이 경과해도, 아니 일주일이 경과해도 그 이상의 것은 이해하지 못한다.

이렇게 절망에 빠져 버린 당신의 뇌리에는 무대장치 속의 달月과 같이 이런 생각이 스친다.

"이건 뭔가 잘못된 탓이다. 잘 조사를 해보면 해결이 되겠지."

그리하여 체포는 당신의 감정과 두뇌에 전통적 관념과, 아니 문학적 관념으로써 고이게 되는데 그다음의 일은 당신의 혼란된 기억 속에서가 아니고 당신의 가족, 당신의 이웃의 기억 속에 남게 되는 것이다.

그것은 밤중에 날카롭게 울리는 호각소리이기도 하고 거칠게 도어를 두드리는 노크소리이기도 하다. 그것은 흙발로 주거지에 침입하는 비밀경찰들이다. 그것은 비밀경찰 뒤에 홀린 듯 서 있는 입회인이다. 그런데 이 입회인은 무엇 때문에 필요한 것일까. 희생자들은 그런 걸 생각할 여유가 없고 비밀경찰도 알지 못하고 있을 것이지만 아무튼 지령으로써 그렇게 전해져 있다. 입회인은 밤새워 그 자리에 있다가 새벽이 되면 서류에 서명을 해야만 한다. 잠자리에서 끌려온 입회인으로선 자기의 이웃 또는 친지의 체포를 그렇게 해서 돕는 것이니 이만저만한 고통이 아니다.

전통적인 체포―그것은 또한 연행되어 가는 사람을 위해 내복이니, 비누니, 먹을 것이니 하는 것을 덜덜 떨리는 손으로 챙겨주는 노릇이다. 어떤 것이 필요한가, 무엇을 가지고 가야 하는가, 어떤 옷을 입혀야 하는가. 아무도 모른다. 비밀경찰은 자꾸 재촉만 하고 그런 것 필요 없다며 짐 꾸리는 노릇을 그만두게 하려고 만든다.

"아무것도 필요 없다. 거기 가기만 하면 먹여 준다. 거긴 따뜻하다."

새빨간 거짓말이다. 재촉하는 건 공포심을 돋우기 위한 수작이다.

전통적인 체포에 있어선 그 후가 또 문제다. 체포된 자가 연행되어 간 후 사나운 얼굴을 한, 밥맛 떨어지는 인상을 한 자들이 몇 시간이고 남아 있어 주인 행세를 하기 때문이다. 이들은 닥치는 대로 찢고 부수고 벽지를 뜯어내고, 선반과 책상 서랍의 내용물을 방바닥에 던져놓곤 추리고 헤치고 쑤셔놓아, 이윽고 마룻바닥에 쓰레기 더미가 쌓인다. 그것을 예사로 밟고 왔다갔다 하는 바람에 불쾌한 소리가 난다. 가택수색에 있어선 신성한 아무것도 없다. 체포된 자의 물건에 소중한 것이 있을 까닭이 없다는 것이 그들의 사고방식이다.

기관사 이노신이 체포되었을 땐 방 안에 그날 죽은 어린애의 시신을 넣어둔 관이 있었다. 법무관들은 시체를 관에서 꺼내 팽개쳐놓고 그 관 속을 뒤졌다. 병자를 침대에서 쫓아내고 붕대를 풀어 그 속을 살피기까지 한다. 가택수색에 있어선 의미 없는 것은 한 가지도 없다. 골동품 취미를 가진 체트벨핀 집에서 칙령 몇 장이 압수되었다. 대나폴레옹 전쟁 종결의 칙령, 신성동맹 결성의 칙령, 1830년 콜레라 예방을 위해 발포된 칙령 등이다.

우리나라 최고의 티베트학의 권위자 보스트리코프의 집에선 귀중한 티베트 문서가 압수되었다. (보스트리코프의 제자들이 게페우로부터 그 문서를 돌려받는 데 30년이 걸렸다.) 동양학자 네프스키가 체포되었을 때엔 탕구트족의 문서가 압수되었다. (그로부터 25년 후 이미 고인이 된 네프스키는 탕구트족 문서를 해독한 공로로 레닌상을 받았다.)

칼겔의 집에선 예니세이강 유역의 오스차크족의 고문서를 압수했다. 그러곤 그가 이 종족을 위해 고안한 문자와 사전을 정부가 금지한 때문에 이 소수민족은 자기들의 문자를 가질 수 없게 되었다.

이러한 지식인들의 얘기를 하려고 들면 수고스럽게 되는데 민중들은 가택수색을,

"없는 걸 찾는 노릇."

이라고 한다.

압수된 물건은 물론 운반된다. 때에 따라선 체포된 자로 하여금 운반케 하기도 한다. 니나 알렉산드로브나 파리친스카야의 경우가 그러했다. 그녀는 러시아의 위대한 기술자였던 망부의 문서와 편지를

잔뜩 젊어지고 감옥으로 갔는데 그 문서도 그녀도 영구히 돌아오지 않았다.

한편 체포된 자 뒤에 남은 자에겐 파괴되고 황폐된 기나긴 생활이 있을 뿐이다. 체포된 자에게 차입이라도 하려고 하면 어느 창구에서도,

"그런 사람 없다."

"그런 자의 이름은 없다."

는 퉁명스런 대답이 돌아온다.

그런데 그 창구에 도착하기까지 레닌그라드에선 닷새의 낮과 밤을 행렬을 지어 순번을 기다려야만 한다. 어쩌면 반년이나 1년 후 체포된 자로부터 무슨 소식이 있을지 모른다. 어쩌면,

"편지할 권리가 없다."

며 차입한 물건을 각하당하기도 한다.

"편지할 권리가 없다."

는 것은 십중팔구 사살되었다는 뜻인 것이다.

우리나라에선 이상 말한 바와 같은 야간 체포가 보통이다. 그만한 이점이 있기 때문이다. 문을 두드리는 최초의 노크 소리로써 그 집에 살고 있는 모든 사람을 공포의 도가니에 몰아넣는다. 체포 대상자를 따뜻한 침대에서 끌어낸다. 잠에서 완전히 깨어나지 못한 그는 멍청해서 전연 방비가 없다. 야간 체포일 경우 체포하는 편의 병력이 언제나 우세다. 아직 바지의 단추도 잠그지 않은 하나의 인간에 대해 수인의 무장경찰이 덤벼드는 것이니까. 수색하고 압수하는 동안 희생자를 구출하려고 사람들이 몰려들 걱정이란 없다. 오늘은 이 집 내일은 저 집. 그리고 그 다음 날은 저 집, 이런 순서로 서서히 체포하면

적은 인원을 효과적으로 사용할 수가 있어 비밀경찰 수보다 몇십 배 많은 시민을 지장 없이 투옥할 수 있는 것이다.

게다가 야간 체포는 하룻밤 사이에 몇 사람을 체포하건 이웃 사람들 모르게 할 수 있는 장점이 있다. 바로 이웃 사람에겐 알려지지만 조금 상거를 두고 있는 사람들은 알 까닭이 없다. 밤중에 호송차가 왕래했던 그 아스팔트 길을 전연 그런 일이 없었던 것처럼 낮에 꽃과 깃발을 든 청년남녀들이 천진한 노래를 부르며 지나간다.

그런데 체포를 전문으로 하고 체포된 자의 공포를 수없이 보아왔기 때문에 불감증이 되어버린 비밀경찰의 체포에 관한 지식은 한량없다. 그들은 당당한 체포이론을 가지고 있다. 체포학은 일반 감옥학 과정의 중요한 교과이며 건실한 사회이론이 그 바탕에 있다.

체포는 다음과 같이 분류된다. 야간 체포와 주간 체포, 자택 체포와 직장 체포, 그리고 여행 중 체포, 최초의 체포와 재차 체포, 단독 체포와 집단 체포. 체포는 또 기습을 필요로 하는 정도에 따라 갖가지로 구별된다. 저항을 받을 예상에 따라 분류되기도 한다. 그러나 몇천만 번이나 있은 체포에 있어서 저항이 있어본 적은 없다. 아무튼 주간 체포도 여행 중 체포도 우리나라에선 등한히 하지 않았다. 언제이건 체포는 지장없이 진행되었다. 이상한 일이기도 하다. 우리나라에선 희생자 스스로가 당국의 사람들과 호흡을 맞추어 될 수 있는 한 점잖은 태도를 취하려고 한다…….

수사기관·정보기관의 수법은 훌륭하다. 강연자의 얘기, 극장의 연극, 부인복의 디자인까지 컨베이어에서 나온 것처럼 획일적인 이 나라에서 체포의 수법만은 다양함을 자랑한다. 공장의 통용문을 지나자마자 체포되는 경우가 있다. 39도의 열을 앓고 있는데도 육군병원에서 체포된 안스 베른슈타인 같은 예가 있는가 하면 위궤양 수술을 받고 있는 도중 수술대에서 끌려내려 체포된 보른비요프의 경우도 있다. 칼프니치는 피투성이가 된 빈사상태로 감옥에 끌려갔다…….

체포를 무슨 유희 삼아 하는 것이 아닌가 싶은 경우도 있다. 체포에 필요 이상의 신경을 쓰는 것이다. 희생자들은 그렇게까지 하지 않아도 저항 같은 건 안 한다. 보안기관은 그렇게 함으로써 많은 예산과 인원이 필요하다는 것을 증명하려는 것인지 모른다. 일단 방침만 세우면 토끼처럼 온순한 희생자들을 한 통의 출두 통지서로써 호출해 감방 속으로 몰아넣을 수 있는 것이다…….

어떤 기계도 1회에 소화할 수 있는 분량은 결정되어 있다. 그 이상은 무리다. 1945년부터 1946년에 걸쳐 유럽으로부터 다음다음으로 도착하는 열차 승객을 한꺼번에 감옥에 처넣어야 했을 땐 체포는 장난기를 띨 수가 없게 되었고, 따라서 체포이론도 낡아 종교의식적인 형식도 탈락되어 수만 명의 체포가 점호만으로 끝나는 조잡한 노릇으로 되어 버렸다. 당국자는 명부를 손에 들고 서서 이쪽 열차에서 불러내선 저쪽 열차에 밀어넣어버리면 그로써 체포는 완료되었던 것이다.

수십 년래 우리나라에 있어서의 정치범 체포는 아무런 죄도 없는 사람, 그런 까닭에 전연 저항하지 않는 사람을 체포한다는 특징을 가지고 있었다. 사람들은 국가보안부나 내무위원부의 손아귀에서 빠져나갈 수 없다는 체관을 갖게 된 것이다…….

이것은 소련에 있어서의 체포 실정인데도 이사마는 흥분했다.
방법과 범위, 그리고 그 내용은 달라도 체포라고 하는 사실이 인간의 심리에 미치는 작용은 동서고금을 통해 마찬가지일 것이다.

이사마는 지금 감방에 가두어져 있을 남정현 씨의 모습을 상상하고 있는 도중 돌연 죄없는 사람을 체포하지 않곤 성립될 수 없는, 또는 지탱될 수 없고 유지될 수 없는 정권이 존재한다는 사실을 발견했다.

그 예가 소련이다.

또 하나의 예가 북한의 김일성 체제다.

만일 소련이나 북한이 죄없는 자를 죄인으로 만들어 사람을 체포하는 수법을 포기한다면 하루도 그 체제를 유지할 수 없을 것은 뻔한 일이 아닌가.

소련이나 북한은 집권자에게 반대하는 사람이면 모조리 체포하는 바로 그 공포수단에 의해 지탱하고 있는 것이다.

'그렇다면 제3공화국은 어떤가.'

설마 소련과 북한과 같을 순 없다. 그래서도 안 된다. 엄연히 집권당에 반대하는 야당이 존재하지 않는가. 집권당에 반대할 수 있는 야당이 존재하니까 민주주의 국가가 아닌가.

물론 반대할 수 있는 근거는 자유민주주의에 있고 그 범위를 넘어서선 반대가 불가능하다는 것은 자명한 일이다. 동시에 자유의 한계가 있다. 영국·미국·프랑스·스웨덴·일본의 국민들이 향유할 수 있는 자유량自由量을 가질 수 없다는 것도 명백한 일이다.

나라 자체의 안보 없인 민주주의고 자유이고 없는 것이니까. 그러니 자유량의 결정이란 것이 중요하고도 미묘한 문제로 된다.

이러한 전제 위에서 과연 남정현 씨의 체포가 타당한 것인지 아닌지.

남정현 씨는 한국의 병리적 현실의 일단을 이 작품에서 선명하게 부각시켰다.

실제에 있어서도 외인에 의해 빈번히 강간당한 사례가 있었고, 상징적으로 강간당한 땅이라고 할 만도 했다.

나라의 풍조를 강제적으로 표현할 때 '향미산'이라는 이름을 조작해볼만도 한 현실이 아닌가.

정말 오물처럼 한번도 제것을 가지고 세계를 향해 서본 적이 없이 이방인들이 흘린 오줌과 똥물만을 주식으로 해 어떻게 우화처럼 우습게만 살아온 것 같은 저의 이 칙칙하고 누추한 과거를 돌아볼 때 말입니다. 제가 이대로 아무런 말이 없이 눈을 감는다고 한번 생각해 보십시오. 결과가 얼마나 무섭겠는가를. 그러면 누구보다도 하나님께서 저를 용서치 않을 것입니다.

이러한 푸념은 이 땅의 청년이면 누구나 가지고 있는 것이 아닐까.

'청아한 코발트, 그리고 그 투명한 성수의 빛깔.'

인 하늘을 두고 주인공은,

"모함과 착취 그리고 살의에 찬 독한 시선을 피하며 오로지 연명을 위한 먹이를 찾느라고 저에게는 잠시도 머리 위를 바라볼 마음의 여유가 전연 없었다."

고 말하고 있는 것이다.

민중을 위해서 투쟁한 별다른 경험이나 경륜이 없이도 어떻게 '반공', '친미'만을 열심히 부르짖다 보면 쉽사리 애국자며 위정자가 될 수 있는 것 같은 세상이란 것도 알고요. 오로지 정치자금을 제공한 몇몇 분들의 이익과 번영만을 위해서 입법이며 행정이 민첩하게 움직이는 것 같다는 사실도 잘 알고 있지 않습니까.

좌우간 어머니!

이런 세상에서 어떻게 저와 같은 비천한 백성이 천명을 다하기 위해 땀을 뻴뻴 흘리노라면 말입니다. 하늘을 바라볼 여유가 없었듯이 또한 뒤를 돌아다볼 마음의 여유가 전연 없었는지도 모르겠습니다…….

저승에 계신 어느 유력한 분에게라도 잘 말씀을 드려서 저도 좀 창조하신 역사의 대열에 서게 해주십시오. 과거의 살살못을 사리어 현재를 재단하고 미래를 점친다는 인간의 그 아름다운 역사의 대열에 말입니다. 누구의 뜻으로인지 역사에서 완전히 소외당한 저의 심정은 지금 짐승처럼 외롭기만 합니다.

이것은 이 땅의 사람이면 누구나 공감할 수 있는 회원입니다.

좌우간 내 조국 대한민국에 자리 잡은 그 빌딩이란 이름의 호화스런 인간의 거처는 말입니다. 기이하게도 항시 이방인과 몇몇 고관 그리고 그들의 단짝들만을 위해서 문호를 환히 개방하고 있을 뿐, 저희들에게 있어서는 언제나 흔들어도 열리지 않는 깊은 유택幽宅이며 동시에 높은 신전이었습니다. 어머니, 오해하지 마시고 빌딩의 층과 수가 번창해 갈수록 이렇게 자꾸만 밑으로 패망해 가는 저희들의 이 참담한 생활을 한번 굽어보아주십시오. 그리해 저는 빌딩이 첩첩하게 쌓인 번화가를 거닐 때마다 감히 고개를 바로 쳐들 수가 없는 형편인 것입니다. 영롱한 빛으로 장식된 빌딩의 저 깊은 밀실에서 오늘도 우리들을 이 이상 더 못살게 하기 위한 무슨 가공할 음모가 기필코 꾸며지고 있을 성싶은, 그런 일종의 피해의식이 번번히 저의 뒤통수를 억압하는 탓이라고나 할까요.

돌파구라곤 한 군데도 없는 실의 속의 청년이 당연히 가질 수 있는 피해의식이 아닌가.

이사마는 남정현 씨의 작품을 다시 읽고도 무슨 까닭으로 이것을 쓴 작가를 체포해야 했는가를 납득할 수가 없었다.

과격한 선동적 표현이 있단 말인가? 어떤 사실을 강제적으로 표현하기 위해선 그런 수법도 필요하다는 것이 소설의 특징인 것이다.

소설을 현실의 극화라고 할 때, 그 극화 과정이란 것은 대개 현실을 2~5배 가량 확대한다는 뜻으로 통한다는 것이 이사마 원래의 소설이론이고 보면 남정현 씨의 표현은 과격하지도 않고 선동적인 것도 아니다.

반미적인 경향이 있단 말인가? 무원칙한 반미도 무원칙한 친미도 같이 배척해야 한다. 미국은 어느 면으로서도 깊고 넓고 크다. 친미적일 수 있도록 만드는 갖가지 요소가 있는 한편, 반미적으로 만드는 요소도 있다. 예를 들면 제퍼슨·링컨의 미국은 존경할 수 있어도 알 카포네의 미국, 조 매카시의 미국은 긍정할 수가 없다. 그만한 사정으로 볼 때 어떤 국면의 미국에 중점을 두어 미국을 비판할 수도 있는 것이다. 미국을 비판한다는 것이 미국을 반대하는 것이 아니란 것은 미국을 비판하는 마음 바닥엔 미국을 찬양하는 마음이 공존할 수 있기 때문이기도 하다. 사랑을 역설적으로 미움으로 표현하는 경우도 있다. 은인이란 의식에 사로잡히다 보니 그로 인한 피해에 더욱더 반발하는 심정이 될 때도 있다.

반미, 친미를 피상적으로 판단할 수 없는 이유가 여기에 있다. 보다도 이러한 대미감정이 있을 수도 있다는 것을 문학화함으로써 우리들의 미국에 대한 인식의 지평을 넓히고 심도를 보다 깊게 해야만 한다. 그럴 때 이 작품에 표출된 대미감정은 아무런 문제도 될 수가 없다.

북한의 주장과 동일한 점이 있다는 얘긴가?

이 문제야말로 심각하게 다루어야 한다. 미국을 비판적으로 다루었다는 것이 북한의 반미정책과 통한다는 것이라면 이는 너무나 가소롭다. 한국의 형편을 비참하게 묘사한 대목이 북한의 대남관과 방불하대서 그렇게 생각한다면 이것도 어불성설이다.

북한에 동조하지 않기 위해서 마땅히 비판해야 할 것도 비판하지 말아야 한다는 뜻인가. 북한에 동조했다는 말을 들을까 봐 비참한 현실을 반성하지 않고 똥통에 향수를 뿌려놓고 자족해야 한단 말인가. 북한이 남북통일을 하자니까 그들과 동조하기 싫어서 그것을 반대해야 옳은가.

이사마는 눈을 씻고 보아도 남정현 씨의 이 작품에서 북한을 찬양하거나 북한에 동조한 부분을 찾아낼 수 없었다. 뿐만 아니라 그를 체포해야 할 건덕지를 그 작품에서 발견할 수가 없었다.

그런데도 남정현 씨가 체포된 것은 사실인 것이다. 무슨 까닭일까.

애국을 직업으로 하는 사람들에겐 일반인이 갖고 있지 않은 특수한 관찰력, 이를테면 셰퍼드를 닮은 후각을 가지고 있다는 결론에 낙착될 수밖에 없다.

그렇다면 문제는 복잡하고도 중대하다. 국민 일반이 납득할 수 없는 후각을 휘둘러 소설가를 임의대로 체포해 투옥할 수 있다면 그것은 문학을 말살하겠다는 공공연한 선언이나 다를 바가 없다. 『분지』같은 작품에서 그 작가를 체포할 수 있는 이유를 발견하는 후각이라면 그 후각은 문학을 말살할 수 있는 후각이다.

그런 후각으로써 보면 문학은 존재 이유가 없다. 미상불 문학 없이 성립되어 있는 민족생활 또는 국가는 얼마든지 있다. 북한이 바로 그런 곳이다. 에스키모족도 문학 없이 살고 있는 모양이다. 호텐토트를 비롯한 아프리카 오지의 수많은 종족도 문학 없이 살고 있다. 선진국가에서도 문학과 관련 없이 살고 있는 상당수의 인구가 있다. 사회는 경찰과 감옥과 산업만으로써 질서 있게 유지될 수가 있다.

그런데다 문학은 기존질서를 찬미하는 장식품적 기록으로서의 역할도 물론 가지고 있지만 그 발현의 정도는 달라도 반질서적인 본질을 지니고 있는 것이다. 그 까닭은 문학의 본질이 질서의 편에보다 생명의 편에 더 많이 있기 때문이다. 생명은 질서와 반질서의 변증법적 관계로써 파악할밖에 없다. 질서의 항아리 속에 담긴 생명은 그 항아리를 깨뜨리고 넘친다. 넘친 그대로 질서의 규모가 커진다. 생명은 다시 그 질서를 깨뜨린다. 그러곤 다시 질서에 포섭되고 또 그것을 깨뜨리고. 우주는 정연한 질서를 가지고 있는 듯하지만 천변지라고 하는 반질서를 동반한다. 인생에 있어서 그 반질서를 가장 잘 표현하고 있는 부분이 예술이다. 모든 공산품은 법칙으로써 만들 수 있지만 예술은 법칙만으론 불가능하다. 사랑이 질서만으로 가능한가. 문학을 말살하려는 후각은 일체의 반질서를 용납하지 않겠다는 데 독소적인 것으로 작용한다.

그런데 남정현 씨의 작품은 엄격한 의미에 있어서 반질서적인 것조차도 아니다. 진실로 반질서적인 작품이란 마르퀴 드 사드·릴라당·프랑수아 비용·헨리 밀러 등의 문학이다.

그 후각의 소유자가 한국인이면 남정현의 작품에 표출된 민족의 신음소리를 들을 줄 알아야 할 것이었다. 그를 체포하기에 앞서 서로 위로하며,

"그러나 우리 낙심하지 말고 살자"
고 격려해야 할 것이었다.

"김일성의 편을 들자."

"한국을 말살하자."

이렇게 들고 나왔다면 작가이건 시인이건 어떤 예술이건 체포해야 마땅하다. 그것이 우리의 숙명적인 제약이니까. 그러나 반공의 명분으로써 남정현 씨를 체포할 수는 없다. 반공은 공산주의자들이 쓰는 그 수단방법 가리지 않고 목적만 달성하면 그만이라는 사고방식에 대한 반대라야 하니까. 내 의견에 동조하지 않으면 적이다. 적은 죽여야 한다는 것이 공산주의자의 방침이 아닌가. 그런 방침에 반대하는 것이 진정한 의미에 있어서의 반공이다. 그렇다면 남정현 씨를 얽어 범인으로 만든다는 것은 그것이 바로 공산당적인 수법이 아닌가.

이러한 이유가 아니더라도 그를 체포할 순 없다. 그에게 약간의 과오가 있었다고 치더라도 (특별한 후각을 가진 사람의 눈에) 그는 성실한 작가다. 자기가 희생자가 될망정 남을 해칠 생각이란 조금도 없는 선량한 사람이다. 따지고 보면 우리 민족 최량의 부분을 대표하는 소설가다. 그런 사람을 체포한다는 것은 민족 최량의 부분을 투옥한 거나 다를 바가 없다. 언젠가 그 결과가 증명되고야 말 거다. 그렇게 되면 우리는 후세에 대한 교육을 어떻게 할 것인가. 먼 훗날 아니 지금 당장에라도 제3공화국은 남정현과 그와 유사한 인물을 체포 투옥했다는 그 사실만으로 체면을 상실하는 결과가 될지 모른다. 제3공화국이 오늘 완전한 민주주의 국가가 아니더라도 내일 민주주의 국가를 지향하는 나라라면,

"철학자의 주장과 장군의 주장이 일치해야 된다."

고 우기는 나라여선 안 되는 것이다…….

이사마가 이렇게 흥분한 것은 나름대로 제3공화국에 기대하는 바가 있었기 때문이다.

아니나다를까 그 이튿날 성유정 씨를 만난 자리에서 이런 얘기를 했더니 성유정 씨는,

"자넨 그렇게 당하고도 이 정권에 무슨 기대를 갖고 있는 모양인데 그 기대를 버려라."

고 하고 덧붙이길,

"자네의 사명은 기록자가 되는 데 있다고 하지 않았나. 기록자가 되려면 되도록 오래 살아야 한다. 그러자면 두 번 다시 감옥 같은 데 가지 말고 고문당할 위험은 철저히 피하고 안전제일로 살아야 한다. 남 씨에겐 미안한 일이지만 그런 일로 흥분하지 않게끔 수양을 하고 누구에게나 그런 감정을 토로하지도 말아라. 모처럼 이사마란 이름으로 고쳤으면 생활 태도는 사마천을 닮아야지."

"사마천이 어떻게 했게요."

"희로애락을 일절 나타내지 않았다네. 정치에 관해선 누구하고도 말하지 않았고."

"그건 도저히 안 되겠는데요."

"원래 자네는 다혈질이니까. 그러나 자네는 할 수 있다고 생각해. 소설을 쓰면 될 것 아닌가. 현재에 관한 건 자료수집만 하고. 한 시대 전의 일을 소재로 이를테면 역사소설을 쓰는 거다. 역사소설을 쓰고 있으면 뜻밖에도 현재를 조명하는 광학光學을 얻을 수가 있지 않겠나. 과거를 알아야 현재를 안다는 지혜도 있는 거고."

이건 새삼스러운 말이 아니었다. 성유정이 이사마에게 한번 두번 권

한 말이 아닌 것이다.

고종사촌 동생 전영철이 마포아파트로 이사마를 찾아왔다. 1년 동안 못 보던 사이 몰라보도록 핼쑥한 얼굴을 하고 있었다.
"너, 아직 건강이 회복되지 않았구나."
인사말 대신 이렇게 말하는 이사마를 보고 힐끗 웃곤,
"레슬링 선수도 될 수 있어요."
하곤 9월 신학기부터 학교에 다니겠다며 쏘켓에서 봉투를 꺼내놓았다.
"아버지 편집니다."
일본 게이오대학을 거쳐 북경 연경대학을 나온 고숙의 편지엔 언제나 그렇듯 읽는 사람의 미소를 자아내게 하는 격조가 있다.

영철이 상경한다기에 일자 써 보낸다. 촌로는 여전 한운야학閑雲野鶴이고, 자네 고모는 노익가탐老益加貪이라 덕택으로 가내 속사俗事는 오불관언吾不關焉. 내 소견으론 영철의 건강이 거익태산去益泰山인데 본인은 가획표랑可獲豹狼하겠다고 기고만장이니 여세류로 실추된 부권父權으론 속수무책이라 놈의 의지에 굴복했다. 연이나 놈을 혼자 둘 순 없으니 자네가 졸업 때까지만 맡아라. 1년 반이면 졸업이니 그만한 부담이야 거절치 않을 것으로 믿는 바다. 중중 부탁인데 본인도 여사서언如斯誓言이었지만 데모에 참가하는 일은 없도록 감독하라. 또 한 번 그런 꼴을 당하면 놈은 순국열사의 대좌에 오를지 모르나 나로선 절손絶孫의 한을 머금게 되겠도다. 이전경용里錢京用은 불합경제법칙不合經濟法則으로 상지외想之外이나 매월 백미이두白米二斗는 자네 고모가 송위계送爲計인 것 같으니 양지절절諒之切切하

204

노라…….

그 묘한 문체가 우스워서 이사마는 '이전경용' 운운의 부분을 영철
에게 가리키곤,

"너 이것 무슨 말인지 알겠느냐?"

고 물었다.

"시골 돈 서울에서 쓰는 건 경제법칙에 맞지 않는단 말 아닙니까."

하고 영철이 피식 웃었다.

"그건 그렇고, 너 참말로 건강에 자신이 있나?"

"있다마다요."

영철인 댓가지처럼 여윈 팔을 들어 한 번 굽혀 보였다. 그럴수록 잔
약해 보였다.

영철은 6·3사태 때 경찰의 곤봉을 맞고 쓰러져 그길로 입원했다가
한 달 후 학교에 휴학계를 내고 1년 남짓 고향에 돌아가 있었다. S대 경
제학과 3학년의 리더 격이었던 모양이다.

이사마의 아파트는 방이 두 개밖에 없었다. 그러니 부득이 전영철과
같은 방을 쓸 수밖에 없었는데 도저히 그렇게 할 수는 없는 형편이어서
결국 성유정 씨와 의논해서 결정할 양으로 그날 밤은 같이 자기로 했다.

그런데 잠자리에 들기 전 전영철이,

"형님, 들어봐요."

하고 이사마에게 말을 걸었다.

"뭣을 들어보라는 거냐."

"소곤대는 소리 들리지요? 놈들이 여기까지 따라왔어요."

전영철이 부들부들 떨고 있었다. 뿐만 아니라 이마에 기름땀이 솟아

있었다.

"무슨 소리가 들린다는 거야."

"들리지 않아요?"

"나는 안 들려."

"이상한데요?"

영철이 귀를 기울이고 있더니,

"들리지 않게 되었네요."

하고 한숨을 쉬었다.

"이상한데? 내가 못 듣는 소릴 넌 어떻게 들었니?"

이사마가 영철의 얼굴을 말끄러미 보았다. 무슨 예감이 솟은 것이다.

"형님!"

영철이 사뭇 심각한 표정이 되었다.

"뭔가?"

"나를 미행하는 놈들이 있어요. 그것이 귀찮아 피해 왔는데 놈들이
여기까지 왔어요."

"아무도 안 왔는데."

"왔어요. 틀림없어요."

"그걸 어떻게 아니?"

"아까 소곤대는 소리가 들렸으니까요."

"나는 못 들었어."

"그건 형님과 관계없는 일이니 신경을 쓰지 않은 탓입니다."

"그럴 리가 있나."

"그럴 리가 없는데 나를 미행하고 있으니 귀찮다는 겁니다."

어이가 없이 한동안 잠잠하고 있었더니,

"들리지 않아요? 저 소곤대는 소리."

영철의 얼굴에 겁을 먹은 표정이 다시 돌아났다.

"내가 한번 나가보지."

하고 이사마가 일어섰다.

"나가지 마세요, 형님."

영철이 이사마의 잠옷을 잡았다.

"아냐, 나가봐야 돼. 미행하는 놈들의 정체를 알아야 할 것 아닌가."

이사마는 현관을 열었다. 물론 아무도 없었다. 2층이었기 때문에 수월하게 1층까지 내려가 보고 아파트 건물의 입구까지 내려가 보았다. 확인하기 위해서라기보다 영철을 안심시키기 위해서였다.

돌아와 현관문을 잠그고 방으로 들어왔다.

"아무도 없더라."

"놈들은 교묘해서 정체를 붙들기 힘들어요."

분명히 영철의 정신에 이상이 생긴 것이었다.

"미행하는 놈이 있다는 사실을 아버지와 어머니에게 말씀드렸나?"

"어떻게 그런 말을 합니까? 걱정하시게요."

영철의 동정으로 보아 잠들 것 같지 않아 이사마가 물었다.

"너 술 할 줄 알지?"

"위스키 한두 잔이면."

"좋아."

하고 이사마는 부인을 깨워 술상을 준비시켰다.

"곤봉을 맞았을 때 쓰러졌나?"

술을 따라놓고 이사마가 말을 꺼냈다.

"기억이 없어요. 뒤통수에 충격이 있었다는 것 외엔요. 깨어보니 병실에 누워 있었어요."

"어느 병원이었지?"

"서울대학병원이었어요."

그 기억이 틀려 있었다. 이사마가 달려갔을 때 그는 안국동 로터리 근처에 있는 한국병원에 수용되어 있었던 것이다. 그러나 굳이 그 틀린 기억을 수정하려 하지 않았다.

"병원에 며칠 있었지?"

"한 달쯤 되었겠죠."

그것도 틀린 기억이었다. 영철은 15일 만에 퇴원한 것이다.

"그때 맞은 데가 아프지 않나? 아니 무슨 후유증이 없었나?"

"말짱해요. 아무렇지도 않아요."

"책을 읽었나?"

"꽤 많이 읽었죠."

"대강 어떤 책을."

"주로 경제서적이죠."

"1년 동안 읽은 책 중에 가장 인상에 남아 있는 게 뭐였지?"

"『스몰 이즈 뷰티플』이란 책이 인상적이었어요."

"그걸 누가 썼더라?"

"잊어버렸는데요."

"인상에 남은 책이라면서 그 저자의 이름을 잊다니."

"글쎄 말입니다. 나는 좀처럼 저자 이름은 잘 잊어버리지 않는데."

"그밖에 재미있었던 책은?"

"『아메리칸 딜레마』란 책 재미있었어요."

"그 책의 저자는?"

"뮈르달이란 스웨덴 학자지요."

"그렇다. 뮈르달이다."

이사마는 겨우 안도의 숨을 내쉬었다. 수재라고 소문이 나 있는, 뿐만 아니라 고모와 고숙이 생명의 등불처럼 소중히 하고 있는 영철이 정신에 착란을 일으켰다면 정말 큰 일이었다.

"식욕은 좋은 편이지?"

"그렇진 않습니다."

"운동부족 아닌가?"

"매일 산과 들을 쏘다녔는데 운동부족일 까닭이 있습니까."

영철인 술이 한 잔 들어가자 옛날의 쾌활을 되찾았다.

"한일회담은 체결되고 국회의 비준까지 통과되었다지요?"

"그렇다더구나."

"그로써 낙착이 된 거죠?"

"야당이나 학생들 가운데서 아직도 미련을 버리지 못하고 있는 모양이더라만 얼마 지나지 않아 기정사실로 굳어버리겠지."

"그럼 우리들은 미친 짓을 했구만요."

"미친 짓이라곤 할 수 없지. 실질적인 효과는 없어도 한국인의 밸을 보여주긴 했으니까."

"그런 정도로 죽은 사람들의 희생이 보상될까요?"

"희생자에게 대한 보상은 없는 거다. 희생자의 희생 그것뿐이지."

"그러니까 괜히 미친 짓을 했다는 거예요."

"앞으로도 또 데모할래?"

"그때 가 봐서죠."

"느그 아버지로부터 데모를 말리라고 단단히 부탁을 받았는데."

"아버지도 모순 덩어리야."

"왜?"

"자기는 6·10만세 사건이니 광주학생 사건이니 해갖고 징역까지 치르지 않았어요? 그래 놓고 나에겐."

"그게 부모님의 마음이 아닐까?"

"그럼, 형님은 아버지 의견에 동조한단 말예요?"

"도리가 없지. 그런 사태가 발생하면 나는 학부형의 입장에 설 수밖에 없으니까."

"뜻밖에 보수주의로군요."

"학생에게 대하는 태도엔 지사적인 것이 있고, 교육적인 것이 있으며, 방관적인 것이 있고, 학부형적인 것이 있겠지만 나는 지사적 태도를 취할 순 없어. 내 자신 지사가 아니니까. 오래오래 살기를 바라. 오래오래 살다가 보면 뜻밖인 일을 해낼 수도 있지 않겠나. 정의를 위해 꽃처럼 지는 건 문학적인 표현으로썬 좋고 들먹이긴 아름답지만 허망하지 않은가. 죽으면 매한가지라고 하지만 아인슈타인이 20세쯤에 죽었으면 어떻게 되었겠나. 도스토예프스키가 페트라셰프스키 사건에 연좌되어 사형 선고대로 집행되었더라면 어떻게 되었겠나. 지금에 있어서의 데모는 죽음을 전제로 하지 않곤 할 수 없는 모험 행위 아닌가. 이 정권이 어떤 정권인지 알지? 쿠데타로써 성립된 정권이 아닌가. 남정현이란 작가 알지?"

"알지요."

"그 사람 체포되었어."

"왜요?"

"『분지』란 작품 때문에."

"그게 어째서요."

영철이 갑자기 흥분하기 시작했다. 아차 싶었으나 때는 이미 늦었다.

"난들 어떻게 알 수 있겠나."

이사마가 얼버무리려고 하자 영철이,

"난 그 소설을 읽었어요. 따끔한 현실인식이었어요."

하곤,

"그런 작가를 체포한다면 정말 데모라도 해야겠네요."

하고 눈을 부릅떴다.

영철의 부릅뜬 눈에 이사마는 이상한 광채를 보았다.

"형님!"

영철이 탁 가라앉은 목소리가 되더니,

"파주에서 총 맞아 죽은 농부의 얘기 알죠?"

했다.

"난 모르는데?"

"그런 사건을 몰라요?"

"언제 있었던 일인데."

"1962년 1월엔가 2월에 있었던 사건이에요. 나무 하러 간 농부들을
엽총으로 쏘아 죽인 사건입니다. 미군이 말입니다. 그때 우리들은 데모
를 했지요. 내가 앞장섰지요. 그런 대사건을 몰라요?"

"알 턱이 없지."

"왜요?"

영철은 덤벼들 기세를 보였다.

"그때 나는 서대문 형무소에 있었으니까."

"아아, 그렇군요."

영철이 맥이 풀린 모양이었다.

"어떤 사건인지 한번 얘기해봐."

영철이 죽은 농부 황광길과 유기용의 이름까지 들먹이며 사건의 내용을 소상하게 설명했다.

"너, 대단하구나. 어떻게 그 사건을 그렇게 잘 알고 있니?"

"박한상 씨라고 하는 인권옹호위원장의 소상한 진상 발표가 있었거든요. 데모를 시작할 때 우리는 그것을 외우다시피 했어요. 세상에 그럴 수가 있어요? 아무리 해방의 은인이기로서니 땔나무를 하리 간 가난한 농민을 그렇게 잔인하게 죽일 수가 있어요?"

"그걸 미국 전체가 한 짓이라고 흥분하는 건 경솔하지 않을까? 미국인 가운데도 선인과 악인이 있는 법이니까. 부분적인 문제는 부분적으로 보아야지."

"안 될 말입니다. 대사나 사령관이 비행을 저지른 자의 편에 서서 편협적인 태도를 취했을 때, 그리고 미국 정부가 박한상 씨가 제기한 배상 문제를 거절했을 때 그 병사의 비행은 미국 전체의 비행으로 되어버린 겁니다."

영철은 다시 흥분하기 시작했다.

"그건 지나친 논리의 비약이다. 미국 정부로서도 그들 말단 실무자의 얘기를 들어줘야 하지 않겠나. 더욱이 외국에 파견한 병사들의 사기에 관한 문제도 있을 테니까 말이다."

"그건 그렇고 남정현 씨의 그 작품은 그 사건이 일으킨 파문을 배경으로 하고 씌어진 걸 거예요. 그런데 그것을 트집 잡아 체포한다는 건 언어도단이 아닐까요?"

영철의 그 말엔 전연 동감이었지만 말은 그렇게 할 수가 없었다.

"어떤 오해일 거다. 곧 무사하게 되어 풀려나오겠지."

"수사기관이나 정보기관에 있는 사람들에게도 한 조각 양심은 있어야 할 것 아닙니까? 의분도 있어야 할 거구요."

"그 사람들에게도 양심이 있고 의분심이 있어. 그 양심의 내용이 자네들 것과 다르다뿐이지. 그러니까 데모를 하는 사람이 있고 데모를 말리는 사람이 있는 게 아닌가."

"형님하곤 말이 통할 줄 알았는데 팅팅 막혔구먼요."

"네 말에 반대한다고? 아니 네 말에 동조하지 않는다고?"

"그래요."

"그게 억지소리다. 모든 사람의 의견이 같을 순 없는 거다. 그 전제 위에서 토론을 해야지. 너희들은 가만 보니 편을 지레 갈라버리더구나. 저 사람은 우리 편, 이 사람은 적 하는 따위로. 그것까진 좋은데 일단 적이라고 규정해놓으면 그 사람의 말은 전연 듣지 않으려는 폐단이 있더란 말이다. 언제나 자기 편 말만 들어 갖고서야 무슨 진보가 있겠어. 우리가 인식의 차원을 넓히려면 반대파의 의견을 더 신중하게 들어야 해. 이 편의 의견을 강화하기 위해서도 말이다. 래디컬한 사람들이 지적 영양실조가 되어 교조적으로 타락하는 이유가 이런 데 있어. 상대방에 대해 설득력을 갖자면 상대방의 의견을 잘 들어야 할 것 아닌가."

"그건 수신책에 있는 말입니다. 수신책 갖고 문제해결이 되겠어요? 목적이 서고 원칙이 있으면 원칙에 따라 목적을 위해 일직선으로 돌격하는 거지 달리 방도가 있다고 생각하는 게 벌써 타협주의가 아닙니까?"

"너 하는 소리 들으니 위험해서 안 되겠다. 널 데리고 있을 수가 없겠구나. 아버지한데 편지 해 갖고 널 데리고 내려가도록 해야겠다."

"형님 틀렸어요."

이사마는 잠자코 있을 수밖에 없었다. 영철이 말했다.

"왜 틀렸는가 말해볼까요?"

"해보렴."

"끝까지 언론적으로 해야 할 것을 귀찮게 되면 협박적으로 나오니까요."

"내 의견은 무시하고 네 의견만을 고집하니까 그렇게 될 수밖에."

"그게 틀렸다는 겁니다."

이사마는 슬그머니 불쾌해졌다. 그렇다고 해서 화를 낼 수도 없고 밤을 새워가며 영철을 상대로 토론을 벌일 수도 없는 노릇이었다.

"밤이 꽤 깊었다. 우리 자도록 하자."

며 술상을 물리고 화장실엘 다녀와서 자리에 들 차비를 했다.

그때였다. 화장실에서 영철이 후다닥 돌아와서 가쁘게 숨을 쉬었다. 눈에 공포의 빛이 있었다.

"어떻게 된 거냐?"

"놈들이 와 있어요."

"놈들이 누구냐?"

"날 미행하는 놈들 말입니다."

여태껏 제법 정연하게 의견을 폈던 사람이라곤 전연 믿어지지 않는 초라한 청년의 몰골이 거기 있었다.

영철의 말을 무시하거나 부정하는 건 좋지 못할 것 같은 생각이 들었다.

"걱정하지 마. 영철아, 내가 옆에 있지 않나. 내가 있는 한 어떤 누구도 네게 덤비지 못한다. 자, 옷을 벗고 자리에 누워."

그래도 영철은 꼼짝을 않고 눈동자를 허공을 향해 굴리고 있었다.

"내 나가보고 올게."

일시적으로나마 영철의 곁을 피하고 싶은 심정이었다.

이사마는 1층까지의 계단을 조심스럽게 걸어내려 1층 현관을 빠져 나와 계단 위에 섰다.

가등을 군데군데 남기고 아파트 군은 칠흑의 밤 속에 잠들고 있었다.

하늘엔 찬란한 성두星斗가 있었다.

이사마는 심호흡을 하며 한참 동안 하늘을 바라보았다.

애석한 일이었다.

영철은 확실히 정신에 이상을 일으키고 있는 것이다.

내일 정신과 의사에게 데리고 가볼까.

제3의 장소로 정신과 의사를 초대해서 본인은 모르게 관찰을 시켜 볼까.

늙은 고모, 어릴 적에 그렇게 자기를 귀여워해주시던 고모님의 얼굴이 찬란한 성두를 배경으로 하고 솟아났다. 이사마는 곤혹과 애련과 불안이 섞인 복잡한 감정으로 시선을 지상으로 돌렸다.

6·3데모의 희생자가 바로 내 옆에 있다는 사실은 이사마로선 견디기 어려운 고통이었다.

'데모를 방지하는 것은 좋다. 그러나 곤봉으로 학생들의 머리를 때리진 말라.'

는 캠페인이 가능할지 어쩔지.

잠꼬대 같은 이런 생각이 이사마의 절실한 심정으로 되었다.

─데모는 방지하되 곤봉으로 학생들 머리를 치진 말라.

이런 요지로 글을 한번 써볼까.

그러나 이윽고 싸늘한 의식이 돌아왔다.

권력정치의 소용돌이 속에서 전영철 같은 정신착란자가 몇백 명이
생겨나도 탁류 속에 휘몰려내리는 나뭇조각과 같은 것이다.

하나의 나폴레옹이 있기 위해서 백만의 생령을 필요로 했던 것이 아
닌가.

병자의 광학

참으로 보기가 딱했다.

멀쩡하게 젊은 청년이 그것도 수재라고 소문이 나 있는 학생이 정신 이상을 일으키고 있다는 사실을 확신했을 때 이사마는 정말 당혹하지 않을 수 없었다.

하지만 전영철은 조용한 정신병자였다. 그런 까닭에 고숙에게 섣불리 편지를 쓸 수도 없었다.

'그런 증세가 있는 줄을 알면서 서울로 보낸 것일까. 전연 모르고 있는 것일까.'

성유정 씨를 초대해서 전영철의 언동을 판단해달라고 했더니, 그는 침통하게 얼굴을 찌푸렸을 뿐 한마디 말도 하지 않더니 이튿날 정신병 리학의 권위라는 C박사를 데리고 왔다.

C박사는,

"빨리 입원을 시켜야 한다."

고 하곤,

"이 모양이 될 때까지 방치해두다니 부모의 성의가 의심스럽다."

며 혀를 찼다.

하는 수 없이 이사마는 고숙에게 C박사의 의견을 적어 넣은 편지를 보냈다.

일주일 후 고숙, 즉 전영철의 아버지가 상경했다.

"워낙 말이 없는데다가 언제나 아비와 어미의 눈을 피하려고만 하고 혼자 산책을 하거나 방에만 처박혀 있는 놈이니 그런 증세가 있는 줄을 꿈에라도 생각했겠나. 너무 울적한 것 같아서 서둘러 서울로 보낸 건데."

고숙은 영철이 없는 기회에 이렇게 말해놓고 한숨을 쉬었다.

"당장에라도 입원시키라고 하던데요."

"정신병원에 입원시켜야 한다는 거지?"

"물론이죠."

"온순한 성미의 놈을 그런데 가두어놓으면 더 악화되지나 않을까?"

"좀더 상세하게 의사의 의견을 물어보아야 하겠지요"

고숙과 이사마가 이런 얘기를 주고받고 있을 때 영철이 외출에서 돌아왔다. 아버지를 보자 멈칫하는 것 같더니 전통적인 예법대로 마루에서 방 안에 있는 아버지에게 절을 했다.

그의 아버지는,

"서울에 급한 볼일이 있어서 왔다."

며 평온한 표정을 꾸몄다.

영철은 말없이 옆방으로 들어가 버렸다.

그런데 그날 밤 조그마한 사건이 생겼다. 저녁밥을 먹을 때 고숙과 이사마는 반주를 마시며 한담을 하고 있었다. 되도록이면 옆에 있는 영철의 신경을 자극하지 않으려고 일부러 한가한 화제만을 골라 웃음을 섞기까지 하며 얘기를 주고받고 있었는데 영철이 탕 소리를 내며 수저를 놓더니 느닷없이 이런 말을 했다.

"형님, 지금 감옥에 남아 있는 사람이 몇 사람이나 됩니까?"

질문의 뜻을 알 수가 없어 이사마가 그를 바라보자 전영철은 고쳐 물었다

"형님이 걸려든 특별법인가 뭔가가 있지 않습니까. 그 법에 걸려 혁명재판을 받고 징역살이를 하는 사람 가운데 형님을 비롯한 몇 사람은 특사를 받고 나왔고 지금 남아 있는 사람이 몇이나 되느냐고 묻고 있는 겁니다."

"글쎄."

하고 이사마는 망설이지 않을 수가 없었다. 그 숫자를 확실하게 기억하지 못하고 있었던 것이다.

그러자,

"글쎄가 뭡니까?"

하고 영철이 소리를 높였다.

"한 70명쯤 남았을까?"

이사마가 얼른 대답했다.

"70명쯤이라뇨, 확실한 숫자를 모릅니까?"

"모르겠는데."

"형님 한심합니다. 같이 고생하던 사람이 아직도 감옥에 남아 신음하고 있는데 그들에게 대해 그처럼 무관심해서야 되겠습니까."

"무관심할 수야 없지."

"무관심할 수 없다면서 숫자 파악도 못하고 있어요?"

"관심이 있다고 해서 숫자까지 파악해야 한다는 법이 있나."

조카에게 미안하기도 해서 고숙이 이렇게 말을 꺼었다.

"아버지는 가만 계십시오. 나는 그런 흐릿한 태도가 싫어요. 자기들만 용하게 빠져나왔다고 해서 남아 있는 사람들의 고충을 등한히 했다는 건 사람의 도리가 아니지 않습니까."

"등한히 하지 않는다면 어떻게 해야 하겠나."

이사마는 억지로 웃었다.

"형님은 출옥한 후 아직 감옥에 남아 있는 동지들을 위해 무엇을 했지요? 우선 몇 번이나 면회를 갔습니까."

이 질문엔 이사마가 아찔했다. 출옥 후 1년 반이 경과된 동안에 부산 교도소에 한 번, 안양 교도소에 두 번, 도합 세 번밖엔 면회하러 가질 못했다.

이사마는 그저 애매하게 웃었다.

"틀려먹었어요. 남아 있는 사람들을 빨리 출옥시키라고 데모라도 해야 할 것 아닙니까. 항의집회라도 가져야 할 것 아닙니까. 형님은 징역살이를 억울하다고 생각하고 있죠? 그 억울하다는 감정이 실감이라면 아직도 억울한 꼴을 당하고 있는 사람들을 위해 혼신의 노력을 다해야 할 것 아닙니까. 붙들려 갈까 겁이 나서 데모를 안 하는 겁니까? 붙들려 가면 어때요. 억울한 동지들을 징역살이 시키고 자기만 편하게 있는 것보다 항의를 하다가 붙들려 가서 징역살이 같이 하는 게 훨씬 마음이 편할 수 있다는 게 지식인의 양심 아닐까요?"

"영철아, 형님에게 너 무슨 소릴 하느냐."

고숙이 어름어름 말했다.

"저는 형님이 딱해서 하는 소립니다. 형님만은 도의가 없고 염치가 없고 정의가 없는 그런 몰인정한 사람이 아니었으면 해서 하는 소립니다."

고숙이 다시 말하려고 하자 영철은 그런 기회를 주지 않고 계속했다.

"국회에서 질문을 받고 국무총리가 한 소리 읽어보지 않았습니까. 그들에게 대한 사면은 개인적으로 검토한 연후에 하겠다고 했어요. 소급법으로 붙들어 넣어놓고 개인적으로 검토하겠다는 소리가 뭡니까. 혁명인가 쿠데탄가를 하자니까 비상수단으로 소급법을 만들었다고 칩시다. 그렇다면 명색이 민주주의를 표방하고 있는 지금에 와선 소급법을 만들어 국민의 자유를 얽어맨 행동에 대해서 미안하다는 생각은 있어야 할 것이고, 그렇다면 전원석방―이렇게 되어야 할 것 아닙니까. 누구나 다 알 수 있는 명백한 논리와 명분이 있는데도 왜 대대적인 항의를 못해요. 어째서 정부의 부조리한 태도를 정정당당하게 비판하고 나서지 못해요. 저 같으면 혼자서라도 데모를 하겠어요."

"결과에 대한 예측이란 것도 있어야 하지 않겠나."

겨우 한마디 한 이사마의 말을,

"그런 태도가 틀려먹었단 말입니다."

하고 영철은 흥분했다.

"끈덕지게 줄기차게 항의를 해야만 소급법이 돼먹지 않았다는 것을 일반 국민에게 알리는 동기가 되지 않겠습니까. 아무 죄도 없는 무고한 사람이 억울하게 징역살이하고 있다는 사실을 국민에게 알려야 할 것 아닙니까. 그게 국민의 의식을 높이고 넓게 하는 결과를 만들어낼 것이 아닙니까. 그런 부정이 앞으론 있을 수 없도록 하기 위해서라도 비판과 항의는 있어야 합니다."

"네 말 뜻은 알겠다. 그 정도로 해둬라."

깨지기 쉬운 그릇을 만지듯 고숙은 조심스럽게 말했다.

"아직도 억울한 동지들이 이 순간에도 고통을 당하고 있는데 한가하게 술잔을 들며 씨알머리 없는 얘기를 하고 있으니 어찌 가만있을 수 있어야죠."

"영철아, 네 그 말버릇이 뭔가. 어른들이 하는 얘기를 씨알머리 없는 소리라니."

고숙이 노기를 띠었다.

"아닙니다. 영철의 말엔 이로가 정연합니다. 마땅히 그런 비판을 받아야 합니다. 아직 옥중에 남아 있는 사람들을 위해 최선을 다했다곤 할 수 없으니까요."

이사마도 영철 부자 사이에 있을지 모르는 감정의 폭발을 방지할 셈도 있어 이렇게 말했다.

영철이 후닥닥 일어섰다.

"너, 어딜 갈려고 그러니?"

고숙이 물었다.

"친구를 찾아가봐야겠어요."

"밤에 친구를 찾아가?"

"병원에 있는 친구인데 오늘 밤 찾아가기로 약속을 했어요."

"무슨 병인가?"

"작년 6·3데모 때 부상한 채 아직 병원에 있어요. 척추를 심하게 다친 겁니다."

"그런 병자라면 문병은 내일 해도 되지 않겠느냐."

감정을 억누른 고숙의 말이었다.

"오늘 할 일을 내일로 미루지 말라. 이게 구세대의 교훈 아닙니까?"

비양거리는 투로 이렇게 말해놓고 영철은 휭 바깥으로 나가버렸다.

불안하기도 하고 미안하기도 하다는 표정으로 우두커니 앉아 있더니 고숙은 신음하듯,

"저런 꼴로 나돌아다녀도 위험하지 않을까."

하고 중얼거렸다.

"말하는 걸 보면 정신이 말짱한 것 같지 않습니까."

이사마의 말이 위로하는 투로 되었다.

"아니다. 정신이 말짱한 놈이 그따위로 할 순 없지. 꼭 같은 내용의 말이라도 그렇게 할 순 없는 법이다. 논리만 서면 무슨 말이라도 해도 좋다는 태도가 벌써 보통이 아니다. 마니아, 즉 편집광이란 것도 큰 병이 아닌가."

고숙의 슬픈 눈빛을 이사마는 얼른 외면했다. 사실은 그런 정도가 넘어 있다는 말을 하고 싶었지만 그럴 수가 없었다. 대신 이사마는,

"아까 한 영철의 지적은 일일이 옳았어요. 나와 비슷한 경우에 걸려들어 아직 감옥에 남아 있는 사람들이 70명은 넘을 것인데 그들에 대한 나의 성의가 부족했어요."

했다.

"성의가 있었으면 어떻게 되었겠는가. 남을 동정만 하고 살 순 없는 세상이 아닌가."

하고 고숙이 물었다.

"상황이 대강 어떻게 되었는가?"

"민정으로 옮길 때 10년 미만의 형을 받은 사람들은 죄다 나왔죠. 그런데 10년 징역을 받은 사람은 5년으로, 12년은 6년으로, 사형은 무기로, 15년은 10년으로 감형된 채 남아 있는 거죠. 나는 10년이었으니까 그대로만 되었더라면 아직 감옥에 있어야 하는 겁니다. 그걸 성유정 씨와 재종형이 서둘러 10년 미만짜리와 같이 나오게 된 거죠."

"얼마나 살았나?"

"2년 7개월요."

"2년 7개월이라, 아득하군."

"그런데 남아 있는 사람들은 아직도 2년, 3년, 5년, 10년씩을 더 살아야 하니 딱하지 않습니까."

"딱하지, 딱해."

하면서도 고숙은 걱정이 마음에 꽉 차 있는 모양으로 멍청한 표정이었다.

고숙은 옆방으로 옮겨 가고 이사마는 책을 펴들었다. 정신이 집중되질 않았다. 전영철이 한 말이 무수한 작은 가시처럼 심상의 이곳저곳에 찔려 있는 기분이었다. 그런데 뜻밖인 생각이 솟아났다.

―병자의 광학光學.

미쳐버리지 않곤 바른말을 못한다는 뜻으로도 되고 언제나 바른 생각을 하고 있기 때문에 미쳐버리지 않을 수가 없다는 뜻으로도 된다.

미치기 위해서도 재능이 있어야 한다는 말이 기억 속에 떠올랐다. 미치기 위해선 민감한 감수성을 필요로 한다. 철사 같은 신경이라야만 살수 있는 세상에 비단실 같은 신경을 갖고 태어난 사람은 부득이 미치지 않을 수 없는 것이 아닌가.

이런 생각을 해보면 전영철이란 청년의 의미를 다소라도 알 것 같지만 그런 것을 알았다고 해서 사태에 도움은 되질 않았다.

고숙은 잠을 이루지 못하는 모양이더니,

"통행금지 시간이 다 돼 가는데 영철인 어쩐 일일까."

하고 말을 보내왔다.

"걱정 마십시오. 곧 오겠지요."

"무슨 병원으로 갔는지 그거나 알아둘걸."

하는데 전화벨이 울렸다.

늦은 밤의 전화벨은 섬뜩하다.

이사마가 수화기를 들었다.

"저 홍채용입니다"

하는 말이 울려왔다.

홍채용은 전영철의 친구다. 얼마 전 놀러온 적이 있어 그 얼굴까지 이사마는 기억하고 있다.

"어쩐 일인가, 홍 군."

"지금 영철이하고 T병원에 있는데 시간도 늦고 해서 병원에서 밤을 새고 내일 아침 집으로 갈 작정입니다. 영철의 아버님이 오셨다면서요? 혹시 걱정이라도 하실까 봐 전화를 드립니다."

"고맙다. 그런데 영철인 직접 전화도 못하나?"

"영철인 전화할 필요가 없다는 걸 제가 공중전화를 걸고 있습니다. 안녕히 주무십시오."

이때 이사마의 머리에 떠오른 생각이 있었다.

"어때 홍 군, 내일 아침 영철이와 같이 집에 와줄 수가 없겠나?"

"그렇게 하겠습니다."

전화가 있은 뒤 이사마는 사정을 고숙에게 알렸다.

아침에 영철과 홍채용이 왔다.

식사를 같이 하고 이사마는 홍채용과 같이 아파트를 나와 근처의 다방으로 갔다.

홍채용은 충청도 출신으로 영철과 같은 학과 같은 학년의 학생이었다. 데모에 참가하기도 한 학생인데 경찰에 끌려가지도 않았고 부상을 당한 적이 없어 그대로 학교에 다니고 있었다. 남 앞에 나서길 좋아하지도 않는 반면, 남에게 뒤지지도 않는 온건한 성격의 소유자라고 이사마는 보았다.

다방에 가서 커피를 마시고 이사마가 단도직입적으로 물었다.

"영철을 어떻게 생각하는가."

"좋은 친구라고 생각합니다."

"그런 질문이 아니고……, 영철에게서 이상한 데를 발견하지 못했나?"

"신경이 극도로 예민한 것 같습니다. 그래서 조심조심 대하고 있습니다."

"신경이 예민하다는 정도일까?"

"그런 정도 아니겠습니까."

"누구에게 미행당한다거나, 그런 소리 듣지 못했나?"

"가끔 그런 소리를 합니다. 사실 미행을 당하고 있는지 없는진 몰라도 영철로선 그런 기분이 될 때가 있지 않겠습니까."

"그런 사실은 없는데 그런 기분이 된다는 게 이상하지 않은가."

"그러나 그런 가능성은 언제나 있는 것이니까요."

"그래 홍 군은 영철을 저대로 그냥 두어도 좋다고 생각하는가?"

이 물음엔 홍채용이 신중하게 생각하는 얼굴이 되었다. 그런데 대답은 없었다.

"걱정이 돼서 묻는 거다. 아무래도 영철은 정상이 아닌 것 같애."

"……."

"신경이 지나치게 날카롭다고만 보고 있을 순 없어."

"제 생각으로도 영철 군의 복학은 어려울 것이 아닌가 합니다. 지나치게 주의력이 집중된다고 보면 지나치게 주의력이 산만해질 때가 있거든요. 어떤 문제엔 바락 흥분을 하면서도 어떤 때는 멍청해지구요."

"그럼 어떻게 하면 좋을까."

"마음을 진정하도록 좀더 정양기를 두어야 할 것 같습니다."

"홍 군도 그렇게 생각하나?"

"그렇습니다. 아직은 공부를 할 수 없을 것 같습니다. 가만 보니 책 한 권을 끝까지 읽질 못해요, 한두 페이지 읽으면 팽개쳐버려요."

"홍 군 주변에 영철과 같은 증세를 가진 사람이 또 있나?"

"있습니다. 우리 친구 가운데 세 사람이 정신병원에 입원해 있습니다."

"그들도 데모와 관련 있는 학생들인가?"

"세 사람 다 그렇습니다. 데모를 하다가 곤봉에 맞기도 하고 최루탄 에 맞기도 한 때문이지요."

"그들의 병세는 어때, 심한가?"

"완전히 정신착란을 일으킨 겁니다."

"세 사람이나 그런 꼴이 되었다니."

"저 아는 사람만 그런데 전국적으로 조사라도 해보면 꽤 많은 숫자 가 될 것입니다. 그뿐 아닙니다. 어젯밤 영철과 문병을 간 친구는 데모 때 척추를 다쳤는데 반신불수입니다. 그런 부류의 중상자도 상당히 됩 니다. 제 짐작으론 아마 백 명이 넘을걸요."

"죽은 사람도 물론 있었을 거고."

"일일이 계산을 못해봤지만 굴욕외교 반대운동에 관련되어 죽은 사 람의 수도 수십 명이 될 것입니다."

이사마는 할 말을 잃었다.

"영철을 어떻게 하실 작정입니까?"

"자기 아버지가 올라오셨으니까. 최선의 방책을 강구해봐야지."

"그런데 정신병원에 입원시키는 것만은 안 하는 게 좋을 겁니다."

"정신병원에 보내야 할 정도면 보내야 하지 않을까."

"그렇긴 합니다만. 제가 생각하기론 정신병원에 가기만 하면 끝장입니다. 물론 치료가 되는 사람이 없진 않겠지만…… . 정신병원은 격리하는 곳이지 치료하는 곳은 아닌 것 같애요. 영철인 격리해야 할 만큼 중증도 아니구요. 그리고 온순한 성격이어서 주변 사람들에게 누를 끼치는 짓은 안 할 겁니다."

"알겠다. 그런데 참 자네는 학교엘 가야지."

"학교엔 가나마나입니다. 곧 방학이 될 거구요."

"학교는 여전히 시끄러운 모양이지?"

"시끄럽게 되어 있지 않습니까."

"어때, 학생들은 현실 정치를 초월해 볼 수 없을까?"

"초월해서 어디로 갑니까."

하고 홍채용이 웃었다.

"초월해서 미래로 가지."

"현실이 이 꼴인데 현실을 이대로 두고 초월해서 미래로 가본들 마찬가지 아니겠습니까."

"그렇게만 말할 순 없지. 역사는 연속만이 아니다. 비약도 있지. 자기 개인의 역량을 기르는 데만 전념하고 기다리고 있으면 뜻밖인 세계가 나타날지도 모르는 일 아닌가."

"선생님, 반동이 무엇인지 아십니까. 그런 말을 하는 사람을 반동이라고 하는 겁니다."

"반동이건 뭐건 나는 학부형의 입장에서 하는 말이다. 정신병원에 있다는 세 학생의 얘기를 들으니까 기가 막히는군. 영철을 보니 딱하기도 하구. 그러고서도 데모를 하라고 권해야만 진보적이 되고 민주적으로 되는 건가?"

"나라 위해, 민족을 위해, 민주주의를 위해 가장 올바른 길을 결정해 놓고 그 방향으로 정열을 쏟아야 하지 않겠습니까. 학생이 취할 태도가 그것 말고 달리 있을 수 있겠어요?"

"내 의견은 약간 달라."

"뭡니까?"

"공자님 말씀에 '위방불거危邦不居 난방불입亂邦不入'이란 게 있어. 위험한 나라엔 살지 말 것이며 혼란된 나라엔 들어가지 말라는 얘기다. 나라라는 말을 상황이라는 말로 바꾸면 돼. 위험한 상황, 혼란된 상황을 피하고 자기를 보전하는 데 우선 중점을 두라는 가르침이다. 내 의견을 솔직히 말한다면 나라를 위하기 전에 민족을 위하기 전에 민주주의를 위하기 전에 학생은 학생으로서의 자기를 위해 가장 옳다고 생각하는 길을 택하라고 하고 싶어."

"그러고 있다가 월남전에나 끌려 나가 개처럼 죽으란 말인가요? 그러고 있다가 일본의 경제적 식민지의 노예가 되어 비굴하게 살아라, 이건가요? 도대체 이 제3공화국이란 게 뭡니까. 정통성이 있는 정부입니까, 민족적·민주적인 포부라도 있는 정부입니까. 러스키의 말따라 강도적 원리가 그냥 지배하고 있는 나라가 아닙니까. 헌정을 짓밟고 총칼로써 빼앗은 권력 아닙니까? 닥치는 대로 수탈하고 있는 지배세력 아닙니까? 한일협정을 체결하는 과정에서 우리의 체면, 우리의 원한, 우리의 명분을 조금이라도 반영하려 노력이라도 해보았습니까? 국군의 파월 결정은 뭡니까. 국민을 보호하고 국민을 위할 생각이 조금이라도 있다면 그럴 수가 없습니다. 생활인·사회인들은 각기 살기에 바쁘고 이것저것 걸리는 데가 많아서 잠자코 참아야 되겠지만 우리들이야 어디 가만있을 수가 있습니까. 우리들마저 가만있어버리면 어떻게 되겠습니까. 어젯밤 영철이 흥분하고 있었습니다만 우리나라 형무소를 한번 뒤져보십시오. 얼마나 억울한 사람이 붙들려 있는가를 알아보면 참으로 어이없는 꼴일 것입니다. 그런데도 초월해야 합니까? 현실엔 외면하고 미래로 날아가라구요? 유럽이나 일본 학생들이면 또 모르겠습니다. 우리는 그렇게 못합니다."

홍채용의 말투는 차분하면서도 박력이 있었다.

"요즘 학생들의 언변은 대단하군."

이사마는 쓴웃음을 머금었다.

"언변이 아닙니다. 진실입니다. 매일처럼 우리가 생각하고 토론하는 문제가 그건 걸요."

이사마는 자기도 모르게 한숨을 쉬었다.

"왜 한숨입니까?"

홍채용이 빙그레 웃었다.

"자네들이 나라를 걱정해주는 건 고맙다만, 그렇게 해서 덤벼들어 모두 영철이 같은 꼴이 될까 봐 걱정이구나. 싸움을 하려면 상대를 보고 해야 할 것 아닌가. 난세에선 기백 있는 수재 하나 보전하는 것도 애국이 된다네."

"그런 건 걱정하지 마십시오. 데모 같은 덴 상관 않고 학생의 본분만 지키며 공부만 하는 학생이 많으니까요. 지금 정부를 움직이고 있는 사람들은 일제 때 독립운동 같은 덴 외면하고 열심히 공부한, 이를테면 일제의 충성스런 학생들 아니었습니까. 그런 점 우리도 존경합니다. 나라가 독립하고 나서도 일제 때의 우등생으로서의 신의를 저버리지 않으니까요. 그 증거가 나라 전체를 비굴하게 만들고서도 맺은 한일협정이 아닙니까."

홍채용의 정연한 말에 이사마가 제기할 이의가 없었다.

"그럼 저 가봐야겠습니다."

하고 일어서는 홍채용을 만류할 계기도 없이 이사마는 또 만나자는 말을 겨우 보냈을 뿐이다.

다방을 나서다가 말고 홍채용이 돌아와 당부했다.

"전영철 군을 정신병원에 보낼 생각은 마십시오."

아파트로 돌아왔더니 짐을 챙겨놓고 전영철 부자가 이사마를 기다리고 있었다.

"영철을 시골로 데리고 가기로 했다."

고숙의 말이었는데 영철은 창밖을 내다보고 있었다.

"영철의 의견도 물어봐야죠."

이사마의 말에 영철이 돌아섰다.

"형님, 나 스스로 시골로 갈 작정을 했습니다. 서울에 있으니 미칠 것 같애요. 보고 듣는 게 화만 나게 해요. 미행도 귀찮구요."

할 말을 찾지 못한 채 이사마는 고숙의 얼굴을 보았다. 백발을 머리에 인 깡마른 고숙의 모습이 이미 세상을 달관해버린 선승을 방불케 했다.

"그처럼 바쁘게 서둘 게 아니라 며칠 더 머무르셨다가 가시도록 하시죠. 고모부와 얘기할 게 많습니다."

이건 이사마의 진정이었다. 일본 게이오대학엘 다닐 때 옥고를 치르고, 북경에 가서 공부를 한 고숙의 눈에 비친 세상世相을 알아보고 싶었고, 그의 인생관과 세계관을 물어보고 싶기도 했던 것이다.

"나는 산송장이나 마찬가진데 무슨 할 말이 있겠나. 어쩐지 하루가

급한 심정이다. 영철의 기분도 그런 것 같으니 빨리 서둘러야겠다."
며 고숙이 일어섰다.

다행히 택시를 곧 잡을 수가 있었다.

'시발택시'라고 불리는 묘한 차형의 자동차를 타고 서울역에 와보니
한 시간 후쯤에 출발하는 부산행 열차가 있었다.

시종 한마디 말도 없던 영철이 열차를 타기 직전 이사마에게 한 말은,

"T병원에 있는 박호철에게 인사 못하고 시골로 가게 된 것이 미안하
다고 전해주십시오. 오늘도 그 애에게 가기로 했거든요. 박호칠은 매일
누워 있거나 앉아 있거나밖엔 할 수 없는 사람입니다. 홍채용이한테도
인사 없이 떠나는 게 섭섭하다고 전해주십시오. 형님에게 버릇없이 굴
어서 죄송했어요."

이사마는 여윈 영철의 손을 잡았다. 가슴이 뭉클했다.

"기분이 내키거든 서울로 와."

하는 말을 하기가 겨우였다.

고숙과 영철을 보내놓고 이사마는 알리스 다방으로 갔다.

선풍기가 돌고 있는데도 다방 안은 몹시 더웠다. 구석진 자리에 최태
웅 씨가 비스듬히 앉아 있었다.

남정현 씨 사건은 불구속으로 검찰청에 넘어갔다는 소식을 최태웅
씨로부터 들었다.

1965년 8월은 광복의 해인 1945년 8월부터 20년이 경과된 해의 8월
이다.

이사마의 1965년 8월의 일기는 다음과 같다.

1일: 반정부음모 사건으로 재판 중이던 원충연·박인도 대령이 7월

31일 사형 선고를 받았다는 신문기사가 있었다.

2일: 박 대통령과 존슨 대통령 사이에 교환된 서한 일부가 공개되었다. 박 대통령이 사단 규모의 전투부대를 베트남에 보내기로 했다는 내용이다.

이 기사를 읽고 시인 K씨가 흥분했다. 처음엔 의무부대와 건설부대만을 보낸다고 하더니 급기야 전투부대를 보내겠다고 한다며.

"내 나라 휴전선에서 죽는 것도 모자라 베트남의 정글에 죽음터를 만들겠다니 말이 되기나 해?"

3일: 대마도 앞바다에서 밀수 쾌속정을 격침했다고, 어떻게 그것을 나포할 순 없었던가.

4일: 베트남 파병안이 국회 국방위에 상정되었다. 여야의 충돌은 필지의 사실. 그러나 그 결과는 뻔한 일.

윤보선 씨가 한일협정에 반대해 지구당에 탈당계를 제출해 의원직을 상실했다. 국회의원이 소신을 관철할 수 없다고 판단했을 땐 국회의원을 그만두는 수밖엔 없지 않겠는가.

일본의 천리교天理教가 침투했다는 소식이다. 만병통치할 수 있다고 선전하는 모양이다.

어느 택시 운전사의 말,

"천리교만 들어온 줄 압니까. 일본의 천황교天皇教까지 들어올 겁니다."

이 말에서 연상되는 것이 있다.

역시 택시 운전사의 말인데 날씨가 한창 가물 때 있었던 일이다. 나와 같이 탄 친구가 가뭄 걱정을 하니까,

"그런 걱정 하실 필요 없습니다. 물이 모자라면 일본에서 가지고

오면 될 게 아닙니까. 한일협정만 되면 뭣이건 모자라는 것은 일본이 갖다 준다고 하던데요, 뭐."

5일: 민중당은 중앙상위를 열고 소속 의원들이 8일까지 탈당계를 내도록 결정했다.

문교부 발표에 의하면 지방 학생의 체력이 서울 학생에 비해 현저하게 낮다고 한다. 신장이 4센티미터나 작다는 것이다.

6일: 야당 일각에서 국회를 해산하자는 의견이 나왔다. 한일협정 문제를 걸고 선거를 한 뒤, 그 새로 구성된 국회에서 비준안을 처리하자는 이야기다. 일견 명분이 있는 의견인 듯하나 가망성은 전연 없다. 가망 없는 의견이라도 내어 체면치레나마 하겠다는 것인가.

서민호·김도연·정일형 의원이 탈당계를 제출했다. 뼈대 있는 국회의원은 역시 다르구나 하는 생각이 든다. 그러나 그러한 행위가 실지에 있어서 얼마나 보람을 다할 것인가.

특히 김도연 의원에 대해선 특별한 감회가 있다. 만일 김도연 의원이 정권을 잡고 있었더라면 5·16은 발생하지 않았을 것 아닌가 하는 감회다. 그 까닭은 이렇다. 김도연 의원은 애국지사 독립운동자로선 장면 씨보다 깨끗한 경력의 소유자다. 일군 출신의 장교가 그 사람 가슴팍에 총을 들이대고 정권을 빼앗을 순 없었을 것이 아닌가. 이런 얘기를 성유정 선배에게 했더니 그는 어이없다는 듯 웃었다.

"강도가 집 주인의 이름 보고 덤비나? 집단속이 허술하다고 보면 아무 집에라도 들어가는 거지."

7일: 국회 국방위원회는 베트남에 전투부대를 보내자는 정부안에 동의했다. 찬성이 12표이고 반대가 2표였다고 한다. 아마 야당의원은 참석하지 않았던 모양이다.

민중당의 강경파 의원들은 기한부 탈당을 고집하고 있다는 얘기다. 금번 조인한 한일협정이 정녕 굴욕적인 것이라면 공범으론 되지 말아야 하겠다는 각오인 것 같다.

나용균 국회부의장이 이효상 국회의장에게 사퇴서를 제출했다는 얘기.

야당의원 일부는 비준 전에 국민투표를 실시하자고 제의했다. 일리 있는 의견이다. 이렇게 문제가 많은 것이면 국민투표에라도 부쳐보는 것이 타당한 일이 아닐까.

각지에서 구국 금식기도가 한창이라고. 기도로써 해결될 일이면 오죽이나 좋겠는가.

경남 수해지구에서 장티푸스 환자가 집단적으로 발생했다고. 알려진 환자의 수는 84명.

국 쏟고 XX 데고, 그릇 깨고 야단맞는다는 속담이 생각난다.

9일: 야당은 본격적으로 지연 작전을 쓸 모양이고, 여당은 늦어도 20일까진 비준안을 국회에서 통과시킬 작정이라고 맞섰다.

7월 14일의 난투극을 겪고서도 통과를 강행할 작정이고 보면 결국 그렇게 될 수밖에 없겠지만 나라의 꼴은 말이 아니다.

시내의 대학 연합체 대표들은 결사적으로 비준을 반대하겠다고 나섰는데 도대체 어쩌겠다는 얘긴가. 전영철의 생각을 해본다.

10일: K신문의 국회 출입기자 Y군에게 7·14 난투극의 모양을 상세하게 써달라고 했더니 다음과 같은 걸작품을 만들어 가지고 왔다.

'희곡 7·14 난투극'

일시: 1965년 7월 14일 밤

장소: 대한민국 태평로 소재 국회의사당

등장인물: 대한민국 국회의원들

제1막

본회의장 앞

8시 40분

이효상 국회의장 등장

회의장 입구를 막아 서 있는 민중당 의원들

민중당 의원 A   못 들어갑니다.

이효상 의장   국회의장이 국회에 못 들어간다니. 비키시오.

민중당 의원 B   의장 노릇이나 제대로 한다면 왜 못 들어가게 하겠소.

이효상 의장   의장 노릇 제대로 못한 게 뭐요.

민중당 의원 C   당신은 날치기 두목이지 의장이 아니오.

이효상 의장   사람을 그렇게 모욕하기요?

민중당 의원 A   모욕당하기 싫으면 모욕당할 짓을 안 해야지.

이효상 의장   이 사람들이 왜 이러지?(하고 육탄으로 민중당 의원들의 장벽을 뚫으려고 한다. 민중당 의원들 이효상을 떠민다.)

제2막

본회의장 입구에서 이효상과 민중당 의원 몇 사람이 밀치락달치락하고 있을 바로 그 시간.

다른 입구로 장경순 부의장 등장.

장 부의장은 공화당 의원의 호위를 받으며 의장 단상으로 가려고 했다.

236

이 순간 야당 의석에서 정성태 민중당 총무가 단상으로 뛰어 올라 갔다. 뒤따라 야당 의원들이 우루루 단상으로.

이만섭 부총무를 선두로 공화당 의원들도 단상으로 뛰어갔다.

"의장석을 지켜라."

하는 고함소리.

의장석을 점거한 공화당 의원.

그 둘레에 육탄으로 바리케이드를 치는 공화당 의원들.

그 사이를 비집고 들어서는 야당의원들.

단상에서 비벼대는 여야 의원들 백 명 가까이가 저마다 소리를 지르는 사이 어떻게 마이크를 잡았는지 장경순 부의장이 냅다 소릴 질렀다.

"대한민국과 일본과의 조약과 협정, 그리고 베트남 공화국의 요청에 따른 전투부대 파월안이 정부로부터 제안되었는데 이 동의안은 국방위와 외무위서 통과되었는데 국회는…… 이로써 산회합니다."

의사봉이 없어 장 부의장은 손바닥으로 단상을 '탕, 탕, 탕' 쳤다.

"이로써 비준안과 파병 동의안은 발의되었다."

고 누군가가 떠든 바람에 여당 의원들은 박수.

야당 의원들은 중구난방으로 욕설.

"빌어먹을."

"강도놈들이다."

"발의가 다 뭐냐."

"인정할 수 없다."

"역적들 같으니라고."

"네놈들이 나라를 팔아먹을 작정이야?"

"절대로 용납 못한다."

제3막

단상에 그대로 머물러 있던 민중당의 박찬 의원,

마이크로 발언대의 탁상을 쳤다.

"이 개놈들!"

하고 소리 지르며.

탁상의 유리가 산산조각이 났다.

민중당의 박일홍 의원이 발길로 발언대를 찼다.

속기사석으로 굴러 떨어지는 발언대.

공화당 의석에서의 야유.

"무슨 짓이야."

"미친 짓 하지 마라."

"너희들만 애국자냐?"

"국회를 왜 부숴."

하고 신형식 공화당 의원이 단상으로. 이를 따라 단상으로 다시 몰리
는 공화당 의원들.

박찬 의원 들고 있던 마이크로 신형식 의원을 치려 하자 여야 의원
들 서로 멱살을 잡고 치고받고, 주먹질, 발길질.

단상에선 박찬과 신형식의 대결.

서민호 의원과 조창대 의원의 대결.

늙은 서민호와 젊은 조창대의 대결이었지만 서민호 늠름하다.

단하에선 민중당 함덕용과 공화당 이원만이 붙었고, 민중당의 유
홍과 공화당의 김종환과의 대결도 볼 만했다. 싸움은 점입가경으로

나중엔 누가 누구와 붙었는지 누가 누구보다 더 많이 맞았는지 분간할 수 없는 수라장이 되더니 여야의 원내간부들이 말리는 바람에 클라이맥스는 15분간 계속되다가 끝났다.

제4막
코피를 흘리고 있는 박찬.
각각 부상을 입은 신형식·박일홍·김재광·김상흠.
9시 5분경 공화당 의원들 퇴장.
그 자리에 남아 있는 멍청한 표정인 민중당 의원들.
어디선가 들려오는 소리
"국회 꼴 좋다."

나는 이것을 읽고 Y군의 극작가로서의 소질을 인정하고 현실이 소설이나 연극보다 몇 갑절 강렬하다는 것을 새삼스럽게 느꼈다.

11일: 이날 비준안은 특별위에서 여당의원들만으로 전격적으로 통과되었다.

공화당이 일본으로부터 1억 5천만 달러를 받아먹었다고 발설한 김준연 의원에게 서울지방법원에서 징역 1년 6개월을 선고했다.

김준연 의원 사건은 정말 알쏭달쏭하다.

'먹은 것이 없고선 공화당이 국민감정을 송두리째 무시하고 그처럼 서둘 까닭이 없다.'
는 것이 일반의 여론이다.

사실 여부를 철저하게 캐내야 할 것인데 누가 어떻게 무슨 방법으로?

12일: 야당은 의원직 총사퇴를 결의하고 이효상 의장에게 일괄 사표를 제출했다.

민중당 의원 20명이 탈당 준비를 하고 있다는 얘기다. 탈당 즉 의원직 상실이다.

이효상 의장은 비준안 처리 후 여당도 의원직을 사퇴하고 총선거 다시 해야 할 것이란 의견을 발표했다. 이왕 총선거를 할 참이면 비준 전에 하는 것이 옳지 않을까. 일본에 대해선 체면을 세워야 하고 국민에 대한 체면은 세우지 않아도 좋다는 얘긴가.

양찬우 내무부 장관은 '조국수호협의회'는 불법단체라고 언명했다. 합법과 불법의 한계를 뚜렷이 밝히고 난 연후의 언명이었으면 좋았을 것인데 그것이 없고 보니 협박적 언사라고만 들린다.

폭우로 인한 산사태가 부산에서 발생했다. 그로 인해 12명이나 압사자가 있었다고 한다. 조금 비가 내려도 이런 끔찍한 피해를 본다. 그런 취약점을 미리미리 단속할 수가 없었을까.

어느 칼럼니스트의 말이 기억난다.

"공무원은 모두 해바라기들이다."

자기 가까이 있는 절실한 문제는 살필 생각도 하지 않고 윗사람의 마음에 들려고만 사생결단이다.

부산에서 발생한 산사태를 공무원의 잘못으론 돌릴 수가 없다. 도연명의 시가 생각난다.

種桑長江邊 종상장강변
三年望當採 삼년망당채
枝條始欲茂 지조시욕무
忽值山河改 홀치산하개

柯葉自催折 가엽자최절

根株浮滄海 근주부창해

春蠶旣無食 춘잠기무식

寒衣欲誰待 한의욕수대

本不植高原 본불식고원

今日復何悔 금일부하회

장강 가에 뽕나무를 심었다.

3년쯤 지나면 뽕을 딸 수 있으리라고 짐작했다.

줄기와 가지가 무성하려고 할 즈음

돌연 산천이 그 모습을 달리하는 변이 생겼다.

가지와 잎은 꺾어지고

나무는 뿌리째 창해 같은 흐름 속에 떠내려갔다.

봄 누에를 먹일 것이 없는데

겨울에 입을 옷을 바랄 수가 있을까.

본시 높은 언덕에 뽕을 심어야 했을걸.

지금 후회한들 무슨 소용이겠는가.

13일: 공화당 의원들만으로 전투부대 파월안을 통과시켰다.

이럴 바에야 히틀러를 배워 국회라는 것을 없애버리는 것이 좋지 않을까. 비민주적인 정책을 강행하기 위해 민주적인 절차를 취하는 간사한 행위는 그야말로 눈뜨고 아웅하는 꼴이 아닌가. 그런 점 히틀러는 소박하다고 할 수 있다. 그는 자기의 정책을 수행하는 데 있어서 약아빠진 사기술을 쓰진 않았다.

윤보선·서민호·정성태·정일형·김도연·김재광 등 여섯 명의 국회의원이 의원직을 상실했다고 이효상 의장이 선포했다.

결국 국회의원다운 국회의원은 이상 6명밖엔 안 된단 말인가. 어차피 공화당 단독으로 무슨 수단이건 한일협정 비준안을 통과시키고 말 터인데 국회에 몸담아 있다간 결국 공범으로서의 책임은 면할 수가 없는 것이다.

그런데 민중당에선 분규가 생겼다.

강경파는 한일협정을 저지하지 못할 바에야 해당解黨하고 정부당에 극한적으로 대항하는 신당을 만들자는 것이고, 온건파는 민중당을 고수하면서 강연 양면 작전으로 사태에 대응하자는 것이다.

어느 편의 의견에도 일리는 있다.

그러나 철벽 같은 여당의 자세 앞에 야당이 분열했다는 그 사실만으로 강경파나 온건파는 면목을 잃었다. 그러니까 국민은 야당에 전폭의 신뢰를 걸 수가 없게 되는 것이다.

야당의 분열은 곧 그들이 민주주의의 이념에 충실하지 못하고 있다는 증거다. 목표가 한일협정 반대에 있다면 무슨 까닭으로 자체 내의 행동 통일을 이룩하지 못한단 말인가. 그 이유는 단 한 가지. 당내 헤게모니의 쟁탈에 있다. 결정적인 권력을 잡기도 전에 당내에서 분열을 초래할 정도로 헤게모니 투쟁을 한다는 것은 국민의 눈으로 볼 때 웃기는 얘기다.

14일: 야당이 당내의 헤게모니 투쟁으로 갈팡질팡하고 있을 때 공화당 의원만의 일당국회에서 한일협정 비준 동의안은 통과되었다.

민중당이 그 무효를 선언하고 '조국수호협회'가 그 통과를 백지로 환원해야 한다고 떠들고 있지만 아무래도 닭 쫓던 개꼴이 될 것이 뻔하다.

15일: 아아! 이날은 일제의 사슬에서 벗어난 지 20년이 되는 날이다.

바로 어제 공화당이 단독으로 국회를 통과시킨 한일조약이 잘된 것인가, 잘못된 것인가. 아니면 그럭저럭 인정할 수 있는 것일까.

김선의 요릿집에서 모임이 있었다.

김선이 서대문 형무소에서 나와 같이 고생한 사람들을 죄다 초대하라고 했다. 광복 20주년을 기념해 한턱 내겠다는 것이었다.

모인 사람은 L·Y·S·R·P 등 14명이었다. 그 가운데 특히 K여사와 C여사가 끼었다. K여사는 혁신계로서 감옥생활을 한 유일한 여성이고 C여사는 감옥생활을 하진 않았지만 혁신계 주변에 있는 여성이다. 파티가 시작하기에 앞서 가장 나이가 많은 L씨의 제안이 있었다.

"아직 감옥에 남아 있는 동지들을 위해 기도를 하자."

K여사의 말이 있었다.

"어느 신에게 기도할 겁니까?"

L씨의 대답은 이러했다.

"각자 자기가 믿는 신에게, 부처님께 하고 싶은 사람은 부처님께, 예수님께 하고 싶은 사람은 예수님께, 어떤 신이건 상관없소."

"그것 좋다."

는 찬성이 있었다.

1분가량의 기도가 있었다.

옆에 앉은 C여사가 물었다.

"이사마 선생은 어떤 신에게 기도했습니까?"

"나는 옥황상제에게 기도했소."

모두들 잔을 높이 들었다.

L씨의 선창이 있었다.

"옥중 동지들의 건강을 위해서."

그 잔을 비우고 다시 잔을 채웠다.

L씨의 선창이 있었다.

"우리들의 건강을 위해서."

파티는 11시까지 계속되었다.

그런데 잊을 수 없는 말이 있었다.

C여사가,

"아무래도 우리 민족은 해방되고 독립될 자격이 없는 민족인가 봐요."

라고 한 것이다.

숙연한 기분이 감도는 가운데 C여사는 다음과 같이 부연했다.

"해방 후의 혼란, 좌우익의 투쟁, 우익끼리의 대립, 좌익끼리의 대립, 남쪽에서의 단정 수립, 북쪽에서의 단정 수립, 6·25동란, 자유당의 횡포, 민주당 정권의 지리멸렬, 5·16쿠데타, 그리고 굴욕적인 한일협정. 이만하면 해방될 자격이 없는 민족이 해방되었다는 증거가 되지 않을까요?"

"그건 너무한 소리요."

하고 S씨가 반발했으나 C여사의 설득력엔 적수가 아니었다.

16일: 정 총리를 비롯한 각료 일동과 공화당 간부가 낸 일괄 사표를 박 대통령이 반려했다. 각본에 의한 행동에 각본에 의한 대응이라고나 할까.

경제각의에서 청구권 자금관리 규정을 의결했다고. 조약 원문엔 없는 '청구권'이란 말이 어째서 튀어나왔는지 모르겠다. 일본 신문엔 '청구권'이 아니고 '경제협력'이라고 했다.

청구권에 의한 자금이 아니고 경제협력조로 낸 자금인 것이다. 그 자금 관리는 일본의 지시에 따라야 한다.

17일: 베트남에 파견할 전투사단이 편성되었다. 사단장은 채명신 소장.

18일: 부산에 뇌염이 발생했다는 소식.

19일: 서귀포에서 열린 기자 회견에서 박 대통령은 야당이 국회에 복귀할 수 있는 명분을 만들어주기 위해 선거법과 정당법을 개정할 용의가 있다고 말했다. 선거법과 정당법으로써 민주정치가 실현된 다는 얘길까.

20일: 정부는 한일조약 무효화 투쟁을 불법이라고 결정하고 앞으로 그런 일이 있으면 의법처단하겠다고. 그런데도 대학생들은 한일조약 비준 무효화를 외치며 데모를 감행하고 있다.

솔직한 얘기로 대학생의 데모는 그만 했으면 좋겠다. 당랑의 도끼를 쳐들고 철벽 앞에 덤벼보았자 부서질 것은 당랑의 도끼다. 명분은 살릴 길이 없고 몸만 다친다. 장래를 망친다.

21일: 오늘도 데모.

22일: 이날도 데모.

23일: 서울에서 고등학교 학생이 섞인 1만 명의 데모가 있었다.

24일: 드디어 군대가 출동했다. 경찰만으론 데모의 진압이 어려워지니까 전가의 보도를 뺀 것이다.

25일: 박 대통령은 데모하는 학생을 정치학생이라고 규정하고 앞으론 정치학생·정치교수를 뿌리뽑겠다고 호통을 쳤다. 그 호통을 실증하기 위해 무장군인이 고려대학에 진주했다.

26일: 서울지구에 위수령이 발동되었다. 제6사단이 서울에 들어왔다. 무장군인이 연세대학에 진주했다.

예측할 수 있었던 뻔한 결과다. 그래서 학생데모를 나는 반대한 것이다. 학생들의 민주화운동은 언제나 역민주逆民主의 결과만을 낳는다.

27일: 군사행동으로써도 모자라 박 대통령은 앞으로 데모가 계속되면 학원을 폐쇄하겠다고 언명했다.

동시에 윤천주 문교부 장관을 해임하고 검찰 출신이며 법무부 장관이었던 권오병을 후임으로 임명했다.

서울대학 총장도 바뀌었다. 학생들의 행동에도 이유 있다고 보고 온건하게 대처해온 신태환 씨를 해직하고 그 후임으로 유기천 씨를 임명했다. 서울대학의 각 단과대 학장들은 총사퇴했다.

31일: 정일권 총리는 정치학생·정치교수를 모조리 추방하겠다는 정부의 강경한 방침을 밝혔다.

9월에 들어 고려대학과 연세대학에 무기 휴업령이 내려졌다.

서울대학 상과대 학생들은 군화 화형식을 올리고 동정맹휴에 들어갔다.

변영권 동아일보 편집국장대리 집이 폭파된 사건에 이어 조동화 동아방송 제작과장이 심야 괴한에 납치되어 폭행당한 사건이 있었다. 그리고 바로 그 이튿날 유옥우 의원 집에 폭탄이 날아들었다.

이렇게 어수선한 어느 날 이사마는 성유정 씨를 데리고 김선의 요릿집으로 갔다. 8·15의 밤 감옥 동지들에게 베풀어준 호의에 감사를 표할 겸 찾아간 것이다.

김선이 이사마와 성유정을 모신 곳은 자기가 내실로 쓰고 있는 양옥의 2층이었다.

"손님이 나를 찾거든 몸이 아파 병원에 갔다고 하라."

고 지배인에게 일러놓고 왔다며 김선이 그 자리에 끼었다.

성유정 씨와도 구면이어서 일종의 가족적 분위기가 되었다.

"꽤 번창하고 있는 모양인데 김 마담의 수완이 좋은 탓이겠지?"

하는 성유정 씨의 말이 있었을 때,

"수완이라기보다 전략이지요."

하고 김선이 이런 얘기를 했다.

"여기 드나드는 손님은 대개 인텔리 여성과 유명 여성에게 콤플렉스 같은 걸 가지고 있는 모양이에요. 여대생이다, 무슨 탤런트다, 배우다, 가수다 하면 사족을 쓰지 못해요. 그러니까 우리집 아이들은 전부 여대생이고 배우예요."

"사실이 그런가?"

"사실이 그럴 까닭이 있어요? 전 학생은 받아주질 않아요. 그러니까 우리집 아이들 가운덴 대학생이 하나도 없어요. 전부 가짜지요. 그 대신 교육을 시키지요. 어려울 게 없어요. 영리한 아이들만 골라놓았으니까요."

"어떻게 교육을 하지?"

"손님들의 이야기를 진지하게 듣는 척하구요. 말을 적게 하라고 하구요. 가끔 영어나 프랑스어를 섞는 거예요. 손님의 넥타이를 보고 '오 오트레식'이라고 하구요. 가끔 잔을 주면 수줍은 척 '메르시'라고 하는 거예요. 그럼 너 프랑스어 전공이냐고 묻게 되죠. 그럴 땐 머리를 숙이고 대답을 안 하는 거예요. 그런 식으로 연극만 잘 하면 이런 델 오는 손님들은 감쪽같이 속아넘어가서 제풀에 반해버려요. 보고 있으면 참으로 웃겨요. 교양은 없는데다가 모두들 잔뜩 아이큐만 높거든요. 그 맹점을 이용하는 겁니다. 인사동 거리에 가서 리어카에 담겨 있는 싸구려 청자나 백자를 사가지고 와서 그걸 술잔으로 쓰고 술병으로 쓰고 쟁반으로 쓰면서 굉장하게 소중하게 다루고 있으면 그것 이조백자지, 고려청자지 하고 물어요. 그럴 땐 대단한 게 아니라고 말을 하면서도 귀중품인 듯 다루면 판판이 넘어가요. 다른 요정보다 배나 높이 술값을 받거든요. 그러니까 이 집을 굉장히 고상한 집으로 알아요. 술을 사는 사람이 꼭 이 집으로 모셔야만 대접이 되는 것처럼 전략을 쓰는 겁니다. 게다가 저의 집에선 일절 현금을 받지 않아요. 현금을 받지 않아도 떼이지 않을 만한 예약 손님만 받지요. 조금 있으면 어떻게 될지 모르지만 아직은 그 전략이 유효해요."

"듣고 보니 무서운 여성이로군."

"무섭다기보다 간교하죠 뭐. 간교할 작정을 하지 않곤 이런 장사를 할 까닭이 없잖아요?"

"그렇게까지 해서 돈을 벌어야 할 필요가 있을까?"

성유정 씨가 고개를 갸웃하자,

"강도들이 득세하는 세상에 돈 없이 살 수 있겠어요? 돈이 있어야 한다고 하면 '더 모어 더 베터'이구요. 이 말은 우리집 아가씨들을 대학생으로 만들게 하는 용어 가운데의 하나입니다."

하고 김선은 입을 가리고 웃었다.

"가만 보니 김 마담에겐 위악적인 취미가 있는 것 같애."

"백여우가 백 마리쯤 들어 있는 여자라고 말하세요."

"그런데 이 집에 오는 손님들은 대개 어떤 부류들이오?"

"잘난 척하는 사람, 자기보다 우월한 사람의 존재를 인식하지 못하는 사람, 자기의 주제를 모르는 사람, 항상 들뜬 기분으로 사는 사람, 사기가 몸에 배어 그것이 정상인 줄 알고 있는 사람, 대개 이런 사람들이죠."

"추상적으로 말구 구체적으로 말해보시오."

"구체적으론 곤란한데요."

"상업도덕인가? 요정업자의 모럴인가?"

"천만에요. 저에겐 그 손님들이 구체성을 갖고 있지 않습니다. 전부 추상이에요. 곧바로 말하면 사람이 아니니까요."

"겁나는 소린데?"

성유정 씨와 응수하고 있는 김선을 보며 이사마는 생각에 잠겼다.

'이 여자도 결국 특수한 정치가 만들어놓은 하나의 현상이 아닐까.'

간주의 일록

1965년 12월 18일.

한일협정 비준서 교환이 있었다.

이날 합동통신의 보도는 다음과 같았다.

치욕과 비애로 얼룩진 60년의 과거를 묻어버리고 이제 한일 두 나라는 공존공영을 바라보며 새 역사의 첫장을 펼친다. 한일 양국은 18일 아침 중앙청 제1회의실에서 조약 및 제 협정 비준서를 교환, 불행한 과거를 청산하기 위해 14년 58일간 악순환을 거듭한 한일교섭에 뒷맛이 개운치 않은 여운을 담은 종지부를 찍고 새 우호관계를 맺었다.

한일조약 및 제 협정 비준서 교환식은 상오 10시 30분, 아리랑행진곡의 주악이 울려 퍼지는 가운데 이동원 외무부 장관과 시나 일본 외상이 각기 인솔하는 한일 두 나라 비준서 교환 사절과 양국 고문단, 그리고 이날 식전에 배석하는 정일권 국무총리와 국무위원 전원이 입장, 양국 국가의 연주와 더불어 막을 올렸다.

이·시나 두 나라 외상은 역사적인 이날을 기록에 담기 위해 계속 모여든 백 명이 넘는 내외신 기자들의 긴장된 시선과 카메라 플래시의 세례를 받으며 양국 원수의 서명과 총리 및 외상의 부서副署가 된 한일기본조약 청구권 및 경제협력협정, 어업협정, 문화재와 문화협력협정 등 5개의 비준서를 차례로 교환, 경건한 표정을 지으며 검토하고 나서 비준서 교환 의정서에 각기 서명 교환하고 군은 악수를 나누었다.

각 신문은,
"새 역사를 창조해야 한다."
는 요지의 박 대통령의 성명을 기재하고 일본의 시나 외상이 조선호텔의 일실에서 '일본국 대사관'日本國大使館이란 간판을 쓰고 있는 장면의 사진을 소개하고 있었다.

비준 교환을 반대하는 데모가 있었다는 기사도 있었는데 데모 인사들은 경찰기동대의 저지를 받고 윤보선 씨 댁에서 농성 중이라고 했다.

어차피 '상황 끝'인 것이다.

세월은 이날을 하나의 고비로 해서 흐르게 되었다. 잘된 것인지, 잘못된 것인지를 검산해볼 겨를도, 그러한 기능도 없어졌다. 인생 자체가 그렇거니와 역사도 가차 없는 모순율의 적용을 받는다. 이 길을 걷기 시작하면 저 길을 걸을 순 없다. 그때 그러지 않고 이랬더라면 하는 가정은 역사에 있어선 금구禁句가 되어 있다.

역사의 심판이 있을 것으로 가정한다고 해도 역사의 심판은 언제나 늦다. 정녕 책임을 져야 할 인간들이 모조리 죽어버리고 난 연후에 애매한 백성들만 심판의 대가를 치러야 하게 되는 것이다.

매를 맞아야 할 이완용과 그 도당들은 없어졌는데 무고한 백성들은 그들이 저지른 치사스런 협정에 얽매여 36년 동안을 일제 지배하에서 신음하지 않았던가.

이날 성유정은,

"구한말의 그때와 지금과 국민의 멘탈리티에 있어선 조금도 변화한 데가 없다."

고 말하며,

"견딜 수밖엔 별 도리가 없다."

고 말했다.

이사마는,

"현실적인 것은 합리적인 것."

이라는 헤겔의 말을 상기했다.

현실이 이렇게밖엔 될 수 없다는 바로 그 사실에 숙명이 있는 것이며 숙명이 곧 합리적인 것이라고 풀이한 헤겔의 말은 이해할 수 있을 것 같으면서도 석연할 수 없다는 데 문제가 있는 것이다.

이런 뜻을 말했더니 성유정은,

"헤겔의 그 말은 천 년을 가도 석연할 수 없겠지만 만 년 저편에까지 위력을 가질 것이다."

하고 말하며,

"일본사관학교의 교육을 받아 관동군의 하급장교를 한 사람이 공교롭게도 한국의 국가원수가 되어 일본과의 국교를 텄다는 바로 이 사실이 한국의 숙명을 말하는 것이 될지 모른다. 내용에 있어서 이보다 못한 조약이었더라도 독립운동의 선두에 선 사람이 나라의 원수가 되어 있었더라면 국민의 납득이 수월했을지 모른다."

고 덧붙였다.

그럴 것이라고 이사마도 생각했다.

일본의 지배를 벗어난 지 불과 20년인데 치열한 독립운동을 한 사람은 정치의 표면에 나타날 수 없고 친일을 한 정도가 아니라 일본의 천황에 충성을 맹세한 사람과 그 추종자들이 한국의 정권을 잡고 있다는 상황은 부끄러운 일이 아닐 수 없다.

"일본인들은 내심으론 한국 국민을 뱀이 없는 국민이라고 경멸하고 있을지 모르지. 일본 사람들 같아 봐라. 어림이나 있는 일인가. 인도·가나·기니·버마 같은 나라에선 식민자들과 협력한 사람들은 일굴도 들지 못한다고 하던데. 차라리 한일협정의 체결을 20년쯤 늦추었으면 좋았을 것이 아닌가도 싶어. 일본 제국주의 세력과는 전연 무관한, 때 묻지 않은 세대의 등장을 기다려서 한일 간의 국교를 정상화하는 것이 오히려 낫지 않았을까. 이왕 가난엔 익숙해 있는 국민이고 보면 그만한 동안은 참을 수도 있었을 것 아닌가."

"떠난 후에 나팔은 불어 뭣 합니까?"

이사마는 빈정대는 투로 말했지만 심정은 성유정과 같았다. 이사마는 독일에 협력했다는 죄목으로 제2차 세계대전 후 사형당한 프랑스의 작가를 상기했다. 스페인 내란 때 드물게도 프랑코를 지지한 로베르 브라자크, 한때 문제 작가로서 알려진 드리외라로셸 등은 드골 장군의 진력이 있었지만 프랑스의 여론이 용서하지 않아 결국 형장의 이슬이 되었다.

이사마는 우리나라에선 그런 참혹한 일이 없었던 것을 다행으로 여겼고 지금도 그 의견엔 다름없지만, 온건한 방법으로써 민족의 '뱀'을 살리도록은 했어야만 옳았다고 생각했다.

이사마와 성유정의 사이에 이와 같은 화제가 오른 것은 한두 번이 아닌데 한일협정의 비준서 교환 얘기를 듣고 새삼스럽게 얘깃거리가 된 것이다.

"그것까지도 숙명이 아닌가."

"뭣이건 운명이니 숙명이니 해버리면 거기서 토론은 끝나는 게 아닙니까. 이유만이라도 밝혀두어야지요."

"민족의식의 정화를 위해선 좌우 사이에 무슨 합일점이 있어야 할 것인데 그럴 겨를이 있어야지. 대뜸 좌익과 우익이 난투전을 벌이는 바람에."

"대한민국 정부가 수립된 연후에 반민투위니 하는 것이 있지 않았습니까."

"반민투위를 만들어 친일파와 민족반역자를 붙들어 가둬놓고 보니 '그자들 덕택으로 정권을 잡았다.'로 된 거야. 이승만으로선 별 도리가 없었지 않았겠나. 첫째, 노덕술 같은 사람은 일제시대 가장 악독한 고등계 형사인데 해방 후 공산당을 두드려 잡는 데 활용했거든. 이승만 정권을 세우는 데 제1급의 공로자라고 할 수 있지. 조선조의 관례에 따르면 개국공신쯤 되는 거라. 개국공신을 처단할 수 있어? 그래 이 사람을 풀어줘야 하게 되니까 다른 사람을 남겨둘 수 없게 되었지. 결국 그렇고 그렇게 된 게 아닌가. 그러니까 숙명이라고 하는 거야. 숙명이라고 체관하고 말 일이지 끙끙 앓고만 있으면 뭣 하나."

"그러나 기록자는 그런 사실을 등한히 할 수 없는 것 아닙니까?"

"또 기록자야?"

성유정은 웃었다. 그러곤 이런 말을 했다.

"나는 일제시대를 26년 살고, 해방 후를 20년 살았는데, 그 짧막한 동안 겪은 일만을 생각해도 역사란 것을 불신하는 기분이 돼. 중경 임시

정부에서 온 사람들은 그들이 겪은 망명생활을 핵심으로 해서 이 나라의 현대사를 생각하고 있더군. 일제 때 고관 노릇을 한 사람은 그들의 체험을 통해 생각할 것 아닌가. 이 양쪽을 극으로 하고 그 사이 갖가지의 층과 종별이 있을 것 아닌. 감옥살이를 한 사람은 감옥 속에서의 일월日月이 그 역사의 내용으로 될 것이고 남방이나 대륙에 가서 전사한 사람들의 체험은 또 다를 것이다. 요컨대 3천만 동포의 역사는 3천만 종의 역사가 될 것인데, 이 가운데서 하나의 역사를 정립하려면 어떻게 하면 좋아. 물론 역사의 기술엔 봉념이란 것이 있는 깃이니까 대강의 체재는 잡을 수 있겠지만 기록하는 사람의 안목에 따라 각각 다를 것이 아닌. 그렇다면 어떤 역사를 믿어야 하는가. 결국 정권을 담당한 사람을 중심으로 역사는 기록되어야 할 것인데 그런 걸 역사라고 믿을 수 있어? 그건 그렇고 역사편찬위원회 같은 것이 있는 모양이지만 지금 현재의 기록을 어떻게 하고 있는지 몰라."

성유정의 말을 계기로 해서 '역사란 무엇이냐' 하는 데 관한 토론으로 이어졌다. 그런데 엉뚱한 결론이 나왔다. '역사'는 과학적 또는 학문적인 용어가 될 수 없고 결국 정서적인 용어일 수밖에 없다는 얘기가 되었다.

"역사의 내용이란 역사 기술자가 선택한 내용이 아닌. 그 선택의 기준이 어디에 있는가. 관습적으로 되어 있는 기준이 있을 것이지만 기골 있는 기록자라고 하면 자기의 의견, 자기의 감정을 소중히 할 것 아닌. 그렇게 되니까 결국 과학적인 기록이라기보다 정서적인 기록으로 된다."

성유정이 이렇게 말했고 이사마는,

"사마천의 『사기』도 따지고 보면 정서적인 기록이지요."

하고 맞장구를 쳤다.

하기야 헤로도토스의 『역사』도, 투키디데스의 『펠로폰네소스전쟁사』, 카이사르의 『갈리아 전기』도 그 모두 정서적인 기록이다.

사실 그렇다. 역사에 있어서의 연결성이란 연대의 연결일 뿐이다.

"그러니까 역사의 역사다운 면목은 문학을 통해 나타날 수밖에 없다."

고 이사마가 말했다.

"난데없이 문학지상주의자가 나타났구먼."

성유정이 웃었다.

"이왕 문학을 할 바에야 문학인은 문학지상주의자가 되어야 할 게 아닙니까. 이 세상엔 문학밖엔 소중한 게 없다고 떠벌려 남의 영역에까지 밟고 들어서도 독선적인 태도만 삼간다면 문학인으로서의 문학지상은 가장 건강한 사상이라고 생각하는데요."

이사마가 이렇게 말하자 성유정은,

"문학지상을 운운하기 전에 문학다운 작품이나 만들어봐요. 변변찮은 작품밖에 못 쓰면서 문학지상 운운하는 건 만화다, 만화."

하고 빈정거렸다.

"아무튼 비준서 교환으로 상황은 끝났습니다. 이 얘긴 그만둡시다."

이사마의 이 말에 성유정은,

"하나의 상황이 끝나는 그 순간부터 또 다른 상황이 시작된다."

고 하며,

"나도 내년부턴 상황을 바꿔보아야 할 것 같다."

고 장난스런 표정을 지었다.

"상황을 어떻게 바꿀 것이오?"

이사마가 물었다. 장난스런 표정을 약간 부끄러운 표정으로 바꾸면

서 성유정은,

"명년부터 사업을 시작해보아야겠다."

고 말했다.

"사업? 성 선배가?"

"건성으로 듣지 마."

성유정은 정색을 하고 말했다.

"쭈욱 생각해오던 일이다. 고향에 돌아가 농사를 지을까 하고 가끔 시골집에서 지내보기도 했다. 그런데 성가신 일이 한두 가지기 이냐. 중학교를 지어야 하니 기성회 회장을 해달라, 당 지부를 만들어야 하니 그 지부장이 돼달라, 무슨 협회, 무슨 조합, 무슨 단체가 그렇게 많은지. 권하는 사람들은 나를 존경한답시고, 대우한답시고 하는 일인데 일일이 그걸 거절하자니까 정말 힘들어. 시골에 살다간 비위 상할 것 같애, 고향의 친구들 하고 말야. 그리고 이건 안 될 말이지만 고향에 있으니까 문상할 데도 많고 참석해야 할 잔치도 많더라. 친척들의 일, 사돈집의 일, 친구들의 일, 아버지나 할아버지를 모시듯해야 할 어른들의 일 등. 도연명의 귀거래사는 신화이고 전설이다. 주경야독 좋지. 나도 한땐 걷어붙이고 농사지을 생각을 했다니까. 그러나 포기했어. 될 수가 없어. 사람이 찾아오는데 어떻게 해. 자네도 시골 가서 살 생각은 말게. 내가 서울로 온 것은 이자택일한 결과다. 시골 가서 사느냐. 서울에서 사느냐 하고. 부산에서 살지 못하는 까닭은 자네에게 있구. 부산에서 할 일이 없을 바에야 굳이 그곳에 있을 필요가 없지 않나. 그래서 서울에 왔는데 너무 막연해. 유민생활이 죄스러워. 그래서 사업을 시작하기로 했어. 나 자신 노동자 틈에 끼어 일을 할 작정이다."

"무슨 사업을 할 겁니까?"

"폴리에틸렌 재생공장을 할 참이다."

"폴리에틸렌이란 게 뭡니까?"

"농촌에 가면 왜 묘포 같은데 하얗게 씌워놓은 게 있지 않던가."

"비닐 말인가요?"

"그걸 비닐인 줄만 알고 있었는데 비닐이 아니고 그게 폴리에틸렌이야."

"그걸 만들겠단 말입니까?"

"그렇지."

하고 성유정이 설명하기 시작했다.

요즘의 포장은 대체로 폴리에틸렌으로 한다. 미군이 주둔해 있는 곳의 쓰레기장에 가면 쓰다 버린 폴리에틸렌이 많다. 그걸 수집해다가 깨끗이 빨아 기계에 잡아 넣으면 폴리에틸렌의 원료로 환원된다. 환원된 원료를 사출기를 통해 뽑아내면 기계의 종류에 따라 사이에 동선銅線을 끼워 전선용 케이블을 만들 수도 있고, 종이 모양의 널찍한 포장용을 만들 수도 있다. 포장용은 잘라 봉다리로 쓸 수도 있고, 필름을 길게 만들어 묘포를 덮든가 온상의 지붕으로 쓰든가 할 수가 있다.

폐품 이용이니 좋고, 그만큼 외국에서 들어오는 수입량을 줄일 수도 있다. 케이블은 전부 수입품만으로 충당하고 있었는데 폴리에틸렌을 재생할 수 있게 되면서부터 재생품으로써 충당할 수가 있다. 틀만 바꾸면 병마개를 만들 수도 있고…….

성유정은 이렇게 열심히 설명하곤,

"앞으로 두고 봐. 폴리에틸렌 시대가 올 테니까. 잘만 되면 원료공장을 만들든지 할 수도 있어."

하며 사뭇 자신만만한 태도였다.

"그동안 꽤 연구를 하셨군요."

"연구하다마다. 재생공장 여남은 군데를 돌아보기도 했고."

"그런 공장이 많습니까?"

"내가 알기론 서울 일원에 30개소쯤 되는 모양이야."

"그럼 경쟁이 심하겠군요."

"지금은 경쟁이 없어. 공급이 수요를 당하지 못하는 형편이니까."

"원료는?"

"동두천이나 파주에 가면 썩을 만큼 있어."

"공장을 할 만한 곳은 있습니까?"

"용두동에 꽤 큰 공장을 잡아두었어."

"기계는요."

"영등포에 그런 기계를 전문으로 만드는 공작소가 있더라. 거기에 두 대를 주문해놓았어. 케이블 빼는 사출기와 포장용 빼는 사출기지."

"그런 준비를 하면서도 저에겐 왜 한마디도 없었습니까?"

"자네에게 의논해서 뭣 하게. 자본을 댈 텐가, 사업에 관한 지식을 가르쳐줄 텐가."

"되게 얕잡아 보였군요."

"얕잡아 본 게 아니라 괜히 자네에게 얘기했다간 브레이크만 걸릴 것 같아서 잠자코 있었지."

"수천석꾼 아들이 재산 다 털어먹고 폴리에틸렌 공장 사장 되시겠네요."

"빈정대지 말게. 내가 돈을 벌어야 자네도 안심하고 소설을 쓰든지 기록자가 되든지 할 게 아닌가."

"신중한 어른이 오죽 생각하셨겠습니까만 돈 벌기란 그다지 쉬운 일이 아닌가 봅디다."

"그 어려운 일을 한번 해볼 테다."

하곤 성유정이 평소와는 달리 꽤 많은 말을 하며, 성공에 자신이 있다고 목에 힘을 주었다.

"사실 아무것도 안 하고 어떻게 살겠나. 농지개혁으로 재산 다 날라가 버리고 농토라야 몇 정보 임야 얼마가 남았을 뿐인데 곶감 빼먹듯이 하고 있으니 노후가 불안하기도 하다."

"양반 상법이 통하는가 어디 한번 봅시다. 덕택으로 1966년은 기대해볼 무엇이 있는 해가 되겠군요."

뒤에 성유정이 밝힌 일인데 폴리에틸렌 공장을 차린 자금은 홍극탄광을 경영하고 있던 채기엽 씨가 댄 것이었다.

채기엽 씨와 성유정은 상해 시절 서로 알게 되었는데 어쩐 이유인지 채기엽 씨는 성유정을 지극히 좋아했다. 성유정이 서울에 와서 빈둥빈둥 놀고 있는 것이 안타까웠던 채기엽 씨는 무엇이건 할 만한 것이 있으면 해보라고 권했다. 자본은 자기가 대어주겠다면서.

그 무렵 성유정은 세관원으로 있다가 무슨 사고인가로 그만둔 K라는 사람을 알게 되었다. K를 통해 폴리에틸렌 재생에 관한 지식을 얻고 그 재생사업이 유망하다고 들었다. 성유정은 그때부터 그 계통의 공장을 둘러보기도 하고 나름대로의 연구를 하기도 했다.

성유정이 채 씨에게 그런 내용의 얘기를 하자 채 씨는 계획서를 만들어보라고 일렀다. 성유정이 K에게 계획서를 꾸미라고 하곤 그 계획서를 가지고 채 씨의 사무소로 찾아갔다.

채 씨는 그 계획서를 한번 쑥 훑어보더니,

"내가 봐서 알 수 있나."

하고 자기의 전무를 불러,

"성 군이 사업을 하겠다고 이런 계획서를 가지고 왔는데 자네가 한 번 검토해보라."

고 했다.

계획서를 받아든 전무는 조목조목 따지기 시작했다. 성유정은 한 조목도 대답하지 못했다.

"그건 잘 모르겠는데요."

하는 말만 되풀이했을 뿐이다.

그러자 전무가 물었다.

"이 사업을 하시겠다고 계획서를 만든 것 아닙니까?"

"그렇소."

"그런데 아무것도 모른다고 하시니……."

"그건 이 사업이 된다고만 알고 내가 데리고 있을 사람에게 계획서를 만들게 한 것이니 내가 알 까닭이 없지 않소."

전무는 어이가 없었던 모양이다. 사장 채 씨의 눈치를 슬쩍 보곤,

"그럼 좋습니다. 한마디만 물읍시다. 총액이 1천7백만 원 든다고 되어 있는데 1천7백만 원이란 돈은 적은 액수의 돈이 아닙니다. 만일 그런 돈을 들여 실패하면 어떻게 할 겁니까?"

하고 따졌다.

성유정의 말은 속절 없었다.

"해보다가 안 되면 술 사 먹은 요량하지 어떻게 하겠소."

이때 채기엽 씨가 무릎을 쳤다.

"그것 좋은 대답이다. 안 되면 제기랄 술 받아 먹은 요량하지 어떻게 하겠나. 전무, 성 군에게 그 돈 주게."

이렇게 되어 성유정이 사업을 시작한 것인데 이사마는 이 얘기를 듣고,

"세상에 그런 분도 있군요."

하고 깔깔대고 웃었던 것이다.

1966년은 미국 대통령 린든 존슨의 교서로부터 시작된 느낌이었다. 그는 미국 의회에서 발표한 교서에서 다음과 같이 웅변을 토했다.

"우리는 베트남에서 우리에게 총질하는 자들을 용서하지 않을 것이다. 세계 어느 곳에서건 우리가 설정한 목적을 달성할 수 있을 만큼, 국내에 위대한 사회를 건설할 수 있을 만큼 우리나라는 충분히 강력하고, 우리 사회는 충분히 건강하며, 우리 국민은 충분히 건전하다. ……적은 결단코 승리에 가까이 있지 않다. 시간도 이미 그들의 편이 아니다. 미국의 간여를 의심해야 할 어떠한 이유도 없다. 날이 쌓여 달이 되어도, 달이 쌓여 해가 되어도 침략자가 우리에게 전투를 요구하는 동안엔 우리는 그곳에서 버틸 것이다……."

"이 웅변을 만들기 위해서."

라는 서두로 『타임』은 다음과 같이 설명했다.

정부 각 부서와 자문위원들로부터 모은 메모를 백악관의 보좌관들이 정리하고 그것을 토대로 제1초안을 만든 것은 리처드 굿원이다. 굿원은 기왕 케네디와 존슨의 스피치 라이터였는데 이번 근무처인 웨슬리언 대학으로부터 초빙된 것이다. 굿원의 초안을 백악관의 제1보좌관인 잭 발렌티와 공보비서 빌 모제스의 도움을 받아 대통령 자신이 재구성해 단어와 글귀를 닦았다. 그러고도 모자라 의회로 오는 동안 존슨은 리무진 속에서 그것을 고치고 또 고쳤다.

이 기사를 읽고 이사마는 연설문에 대한 성의만으로도 존슨은 대통령으로서의 자격이 있다고 생각했다. 적어도 대통령의 연설은 그 내용이나 문장이 교과서에 실려 교육력을 발휘할 수 있는 궤범이 될 수 있어야 하는 것이다.

그러나 그렇게 했다고 치곤 그것을 명연설이라고 할 순 없었다. 레토릭修辭의 중압에 내용이 빛을 잃었다고 할 수 있었다. 베트민의 침략으로부터 베트남의 자유애호 국민을 구출하는 사명감을 강조하는 대목이 있어야 하는 것인데 그 점이 모호했나는 것이 흠이었다.

이에 비해 한국 대통령의 연두교서는 너무나 무미건조했다. 화동和同에 대한 정열이 없고 정책의 목록을 제시하는 데 불과했다. 미국과 한국의 국력 차를 연두교서의 문장만으로도 커버할 수 있도록 성의가 있어야 할 것이었다.

하기야 연두교서를 들먹일 건덕지가 없는 것인지 모른다. 한국의 1966년은 체포로 시작되었다. 철도청의 실무자 54명이 부정 행위로 인해 구속되었다는 보도에 잇따라 바로 그 이튿날 김두한 의원이 구속되었다.

검찰의 발표에 의하면 김 의원은 한독당 당원들과 공모해 5단계 혁명을 기도하고 자금을 제공했을 뿐만 아니라 폭탄 제조를 지지했다고 되어 있다.

그런데 그 내용을 알고 보면 어린아이 장난 같은 얘기다. 김 의원은 작년 7월 중순에 을지로 1가에 있는 자기 사무소에서 한독당원 박후양과 만나 그로부터 5단계 혁명계획을 듣고 이를 구체화하는 초안을 만들라고 했다는 것이고, 8월 초순께 ROTC 출신 장교 7, 8명에게 5단계 혁명계획을 설명해 그들의 찬동을 얻었다는 것이며, 작년 11월 보궐선거

운동을 할 때,

"수틀리면 학원 방위사령관 박상원 씨와 함께 청와대를 때려 부수겠다."

고 한 말이 녹음된 테이프를 압수했다는 것이다.

원래 김두한 씨는 자기가 자랑하는 주먹보다도 말이 큰 사람이라서 그가 다방 같은 데 앉아 지껄인 말 가운덴 꼬투리를 잡힐 만한 것이 비일비재할 것이라고 짐작할 수 있다.

1월 10일 인도의 수상 샤스트리 씨가 타슈켄트에서 죽었다. 그는 파키스탄과의 분쟁을 해결하기 위해 코시긴 주재하의 타슈켄트 회의에 참석해 그 회담을 성공리에 마친 뒤 심장마비로 죽었다는 것이다.

외전은 다음과 같이 전했다.

그는 인도·파키스탄 양국의 적대관계에 결말을 짓는 중요한 협정에 조인한 바로 그날 숨졌다. 올해 61세의 샤스트리 씨는 네루 수상의 뒤를 이어 1964년 7월부터 인도 수상으로서 일했다. 인도·파키스탄 화해회담의 체결을 기념해서 소련 수상 코시긴이 베푼 연회에서 자기 숙소로 돌아간 후 곧 그는 죽은 것이다.

이 사망보도는 11일 상오 6시 공식으로 확인되었다. 그는 1953년 이후 세 번 심장마비를 겪었다. 64년 7월에 네루 수상이 서거한 뒤를 이어 수상에 취임했던 그는 17세 때부터 독립운동에 투신한 오랜 독립투사였다. 그는 독립운동을 위해 베나레스 대학의 교수직을 포기했으며 일곱 번이나 투옥되어 심한 옥고를 치렀다.

독립 후 그는 국민회의파 서기장을 거쳐 52년에 입각해 네루 수상

밑에서 철도상·상공상 및 내상을 역임했다. 그는 18개월간 수상으로 재임했다. 그는 1904년 벵갈의 작은 마을에서 학교 교사의 아들로 태어났다.

이사마는 마하트마 간디를 비롯해 네루·타고르 등의 인도 사람에겐 각별한 친밀감을 가지고 있었다. 특히 샤스트리에 대해선 뭐라고 형언할 수 없는 애착을 느껴 언젠가 외국에 나갈 수 있으면 꼭 만나보고 싶은 사람의 하나로써 꼽고 있었다.

샤스트리가 죽었으니 당연히 후계자 문제가 대두될 것이었다. 네루의 딸 인디라 간디가 물망에 올랐다. 이사마의 관심이 쏠렸다.

샤스트리 서거에 따른 외지의 기사는 특히 감동적이었기 때문에 이사마는 스크랩을 해두고 이것을 성유정에게 보였다. 그 내용은 다음과 같다.

랄 바하두르 샤스트리에게서 남은 것은 뉴델리 저무나강 언덕 위의 한줌의 재다. 인도는 그 유화한 지도자의 죽음을 슬퍼하면서도 후계자를 찾는 작업을 시작했다. 주말이 되자 인도의 지도적 정치가들은 이곳저곳에서 모임을 가졌는데 아마도 그들의 선택은 인도 정치계에 있어서 마술적인 유산을 지닌 하나의 후보자에게 떨어진 것 같다. 그 이름은 인디라 간디, 48세. 자와할랄 네루의 딸. 이 선택은 먼지가 풀신한 길가에 있는 작은 방가로에서 토의 중이다. 그곳에서 63세 난 원로 카마라지 나다르가 국가적인 지도자들과 중요한 정치가들을 맞아들였다. 처음 나다르는 51세 난 샤반을 고려 대상으로 한 것 같다. 샤반은 샤스트리 내각의 국방상이며 그 전력은 마하라슈트

라주의 지사였다. 그런데 그에겐 너무 적이 많다는 이유로 나다르는 그를 후보에서 탈락시키고, 내무상인 구루자리알 난다를 지명하려다가 그만두었다. 난다는 힌두어도 영어도 하지 못했기 때문이다. 이윽고 나다르는 가장 적은 적을 가졌고 가장 평판이 높고 가장 매력적인 인물이 인디라 간디란 결론을 얻었다. 이 숙녀는 수줍어하는 성미가 아니다.

그녀는,

"카마라지 나다르가 나를 선택한다면 나는 수상직을 맡을 용의가 있다."

고 기자들에게 언명했다.

그녀의 강력한 라이벌은 전 재무상인 모라르지 데사이다. 그러나 그녀는 나다르가 자기를 지지한다면 두려워할 게 없다는 자신을 가지고 있다. 아무튼 그녀는 유일한 적격자다. 이성적이며 당당하고 맹렬한 언변의 소유자이기도 하다. 인디라야말로 인도 혁명의 진정한 딸인 것이다.

어렸을 때 그녀는 양친이 빈번히 감옥살이를 하게 되어 외로운 시간에 인형들에게 간디의 불복종운동의 원리를 가르치며 외로움을 달랬다. 그녀는 아버지의 뜻을 거슬러 변비한 파르시의 변호사 페로체 간디와 결혼했다. (마하트마 간디와는 아무런 관련이 없다.) 얼마 지나지 않아 그녀는 남편과 더불어 폭동 음모의 죄목으로 13개월 동안 옥살이를 한 적도 있다. 1947년 두 아들을 낳은 후 남편 곁을 떠나 아버지 집으로 돌아왔다.

샤스트리 내각에서의 그녀의 직책은 공보상에 불과했지만 그녀는 아버지 네루의 측근으로서 많은 정치적 수련을 쌓았다. 그녀는 어떤 정치철학을 꾸밀 생각이 없다는 것을 밝혔다.

"나는 어떤 이즘(주의)도 믿지 않는다."

하지만 그녀는 국제적인 차원에서 공산주의를 옹호하기도 하는데 국내에 있어선 완강한 반공주의자다.

누가 샤스트리의 후계자가 되건 그 사람은 샤스트리의 영도력 때문에 보다 나아진 나라를 상속받게 될 것이다. 샤스트리는 인도가 가진 난문제를 골고루 해결하기엔 너무나 짧은 시간밖에 가지지 못했지만 그의 참을성 있고 실용적인 노력은 지역 간의 긴장을 완화시키는 데 큰 도움이 되었고, 나라의 방향에 대한 현실적인 의식을 높이는 보람을 다했다.

1964년 식량폭동이 터졌을 때 샤스트리는 네루의 지나치게 야심적인 공업화정책을 수정해 농업생산에 중점을 두었다. 현명한 정책이었다.

남부지방에 피비린내 나는 언어폭동言語暴動이 났을 때 그는 힌두어를 유일한 공용어로 한다는 법률을 무기한 보류함으로써 위기를 극복했다.

"우리들은 중용을 취해야 한다."

는 것이 그의 방침이었다. 그런데 파키스탄과의 관계에 있어서만은 강경노선을 취했다. 파키스탄의 아유브 칸이 카슈미르에 대한 인도의 지배에 압력을 가하자 그 순하기만 하고 조그마한 체구의 샤스트리는 단호히 군대를 동원해 대응했던 것이다.

샤스트리의 대파키스탄 강경노선은 급기야 러시아의 도시 타슈켄트까지 그를 이끌고 갔다. 그곳에서 러시아의 수상 코시긴의 중재로 샤스트리는 아유브 칸을 만났다. 국경 분쟁을 해결하기 위해서였다.

회의는 처음부터 교착상태에 빠졌다. 카슈미르 문제 때문이었다. 그 교착상태는 코시긴의 중재에 의해 풀렸다. 코시긴은 카슈미르 문제는 보류하고 딴 문제를 토의하자고 제안한 것이다. 이것은 모스크바의 외교적 승리인 동시에 샤스트리의 승리이기도 했다. 샤스트리는 카슈미르에 관해 후퇴하지 않고 다음과 같은 사항에 아유브 칸과 합의를 보았기 때문이다.

① 양국 군대는 전쟁 이전의 국경선까지 후퇴한다.

② 양국 사이의 외교관계를 정상화한다.

③ 인도·파키스탄 사이의 상호 오해를 풀기 위해 빈번히 고위회담을 가진다.

샤스트리의 기분은 좋았다.

"나는 전쟁에 있어서 용감하게 싸웠던 것과 마찬가지로 평화를 위해서 용감하게 싸울 것이다."

그 회담의 긴장이 샤스트리에겐 큰 부담이 되었다. 조약에 서명한 후 그는 지치고 피로해 보였다. 그는 침실로 가며,

"오늘 밤은 푹 잠을 잘 수 있겠다."

고 했는데 빌라의 골마루를 걸어가다가 비틀거리며 가슴을 쥐어짰다. 경호원이 주치의를 불렀다. 주치의가 달려와 강심제를 주사했다. 러시아의 의사단이 모여들었다. 아드레날린을 직접 그의 심장에 주사했다. 그러나 아무런 보람도 없었다. 61세의 나이로 샤스트리는 심장마비로 죽었다. 6년 동안 세 번째의 발작이었다.

그 이튿날 아침 코시긴 수상과 아유브 칸 대통령은 샤스트리의 관을 메고 나가 청은색 소련 비행기 아에로플로트에 실었다. 그곳에서 뉴델리까지는 세 시간 반의 거리다.

인도의 장군들이 기에 덮인 샤스트리의 관을 장파스 10번지의 자택으로 운반할 때 부인 랄리타는 죽은 남편의 몸에 엎디어 그 얼굴에 키스하며,

"샤스트리 당신은 나를 두고 갔소."

하며 통곡을 터뜨렸다.

수천의 사람들이 모여들어 조의를 표했다. 그 이튿날 샤스트리의 시신은 포차砲車에 실려 먼지에 덮인 시가를 지나 저무나를 향해 5마일의 마지막 길을 떠났다. 저무나는 성강聖江 갠지스의 지류다. 상가에 높다랗게 화장대가 마련되었다. 그 근처에 험프리 부통령, 코시긴 수상을 비롯해 수십 명의 외국 귀빈이 모여 있었다. 승려들이 장미꽃 잎을 샤스트리의 시체 위에 뿌렸다. 나무토막을 백장속白裝束의 시신 위에 가로질렀다. 가느다란 나뭇가지로 된 횃불이 샤스트리의 장남인 32세 난 하리 크리슈난의 손에 건네졌다. 관습에 따라 그는 아버지의 시신을 세 바퀴 돌았다. 그리고 화장대에 불을 붙였다. 승려들이 기름과 향료를 부었다. 순식간에 불꽃이 피었다. …… 이윽고 모든 것은 재가 되었다.

자세히 읽고 나더니 고개를 든 성유정의 얼굴엔 약간 감동의 빛이 있었다.

"뭔가 인도 사람들에겐 격조 같은 것이 있어 보이죠?"

이사마의 물음에 얼른 대답을 하지 않고 있던 성유정이 중얼거렸다.

"샤스트리란 사람 간디의 수제자가 아닐까?"

"인도 사람 치고 간디의 제자 아닌 사람이 있겠습니까."

"모든 정치사상은 간디사상의 세례를 받아야 한다는 말이 있던데?"

"그건 내가 한 말 아닙니까?"

"참 그랬지. 너무 신통한 말이 돼서 내가 착각하고 있었군, 자네 말 치곤 그러나 너무 무겁다."

"진실 아닙니까."

"진실이니까 무겁다는 거지. 간디사상의 세례를 받은 정치사상이 이 지구에서 보람을 가질 것 같애? 아니, 정권에 접근할 수 있을 것 같애?"

"그렇게 바란다는 거지 그렇게 될 거라는 말은 안 했을 텐데요."

"자네나 나나 정치에 야심을 갖지 않는다는 건 좋은 일이다."

"기백이 없는 거죠. 그걸 좋다고 할 수 있습니까?"

"그건 그렇고 한번 읽으면 그만인 기사를 뭣 때문에 스크랩까지 하려는 건가."

"언젠가는 이런 등속의 글을 번역해서 내 기록 군데군데에 끼울 작정이니까요."

"우리나라와는 하등의 관계가 없는 그런 기사를 끼워 뭣 하려구."

"대비對比에 의한 대상의 부각이란 게 있지 않겠습니까. 알 카포네를 링컨 옆에 세워둔다든가 하는 수법 말입니다."

"알듯하군."

"그런 걸 회화적 수법이라고 하는 겁니다. 아무튼 샤스트리는 좋지 않아요? 최소한도 규모의 몸집에다가 농부 같은 얼굴을 하고서. 정치가란 이래야 된다는 하나의 샘플 같은 인상을 주는. 아유브 칸하고 나란히 선 이 사진을 보십시오. 키가 아유브 칸의 3분의 2도 채 못 되지 않아요. 그런데 보세요. 샤스트리에 비교하니 아유브 칸은 무슨 건달 같지 않습니까."

"드골을 되게 좋아하더니만, 드골의 키도 작았던가?"

"그건 또 다른 스토리가 되는 거죠."

미국은 1개 연대를 더 베트남에 파견하라고 요구하고 박 대통령은 그 요구를 수락한 모양이었다. 도대체 베트남에 있어서의 전쟁은 어떻게 되어가는 것일까. 존슨 대통령은 연두교서에서,

"베트남에서의 침략자가 우리에게 전투를 요구하는 동안엔 우리는 그곳에서 버틸 것이다."

라고 했는데 과연 그 전망은 어떨까.

월남전의 보도에 있어선 『타임』보다 『룩』이 소상하다. 『타임』의 기사를 정서적이라고 하면 『룩』의 기사는 기록적이다. 수사의 군더더기를 빼고 드라이하게 사건의 내용만을 적는다는 뜻이다. 이사마는 『룩』의 기사를 근거로 해 월남전의 양상을 정리해보았다.

1964년의 선거 때 공화당의 후보 골드워터는 베트민군越盟軍에 대해 전술적인 핵무기의 사용을 서슴지 않겠다고 했다. 존슨은 이와 같은 골드워터의 강경발언을 반박하고 자기는 월남전을 평화적으로 해결하는 데 노력하겠다고 했다. 그 때문만은 아니겠지만 존슨은 골드워터를 크게 누르고 대통령에 당선된 것이다.

그런데 존슨은 월남전을 에스컬레이트하는 정책을 취했다. 1965년을 통해 미국은 전투부대를 계속 투입했다. 동시에 2월 7일 북베트남 폭격을 개시함으로써 명실공히 '미국의 전쟁'이란 인상을 강하게 했다. 최초의 폭격은,

"하노이의 조종을 받는 베트콩의 미군기지에 대한 계속적인 테러에 대한 보복조치."

라고 했는데 그후 미 국무성은,

"베트남에 있어서의 전쟁은 북쪽으로부터의 침략에서 비롯된 것이며 이와 같은 북베트남의 행동은 UN헌장을 위배하는 것이다."

고 단정하고 북폭은 그 침략에 대항하는 남베트남 정부의 요청에 의한 미국의 집단 자위권의 행사라고 했다. 그리고 이 해석에 근거해 3월 7일 남베트남에 최초의 전투부대로서 미국 제3해병사단의 일부를 오키나와로부터 다낭에 상륙시켰다. 괌에 주둔한 미국 전략폭격기 B52가 베트콩 지역에 도양 폭격을 계속하고, 북폭은 하노이에까지 확대되었다. 남지나해 연안의 푸바이·다낭·추라이·퀴논·깜라인만 등의 5대 기지를 확대하는 신설공사가 시작되었다. 이 가운데 깜라인만 기지의 공사비는 1억 달러를 넘었다.

지난해 11월 중순 베트남에 있어서의 미군 병력은 16만 5천을 기록했다. 이는 연초 병력의 7배가 되는 숫자다. 이 사이 미군은 기지 주변의 작전에서 베트콩의 근거지를 적극적으로 공격하는 방침으로 바꾸었다. 8월 23일 번디 미 대통령 보좌관은,

"전국戰局은 유리하게 전개되고 있다. 이로써 화평교섭의 찬스가 가까워졌다."

고 발표했다.

10월 들어 전국의 양상은 새로운 전개를 보였다. 제3해병사단·제1공수사단·제1보병사단 등 각 사단 외에 제173공정여단·101공정사단·제1해병사단의 일부가 출동하고 10월만으로 1만 2천 회의 폭격이 있었다. 그런데 베트콩은 이와 같은 미군의 대공세에 대항할 의지를 보이고 있다.

베트콩의 전열에 참가하고 있는 월맹의 정규군은 7개 연대라고 알

려졌다. 10월 19일 이래 캄보디아 국경 가까운 플레이메 기지 주변의 이아드랑 계곡 일대에서 약 1개월간 전개한 전투, 11월에 들어 사이공 북부 D지구에서 전개된 격전은 베트남전이 시작된 이래 처음 있는 대규모적이고 본격적인 공방전이었다.

11월 14일에 시작된 일주간의 전투에 미군은 2백40명의 전사자를 냈다. 이건 한국동란에 있어서의 주당 전사율을 훨씬 상회하는 숫자라는 것이었다. 플레이메 기지 주변의 전투에선 10월 19일 이래 4주간에 미군의 전사자는 약 3백 명에 달하고, 한편 월맹군의 전시자는 미군이 확인한 것만으로 1천4백 명이었다고 발표했다. 11월 17일 맥나마라 국방부 장관은 현지 사령관으로부터의 요청에 의해 베트남의 미군을 증강할 것이라고 밝혔다. 1965년 말까지 베트남에 있어서의 미군 병력은 20만으로 불어났는데 사이공의 미군 관계자는 완전한 승리를 거두기 위해선 40만 이상의 미군이 투입되어야 한다고 보고 있다.

이러한 미국의 적극적 개입은 일단 사이공 정권에 안정감을 준 것 같다. 1965년 1월 불교도의 반대로 찬판폰 정권이 3개월로 무너지고 그 뒤에 등장한 판후이콰트 정권은 4개월에 붕괴했다. 그 뒤를 이어 35세의 공군사령관 구엔카오키의 정권이 6월 12일 발족했다. 그러나 이 정권은 발족하자마자 생긴 인플레의 영향으로 국민의 지지를 잃어가고 있는 모양이었다. 그 증거가 도망병의 격증이었다. 1965년 1월부터 10월까지 8만 7천 명의 도망병이 있었다. 전년의 도망병 수는 1만 5천 명이었다.

한편 화평교섭이 진행되고 있는 모양이지만 그 움직임이 어떻게 될지는 애매모호한 안개 속에 있다. 피가 강물처럼 흐르고 시체가 산

더미처럼 쌓여야 한다. 그 피와 시체엔 우리 국군의 것도 끼이게 되는 것이다.

이러한 기록을 간추리고 있는 나날이 유쾌할 까닭이 없는데 이사마는 월남전을 풍자한 빅월드의 「너의 적을 알아라」는 칼럼을 읽을 기회를 가졌다. 그 개요는 다음과 같다.

— '베트남 전쟁의 문제 가운데의 하나가 무엇인지 알고 있는가?' 하고 펜타곤의 어느 대령이 내게 물었다.

나는 정직하게 대답했다.

—그건 적을 적으로서 분간할 수 없다는 데 있어.

—무슨 소린가?

—지금 말한 그대로다. 미국인의 기분에 맞아떨어질 깔끔한 표현으로 적을 규정할 수 없다는 얘기다.

—이를테면 제2차 세계대전 중 일본인들을 노란 원숭이 자프라고 불렀던 것처럼 그들을 그렇게 부를 수 없다는 뜻인가?

—그렇다. 우리 편 베트남인과 적 베트남인이 꼭 같은 얼굴을 하고 있으니 인종차별적인 호칭은 금구禁句가 되어 있거든.

—그렇겠군.

—문제는 베트콩의 정체를 베트남 인민들의 감정을 해치지 않게 사진과 영화를 통해 어떻게 표현해야 할 것인가에 있다.

—그들의 잔학 행위를 보여주면 될 게 아닌가. 베트콩이 남쪽 베트남인에게 가하는 가학 행위 같은 것을 사진으로 찍어 보여줄 순 없을까?

─그건 불가능해. 왜냐하면 미국의 TV 카메라맨이나 사진가들은 미국군이 잔학 행위를 하는 장면만을 찍지 베트콩의 잔학 행위는 찍을려고도 않거든.

─그렇다면 미국의 카메라맨을 베트콩에 종군시키면 되지 않겠나.

─그건 좋은 생각이다. 그런데 우리의 카메라맨이 그들의 작전행동을 취재할 수 있도록 허락해달라고 하노이에 신청을 하면 폭격을 중지할 때까진 허가하지 않겠다는 대답이 돌아온다.

─그런데 폭격은 중지할 수 없다 이것 아닌가.

─물론이다. 우리는 그들이 베트남에서 폭력 행위를 그치지 않는 한 폭격을 중지할 수가 없다.

─그런데 증거가 될 만한 사진이 없으니까 그들의 폭력 행위를 증명할 수 없다는 얘기로 되겠군.

─바로 그게 문제다. 우리는 하노이 측에서 남베트남에 가하고 있는 폭행과 약탈을 증명할 만한 필름조차 가지고 있지 않다. 제2차 세계대전 중 연합군을 향해 욕지거리를 하고 있는 히틀러·괴벨스·괴링의 기막힌 사진을 기억하고 있지?

─잊을래야 잊을 수가 있나.

─그리고 도조 히데키東條英機의 사진도 기억하고 있지?

─그 사진은 몇천 단어를 사용한 선전보다도 효과가 있었다.

─그런데 우리가 가지고 있는 호치민의 사진은 굶주린 산타클로스처럼 보이는 것뿐이다.

─그런 사진 갖고는 우리 미국 군인의 분노를 격동시킬 수 없겠군. 어때, 베트콩을 선량한 사람들과 구별하기 위해서 그들에게 무슨 정복 같은 걸 입힐 수 없을까?

—그게 또한 문제인 거라. 베트콩은 군복을 입질 않아. 그러니 일반 베트남인과 구별할 수 없는 거지.

—베트콩 지구에 비행기를 날려 제2차 세계대전 때 독일의 나치스가 입고 있던 군복을 투하해주면 어떨까. 나치스의 군복을 입고 있는 사람을 보면 우리 군인 누구나 증오심에 불타오를 것이니까.

—그것도 생각해봤어. 그런데 베트콩의 체격이 너무 작아 나치스의 군복이 몸에 맞을 리가 없고, 놈들은 그 철모를 목욕탕으로 이용할지도 몰라.

—그런데 확실히 하나의 교훈은 얻은 셈이군.

—무슨 교훈을 얻었단 말인가.

—이유 여하를 막론하고 적인지 우리 편인지 분간할 수 없는 나라의 전쟁엔 참견하지 말라는 교훈이다.

이사마는 이 칼럼을 읽고 오랜만에 기분 좋게 웃었다. 칼럼이 예술이 될 수 있고 철학이 될 수 있다는 증거를 본 것 같은 느낌이었다.

이사마는 후일을 위해 빅월드의 이 칼럼을 소중하게 스크랩 북 속에 끼어 넣었다.

연기자

1966년 6월 14일 아주각료회의라는 것이 서울에서 개최되었다. 호주·일본·말레이시아·뉴질랜드·필리핀·태국·베트남 등 9개국 대표단과 옵서버 자격으로 참가한 라오스 등 10개국 대표 78명이 중앙청 회의실에 모였다.

이 회의를 취재하러 홍콩에서 날아온 영국 기자 조스는 중앙청에서의 회의가 끝나자 곧 이사마의 집을 찾았다. 그는 이사마를 만나자마자 박정희 대통령의 연설이 제법이더라며, 빈정대는 건지 칭찬인지 분간 못할 애매한 소리를 늘어놓았다.

이 판국에 그런 회의가 무슨 보람을 가지겠느냐 싶어 이사마는 전연 관심이 없었는데 조스는 아시아에 있어서의 한국 지위를 높이는 데 효과가 있을 것이라며 그 회의를 긍정적으로 평가했다.

"그런데."

조스는 정부 공보 담당자로부터 얻어왔다는 팸플릿을 꺼내놓고 말했다.

"아까 대충 읽어보았는데, 이 사람 상당히 웃기는 데가 있더군. 당신도 이 책을 읽었나?"

그것은『국가와 혁명과 나』라는 책을 영역英譯한 것이었다.

"무엇이 웃기던가?"

이사마가 물었다.

"처음부터 끝까지 웃겨."

조스는 책을 들어 '혁명은 왜 필요했던가'라는 부분을 펴놓고,

"구정치인에 대한 정치활동을 전면적으로 해제한 이후 상당수의 사람들이 혁명의 필연성을 부정 내지 비난함으로써 국민의 판단을 오도케 하고, 또한 현실에 대한 불만을 과장 선동함으로써 최대한의 반사적인 자기 이득에 급급하고 있다. 일이 국가와 민족의 운명에 관계되는 이상, 우리의 이러한 일들을 감상적인 한 인간의 과거사처럼 간단히 건망증의 피안에 묻어버릴 수는 없다."

는 대목을 읽어놓고,

"우선 이것부터 웃기지 않는가?"

고 말했다.

이사마가 조금도 우습지 않다고 말하자 조스는,

"건망증의 피안에 묻어버릴 수는 없다는 게 우습지 않아? 그는 국민의 건망증을 믿고 살아야 하는데 말이야. 만일 한국 국민이 건망증에 걸리지 않고 끝끝내 그의 행위를 추궁한다면 그는 살아남지 못할 것 아닌가. 그런 사람이 국민의 건망증을 경고하고 있으니 웃긴다 이 말이야."

하고는 다음 대목을 읽어 내려갔다.

"무슨 까닭으로 학생은 면학을 잠시 제쳐두고, 군인은 국토 방위의 임무를 뒤로 하고 혁명의 대열에 참가하지 않을 수 없었던가. 그것은 혁명 2년이 지난 이 시각에 와서 새삼 강조할 겨를조차 없이, 혁명이 없었던들 정작 나라는 망했을 것이고 도의는 지금쯤 찾아볼 길조차 없었

을 것이기 때문이다."

조스는 이 대목에 대해,

"쿠데타를 혁명이라고 강조하는 것도 우습지만 쿠데타가 없었더라면 과연 코리아는 망했을까? 지금의 정치에서는 도의를 어디 가서 찾지? 정치에 있어서의 도의란 좋으나 궂으나 헌정을 지키는 행위에 있는 것이 아닌가. 헌정을 비합법적 수단으로 짓밟아놓은 사람이 도의 운운하는 것은 우스울 뿐더러 마치 만화 같지 않은가. 스페인의 프랑코는 천주님의 뜻을 자주 들먹였지만 도의란 말은 잘 쓰지 않았다."
고 말하며,

"이 사람은 전 정권의 미국에 대한 의존을 비난하고 있는데 지금 그는 어떻게 하고 있는가. 민주당과 자유당의 부패를 운운하고 있지만 군정 2년 동안 그들이 노정한 부채만으로도 자유당 정권 12년 동안의 부패에 맞먹지 않았던가."

조스는 이렇게 말하며 슬슬 흥분하기 시작했다.

"그는 잉여농산물의 도입으로 국내의 곡가를 때려눕혀 농촌경제에 타격을 주고 있다고 민주당 정권을 비난했는데, 지금 그는 과거 어느 때보다도 미국의 잉여농산물을 얻어오려고 애쓰고 있지 않는가……. 국가 관리 기업체의 파탄은 규모가 커진 만큼 파탄의 규모도 크고, 대기업에 대한 은행 대출의 무원칙적 경향은 시정되기는커녕 악화일로에 있지 않는가……. 그는 '이러고도 무슨 면목이 있다고 구정객들은 다시 민중 앞에 나서려는가.'라고 했는데 내가 한국의 정치인이었다면 이렇게 외치겠다. '우리는 적어도 헌정을 짓밟는 강도 행위는 하지 않았다. 증권시장을 교란해 정치자금을 빼돌리는 사기 행위는 하지 않았다. 노골적으로 특혜금융을 해주어 그 반대급부로써 치부하진 않았다.'

고……. 5개년 계획과 무역진흥정책을 내세우고 있지만 얼마 전 죽은 장면 씨의 글을 보니 5개년 계획은 민주당 정권도 준비하고 있었고, 무역진흥정책도 민주당 정부가 계획하고 있었다. 도리어 민주당에게 맡겨두었더라면 보다 실질이 튼튼한 경제발전의 터전을 잡게 되었을지 모른다. 솔직히 말해 박 정권이 추진하고 있는 경제정책은 표면만 화려하고 내실은 허약한 이상비대적인 경제 현상을 낳을 위험이 있다. 지금 무원칙한 차관을 도입해 일본의 고도성장정책을 모방할 작정인 모양이지만 일본과 코리아는 경제의 체질이 다르다. 머잖아 외채과나의 결과를 빚을 것이 뻔하다……. 그는 또 민주당을 '한국 민족이 사상 최초로 성사한 민권혁명을 그대로 이끌고 나아가 민족중흥의 일대계기를 지을 호기를 스스로 문 닫는 역사의 반동'이라고 비난하고 있는데 헌정을 지켜 민주주의적으로 해나가려고 애쓴 민주당이 역사의 반동인가, 쿠데타를 한 군인들이 역사의 반동인가. 그의 말마따나 민족중흥의 계기를 망쳐버린 게 누구인가. 1년도 채 못 된 정권이 그동안 무엇을 할 수 있었겠는가. 그리고 그가 2년 동안에 한 짓을 보면 알 수 있지 않는가…….

최고로 웃기는 대목이 있다. '정당과 국회와 정치 자체를 국민으로 하여금 불신하게 했다.'고 민주당을 비난하고 있는데 정당을 불신케 한 것은 누구인가. 국회를 불신케 한 정도가 아니라 유린한 게 누군가. 정치 불신의 풍조를 만들어낸 장본인이 누군가……. '자유당 못지않은 의혹 사건이 속출했다.'고 그는 민주당을 비난하고 있는데 내가 세밀하게 취재한 결과론 민주당 시대엔 의혹 사건이라고 크게 문제할 만한 사건이 없었고, 그가 독재한 군정시대엔 큼직큼직한 의혹 사건이 속출했다. 이게 웃기지 않고 무엇이 웃기겠나……. '철학과 이념과 정책을 생명으로 하고 조직과 과학과 지식을 발판으로 하는 현대정치' 운운했는데 그의 철학은 강도의 철학이고, 그의 이념은 사기사의 이념이고, 그의 정책은 자기 측근을 벼락부자로 만들어주는 정실정책일 뿐이 아니었던가……. 벌족의 계보정치 운운하고 민주당을 비난하고 있지만 그 자신 측근자들의 인의 장막에 둘러싸여 있지 않는가……. 가장 웃기는 건 이 대목이다. '민주당 정권은 친일파 미국 일변도주의'라고 했는데 현재 그의 정책은 보다 친일적이 아닌가. 미국에 대해서는 일변도의 정도를 넘어 전전긍긍주의가 아닌가……. '민주당 정권의 구악도 구악이려니와 본인의 뇌리에 맴돌고 있는 것은 한국의 정치적인 병폐와 그 지독한 고질'이라고 했는데 항간의 말도 있지 않는가. 신악이 구악을 뺨칠 정도고, 정치의 병폐와 고질은 그 당을 벌써 침식하고 있다고……. 끝으로, '정치자금의 비공식 조달제도'를 운운하고 있는데 이 점에 있어선 그가 이승만보다도, 장면보다도 술책에 있어서 월등 능하다고 볼 수 있을 것이다……."

조스는 책장을 넘기더니 붉은 언더라인을 친 곳을 이사마에게 보였다.

하이네의 시였다.

"미스터 리, 이 시가 문제인 것이 아니라 이 시를 책에 인용한 그의 신경이 문제다. 하이네가 가장 싫어했을 사람이 하이네를 인용해 자기 편인 양 했을 때 만일 하이네가 살아서 그 꼴을 볼 수 있었다면 얼마나 분개했을까. 또 흥미 있는 것은 '행정과 예술은 참으로 가까운 동기'라고 한 대목이다. 게다가 세계 각국의 쿠데타 사례를 들어 자기합리화를 해놓은 것이 걸작이다. 어찌 일본의 메이지유신, 터키의 케말 파샤, 이집트의 나세르와 자기를 비견할 수 있단 말인가……."

조스의 속사포를 쏘듯하는 말에 밀려 멍청해 있는 이사마 앞에 그는 그 책을 던지며 속도를 늦추어 다음과 같이 말을 이었다.

"요컨대 그 사람은 아이큐가 비상하게 높다. 그런데 교양은 빈곤하다. 야심은 나폴레옹에 비길 만한데 용기는 결핍한 상태다. 욕심은 한량이 없고 양심은 전무에 가깝다. 이 사람 밑에서 코리아 인민들의 불행은 갈수록 가중될 것이다. 미스터 리, 당신이 노릴 것은 단 얼마라도 그 사람보다 오래 살도록 할 일이다. 그가 죽은 후 이 책을 펴놓고 검산을 해보라. 내 말이 어느 정도 적중되었는가를. 그 사람이 한 말 가운데 잊어선 안 될 교훈이 꼭 하나 있다. 이런 일들을 건망증의 피안으로 묻어버리지 말라는 게 그것이다."

이사마는 한마디 안 할 수 없었다.

"당신이 언론인이라고 해서 어떻게 되었건 남의 나라의 원수를 그토록 가혹하게 비판할 수 있는 것인지 의심스럽다. 덕택에 나는 범법자가 되었다. 나라의 원수를 그토록 욕하는 사람을 당국에 고발하지 않으면 불고지죄에 걸리게 되어 있거든."

"체포되지 않으면 범법자가 안 된다. 그건 영국이나 한국이나 마찬가지다. 설마 내가 자네를 고발할 까닭이 있겠나. 그러니 이 건으로 체포되진 않을 것이고 따라서 범인이 아니다."

조스는 이렇게 말하고 빙그레 웃었다.

이사마는 조스가 필요 이상으로 『국가와 혁명과 나』의 저자를 비난하는 마음의 바탕을 알고 있었다.

조스는 지난 6월 3일 서민호 씨가 반공법 위반으로 체포되었다는 소식을 듣고 대단히 흥분하고 있었다.

서민호 씨는 민사당의 창당준비위원장으로서 그 발기회에서 부분적으로나마 남북한의 교류가 있어야 한다며 김일성과 면담할 용의가 있다고 말했다.

검찰과 중앙정보부는 이러한 발설 자체가 반공법에 저촉되었다고 해서 서민호 씨를 구속한 것인데, 조스는 분단된 나라를 걱정하는 정치인이면 당연히 해볼 만한 말이며, 그런 발언은 정치 이전의 문제이고 사상 이전의 문제라고 했다.

"그렇다면 어떤 일이 있어도 통일하지 않겠다는 의사표시가 아닌가. 통일에 대한 의지가 조금이라도 있다면 김일성과 만나 얘기를 해보아야 할 게 아닌가. 세계 어디를 보아도 이런 나라는 없을 것이다."

그러나 조스는 서민호 씨에 대한 비판도 서슴지 않았다.

"정치는 현실이다. 지금 한국과 같은 상황에서 민주사회주의 정당을 하겠다는 발상부터가 현실감각을 결여한 증거다. 물론 이상론으로썬 민주사회주의가 한국에 가장 적당할지 모르지. 생산은 자본주의 방식으로 하고 분배는 사회주의 방식으로 하자는 게 민주사회주의일 테니까. 그런데 그게 어떻게 한국에서 실현될 수 있겠는가. 한국의 정치적 체질이 그렇게 되어 있을 뿐 아니라 미국이 용납하질 않아. 미국은 어떤 것이건 사회주의는 반대하니까.

한데 한국에서 미국의 승인이나 뒷받침 없이 정권을 장악할 수 있겠어? 정치가의 목표는 정권을 잡는 데 있어야 할 게 아닌가. 정권을 잡을 목적 없이 정당은 왜 만들어. 만들어놓은 정당이 정권과 멀어지는 결과를 만들어낸다면 그 정당은 도대체 무엇 하자는 정당인가? 서민호 씨는 보수정당의 제3인자, 아니면 제4인자, 그것도 안 되면 제5인자쯤의 자리를 지키고 있어야 했다. 그렇게 해서 실력자가 되어 정권을 잡은 연후에 민주사회주의적인 정책을 실현하면 되는 거야. 미리 민주사회주의를 떠들고 나와 좋을 건 하나도 없어. 잔뜩 위축돼 있는 국민들이 그 노선을 지지해서 하나의 정치세력을 만들 수 있겠는가 말이다. 말을 바로 하자면 한국에 있어서의 설득력 있는 반공은 민주사회주의에 입각한 반공이라야 하지만, 한국에 있어선 그 주장이 반공법에 걸리는 판이니 말도 안 되지.

나는 그 사람을 퍽이나 명민한 사람으로 보고 좋아했었는데 민사당인가 뭔가를 창당한다는 소식을 듣고 실망했어. 그 사람은 정치가가 아니고 이상론자다. 어쩌면 돈키호테인지도 모르지. 돈키호테는 만화의 주인공은 될 수 있겠지만 정치의 주역 노릇은 못해. 그러나저러나 서민호 씨 같은 사람을 체포하는 나라라면 싹이 노랗다. 『국가와 혁명과 나』란 책 속에선 꽤나 민족과 국가를 위해 걱정하는 척하더니만 말짱 그것이 제스처라는 것을 알았다. 국가와 민족을 걱정하는 사람이 서민호 같은 사람을 감옥에 집어넣어? 말도 안 되는 소리.”

조스는 지껄이고 싶은 대로 지껄여놓고는 김도연 씨와 만날 약속이 되어 있다며 이사마의 집을 떠났다.

이사마는 조스가 두고 간 『국가와 혁명과 나』를 읽어보기로 했다.
영국인 조스의 견해에 그냥 동조한다는 것은 경솔하다는 생각이 들었기 때문이다. 싫건 좋건 나라의 운명을 맡고 있는 사람이 무엇을 생각하고 있는가는 정확하게 파악해보아야 하는 것이다.
이사마는 그 책 속에서 다음과 같은 대목을 발견했다.

……독일이 부흥한 원동력은 국민성에 있는데 또 하나의 큰 요인이 된 것에 좋은 지도자를 가지고 있었다는 것을 들 수 있다. 이 지도자는 권력을 장악하려는 속된 욕심이 없었다. 국민에 대한 봉사와 국

가의 발전 그것뿐이었다.

경쟁자들도 보다 나은 정책에 열중하고 개인의 인기 이전에 자당
自黨의 안정에 노력했다. 스스로 감당 못할 일체의 공약도 하지 않았
으며 국민에게 강요도 하지 않았다. 그들은 말을 먼저 하지 않았고
다만 행동이나 실천이 있고 난 다음에 비로소 그것을 설명했다.

비스마르크나 히틀러에 이르러서도 그들의 정치가는 국민을 위해
일할 수 있는 인물이었던 것이 사실이다.

전후 그 같은 기적이 일어난 것도 결국은 지도자의 힘이라 해도 과
언이 아닐 것이다. 아무리 우수한 민족성을 지닌 국민이라 해도 이를
지도하고 운용한다는 것은 지도자 여하에 달려 있기 때문이다. 방향
의 지시 없는 전진은 있을 수 없지 않은가.

아데나워 수상이나 그의 각료들은 전후 세계가 점차 공산주의로
기울어져 가자 실속없는 반공의 구호보다 적절하고 효과적인 방안
으로서 경제안정을 강구했다. 이들은 실로 방공防共이란 표어를 실
리적인 조국 재건에 천재적인 수완을 발휘했던 것이다…….

이사마는 책을 덮어버리고 생각에 잠겼다.

이 책을 쓴 사람은 독일의 지도자들이 어떻게 해서 지도자의 자리에
등장하게 되었는지를 알고 있는 것일까.

아데나워는 히틀러에 항거한 반나치의 투사였다. 그 불굴의 투지가
국민에게 감명을 주어 그 감명이 그를 지도자의 자리에 앉혔다. 만일
그가 나치스에 동조한 사람이었다면 그의 두뇌와 능력이 아무리 월등
해도 독일인은 그에게서 등을 돌렸을 것이다.

오늘에 있어서 독일의 지도자들은 내가 지도자 되겠다고 쿠데타를

감행해 지도자를 자칭한 사람들이 아니다. 지도자로서 국민들이 추대한 사람들이다. 역량이 있다고만 해서 지도자가 될 수 있는 것은 아니다. 국민을 신복시킬 과거의 실적이 있어야만 한다. 나치스 군대의 장교가 쿠데타를 통해 권력을 잡았다고 할 때 과연 독일인이 그 지도자에게 추종할까? 어림도 없는 이야기다.

일본 군대의 하급장교였던 사람이 독일의 지도자에 빗대어 지도자로서의 자기에게 국민의 신복을 요구하는 것 같은 글을 쓴다는 것은, 아니 그런 글을 쓸 수 있다는 멘탈리티를 도대체 어떻게 이해해야 옳을까. 독일의 지도자가 반공을 구실로 무고한 사람들을 죽인 적이 있을까? 헌법 또는 법률에 의하지 않고 국민의 자유를 유린한 적이 있을까?

권력을 장악하자마자 4대 의혹 사건 같은 것을 저질러놓을 수 있을까? 폭로된 사건을 유야무야로 덮어버리는 엉뚱한 짓을 할 수 있을까?

"독일의 지도자는 권력을 장악하려는 속된 욕심이 없었다."
고 쓰고 있는 그 사람에게 권력에 대한 욕심이 없었을까?

"독일의 지도자는 스스로 감당 못할 일은 일절 공약하지 않았고 국민에게 강요도 하지 않았다."
고 되어 있는데 그렇게 쓴 사람은 감당하지 못할 공약을 서슴없이 한 일이 없었던가. 국민에게 강요한 일들이 과연 없었던가.

자연 이사마는 '지도자 상'이란 것에 생각이 미쳤다. 지도자는 첫째, 레지티머시를 가져야 한다. 그 신분의 정당성 또는 합법성이 있어야 한다. 봉건시대 같으면 왕의 직계장자라든지, 장자가 아닐 경우엔 왕족회의에서 전통적인 관례에 따라 추대되든지 해야 할 것이고, 민주시대에 있어선 정해진 절차에 의해 정당한 방법으로 선출되든지 하는 사실을 말한다. 정당한 선거에 의하지 않았을 경우 합법성의 근거가 박약해진다. 이 합법성이 결여되어 있거나 박약할 때 지도자는 지도력을 잃는다.

합법성이 결여되어도 그것을 보충할 만한 것은 공적이다. 누구나 다 인정할 수 있는 공적, 예컨대 이순신 장군의 공적 같은 것이 있으면 자연 국민의 숭앙을 모으게 되고 그 숭앙이 곧 지도자를 만들어낼 수가 있다.

합법성도 공적도 없는 사람이 쿠데타를 통해 지도자를 자칭하고 나섰을 때 가치관의 혼란이 생긴다. 존경할 수 없는 자에겐 비굴한 복종은 있을망정 마음으로부터의 열복은 없다.

『국가와 혁명과 나』의 저자는 무엇보다도 이 사실을 알아야만 했었다. 그 중대한 자각을 망각했을 때 천언만설도 망발이 될 뿐이다. 그러니 이 책을 쓰지 않은 것만 못했다는 얘기로 된다.

김도연 씨를 만났던 조스는 성유정 씨가 합세한 자리에서 이런 말을 했다.

"그 사람이야말로 이 나라의 대통령으로서 적당한 사람인데, 이 나라엔 그런 인물이 대통령이 될 수 없는 사정이고 보니 이중의 비극이다."

"이중의 비극이란 게 뭔가?"

성유정이 물었다.

"나라의 비극이고 인물의 비극이다. 김도연 씨는 누구보다도 한국의 현실을 잘 파악하고 있었고 민족의 갈 길을 구체적으로 인식하고 있었다. 무엇보다도 그에겐 독선이 없었다. 신중하고 겸손했다. 박 모에 대한 분격이 있었겠지만 그것을 겉으로 표출하지 않았다. 그러면서도 그 사람에겐 고집이 있었다. 나는 김도연 씨를 만나보고 에이브러햄 링컨을 연상했다. 링컨은 현실과 타협할 줄 아는 사람이었다. 그러나 더 이상 타협하면 명분과 대의에 어긋난다고 생각되는 한계에 이르면 반석처럼 움직이지 않았다. 바로 이게 링컨의 위대한 점인데 김도연 씨에게서 나는 그런 것을 느꼈다."

"당신이 접촉한 우리나라 사람 가운데 김도연 씨 이외엔 그런 걸 느낀 인물이 없었나?"

성유정 씨의 질문을 받은 조스는,

"내가 만나본 사람이래야 얼마 되지 않으니까."

하고 생각을 해보는 눈치더니,

"그분 말곤 없어. 비분강개하는 사람은 많고, 처음부터 타협을 거부해버릴 강경파는 더러 있었지만 타협을 하면서도 본령을 잃지 않을, 이를테면 유연하면서도 강한 성격은 내가 접촉한 한 그분을 두곤 없었던 것 같다."

고 말했다.

"우유부단한 성격을 당신은 그렇게 표현하는 것 아닌가?"

성유정은 이렇게 말하면서,

"그분이 민주당 정권 시절 왜 국무총리 인준을 받지 못했는가를 설명해 줄까? 투표한 국회의원이 모두 2백24명이었는데 가표可票로써 1백11표가 나왔고 부표가 1백12표, 무효가 1표였다. 결국 세 표가 부족했다. 만일 김도연 씨가 자기가 국무총리가 되었을 경우 각료 자리를 무소속에게 몇 개 주겠다고 사전 약속을 했었더라면 세 표쯤은 무난히 더 얻을 수 있었을 것이다. 그런데 김도연 씨는 무소속들의 제의를 일축해버렸다. 책임정당정치를 하려는 판에 무소속에 각료 자리를 줄 수 없다는 것이 그 이유였다. 나는 그것을 김도연 씨가 우유부단했기 때문이라고 생각한다. 아니면 너무나 고지식한 탓이다. 무소속에게 각료 자리 한두 개 주었다고 해서 책임정치를 못할 바 아니지 않는가."

"바로 그 점이다. 자기 당내의 인물을 두고 무소속을 입각시키는 것은 당원으로서의 도리에 위배된다고 생각한 그 점이 내가 지적한 그의 성격이다. 그건 우유부단이 아니고 신념의 관철이다."

조스는 영국의 발포아란 정치가를 예를 들어 자기의 의견을 부연하고 나서,

"만약 김도연 씨가 국무총리가 되었더라면 5·16쿠데타는 성공하지 못했을 것이다."

라고 단언을 했다.

이번엔 이사마가 물었다.

"어떻게 그런 단언을 하지?"

"김도연 씨는 칼멜 수녀원으로 피할 수 없었을 테니까."

하고 조스는 크게 웃었다. 그는 장면이 칼멜 수녀원에 피신한 것이 쿠데타를 성공시킨 가장 큰 원인이라며,

"만일 그런 곳에 숨지 않았더라면 외부와 연락이 취해졌을 것이고 연락이 되었더라면 미군이 활발하게 움직여 한국군으로 하여금 반란군을 진압할 수 있게 되었을 것이 아닌가."

라고 말했다.

"가정이란 건 하나마나 한 얘기가 아닌가."

성유정이 이렇게 말하자 조스는,

"가정으로써 역사를 움직일 수는 없지만 가정은 역사를 해석하는 데 있어서 필요한 경우가 있다."

며 다음과 같이 덧붙였다.

"또 이렇게 생각해볼 수도 있지. 김도연 씨를 보며 생각한 건데 그 사람은 쿠데타가 났다고 해서 피할 사람이 아냐. 물론 안전지대로 본부를

옮길진 모르나 호락호락 항복할 사람이 아냐. 혹시 총에 맞아 죽을진 몰라도 국민으로부터 수임한 정권을 스스로 포기할 사람은 아니라는 말이지. 아무튼 김도연 씨가 국무총리로 있었다면 5·16의 양상이 달라졌을 것은 확실해. 일제 때 두 번이나 투옥된 애국자 앞에 일제하에 하급장교 노릇을 한 사람이 총칼을 들이댈 수 없었을지도 모르구. 미스터 리가 감옥생활을 하게 된 것도 김도연 씨가 국무총리직에 앉지 못했다는 사실에 있었다는 것쯤은 알아둬야 할 거다."

"당신의 견해로선 어때. 김도연 씨에게 앞날이 있을 것 같던가?"

성유정이 물었다.

"앞날이 있을지 없을진 단언할 수 없지만 코리아가 기어이 민주정치를 이룩하려면 김도연 씨를 소중히 해야 한다는 결론을 얻었다. 흔히 민주적 인격이란 말을 쓰지만 그 사람이야말로 민주적 인격의 소유자가 아닌가 해. 남에겐 관대하고 자기에겐 엄격한 것이 민주적 성격이라면 민주적 인격으로서 지금 코리아에서 그 이상 갈 사람이 있을까? 아직 자세히는 모르지만 생활이 청결한 인상이더라. 그런 사람이 영국에서 태어났더라면 명재상이 되었을 텐데. 경제 문제를 두고 토론을 했는데 케인즈 이론을 마스터하고 있는 데 놀랐다. 옛날 미국 대학에서 받은 경제학 박사학위쯤이야 하고 덤벼보았는데 만만치 않더군. 케케묵은 사람이 아닐까 하는 선입견이 부끄러울 지경이었다. 그리고 그 영어가 미국에서 배운 영어 같지 않고 점잖던데……."

그의 버릇이긴 하지만 일단 감명을 받았다 하면 조스는 칭찬을 위해 말을 아끼지 않는다.

"미스터 조스, 김도연 씨로부터 융숭한 대접을 받은 것 아냐?"

성유정 씨가 빈정댔다.

"천만에. 쓴 엽차 한잔 얻어 마셨을 뿐이다. 그러나저러나 칭찬할 만한 사람을 만났다는 것은 기분 좋은 일이다. 오늘 술은 내가 사지. 오늘 밤엔 '골드 이즈 굿' 집으로 가자."

며 호기를 부렸다.

'골드 이즈 굿'이란 김선을 두고 조스가 즐겨 쓰는 말이다.

조스를 데리고 김선의 요릿집에 간 것까진 좋았는데 현관에 들어서자 이상한 분위기가 느껴졌다.

대기실 이쪽 저쪽에 여름인데도 검은 양복을 얌전히 입은 사람들이 모여 앉아 담배를 피우고 있다가 들어서는 이사마의 일행에 일제히 날카로운 시선을 쏘았다.

"저어."

하고 지배인이 나와 손을 비비며 무슨 변명인가를 시작하려는데 김선이 나타났다.

"미안합니다. 오늘은 손님을 받을 수가 없네요."

하며 이사마에게 살큼 눈짓을 했다.

"좋습니다."

하고 일행은 그 집 대문을 나섰다.

종업원이 하나 뒤따라 나왔다.

"뒷골목으로 가시지요."

종업원이 앞장서서 일행을 안내했다. 김선이 내실로 쓰고 있는 양옥으로 데리고 갈 참으로 보였다. 뒷골목 쪽의 문이 열려 있고, 김선이 거기서 기다리고 있었다. 일행은 1층의 내실로 안내되었다.

"무서운 사람들이 오셨어요. 그래서 앞집에선 손님을 받을 수가 없게 됐어요. 아가씨가 없는데 어떻게 하죠? 그 대신 제가 심부름을 하죠."

"현관 옆 대기실에 있는 사람들은 뭣 하는 사람이오?"

성유정이 물었다.

"수행원들이에요."

"삼엄하던데?"

"무서운 사람들이 오시면 으레 그렇게 되지요. 손님은 다섯인데 수행원은 열다섯이에요."

하고 김선이 조용히 웃었다.

안주는 이웃 중국집에 시키기로 했다. 양옥과 앞집과의 내왕을 손님들에게 눈치채이지 않기 위해서다. 그런 때문에 종업원도 왕래하지 않았다. 특수하게 만들어놓은 문을 통해 주인인 김선만 왔다갔다 할 수 있는 것이다.

음식이 도착해 요리상이 차려졌을 때 김선이 다시 들어왔다.

성유정으로부터 설명을 듣고 대개의 상황을 파악한 조스가 다시 들어온 김선을 보고 물었다.

"앞집에 누가 와 있소?"

"VIP라고만 알아두시지요."

"우리도 VIP인데."

하고 조스는 VIP엔 '가장 중요한 사람'이란 뜻과 '요시찰인'이란 두 가지 뜻이 있다고 했다.

"앞집에 와 있는 사람들은 그 두 가지 뜻을 다 가지고 있을 거예요."

하고 김선이 웃었다.

"구체적으로 이름을 말할 수가 없소?"

조스가 묻자,

"그게 요리업을 하는 사람의 모럴인걸요."

하고 김선이 받았다.

"모럴이란, 모럴이 파멸된 폐허에 술집의 모럴만 남았군."

조스의 익살이었다.

"술집의 모럴은 집어치우고 여기선 친구의 모럴로써 행동하면 어떨까? 우리가 있는 이곳은 분명히 요정이 아닐 테니까."

성유정이 한마디 끼었다.

"그것도 그렇군요."

하고, 한 사람 이름만 말해주겠다며,

"고다마란 일본 사람이 와 있어요."

라고 했다.

"고다마면 요시오란 이름인가?"

이사마가 물었다.

"그렇습니다. 고다마 요시오라 합니다."

"으음, 고다마가."

하고 이사마는 자기도 모르게 중얼거렸다.

"미스터 리가 아는 사람인가?"

조스의 눈이 반짝했다.

"알구말구. 고다마 가는 곳엔 스캔들이 있다는 평이 있는 인물이다."

"일본의 저널리즘이 그렇게 치고 있다는 거지?"

조스의 말이다.

"그렇다."

"옛날 이집트의 파르크 왕조시대의 압델 카심 같은 인물이군, 그럼."

"압델 카심이 어떤 사람인데?"

성유정이 조스에게 물었다.

"한마디로 악惡의 천재라고나 할까? 간사하기 짝이 없는 술수로 파르크를 감쪽같이 사로잡아버렸지. 압델은 파르크가 영국에 유학하고 있었던 왕자 시절부터의 친구인데 어떻게 된 까닭인지 파르크는 압델 없인 하루도 지탱할 수 없게 되어버렸어. 심지어는 음식의 맛까지 파르크는 압델이 없으면 식별할 수 없었다니까. 파르크가 왕이 되고 난 후론 정치는 압델이 다했다. 그에겐 아무런 타이틀도 없었다. 어느 때인가 파르크가 압델에게, 귀하에게도 무슨 타이틀이 있어야 하지 않겠는가, 총리대신이라든가, 정보국 총재라든가 하고 제안한 적이 있었다. 압델이 말하길, 총리대신이 말단관리를 겸하고, 내무대신이 순경을 겸하고, 국세청장이 말단 세무서원을 겸하고, 게다가 참모총장과 각군 사령관 그리고 졸병, 비밀경찰, 정보국의 두목이자 일선에서 활약하는 스파이, 재무대신이며 각 은행의 총재이자, 은행창구에 앉아 있는 은행원, 이상 열거한 모든 직책을 실질적으로 망라할 수 있도록 적당한 타이틀이 있으면 그걸 저에게 주옵시오만 그게 불가능하다면 그저 '폐하의 신하'라고만 해두소서. 결국 어떤 결재도 압델의 동의 없인 하지 않게 되었으니 압델이 국왕인 셈이었다. 압델은 파르크를 코끼리처럼 살을 찌게 해서 성불구로 만들어놓고 왕비를 자기의 첩으로 삼았으니 더이상 말할 나위가 없지 않겠는가. 압델이 얼마나 뻔뻔스런 놈인가 하면 영국의 어느 신문이 그를 극악무도한 놈이라고 평한 적이 있는데 압델은 태연하게 말했다. 통치엔 악이 개재되게 마련이다. 나는 내가 받드는 국왕을 지고·지선·지순한 존재로 만들기 위해 극악무도하게 되었다. 나는 나의 극악을 폐하에게 대한 충성으로 안다. 아니나다를까, 이집트 국민들은 파르크를 무능하다고는 했지만 악인이라고 하진 않았다. 나세르가 혁명에 성공한 것은 압델이 죽은 후의 일이다. 만일 그가 살아 있었더라면 나세르의 혁명도 아마 불가능했을 것이란 의견이 압도적이다. 한편 압델을 혁명의 최대 공로자라고 하는 의견도 있다. 혁명을 해야 할 결정적인 이유를 만든 것도 압델이고, 그의 죽음으로 해 혁명의 동기를 만들어 준 것도 압델이라고 해서."

"압델은 병사했나?"

성유정이 물었다.

"왕비가 독살했다는 설이 있어."

"왜 왕비가 독살했을까?"

"자기의 시녀와 놀아난 데 대해 질투를 느낀 때문이라고 하는데 아마 꾸민 얘길 거야. 아무튼 압델은 궁중에서 비명에 죽은 건 확실해."

이어 절대권력엔 필연적으로 아부자가 생기게 마련이란 얘기로 넘어가다가 조스가 이사마에게 고다마에 관한 얘기를 해보라고 했다.

"바로 옆집에 그자를 앉혀놓고 얘기하긴 쑥스럽다. 요담에 하지."

하고 이사마는 회상 속으로 말려들었다.

1945년의 2월경이다.

당시 학도병으로 강제 징집되어 중국 소주의 일본 군대에 있었을 때 철도 경비에 차출된 적이 있었다.

어느 날 밤 상해로 가던 화물열차가 소주 근교에 서버렸다. 거기서부터 2백 미터 전방의 철도가 신사군新四軍에 의해 파괴되었다는 정보가 들어왔기 때문이다.

신사군이란 신편제사로군新編第四路軍의 약칭이다. 국공합작으로 공산군을 형식상으로 국민정부 군사위원회에 소속시키게 되었을 때 이런 명칭을 붙였다.

그 밤은 무척이나 추웠다. 하는 일 없이 화물열차 주변을 맴돌고 있는 것은 권태롭기 짝이 없어서 같이 근무하게 된 후나다란 병사와 합심해 어느 화차의 문을 열었다. 나는 망을 보고 그는 돌멩이로 자물쇠를 부순 것이다.

화차 안은 감귤상자 비슷한 나무상자로 가득 차 있었다. 혹시 귤이 아닐까 해서 상자 하나를 천신만고 끝에 열어보았더니 두터운 종이 상자가 나타났다. 그 두터운 종이상자를 찢었다. 은종이에 싸인 것이 있었다. 은종이를 뜯었다. 어둠 속에서도 그것이 하얀 가루라는 것을 알수가 있었다. 밀가루는 아닐 테고 하면서도 손가락 끝으로 찍어 혀끝에 대보았더니 맛이 이상했다.

"아편이다."

하고 후나다가 중얼거렸다.

그리고 나직이 속삭였다.

"이 나무상자 하나만이라도 수백만 원은 할 거다."

"아편이 그렇게 비싼가?"

"비싸지."

"그럼 이 화차 안에 있는 걸 돈으로 치면 굉장하겠네."

"굉장하다마다, 어때 한 상자쯤 빼돌려놓을까?"

"그렇게 비싼 거라면 후에 추궁이 있을 거다."

"한 상자 빼돌렸다고 해서 당장 알려구?"

"그래두."

"한 줌만이라도 덜어내자."

며 그는 양손으로 아편 분말을 떠내선 수건으로 쌌다.

수송 책임자가 올지 모른다는 공포심으로 그 상자를 덮어놓고 화차에서 내려 화차 문을 닫고 자물쇠를 대강 채웠다. 그러고는 선로 양편으로 갈라서서 교대 근무자가 오길 기다렸다.

다행히 아무 일 없이 위병소 대기실까지 돌아왔다.

후나다가 수건에 싼 것을 위병사령 앞으로 가지고 갔다. 위병사령은 병력兵歷이 8년이 넘는다는 데라오라는 하사관이었는데 수건에 싸온 분말을 보자마자,

"이건 아편 아닌가."

하고 펄쩍 뛰었다. 그리고 물었다.

"그렇다면 저기 서 있는 화차에 이게 실렸더란 말야?"

"그렇습니다."

"이걸 어떻게 꺼냈어?"

후나다가 설명했다.

"그리로 가자."

하고 데라오가 일어서며 이사마와 후나다에게 따라오라고 지시하고, 자고 있는 상등병을 깨워 위병소를 지키게 했다.

데라오는 동초 근무를 하고 있는 병정들에게 가만가만 지시를 내렸다.

"수송 책임자 중에 누구라도 찻간에서 내려오거든 큰 소리로 보고를 해. 동초 근무 중 이상이 없다고."

그런 다음 후나다에게 아까의 화찻간 문을 열게 하곤 그리로 들어가 플래시를 비췄다. 아편상자는 들머리의 공간을 조금 남겨두고 화차 안에 꽉 차 있었다.

"자, 이 상자를 나를 수 있는 대로 날라."

하고 데라오는 상자를 후나다에게, 이사마에게 건넸다.

위병소는 5백 미터가량의 거리에 있었다. 아마 열 상자쯤은 날라놓았을 때 데라오는 화차에서 내려 수송 책임자들이 타고 있는 칸이 어디냐고 물었다.

후나다가 앞장을 섰다.

기관차 바로 뒤에 연결된 화차의 앞쪽을 후나다가 가리키자, 데라오는 문으로 보이는 곳을 주먹으로 탕탕 쳤다.

"누구야?"

하고 소리가 있었다.

"나는 철도 경비를 맡고 있는 위병사령이다."

데라오가 거칠게 말했다.

문이 열렸다.

화차의 일부를 개조해서 만든 비좁은 방을 방공防空 덮개가 쓰인 전등이 비추고 있는데 귀에 무전기의 리시버를 끼고 있는 사람이 보이고 그것을 막아서듯 한 병장의 계급장을 단 군인이,

"무슨 일입니까?"

하고 물었다.

"이 열차에 실려 있는 물건이 뭐냐?"

데라오의 음성은 여전히 거칠었다.

"나는 모릅니다."

"수송하는 병장이 수송하는 물자를 몰라?"

"우린 남경 야전창고에 근무하고 있는 병장인데 이 열차를 상해까지 호송하는 책임을 졌을 뿐으로 화물의 내용은 전연 모릅니다."

병장의 태도를 보아 전연 모르는 것 같았다.

"아는 사람 없나?"

병장이 뒤를 돌아보았다.

구석진 곳에 비스듬히 앉아 있던 사나이가 일어서서 앞으로 나왔다. 꽤 나이가 든 사나이였는데 입고 있는 장군복에 계급장이 없었다. 군속인가 보았다.

그는 데라오를 슬쩍 보더니,

"군의 기밀상 화물의 이름을 외부인에게 말할 수 없게 돼 있소."

하고 거만하게 나왔다.

"경비 책임을 진 위병사령에게까지 비밀로 해야 할 물건이 도대체 뭐야?"

데라오는 소리를 높여,

"그런 중대한 물건의 간수를 허술하게 해놓고 그 말 버릇이 뭐냐."

며 호령했다.

"당장 이리로 내려와."

그때사 거만한 기색이 그 사나이의 태도에서 싹 가셨다.

"무슨 잘못이라도."

"잘못이 있으니까 내려오라는 것 아닌가."

군속이 열차에서 내려섰다.

"무슨 잘못입니까?"

"쭈욱 걸어가봐. 걸어가면서 화차의 자물쇠를 점검해봐."

"자물쇠엔 봉인이 돼 있었을 건데요."

"봉인이 되어 있는지 어쩐지 우리가 알게 뭐야. 아무튼 점검을 해봐."

군속은 병장을 내려오라고 하더니 플래시를 비추며 자물쇠를 점검하기 시작했다. 일곱 번째의 화차 옆에 서더니,

"이게."

하는 외마디 소리로 놀라더니,

"이게 어떻게 된 일인지?"

하고 병장을 돌아보았다.

"모르겠는데요."

병장의 말이 얼떨떨했다.

데라오가 성큼 다가서서 자물쇠를 흔들며,

"보라고, 이것 열려 있지 않은가. 보초의 황급한 보고가 있었기에 달려와본 거라. 그랬더니 이 모양이 아닌가."

"그랬으면 보초가 왜 우리에게는."

군속이 어물어물했다.

"사고가 나면 보초는 제일 먼저 위병사령에게 보고하게 돼 있어. 보초의 수칙도 모르는 주제에 군복을 입고 있어."

데라오의 태도는 어디까지나 위압적이었다.

"화차 문을 열어."

"그건."

하고 군속이 막아섰다.

"도난된 물건이 있는지 없는지 확인해보아야 할 게 아닌가."

"그러나 저."

"그러나 저가 뭐야. 만일 도난된 물건이 최신형 무기일 것 같으면 큰일 아닌가. 사단사령부에 보고해서 수색작전을 펴야 할 것 아닌가. 빨리 화차 문을 열엇."

데라오가 서슬이 시퍼렇게 대들었다.

"그것만은 안 됩니다. 어떤 일이 있어도 검수관 이외의 사람 앞에선 화차 문을 못 열게 되어 있습니다."

"그런데 열려 있지 않은가."

"그건 우연적인 사고이구요."

"우연적 사고이건 필연적 사고이건 자물쇠가 열려 있다는 건 누군가가 이 문을 열었다는 증거 아닌가."

"그러나 그것도 검수관이 밝혀낼 일이지 우리가 밝힐 일이 못 됩니다."

"지금 밝히지 않으면 도난품의 회수가 불가능하게 되는데두?"

"도리가 없습니다. 제가 받은 명령이 그렇게 되어 있으니까요."

"아냐. 당신은 뭔가 잘못 알고 있어. 경비 책임자가 사고의 현장을 목격했을 땐 그 사고의 원인을 확인할 의무가 있는 거요. 당신은 당신의 책임, 당신의 의무만을 소중히 여기고, 경비 책임자의 책임과 의무는 무시하겠다는 거요?"

"무시하는 게 아닙니다. 제가 받은 명령이 그렇게 되어 있다는 겁니다."

"명령하에 움직이는 건 나도 마찬가지다."

"그러나 성질이 다를 줄 압니다. 제 경우엔 명령을 어기고 화차 문을 열었다고 하면 전 총살입니다."

"총살? 그렇게 중대한 기밀이라면 도난되었을 경우는 어떻게 되는 건가?"

"마찬가지로 총살입니다."

"그런데도 도난 여부를 확인하지 않으려는 건가?"

"문을 열 수가 없으니까요."

하고 군속 병장에게 다른 자물쇠와 봉인과 풀을 가지고 오라고 일렀다.

병장이 달려갔다.

병장이 자물쇠와 봉인을 가지고 올 때까지도 데라오와 군속 사이에 옥신각신이 있었다.

새 자물쇠를 잠그고 봉인을 하려는 찰나 데라오가 말했다.

"봉인을 하려면 하시오. 그러나 그러기 전에 이 소주지구에선 아무런 사고가 없었다는 확인서를 쓰시오."

"봉인을 하고 나서 확인서를 쓰겠습니다."

"확인서를 쓰지 않으면 이 열차는 움직이지 못할 것으로 알아요."

그렇게 해서 데라오는 우에다라고 하는 군속으로부터 확인서를 받아냈다.

두 시간 후에 그 화물차는 상해로 향해 떠났다. 네라오는 칠수에 앞서 부대에 연락해 트럭을 오게 해서 아편이 들어 있는 상자를 실었다.

그 후 그 아편을 부대장이 어떻게 처분했는지 알 수가 없다. 데라오의 결단으로 부대에 막대한 돈이 굴러들어 왔을 것이란 추측만은 할 수가 있다.

그런데 그때 데라오는 이런 말을 했다.

"저 아편은 상해에 있는 고다마 기관의 본부로 가는 거다. 내몽고에 심은 앵속으로 통화通化 근처 공장에서 아편 분말을 만들어선 중국 각지에 팔아 기밀비를 조달하는 모양인데 우리들의 총칼로써 입은 손해보다 더 큰 손해를 중국 국민은 저 아편으로 인해 입을 것이다."

그때 데라오의 의식 내용이 어떤 것이었는진 짐작할 수 없지만 이사마가 들은 어감으로써 비판적인 말투였다.

그때 고다마 기관이란 정보기관의 존재를 알긴 해도 이름까진 몰랐던 것인데 해방 후 상해에서 머무는 동안 고다마 기관의 장이 고다마 요시오란 것과 그 기관이 어떤 것을 했는가를 비교적 소상하게 알게 되었다.

당시 상해에서 살고 있었던 한국인은 그들끼리 중상모략할 때,

"그 녀석은 약장수다."

하는 표현을 썼다.

약장수란 아편장수란 뜻인 동시에 일본 정보기관의 앞잡이란 뜻이기도 하다. 일본의 정보기관은 각처에 유령간판을 건 상점을 마련해놓고 각기 십수 명의 한국인을 조종해서 아편을 팔곤 정보를 수집했다. 그런 종류의 한국인이 상해만으로도 수백 명이 되었다고 했다. 이를테면 고다마 기관의 밀정 노릇을 하며 아편을 팔던 사람들이 해방 후 애국자 행세를 하는 자가 더러 있었던 모양이다. 그런 까닭에 일제시대,

"한국인을 보면 약장수로 알아라."

하는 말까지 나돌았다고 한다.

이런 약장수의 종류도 여러가지였다. 중국인 부호와 요인의 동태를 살피는 부류, 중경 임시정부 또는 독립운동가의 동태를 살피는 부류 등 고급밀정으로부터 일반인의 동향을 살펴 그때그때 밀고하는 피라미 같은 부류에 이르기까지.

그런 만큼 고다마 기관이 관장하는 업무 범위는 넓었다. 왕정위가 이끄는 괴뢰정권의 감시 감독, 중경을 비롯한 중국 오지의 탐색, 중국 군부의 매수, 중국의 각종 기밀을 알아내는 역할 등 엄청난 규모와 인간을 동원한 세계 유수의 정보기관이었다.

상해엔 동아동문서원東亞同文書院이란 대학이 있었다. 이것은 몇 번인가 일본 수상을 지낸 바 있는 고노에의 아버지 아쓰마로가 중일 간의 문화교류를 촉진한다는 명분으로 설립한 학교인데 그 대학의 학생들은 자기들은 자각도 못 하고 고다마 기관의 조종을 받아 움직이는 정탐꾼이었다.

방학이 되면 학생들을 꽤 많은 돈을 줘서 중국 방방곡곡에 파견했다.

이들은 철저하게 중국어와 해당 지역의 방언을 익혀 중국 청년으로 가장할 수 있었기 때문에 써먹기가 편리했던 모양이다. 5만분의 1로 된, 일군 참모부 발행의 중국 지도는 평야, 산맥, 계곡, 부락은 물론 어딜 가면 샘이 있다는 것까지 표기한 세밀한 지도인데 그 지도의 자료를 모은 것이 바로 동아동문서원 학생들이었던 것이다.

이렇게 고다마 기관은 기간요원으로 대학생을 거느리고 있었을 뿐 아니라 많은 장학금을 내어 중국의 각 대학에 한국인 학생을 유학시키기도 했다. 그런데 그중엔 아니 대부분은 자기들의 스폰서가 고다마 기관인 줄 모르고 있었다고 하니 그 기관이 기밀유지에 얼마나 철저했는가를 알 수 있다.

고다마 기관이 수단방법을 가리지 않았다는 것은 쉽게 짐작할 수가 있다. 정보수집의 수단으로 아편을 팔았다는 것으로도 알 수 있다. 일단 중독되면 끊기가 힘드는 것이 아편이다. 고다마 기관은 정보를 얻는 동시에 돈도 벌며 급기야는 중국 국민을 아편중독자로 만들어버릴 음모까지 꾸미고 그 음모를 착착 진행하고 있었던 것이다.

"10년만 시간을 주면 중국인 3분의 1을 아편중독자로 만들어버릴 수 있다. 그렇게 되면 우리는 중국인 3분의 1의 생사여탈권을 쥐는 것으로 된다."

라고 고다마가 장담했다는 얘기도 있다.

일본이 패전하자 고다마는 재빨리 상해에서 사 모은 금괴를 비롯해서 보석류를 군함에 실어 일본으로 옮겼다. 그것을 미군이 점령하기 전에 일본 나가노의 산중에 숨겼다. 고다마 기관의 재산이 송두리째 고다마 요시오 개인의 재산으로 된 것이다.

일본의 어떤 신문기자는 그 재산의 총액이 미화 백억 달러를 상회했을 것이라고 했다.

물론 그는 전범으로 붙들렸다. 그 죄상으로 말하면 백 번 교수형을 당해도 모자랄 판인데 형무소생활 불과 몇 년 만에 풀려나왔다. 포로수용소의 감시원으로 있으면서 일인 상사의 압력에 못 이겨 포로에 대한 취급이 가혹했다는 죄목으로 수많은 한국인 병사 또는 한국인 군속들이 연합군의 군사재판을 받아 목 졸려 죽은 사례에 비교하면 실로 어처구니없는 일이라고 할 수 있겠으나 역사는 원래 그처럼 불공평한 사건으로 엮어지는 일면을 가지고 있기도 한 것이다.

고다마는 출옥하자 그의 재력을 구사해 일본의 보수당에 영향력을 끼쳤다. 전범으로 붙들렸다 석방된 지 얼마 안 되어 총리대신으로 일본의 정권을 장악하게 된 기시의 화려한 컴백스토리는 그 막후에 고다마의 존재를 전제하지 않곤 일종의 수수께끼가 될 뿐이다.

그가 한국에 관심을 쏟게 된 것은 언제부터일까. 그 시기는 여하간에 그의 한국에 대한 관심의 바닥엔 이권밖에 없었으리란 것은 불문가지의 일이다. 이사마는 일본에서 온 신문기자를 통해 5·16의 주역들이 뻔질나게 고다마를 찾아가서 아양을 떤다는 사실을 들었다.

이를테면 고다마는 일본에서도 독버섯과 마찬가지인 존재다. 그가 대륙에서 저지른 범죄 행위는 고사하고라도 전후 그가 걸어온 과정을 살펴보면, 고다마 있는 곳에 스캔들이 있다는 평이 결코 무근한 것은 아니다.

그런 사람을 지금 '무서운 사람들'이라는 표현으로 지칭되는 한국 정부의 거물들이 바로 이 집에서 융숭한 대접을 하고 있고, 그 이웃에서 우리가 술을 마시고 있는 것이라는 생각에 이르자 이사마는 역사라는 것이 졸렬하게 꾸며진 신파연극의 무대처럼 느껴지는 것을 어떻게 할 수가 없었다.

조스와 성유정 사이엔 미국을 화제로 한 얘기가 오가고 있었다.

"미국을 단순하게 보아선 안 된다. 미국을 단순하게 그저 감정적으로 보는 데서 친미니 반미니 하는 조잡한 결론이 나온다."

면서 조스는 미국이라는 나라가 물론 국가로서의 성격을 가지고 있지만 보다도 대륙으로서의 성격을 가지고 있다고 하고 이런 얘기를 했다.

"앨라배마주와 뉴저지주의 두 극 사이엔 스페인과 스웨덴 사이만큼의 상이가 있다. 애리조나주와 미네소타주와의 사이도 그렇다. 풍속도 다르고 습관도 다르고 법률도 다르다. 백인과 흑인이 같은 차를 타고 여행하는 건 미시시피에선 범죄로 된다. 그런데 뉴욕에선 그런 건 문제가 안 된다. 인디애나주에선 남자의 성적 불능이 이혼 사유가 되는데 아이오와주에선 그렇지가 않다. 캘리포니아주에선 알코올중독이 이혼 사유가 되는데 루이지애나주에선 그렇지 않다. 네바다주에선 이혼할 수 있는 사유가 갖가진데 뉴욕주에선 간통 사실만이 이혼 사유가 될 뿐이다. 따라서 재혼한 부부가 뉴욕주에선 중혼죄에 걸릴 경우가 있는데 네바다주의 리노에선 무죄가 된다. 웬토버는 유타주와 네바다주에 걸쳐 있다. 그래 그 도시의 반에선 음주와 도박이 허용되는데 다른 반쪽에선 금지되어 있다. 지구상의 모든 인종이 이 대륙에 살고 있다. 2천만의 시민이 검은 또는 누런 피부를 가지고 있다. 로스앤젤레스에 가면 사장이 한국인이고 가정부는 멕시코인이고, 사무원이 백인으로 되어 있는 회사가 있을지 모르지. 그런데 흑인과 황인, 영국인과 독일인, 유대인과 가톨릭 교도 할 것 없이 '나는 미국인이다.'라고 자랑스럽게 말한다. 그들에겐 임금도 없고 절대 복종해야 할 권력자도 없다. 소련 내의 공화국에서처럼 하나의 혁명철학에 의해 얽매여 있지도 않다. 프랑스인처럼 역사와 국토에 사로잡혀 있지도 않다. 그러면서도 그들은 거대한 나라에 자기들이 속해 있다는 자랑을 느낀다. 이 자랑만이 미국인이 공통으로 가지고 있는 의식이다. 이 자랑을 통해 법률을 지킴으로써 얻은 자유에 의해 언젠가는 모든 문제를 해결하는 미국식 생활방식이 존재한다는 확신을 갖게 된다. 이런 나라를 상대로 일반론적인 결론을 성급하게 내리는 것은 도대체 불가능한 노릇이다."

"그러나 정치의 방향, 경제의 성격에 대해선 일반론이 가능하지 않겠는가."

"그것도 그렇게 단순한 문제가 아니다. 정치도 경제도 유동적이다. 미국인을 물질적인 인간, 현실적인 인간으로만 보면 그건 너무나 일면적이다. 물론 그런 면이 있다. 헌데 어느 나라가 어떤 인물을 위인으로 치느냐 하는 것은 그 국민성에 대한 증언으로 되고 동시에 시련이기도 한데 여전히 미국 국민이 으뜸으로 치는 위인은 링컨이다. 그의 무사무욕에 대한 감동과 존경이다.

아인슈타인이 미국에서 존경을 받고 있는 것은 그가 학자이고 음악가이며 정치 문제에 있어선 시인이기 때문이다. 시정의 인간들은 국립은행의 총재 이름은 몰라도 마크 트웨인의 이름은 알고 있다. 이러한 사정이 복합적인 이유로 되어 정치와 경제의 흐름을 만든다."

"그러나 미국 사회가 보수적으로 굳어가는 것은 사실이 아닌가. 꼭같이 보수적인 두 개의 정당에서만 대통령이 나올 수 있다는 것, 그 자체가 미국의 동맥경화를 증명하고 있는 것이 아닌가."

"아까도 말했듯이 미국은 대륙의 성격을 띠고 있기 때문에 이미 이스태블리시된 세력 이외의 세력이 전국을 커버할 힘이 모자라기 때문이라고 해석하는 것이 옳지, 동맥경화라고 하는 것은 옳지 않다."
고 하며 조스는 미국 사회를 다음과 같이 분석했다.

"미국 사회에 관해선 서로 모순된 두 개의 신화가 있다. 하나는 어떤
사람도 찬스만 있으면 대기업의 사장이 될 수 있다는 것, 즉 계급 없는
사회라는 것과, 또 하나는 소수의 자본가들이 그 입구를 막아 서 있는
폐쇄된 사회란 것이다. 그러나 진실은 그 중간에 있다. 미국엔들 계급
이 없을 까닭이 없다. 다른 나라의 사회에서처럼 계급이 있다. 그런데
어떤 계급도 폐쇄된 특권계급일 순 없다. 누구나 그 계급에 오를 수도
있고, 거기서 내려올 수도 있다. 미국 최초의 상류계급은 종교가들이
다. 얼마 지나지 않아 대상인들과 동부의 선주船主들이 일종의 귀족계
급을 형성했다. 한편 남부에선 대농장주들이 배타적인 카스트를 만들
어 만만찮은 편견을 가꾸어나갔다. 이 카스트는 남북전쟁에 의해 일부
파괴되었다. 전후 북부, 중서부, 서부에 걸쳐 은행가·실업가·철도와 석
유의 경영자 등 벼락부자가 속출했다. 그러나 이들은 모두 적수공권에
서 시작한 사람들이고 보니 그 가문이나 출생이 문제 될 게 없었다. 성
공과 실적만이 중요한 것이었다. 집안을 자랑하기 시작한 것은 그들의
후손들이다. 그런데 그들이 폐쇄적인 계급을 만들 수 있었느냐 하면 그
것은 아니다. 안정된 재벌을 만든 것은 애스터·밴더빌트·록펠러·코넬
리어스 등 불과 몇밖에 안 된다. 미국 사회는 아직도 유동적이며 동맥
경화에 걸렸다고는 할 수가 없다. 그럴 경향이 보이면 이상하게도 프랭
클린 루스벨트 같은, 케네디 같은 대통령이 등장해서 브레이크를 건다.
미국은 아직도 프론티어다."

"대체로 미국을 지배하는 권력의 원천이 뭔가?"

"나는 미국을 움직이는 권력의 원천을 다섯 가지로 본다. 이 다섯 가

지는 서로 결합되어 있는 것이 아니라 상호 견제하면서 작용하고 있다고 보아야 할 것이다. 그 첫째는 뭐니뭐니 해도 화이트 하우스, 둘째는 조직력과 경영능력이 뛰어나 나라의 높은 지위에 초빙되기도 하는 대회사의 사장들, 예컨대 포드 회사의 맥나마라 같은 인물들, 셋째는 육해공 3군만이 아니라 과학 연구의 일부를 담당하고 있는 펜타곤, 넷째는 세론을 이끌고 있는 사람들, 즉 유력한 신문의 소유주·대재단의 이사장·대학총장·지도적 언론인들, 다섯째는 이상 들먹인 세력들과 대등하게 맞서고 있는 거대한 노동조합의 간부들이다. 그런데 이상의 세력들은 각기 타 세력의 견제를 받고 있다. 화이트 하우스는 의회의 동의 없인 작용할 수 없다. 선거에 관심을 쓰지 않을 수 없는 의회는 각종 압력단체의 견제를 받는다. 월스트리트의 힘만으로써는 하나의 상원의원도 당선시킬 수가 없다. 여전히 강력한 정치력이겠지만 리스먼의 분석에 의하면 해마다 그 정치력은 감소되는 경향이라고 한다. 여하간 부유한 집안의 자제가 유리하다는 것은 움직일 수 없는 사실이다. 케네디가 대통령이 된 결정적 이유는 그가 부호의 아들이란 사실에 있다. 1950년 8천 개의 대기업을 상대로 조사를 했더니 그 경영자의 23퍼센트가 가족적인 배경으로 지위를 얻은 것으로 되어 있고, 48퍼센트는 자유직업에 종사하는 아버지를 가진 사람들이었다. 노동자·농민의 자제는 10퍼센트밖엔 되지 않았다. 이러한 현상인데도 미국엔 여전히 희망의 여지가 딴 나라에 비해 넓다.”

“희망의 여지가 넓다고 하지만 흑인 문제는 어떤가?”

“흑인들의 희망의 여지도 차츰 커지고 있다. 남부에선 여전히 인종적 편견이 강하다. 최근 있은 앨라배마주와 미시시피주의 사건은 굉장한 충격이다. 그러나 그밖의 지역에서의 사태는 좋다. 정부가 흑인을 높은 관직에 등용할 수 있게 되었을 정도이니까. 전국유색인종향상협회라는 것은 현재 영향력이 강한 압력단체인데 그 운동의 성과는 눈부시다. 북부에선 선거에 미치는 흑인의 영향력이 커져가고 있다. 민주당·공화당 모두 흑인을 무시하지 못한다. 최고재판소에서 인종차별은 위헌이라는 판결을 내린 것은 중대한 의미를 가지고 있다. 연방재판소의 이 판결이 앨라배마주에선 무효라고 하지만 서서히 사태가 흑인을 위해 호전될 것은 명백한 전망이다. 30년 내지 50년 내엔 인종은 완전히 평등화될 것이다. 30년, 50년을 너무 길다고 생각할지 모르나 워낙 뿌리 깊은 편견이 있기 때문에 그만한 시일은 잡아야 할 것으로 안다. 요컨대 미국 내에 발생하는 사건 하나둘, 정책 한두 가지를 두고 성급한 판단은 내리지 말 일이다."

"미국의 한국에 대한 태도를 어떻게 생각하는가?"

"간단하게 평할 수 있는 문제는 아니지 않는가."

하고 조스는,

"한국에 대해선 미국도 골치가 아플 것이다."

며 씨익 웃었다.

그러고는 이런 말을 했다.

"미·소가 대립하고 있는 현실적인 상황에서 미국은 한국에 대해 내정간섭을 안 할 수가 없을 것인데 그 정도를 어떻게 하느냐에 관건이 있을 것 같애. 그렇지 않은가, 한국전쟁이란 곤욕까지 치르고 그렇게 해서 공산세력의 침략을 막아놓은 나라인데 너희들 마음대로 하라고 방치해버릴 수가 있겠는가. 군대가 쿠데타를 일으킨 나라를 보고만 있겠는가. 나는 미국이 현재의 정부를 신용할 수 없다는 심정으로 돼 있다는 사실을 이해할 수 있을 것 같애. 선거를 했다고 하면 부정, 고위관리도 부정, 국정을 책임지고 있는 자들이 이집트의 압델 같은 놈을 융숭하게 대접하는 것까진 좋은데 그 앞에서 알랑거리는 꼴이 메스껍지 않겠는가. 보다도 원조는 바라고 있으면서 내정간섭은 말아달라는 태도가 용납될 수 있겠는가. 미국의 정책 수립자들에게 물어보지 않았으니까 그들의 심사를 모르긴 하지만 사리사욕을 곁들인 야심에만 가득차 있는 인간과 그 집단이라고 보고 있는 것이 아닐지. 어느 나라의 지도자가 인격적으로 훌륭하다고 보면 그 나라가 아무리 작은 나라일지라도 존경의 마음으로 대하는 것이 미국인의 미덕이다. 미국과의 관계에 있어서 한국인이 할 일은 우선 인격적으로 존경을 받도록 노력하는 일 이외엔 다른 방도가 있을 수 없다. 미국과의 관계에 있어서도 쿠데타를 했다는 사실이 한국으로선 최대의 마이너스다."

이런 얘기만 하다가 보니 갖다놓은 술은 줄지 않았다. 한 시간쯤 지나 김선이 와서 이런 광경을 보자,

"아가씨가 없다기로서니 왜 이렇게 맹숭맹숭해 있죠?"

하고 술잔을 권했다.

"아가씨가 있고 없고에 원인이 있는 게 아니라 바로 옆에 압델이 와 있다고 들으니 술 마실 기분이 안 난다."

고 조스가 익살을 부렸다.

"압델이 뭐죠?"

김선이 물었다.

"설명하면 긴 얘기가 될 거고."

하며 스트레이트로 위스키를 마시곤 조스가,

"저 동네에서 무서운 사람들이 무슨 얘기를 하고 있는지 궁금하다."

고 했다.

"녹음기라도 대놓을걸."

이사마가 한마디 했다.

"그럴 생각이 없잖아 있었지만 손님 가운데의 하나가 녹음기를 설치하는 통에 그러질 못했어요."

하고 김선이 덧붙였다.

"그러나 녹음을 하나마나예요. 그 고다만가 하는 일본인에게 선생님 선생님하고 굽신거리며 아첨경쟁 하느라고 모두들 정신이 없어요."

뒤에사 새어나온 일이지만 고다마를 끼운 그날의 술자리가 사건의 발단이 되었다.

국무총리, 모 기관장, 경호실장이 모여 있었다는데 얼큰하게 술에 취한 고다마가 돌연 엉뚱한 질문을 했다.

"도대체 한국에 있어서 실권자는 누구요?"

이 질문에 아연 좌중이 긴장했다.

경호실장이 정색을 했다.

"고다마 선생, 말씀의 뜻을 모르겠습니다."

"그럴 테죠."

하고 고다마가 한 말은,

"나는 박정희 대통령이 명실 아울러 한국의 실권자라고 알고 있었소. 그런데……."

"그런데?"

"그게 아니라는 의견이 있더면요."

"누구에게서 무슨 소릴 들으셨는지 말씀해보시지요."

"내가 미리 말해둘 것은 한국의 실권자가 누구인가를 몰라서 그런 질문을 한 건 아니란 사실이오. 뚜렷이 대통령으로 모시고 있는 분이 있는데, 일개 외국인에 불과한 나에게 실권자는 대통령이 아니다, 실권자는 따로 있다 하는 따위의 말을 하는 사람이 있었다는 사실이 통탄스러워 꺼낸 얘기일 뿐이오."

"그런 말 한 사람이 누군질 꼭 알아야 하겠습니다."

경호실장이 대들듯 말했다.

"이 문제로 시끄럽게만 안 하겠다고 약속하면 내 말을 하리다."

"외부에 알려지면 창피스러운 소린데 시끄러운 문제를 일으키겠습니까."

"그럼 정 군도 나와 함께 들었으니 정 군이 말하게."

고다마가 정 군이라고 한 사람은 일본명을 마치이라 하는 자였다. 그는 제2차 세계대전 이후 일본에 동아상호기업회사를 설립해 도쿄와 오사카에 한국식 요정, 나이트클럽 등을 경영해 꽤 많은 돈을 번 사람으로 고다마완 단짝이었다. 고다마가 한국에 올 땐 형영形影처럼 동행했다.

정 군이 밝힌 바에 의하면 숙소인 반도호텔로 K와 S라고 하는 국회의원이 고다마를 찾아와서 여러 가지 이야기가 있은 후에 한국의 실권자는 대통령이 아니고 김 모이니 한국을 상대로 일을 하려거든 그 사람과 손을 잡아야 할 것이라고 했다는 것이다.

"그놈들을 당장."

경호실장이 흥분했다.

"흥분하지 말고 들으시오."

하고 고다마가,

"따지고 보면 그 사람 없었다면 박 대통령의 오늘이 있을 수 없다고까지 얘기합디다."

하고 씁쓸한 표정을 지었다. 그리고,

"이 말은 절대로 외부에 알려져선 안 된다."

고 고다마는 못을 박기도 했다.

그러나 경호실장이 가만있지 않았다. 박 대통령에게 그냥 그대로 고해바쳤다. 박 대통령이 대로한 것은 물론이다.

청와대로 K와 S를 불렀다.

대통령의 첫말이 이렇게 나왔다.

"실권자라는 뜻이 뭐지?"

K와 S는 머리를 떨구고만 있었다.

"너희들이 실권자라고 한 그자를 감옥에 처넣어 진짜 실권이 뭔지를 보여줄까?"

그러곤 탁자를 치며 호통을 쳤다.

"너희들은 그 일본인의 힘을 빌려 쿠데타라도 해서 실권이라도 잡을 생각이었던가?"

"그런 건 아닙니다."

K가 모기 소리를 냈다.

"그런 게 아니면 무슨 목적으로 그런 소릴 했나?"

"어쩌다 말이 빗나가서 김 씨의 존재를 부각시키려다 그만."

"일본인 앞에 필요 이상으로 그자를 부각시키면 좋은 일이라도 있을 줄 알았나?"

"……."

"버러지같은 놈들……, 보기도 싫다. 빨리 꺼져버렷."

K와 S는 변명할 건덕지도 없이 쫓겨나왔다. 그러자 경호실장은 그들을 자기 방으로 데리고 가서 기름을 짰다.

무슨 까닭으로 5·16혁명을 했다고 자부하는 일부 인사들이 일본인에게 그처럼 영합하려고 아니꼬운 작태를 보였는지.

내로라하는 인간들은 거개 각기 일본 정계의 거물과 통하는 파이프를 가지려고 광분하고 있었다.

오노에 선을 대려는 사람, 고노·야스기 또는 기시·하세가와 등에 선을 대려는 사람들이 서로 얽히고설켜 일본인의 총애를 받으려고 혈안이 되어 있었던 것이다.

이사마가 K신문의 주필로 있을 때부터 친숙하게 지내오던 K통신의 O라는 일본인 기자는 이런 현상에 관해 이런 말을 했다.

"일본의 그 여우 같기도 하고 너구리 같기도 한 보수정객들과 경제인들에 의해 농락당하고 있는 한국의 정치인들을 보고 있으면 남의 일인데도 가슴팍에 두드러기가 인다. 그렇다고 해서 한국의 정치인들이 순진한 것도 아니다. 요약하면 하나같이 정치감각이 결여되어 있는 탓이다."

"정치감각은 월등하게 예민한 줄 아는데?"

이사마가 이렇게 반론하자 O는,

"천만에, 그들이 예민한 것은 권력감각과 금전감각뿐이다. 권력에 대한 지향이 대단하니 자연 권력감각이 발달할밖에 없고, 치부에 재미를 붙이고 있으니 따라서 금전감각이 예민하게 마련이겠지만 이와 비슷하게 정치감각도 있어야지."

하고 열을 올렸다.

"뭣을 정치감각이라고 하는가?"

"하나의 정책이 있다고 치자. 그럴 때 이 정책으로 인해 국민의 몇 퍼센트가 이익을 보고 손해를 볼 것인가를 재빨리 계산해보는 능력이 그 하나이고, 그 정책의 결과가 5년 후, 10년 후엔 어떻게 나타날까 하는 시간적인 계산, 그리고 그 정책 말고는 달리 명안이 없을까 하고 생각해 보는 기전機轉, 이런 것이 정치감각인데 의회생활을 해본 적이 없고 의회에서의 단련을 예상하는 처지도 아니고 보니 그런 덴 전연 관심이 없는 거다. 일본의 정치가는 사람을 만났다고 하면 그 정치감각으로 판단한다. 이로울 것이냐, 불리할 것이냐, 상대방의 견식이 어느 정도인가, 신망이 어떤가 하고 말야. 그러니 처음 만난 사람 앞에선 상대방의 말만 듣지 이편의 의견은 말하지 않는다. 어떤 정책이 제출되면 반드시 그 반대되는 정책을 생각해본다. 금전감각도 정치감각에 좌우된다. 오늘 백만 원을 얻어 내일 천만 원을 잃게 될지 모르는 상황을 예상해보는 거다. 나는 한국의 정치가들이 모두 총명해서 일본의 정치가들을 꿈쩍도 못하게 주물러주었으면 하는 소망을 품고 있는데 요즘의 형편으로선 어디.”

하고 O는 고개를 설레설레 저었던 것인데, 아닌 게 아니라 고다마와 같은 인간 앞에 한국의 고관들이 아양을 떠는 형편으로썬 싹이 노랗다고 할밖에 없다.

유러피언

6월 20일에 일본으로 떠날 예정으로 준비하고 있던 프레더릭 조스가
돌연 예정을 변경했다.

"6월 25일 전라남도 광주시에서 민중당의 시국 강연회가 있다고 하
는데 그것을 취재해야겠다."

는 것이다.

아직 열흘 앞의 일이고 게다가 지방에서 있을 모임이어서 이사마는,

"정보가 빠르기도 하군. 누구에게서 들었는가?"

고 물었다.

그는 D일보의 민중당 출입기자로부터 들었다고 하며 이사마에게 같
이 가자고 권했다.

"흥미없다."

이사마는 잘라 말했다. 사실 이사마는 여당·야당을 막론하고 시국
강연회 같은 것엔 무관심이었다.

"오래간만에 시골 풍경에 접해보는 것도 위생상 좋을 텐데."

조스는 이렇게 말하며,

"이 시기 야당의 정치집회 같은 것을 구경해두는 것도 소설가로서

나쁘지 않을 것이 아닌가."

"뻔한 소리 들으나마나다."

라고 했다.

이사마가 이렇게 말한 것은 화근이었다.

"뻔한 소릴 어떻게 하는가가 흥미의 대상이 되지 않겠는가. 그 뻔한 소리에 지방의 대중들이 어떻게 반응하는가도 보아둘 만한 일이고, 강연회를 어떻게 연출하는가를 통해 그 정당의 지적인 수준도 알게 되는 거고. 보다도 동시대적인 현장 감각을 직접 느껴보는 것도 소중한 일이다. 아무튼 소설가라고 하는 것은 다양한 호기심을 가져야 하는 거여. 미스터 리는 그런 데 관심을 갖지 않고 어디에 관심을 가질 것인가. 더욱이 전라도의 그 지구는 야당성의 열도가 높은 곳이라고 들었다. 같이 한번 가보자."

조스는 본격적으로 설득공작을 펴기 시작했다.

이사마는 파란 눈의 익살꾼을 데리고 시골을 한 바퀴 돌아보는 것도 괜찮겠다는 생각을 했지만,

"성유정 씨가 같이 갈 수 있다면 나도 가지."

하고 평계를 만들었다. 아닌 게 아니라 혼자서 줄곧 조스의 익살을 감당하기란 거북한 노릇이기도 했다.

조스는 당장 전화를 하라고 성화였다.

도리없이 전화를 걸었다. 그랬더니 성유정 씨로부터 뜻밖의 말이 들려왔다.

"6월 25일 밤엔 장충체육관에서 이탈리아의 벤베누티를 상대로 김기수의 권투 시합이 있다. 주니어 미들급의 세계 선수권 시합이다. 나는 그걸 볼 참으로 있으니 그날은 서울을 떠날 수가 없다."

전화기를 든 채 성유정 씨의 말을 전했더니 조스는 전화기를 빼앗아 들고 속사포를 쏘기 시작했다.

"뭐라구? 권투 시합 때문에 서울을 떠나지 못하겠다구? 미스터 성이 그런 고상한 취미를 가지고 있는 줄은 정말 몰랐군. 권투는 결과만 알면 그만 아닌가. 그런 것 집어치우고 광주로 가자……."

성유정 씨는 그런 덴 관심이 없다고 하는 모양이었다. 조스의 맹렬한 반격이 시작되었다.

"정치에 관심이 없는 사람이 정치에 대한 비판을 왜 해. 그런 걸 인텔리의 썩은 근성이라고 하는 거다. 도대체 정치에 무관심하다는 게 말이나 되는가. 싸움은 딴 놈들 시켜놓고 좋은 세상 오면 단물을 빨아먹고 나쁜 세상이면 술 안주 삼아 욕설이나 하구. 그래서 나는 한국의 인텔리란 게 질색이다."

성유정 씨가 무슨 소릴 한 것 같은데 이사마는 들을 수가 없었다.

조스의 속사포가 다시 시작되었다.

"그럼 나는 뭔가. 무슨 까닭으로 그런 정치집회에 내가 흥미를 가지겠는가? 나는 내 나름대로겠지만 이 나라에 애착이 있어. 이사마의 조국이고 성유정의 조국이니까. 그런데 당신이 하는 그 소리가 뭔가……."

성유정 씨가 또 무슨 소릴 하는 모양이었다.

조스의 반격이 있었다.

"뭐라구? 직업이라구? 물론 신문기자가 내 직업이다. 그러나 원고료를 계산하면 내 손해다. 서울에 앉아서 한국신문 보고 써도 너끈히 쓸 수가 있다. 그 문제 같으면 비싼 비용 써가며 광주까지 갈 필요 없다. 무슨 대사건이 있을 것도 아니고 기껏 일부 야당의 시국 강연회 아닌가. 그런 것 취재해서 보내보았자 영국의 신문은 실어주지도 않을 거다. 그런데도 나는 간다. 돈 때문에 가는 것도 아니고, 명예를 위해 가는 것도 아니고, 광주란 곳에서 한국 정치의 내음을 맡아보고 싶을 뿐이다 ……."

송화기에서 성유정 씨의 웃는 소리가 들렸다. 그러자 조스는 은근한 어조로 바꾸었다.

"미스터 성. 내가 이번 한국을 떠나면 언제 또 올지 몰라. 내 청 한번 들어줘. 미스터 리는 당신이 안 가면 안 가려고 해. 어때, 우리 셋이서 광주 근처에서 노닥거려보자구."

성유정 씨는 그 간청엔 어쩔 수 없었던 모양이다. 대강 승낙을 했다. 조스가 전화기를 이사마에게 넘겼다.

"어쩔 수 없구나. 같이 광주에 가자고 하는 데서 나는 유러피언의 정체를 본 것 같구나."

하고 성유정 씨는 전화를 끊었다.

"뭐라고 하던가?"

조스가 물었다.

"성유정 씨의 말이 당신에게서 유러피언의 정체를 본 것 같대."

이사마의 말에 조스는,

"미스터 성은 내게 욕을 한 모양이지만 나는 그 말을 칭찬으로 듣겠다."

며 깔깔대고 웃었다.

이것이 계기가 되어 유러피언, 즉 서구인이란 무엇인가 하는 것이 화제로 올랐다.

"침략의 원흉, 그것이 유러피언이다라고 동양인은 말하고 싶을 거다."

하고 조스는 장난스러운 표정을 짓더니 다음과 같이 덧붙였다.

"타 대륙을 처음으로 침략한 것은 동양인이란 사실을 잊지 말아야

해. 예컨대 쿠빌라이 칸의 침략."

조스는 이어,

"인종차별의 원흉이라고 하고 싶겠지만 인종차별은 중국·인도에서
비롯되었다."

하곤 다시 덧붙였다.

"문명을 오염시킨 원흉일지 모르지. 예컨대 기계문명을 극단적으로
발달시켜서. 그러나 그 기계문명을 받아들여 일본이 기계문명의 왕자
가 되려고 하는 지금의 사정에서 보면 유러피언에 대한 그런 개념 규정
은 난센스에 가깝다."

그러나 유러피언은 언제나 유러피언인 것이다.

그래서 이사마가 말했다.

"우리들은 근대화란 캐치프레이즈를 걸고 노력하고 있다. 그 외연과
내포가 과부족 없이 일치되지는 않겠지만 우리에게 있어서의 근대화
란 서구화를 말한다. 그러니 유러피언이란 개념 규정을 난센스에 가깝
다고는 할 수 없다."

"그러나 근대화를 서구화라고 이해해선 앞으로의 문제가 곤란할 것
이다. 절대로 버려선 안 되는 동양의 문화 원천이 있다. 이를테면 불교
와 유교다. 동양의 근대화는 불교의 근대화, 유교의 근대화로부터 시작
해야 할 줄 나는 안다. 모택동의 최대의 실수는 동양문화의 원천인 불
교를 간단하게 미신으로 처리한 데 있고 공자사상을 봉건시대의 유물
로서 폐물화한 데 있다. 나는 한국의 시골에 가면 흔하게 볼 수 있는 십
자가를 두고 그것을 근대화의 상징이라고 치진 않는다. 나는 기독교의
전통 속에 자랐고 기독교에 대해 나름대로의 신앙을 가지고 있는 사람
이지만 한국이 급속도로 기독교화하고 있는 사실에 대해선 회의를 가

진다. 유럽의 현재가 있는 것은 기독교사상과 희랍사상과의 상호보강, 상호조절, 대립 또는 상호견제에 있었다. 그런데 한국은 급속도로 기독교화하면서 견제 역할, 조절 역할, 보강 역할을 할 희랍사상엔 무관심하다. 이건 마치 이화작용은 없고 동화작용만 있는 생물처럼 되지 않을까 하는 걱정을 갖게 한다. 불교사상과 공자사상이 배태되고 성장한 데는 그렇게 될 만한 풍토적·인간적인 까닭이 있기 때문이 아니었겠는가. 그러니 그것을 버릴 것이 아니라 현대에 맞추어 개발할 필요가 있는 것이 아닌가. 동양에 있어서 근대화를 곧 서구화로 치는 것은 대단히 위험하다."

이사마는 조스가 말하려는 바를 이해할 수 있었다. 그러나 그럴수록 유럽이란 무엇이냐, 유러피언이란 무엇인가를 알아야만 하겠다는 생각에 사로잡혔다.

조스와의 토론이 있었던 그날 밤 이사마는 폴 발레리의 책을 꺼내놓고,

"유럽이란 무엇인가?"

"유러피언이란 무엇인가?"

를 초보에서부터 복습해보기로 했다.

다음은 1922년 11월 15일 폴 발레리가 스위스 취리히 대학에서 '유럽인'이라는 제목하에 한 강연의 발췌다.

인류가 실현한 갖가지 거창한 사적의 목록을 관찰할 때 우리는 다음과 같이 생각할 수가 있을 것이다.

이 모든 실현 가운데 가장 많고, 가장 놀랄 만한, 가장 풍부한 실현은 지구 전체의 면적에 비해 극히 작은 지역에서 이루어졌다.

유럽이 바로 그 은혜로운 지역이며 유럽인·유럽정신이 이러한 경이적인 사실의 창조자다.

그렇다면 이 유럽이란 어떤 곳인가. 이것은 구대륙의 돌출부와 같은 것이고 아시아의 서쪽에 붙어 있는 하나의 부속물에 불과하다.

유럽은 원래 서쪽을 향하고 있는데 그 남쪽에 유럽정신을 연성鍊成하는 데 놀랄 만한 역할을 한 바다(지중해)가 있다.

많은 나라의 국민들이 지중해의 연안에 와서 서로 혼합하고 교역하고 때론 전쟁을 치르기도 했다. 그들은 항구와 식민지를 건설해 상품만이 아니라 갖가지 신앙·언어·풍습·기술상의 경험적 지식을 서로 교환했다. 유럽이 현재 우리들이 보는바 형태를 취하기 전에 지중해엔 전기前期 유럽이라고 할 수 있는 사회가 설립되어 있었다.

이집트·페니키아는 유럽인의 결정적인 형상을 만든 문명을 예시하는 곳이었다. 이어 희랍인·로마인·아라비아인·이베리아 지방의 사람들이 모여들었다. 이윽고 태양빛이 가득하고 짙은 염분을 가진 이 바다의 주변에서 이 세상에서 가장 위엄 있는 신들과 인물들이 배출되었다.

그 후 세월과 더불어 이곳 생활의 아름다움과 특유의 매력에 이끌려 타 지방의 사람들이 모여들었다. 켈트족·슬라브족·게르만족이 바다 가운데서도 가장 고귀한 이 바다의 인력에 이끌려 온 것이다. 이러한 어쩔 수 없는 트로피즘(향일성)이 몇 세기 동안에 걸쳐 작용한 바람에 이 내해가 전 세계의 욕망의 대상이 되고 최대의 인간 활동이 이곳에서 이루어지게 되었다. 경제적 활동·지적 활동·정치적 활동·종교적 활동·예술적 활동 모두가 이 바다를 중심으로 전개되었다. 여기서 우리들은 유럽을 형성하는 선구적인 제 현상을 볼 수가 있으며 동시에 어느 시기에 이르자 인류가 전연 다른 두 개의 무리로 나뉘진 것을 알게 된다.

하나의 무리는 지구의 최대 부분을 차지하고 있으면서도 그 습관, 그 지식, 그 실행능력에 있어서 전혀 정체되어 움직이지 않는다. 거의 진보를 하지 않는다. 진보를 해도 인지하지 못할 만큼의 진보밖엔 못하는 무리들이다.

그런데 다른 한 부분은 끊임없는 불안에 촉발되어 탐색을 그치지 않았다. 교역은 불어만 가고 따라서 갖가지 문제가 생겨난다. 살기 위한 수단, 알기 위한 수단, 성장하기 위한 수단이 세기에서 세기로 비상한 속도로써 개발되고 그것이 경험으로 또는 지식으로 축적되었다. 이윽고 이 부분과 세계의 다른 부분과의 사이의 지식과 능력에 차등이 생겨 균형이 파탄되었다. 그리하여 유럽은 유럽 밖으로 뛰쳐나가 다른 지역을 정복하게 되었다. 유럽은 자기 자신의 땅에선 생활의 풍요, 지적 풍요, 부와 야심의 최대한에 도달해버린 것이다.

이렇게 국한된 지역에 있어서의 정신적·물질적인 교환, 갖가지 종족들의 의식적·무의식적인 협력, 갖가지의 종교·가치체계·이익의 경쟁으로 인해 승리감을 갖게 된 유럽은, 우수한 상품이 모여들어 서로 우열을 다투어선 수요자의 손으로 넘어가는 시장처럼 활발한 장소로 되었다. 동시에 다양한 이론·사상·발견·교리 등이 동산화動産化되어 가격이 붙여져선 등귀하기도 하고 하락하기도 하고 더러는 가차 없는 비판을 받기도 하고 더러는 맹목적인 심취의 대상으로도 되는 일종의 거래장을 이루었다.

언제부터인가 먼 지역으로부터 많은 물건이 이 시장에 모여들기 시작했다. 아메리카·오세아니아·아프리카·극동의 제국들이 원료품을 유럽에 보내오면 유럽은 유럽이 아니고선 할 수 없는 기술로써 기막힌 물건을 만들어냈다. 물건만이 아니다. 고대 아시아의 지식·철학·종교가 들어와 유럽에 발달한 정신의 영양을 제공했다. 유럽이란 강력한 기계는 다소 기괴하기도 한 동양사상을 받아들여 그 깊이를 살펴선 활용할 수 있는 제 요소를 추출했다.

이리하여 지중해 연안의 한갓 시장에서 시작된 우리의 유럽은 광대한 공장이 되었다. 문자 그대로의 공장이고 변형 기계이며 비견할 수 없는 지적 공장이다. 이 지적 공장은 모든 방면으로부터 모든 정신 현상을 받아들여선 적당한 하청 공장에 배급한다.

어느 공장은 새로운 것이면 희망과 갈망으로서 포착해 그 가치를 과장하기도 하고, 어느 공장에선 새로운 것의 침입을 거절하고 이미 만들어져 있는 것의 광휘와 견실로써 이에 대항하기도 했다.

획득과 보존 사이엔 가동可動의 평형이 취해져야만 한다. 활동적인 비판정신은 어떠한 경향도 가차 없이 심판대에 올려놓고 모든 사상을 신랄하게 검토한다. 우리들의 사고는 발전되어야 하고 보존되어야 하는데, 사고는 극단적인 경향으로서 진전되는 것이지만 중용에 의해서만 존속되는 것이다.

유럽은 거대한 도시처럼 형성되었다. 거긴 박물관이 있고, 정원이 있고, 실험실이 있고, 공작소가 있고, 살롱도 있다. 베네치아가 있고, 옥스포드가 있고, 세비야가 있고, 로마가 있고, 파리가 있다. 예술을 위한 도시가 있고, 학문을 위한 도시가 있고, 향락을 위한 도시도 있다.

유럽은 극히 짧은 시간에 편력할 수 있을 정도로 좁지만 모든 기후를 포함할 수 있을 정도로 크고, 다종다양한 경작물과 지상地相을 갖추었을 만큼 다양하다. 그리고 외관으로 말하면 인간에게 편리한 제 조건이 적당하게 갖추어져 있는 꽉 짜인 걸작품이다. 이곳에서 인간 은 유럽인이 되었다. 내가 생각한 대로 말을 남용한다고 한다면 나는 다음과 같이 말하고 싶은 유혹을 억제할 수가 없다.

인간적인 다양성을 포용하고 특별한 혜택을 받은 하나의 지역에 의해 형성되어선 파란만장한 역사에 의해 세련된 일종의 조직, 그것 을 유럽이라고 부른다고. 그리고 이러한 상황의 결합에서 탄생된 것 이 유러피언, 즉 유럽인이나.

우리는 이 유럽인을 인류의 다른 형과 비교해볼 필요가 있다. 그 럴 때 유럽인은 일종의 기형아처럼 보인다. 유럽인의 기억엔 너무나 많은 것이 축적되어 있다. 그러고는 터무니없는 야심을 가지고 있고, 지와 부에 대한 무한한 갈망을 가지고 있다.

일반적으로 유럽인은 한때 세계를 제패한 적이 있고, 카이사르를 낳은 나라, 카를 5세가 군림한 나라, 나폴레옹이 지배한 나라 중 어 느 나라엔가 속해 있기 때문에 그 가슴속엔 항상 자부와 희망과 갖가 지의 한이 간직되어 있다. 유럽인은 모든 영역에서 놀랄 만한 발명과 위적과 대담한 결과를 성취한 어느 시대와 대륙에 속하고 있기 때문 에 어떤 과학적 정복이건 어떤 대담한 기도이건 꿈꾸어보지 않은 게 없다. 유럽인은 갖가지 기막힌 회상과 엄청난 희망 사이에 끼어 때론 염세주의자가 되기도 하지만 염세주의에서도 일류의 작품이 생산될 수 있다는 가능성을 잊지 않는다. 허무감에 압도당하는 대신 유럽인 은 절망에서조차 노래를 찾아낸다. 때론 거기서 굳세고 무서운 의지, 역설적인, 그리고 인간과 인생을 모멸하는 행동의 동기조차 이끌어 내는 것이다.

그렇다면 어떤 인간이 유럽인인가?

나는 역사의 도정에서 다음에 들먹이는 세 가지의 영향을 받은 모든 민족을 유럽인이라고 본다.

그 첫째는 로마의 영향이다.

기왕 로마제국이 지배한 어느 곳에도, 그 세력을 느낀바 있는 어느 곳에도, 로마제국이 공포와 찬미와 선망의 대상으로 되어 있는 어느 곳에도, 로마의 무력적인 위압 밑에 있었던 어느 곳에도, 제도와 법률의 위엄, 사법의 장엄함과 권위가 인정되고 모방되기도 한 어느 곳에도 거기엔 유럽적인 것이 있다. 로마는 조직되고 안정된 권력의 영원한 귀감이다.

이 미신적이면서도 합리적인 권력·법률적 정신·종교적 정신·형식주의적 정신이 기묘한 조화를 이루고 있는 이 권력, 정복당한 모든 국민에게 관용과 선정을 베푼 최초의 권력이 많은 종족과 오랜 시대에 영속성 있는 각인을 남겼다. 이 각인이 찍힌 흔적이 곧 유럽인의 특징이다.

그다음은 기독교의 영향이다. 로마의 정복이 인간을 정치적으로 포착하고 그 외적 습관에 의해서만 정신을 지배한 것과는 달리 기독교의 정복은 인간의 의식 내부를 지배하기에 이르렀다.

기독교는 가장 미묘하고 중요한 문제를 인간정신에 제공했다. 이성과 신앙과의 구별, 그 대립, 자유, 예속, 성총聖寵에 관한 것, 교권과 속권, 그 충돌에 관한 것, 인간의 평등, 여자의 지위에 관한 문제 등 기독교는 몇 세기에 걸쳐 무수한 정신을 교화하고 자극하고 때론 반발을 유발하기도 했다. 이로써 유럽인의 특징 하나를 만들어낸 것이다.

이와 마찬가지로 중요한 것은 희랍의 영향이다.

유럽인은 섬세한 지식, 건실한 사상을 희랍사상의 영향으로써 가꾸었다. 공공질서에 대한 감정, 도시와 지상의 정의에 대한 숭배, 모든 예술과 문학의 명확성은 새삼스럽게 들먹일 필요조차 없다.

그런데 우리는 다음의 사실을 알아야 한다. 로마는 정복당하기 위해 정복한 것처럼 되었다. 로마는 희랍사상에 의해 정복당했다. 다음엔 기독교에 의해 정복당했다. 로마제국은 이들을 위해 그들이 정복하고 평정한 광대한 지역을 제공했다. 기독교적인 관념과 희랍사상이 그 속에 흘러들어 기묘한 배합이 될 수 있게끔 일종의 주형을 만든 것이다.

유럽인이 희랍을 통해 얻은 것, 이것이야말로 유럽인을 인류의 타 부분과 단연 구별할 수 있게 한 요소다.

유럽인은 정신의 규율, 모든 질서에 있어서의 완성된 규범을 희랍에서 얻었다. 유럽인은 모든 사물을 인간에게 결부시키는 사고방법을 희랍에서 배웠다.

이 규율에서 과학이 탄생했다. 이 과학이야말로 유럽정신이 만들어낸 독특한 산물이다. 유럽은 무엇보다도 과학의 창시자로서 빛난다. 갖가지 예술은 다른 지역에서도 있었지만 진정한 의미에 있어서의 제 과학은 유럽에만 있었다.

물론 희랍 이전, 이집트와 카르디아에 일종의 과학이 없었던 것은 아니다. 그리고 그 실적 가운데 일부분은 지금도 높이 평가할 만한 것이 있다. 그러나 그것은 어떤 직업기술과 어울린, 과학적인 관심과는 다른 의도를 가진 불순한 과학이었다.

희랍에 있어서만이 순수한 과학으로서의 개념과 실천이 정립되고 시작된 것이다.

나는 진정한 유럽인을 결정하는 근본적인 세 조건을 이상과 같이 생각한다. 기왕 카이사르·가이우스·트라야누스·베르길리우스의 이름이, 그리고 모세와 베드로의 이름이, 아리스토텔레스·플라톤·유클리드의 이름이 똑같이 의미와 권위를 가지고 있었던 곳, 그곳이 유럽이다……

요약해서 말하면 이 지구엔 인간적인 견해로써 보아 다른 모든 지역과 확연히 구별되는 하나의 지역이 존재한다. 권력의 세계에 있어서도, 정밀한 지식의 세계에 있어서도 유럽은 아직 지구의 다른 부분보다 훨씬 중요하다. 아니 중요한 건 유럽이 아니다. 저 무서운 미국을 만들어 놓은 유럽정신이다.

유럽정신이 군림하고 있는 곳엔 욕망의 최대한, 노력의 최대한, 자본의 최대한, 생산능률의 최대한, 야심의 최대한, 권력의 최대한, 외적 자연변개自然變改의 최대한, 교섭과 교역의 최대한이 있다.

이 최대한의 총체가 곧 유럽이다. 유럽의 이미지다……

이사마는 책을 덮어놓고 생각에 잠겼다.

폴 발레리의 필법을 빌려 아시아에 관해 에세이를 쓰면 어떻게 될까. 아니 한국에 관해 쓰려면 어떻게 될까.

유럽의 역사는 가장 불합리한 국면까지도 합리적으로 해석할 수 있는데 동양의 역사는 일견 합리적인 국면까지도 합리적인 해석이 불가능한 것이 아닐까. '최대한'의 총체가 유럽이라면 동양은 '뒤죽박죽'의 총체일 뿐이다.

폴 발레리를 통해 오늘의 유럽을 해석한다는 것은 무리한 노릇이겠지만 유럽의 본질을 이해하는 덴 아직도 유효하다.

오늘의 유럽에 최대한이 있다면, 그들의 국민 상호간의 이해를 어떻게 하면 최대한으로 조절할 수 있을까 하는 데 있는 것이 아닐까. 요컨대 그들이 노리는 최대한은 이젠 양식良識의 최대한으로써 설명할 수 있을지 모른다.

욕망의 최대한은 일본이 가로채버렸다. 노력의 최대한, 자본의 최대한, 생산능률의 최대한, 야심의 최대한, 교역의 최대한도 오늘에 있어선 일본인에게 합당한 말이 되어버렸다.

그런데 조스에게 생각이 미쳤을 때 폴 발레리의 말이 생생한 의미를 띠고 나타난다.

"조스에게서 유러피언의 정체를 보았다."

고 한 성유정 씨의 견식은 대단하다고 느꼈다. 조스는 최대한의 신문기자가 되기 위해 최대한의 노력을 경주하고 있는 유러피언 스타일의 사나이다.

어느 기회 조스는 이런 말을 했다.

"나는 2천 자의 기사를 쓰기 위해 2만 자의 메모를 한다."

그리고 그것은 사실이었다. 선미호 씨와 김도연 씨에 관해 1천 자 안팎의 기사를 쓰기 위해 그가 준비한 자료는 대형 노트 한 권가량의 분량이었으니까.

광주에 가겠다고 설쳐대고 있지만 조스는 그곳에 가서 1만 자 이상의 메모를 하곤 5백만 자쯤의 기사를 쓸지, 한 줄의 기사도 쓰지 않을지 모른다.

1966년 6월 24일은 금요일이었다.

아침의 기후는 맑았다. 그러나 기상예보는,

"북동풍이 불고 맑은 후 가끔 구름이 끼고 한때 소나기가 내리고 최고 기온은 섭씨 30도."

라고 했다.

날마다 기상예보를 챙기는 것이 조스의 버릇이었는데, 한때 소나기가 내린다고 듣곤,

"한국의 시골길에서 소나기를 만나보는 것도 흥취가 있겠다."

며 싱글싱글했다.

조스라고 하는 이 유러피언의 감수성은 사소한 기후의 변화에도 드라마를 찾아내고 흥취를 꾸미려는 비상한 능력을 가지고 있다.

"단조로운 일상에선 스스로의 내면을 관찰하고, 소용돌이치는 사건은 원시적인 시간과 공간으로 환원하는 버릇을 익혔다."

고 하는 그는 원래 권태를 몰랐다. 보다도 권태를 감당할 수 없어 스스로 코미디언이 되기조차 주저하지 않았다.

오전 10시에 떠난 자동차가 한강을 건너 영등포의 시가를 벗어났을 때 조스는 코미디언이 되길 작정한 모양이었다.

"꼭 같은 사건이 로맨스와 스캔들의 양면을 가지고 있는데 지금부터 내가 하려는 얘기는 로맨스의 일면을 결한 완전한 스캔들이다."

하곤,

"스캔들의 어원을 아느냐?"

고 성유정과 이사마에게 물었다.

"스캔들이 무엇인지조차도 모르는데 그 어원이 뭔지 알 까닭이 있느냐."

고 성유정 씨가 대답했다.

"스캔들의 어원은 스칸드론이란 희랍어다. 덫이란 뜻이지. 복잡한 해석이 있겠지만 스캔들을 만드는 자는 스스로 자기가 치일 덫을 만드는 놈이라고 이해하면 알기가 쉽지."

하곤,

"이건 중미 어느 나라의 대통령에 관한 얘긴데 스캔들이니까 나라의 이름과 그 대통령의 이름은 가명으로 하겠다."

고 전제하고 이런 얘기를 시작했다.

C국의 파코 대통령은 카사노바를 뺨칠 정도의 호색한이다. 카사노바의 호색엔 그래도 로맨스의 내음이 묻어 있는데 이자에겐 노골적인 성욕이 있을 뿐이다. 파코는 쿠데타에 의해 대통령이 된 자인데 그가 쿠데타를 한 목적이 마음 내키는 대로 엽색을 하자는 데 있었던 것이 아닐까 짐작될 정도로 그의 호색성은 방자했다.

그의 엽색을 돕기 위한 일곱 명으로 구성된 전담반이 있었는데 물론 이자들만이 그런 역할을 하는 것은 아니다. 총리를 비롯한 각부 장관, 군부의 사령관까지 미녀를 헌상하거나 그의 엽색을 직·간접적으로 방조함으로써 그들의 자리를 보전했다.

그러나 범위를 좁혀 그 전담반, 이름을 SC단이라고 하는 조직의 활동만을 이야기하겠다. SC는 비밀경찰의 역할까지도 맡아 하는 조직이며 어떤 권력도 그들을 견제하지 못하는 초권적인 존재다.

그들이 하는 일은 주로 바나 살롱을 돌아다니며 미녀를 발견하는 일, 영화배우·텔레비전 탤런트 가운데서 쓸 만한 여자를 골라내는 일, 거리에서 미녀를 만나면 그를 유혹해서 언제나 진상할 수 있도록 준비하는 일 등이다.

파코 대통령은 대통령 관저 이외에 일곱 개의 별궁을 가지고 있었다.

궁이라고는 하나 그 가운덴 워커힐의 빌라 정도의 것도 있었다.

별궁마다에 암호가 붙어 있었다. 월요궁 화요궁 하는 식으로 이렇게 일곱 개의 궁을 번갈아 사용하며 엽색에 몰두하다 보니 파코의 정력이 감퇴할 것은 당연한 귀결이다. 어느 때부터인가 파코는 20세 안팎의 처녀가 아니면 방사가 불가능할 지경이 되었다. 이것이 문제의 발단이었다.

어느 날 밤 파코는 관저에서 SC단원들과 영화 보고 있다가 돌연 소리를 질렀다.

"저 여자는 누구인가. 내가 한 번도 본 적이 없는데."

SC단원들도 그 여자는 처음이었다.

"빨리 저 여자를 데리고 오라."

는 명령이 내렸다.

그 여자는 최근에 영화계에 등장한 신인배우였다.

영화사를 통해 그 여자의 집 주소를 알아내곤 SC단원들이 출동했다. 여자는 집에 없었다. 수도 일대에 비상이 걸렸다. 경찰·헌병·비밀경찰이 총출동해서 찾은 결과 오전 1시경에 해변에 있는 관광호텔의 밀실에서 그 여자를 찾아냈다. 집에 있으면 팬들이 몰려오기 때문에 그곳에 어머니와 같이 피신해 있었던 것이다.

SC단장 K는 엷은 사견으로 된 잠옷을 두르고 아직 잠에 취해 있는 듯한 소녀를 발견하고 살큼 미안한 마음을 가졌던 모양이다.

영화 장면에선 꽤 숙성한 여자로 보였는데 눈앞에 있는 여자는 아직 10대를 넘기지 않은 가냘픈 소녀였던 것이다.

"당신이 리느 크레르인가?"

혹시 사람이 틀리지나 않았나 하고 K가 물은 말이다.

"그렇습니다만."

"그럼 나와 함께 가주셔야 하겠소."

그때 리느 크레르의 어머니가,

"무슨 까닭으로 내 딸을 데려가려는 거지요?"

하고 물었다.

파코 대통령의 성욕을 만족시키기 위해서란 말을 할 순 없었다.

"물어볼 것이 있어서요."

"밤중이 아니면 물어보지 못할 말인가요?"

리느의 어머니는 굳은 표정으로 말했다. 어마지두한 바람에 K는,

"그럴 것까지야 없지만."

하고 말을 더듬었다.

"그렇다면 내일 하도록 하시오. 시간과 장소를 정해주면 내가 딸아이를 데리고 그리로 가리다."

불문곡직으로 행동하는 데 익숙한 K도 리느 어머니의 말엔 거역할 수가 없었다. 닭도, 참새도 병아리를 보호하려는 어머니로서의 본능을 가지고 있는 것이다.

"그럼 내일 연락 드리겠소."

하고 SC단장 K는 리느의 방에서 물러나왔다.

금요궁으로 옮겨 기다리고 있던 파코 대통령은 단신으로 들어오는 K를 보자 발끈 화를 냈다.

"어떻게 된 거냐?"

"각하, 내일로 미루시면 어떻겠습니까?"

"내일로 미룬다? 언제부터 자네는 내 기분을 대신하게 되었는가. 안 된다."

"각하"

하고 K는 리느 크레르가 아직 어리다는 것과 리느 어머니의 간청이 있었다는 것을 간곡하게 말하고,

"내일로 미루시는 것이 좋겠습니다."

하며 머리를 조아렸다.

"나는 내일을 모른다. 내일엔 내일의 쾌락이 달리 있을 것이 아닌가. 당장 돌아가서 데리고 오라."

파코는 탁자를 두드리며 호통을 쳤다.

사표를 내는 한이 있더라도 나는 그렇게 못하겠다는 말이 목구멍까지 나오는 것을 겨우 참았다. K는 길들여진 개의 습성에 젖어 거역할 수 없었던 것이다.

"뭣 하고 있어. 빨리 가서 데리고 오지 않구."

파코의 눈이 뱀눈처럼 좁아지는 것을 본 K는 백만 소리를 해도 소용없다는 것을 알았다.

파코 앞에서 물러나와 바깥으로 나와선 부하에게 옆에 창문이 달리지 않은 검은 밴을 리느가 묵고 있는 호텔까지 가지고 오라고 이르고 자기는 지프를 타고 그곳으로 갔다.

수백 명의 여자를 데려다가 파코에게 진상했지만 K는 거의 한 번도 자기의 행동에 회의를 느껴본 적이 없었는데 그날 밤만은 달랐다. 소녀의 가련한 모습에 동정을 느꼈기 때문만도 아니었다. 리느 어머니의 굳은 표정에 질린 탓만도 아니었다. K는 리느의 모습에 자기 딸의 모습을 겹쳐놓고 생각했다. 리느를 파코 앞에 데리고 가는 것이 어쩌면 자기 딸을 파코 앞에 데리고 가는 것과 마찬가지인 감정으로 된 것이다.

이것은 얼마간 후에 K가 법정에서 털어놓은 심정이었는데 과연 그

날 밤 K의 심정이 꼭 그와 같았는진 알 수가 없다.

K는 명령해놓은 밴이 도착하길 기다려 리느의 방에 침입해선 리느와 그 어머니의 애원을 물리치고 리느를 끌다시피 방에서 끌어내어 잠옷차림 그대로 밴에 태워 금요궁으로 데리고 갔다.

그 후 파코 대통령이 리느를 어떻게 취급했는지 K는 모른다. 다음의 처리는 부하에게 맡겨놓고 K는 집으로 돌아와서 자기의 딸아이가 자는 방 아래의 뜰에서 오랫동안 서성거렸다는 것이다.

리느 크레르에겐 약혼자가 있었다. 리느가 그날 밤 있었던 사건을 고백했는지 어쨌는지는 모르지만 얼마 후 리느는 약혼자와 결혼했다. 리느의 약혼자는 미국의 자본가와 결탁되어 있는 신문사 사장의 아들이었다. 리느가 결혼하자마자 그 신문사는 20층 빌딩을 세우는 등 업태를 확장시켰다.

K만은 그 비밀을 알고 있었다. 왠지 협박을 당하는 것 같은 느낌이었던지 리느의 시아버지가 하는 청탁이면 파코 대통령은 유유낙낙 들어주었던 것이다.

리느를 통해 처녀의 맛을 보았던 까닭인지 파코의 소녀 애호 취미는 날이 갈수록 조장되어 갔다. 동시에 파코의 사디즘이 심해갔다. 하룻밤을 파코와 같이 지내고 나오면 소녀들은 거의 사색이 되어 있었다. K의 역할은 소녀들을 물색하는 일과 아울러 희생된 소녀들을 말썽이 나지 않게 뒷처리하는 일로 확대되었다.

그런데 그렇게 희생의 죄물이 된 소녀 하나가 자살하는 사건이 생겼다. 자살 현장에 놓아둔 소녀의 유서를 어느 신문사의 기자가 가지고 갔다는 사실을 뒤늦게야 알았다. K를 상대로 협박전화가 걸려온 것이다.

협박자의 요구액은 엄청났다. 그 엄청난 액수를 조달하기란 K 혼자의 힘으로선 가망없는 일이었다. 하는 수 없이 파코 대통령에게 의논했다.

파코는 K의 고민엔 아랑곳없이,

"그런 자를 빨리 처치하지 않고 방치해두었느냐."

고 노발대발하곤,

"그놈의 집을 강도단으로 가장해 습격한 다음 그놈을 쏘아 죽이고 철저히 가택수색해선 그 유서를 찾아내면 될 게 아니냐."

고 명령했다.

K는 SC단의 기밀비와 자기 자신의 재산을 털어 요구액의 5분의 1쯤 되는 돈을 만들어 그 소녀의 유서를 돌려받곤 기자에게 국외로 도피하라고 권고함으로써 그 사건의 불을 껐다.

그 사건을 해결한 지 일주일도 못 되어서다. K는 대통령 관저에 근무하고 있는 친구로부터 불원 해임될지 모른다는 정보를 입수했다. 파코가 그 측근에게 아무래도 K의 충성심이 해이해진 것 같은데 갈아치워야 하겠다며 적당한 후임을 물색하라고 하더란 것이다.

K는 자진 SC단 책임자의 자리에서 물러설 수가 없어 고민하던 차였지만 파코의 배은망덕한 소리엔 범연할 수 없었다. 저런 자를 대통령직에서 몰아내는 것이 애국과 통한다는 결심을 굳게 하게 되었다.

그 무렵 파코 대통령은 국내외로 위기에 처해 있었다. 그에 대한 국민 감정은 날로 험악해지고 있었고, 미국은 파코를 축출하지 않는 한 C국의 안정을 기하기 어렵다는 결론에 도달하고 있었다.

K가 파코의 제거를 결심하고 있었을 때 파코의 비서로부터 전화를 받았다.

"오늘 밤 각하께선 토요궁에서 약식만찬을 하신다고 합니다. 준비에 지장이 없도록 하십시오. 그 약식만찬에 꼭 필요한 것은 코드 넘버

008번 카드 S란 둘째 줄에 있습니다."

전화를 끊고 K는 코드 넘버 008번 카드의 S란 둘째 줄을 찾아보았다. '살리아 에반트레＝텔레비전 탤런트'라고 나와 있었다.

살리아 에반트레는 K의 이웃집 딸이었다. 아직 만 15세가 되지 않은 애숭이인데 청순가련한 용모로써 인기를 독차지하고 있는 소녀 탤런트다.

K는 출근 도중 어쩌다 만날 때이면 뺨에 보조개를 살큼 피우며 인사하는 살리아 에반트레의 얼굴을 망막에 그려보며 한숨을 쉬었다.

K는 살리아 에반트레의 집에 전화를 걸었다. 살리아의 어머니가 전화통에 나왔다.

"나는 옆집의 K입니다."

"어쩐 일이세요, 전화를 다 주시고."

살리아의 어머니는 K가 맡고 있는 역할을 알 까닭이 없었기 때문에 이처럼 상냥했다.

"살리아는 집에 있습니까?"

"지금은 집에 없습니다."

"어디 있습니까?"

"사마르자에 갔습니다."

사마르자는 수도에서 60마일쯤 상거해 있는 온천장이다.

"연락이 되시겠죠?"

"물론이죠."

"그럼 이렇게 전해주세요. 당분간 수도엔 얼씬도 말 뿐더러 가능하면 지금 당장 멕시코나 미국으로 떠나라고 하세요."

"무슨 일입니까?"

살리아 어머니의 공포에 질린 얼굴이 눈에 보이는 듯했다.

"이유는 다음 기회에 말하겠소. 아무튼 당장 나라 밖으로 떠나도록 하세요. 걱정이 되시거든 국경 밖 지점을 정해서 아주머니가 뒤쫓아 가셔도 될 게 아닙니까."

전화를 걸고 나니 등에서 식은땀이 흘렀다. 한숨 돌리고 난 후 K는 사직서를 썼다.

그리고 한 시간 후 대통령 관저에 전화를 걸었다. 비서를 대달라고 했는데 자리에 없다고 했다. 송수화기를 놓았을 때였다.

바깥이 소란한 것 같더니 도어를 차고 기관총을 선두로 한 헌병대가 K의 방으로 뛰어들었다.

K는 체포되었다.

K의 전화는 거는 즉시 대통령 관저의 기밀실에서 24시간 근무하는 직원에 의해 도청당하게 되어 있었던 것이다.

K는 비밀법정에서 모든 것을 털어놓았다. 파코의 엽색난행에 반발심을 품고 파코를 죽여 없앨 생각까지 했다는 것까지 숨김 없이 말했다.

K가 사형 선고를 받고 다음날 총살형을 앞두고 있을 때 C국에서 쿠데타가 있었다. 쿠데타의 주동은 리느의 오빠인 크레르 중령이었다. 크레르는 K가 리느를 데리고 간 장본인이란 것을 알았기 때문에 지체없이 총살해버리려고 했으나 법정에서의 진술에 리느를 끌고 간 날 밤의 심정이 토로되어 있는 것이 밝혀져 위기일발 K는 목숨을 구할 수가 있었다.

조스의 얘기가 이쯤 되었을 무렵에 자동차는 천안을 통과해 다시 돌자갈길을 굴러가게 되었다. 서울을 빠져나오자마자 시작된 돌자갈길을 겨우 천안읍에서 모면했는가 했는데 다시 돌자갈길을 만나게 되니 조스의 익살이 가만있을 까닭이 없었다.

"한 나라의 문명은 도로 문명이 기점이 되는 것인데 코리아의 문명이 기껏 이 꼴이란 말인가."

"도로 걱정은 정부에 맡겨두고 아까 얘기의 끝이나 내게."

성유정이 한 말이었다.

"그 얘기는 끝났어."

"파코인가 포코인가가 얘기의 주인공인데 그자가 어떻게 되었는가가 나와야 얘기가 끝날 게 아닌가."

"쿠데타가 있었다. 그것으로 끝 아닌가."

"그자는 죽었나?"

"죽긴 왜 죽어. 파라과인가 볼리비안가에 망명했다지, 아마. 그러나 죽은 것과 마찬가지야. 쿠데타를 당해 망명했으면 그것으로 끝난 것 아닌가. 송장이나 산송장이나 별반 다를 게 없어."

"아무튼 파코는 영웅이었던 모양이지?"

"영웅? 그런 게 영웅?"

조스가 풀쩍 뛰었다.

"원래 영웅은 호색한 거라며? 나폴레옹도 호색이었고."

"미스터 성, 말조심해야겠다. 나는 별로 나폴레옹을 좋아하진 않지만 파코 같은 놈을 나폴레옹과 같이 입에 담을 순 없어. 나폴레옹의 호색엔 로맨스가 있었다. 그 사람은 연애를 통하지 않곤 여자를 안지 않았다. 그 연애의 질이 어떻든 간에. 그런데 파코는 강간자 아닌가. 강간한 놈과 나폴레옹을 동렬에 둘 수가 있는가."

"그런 필법이라면 옛날의 군주는 예외 없이 강간자다."

"옛날의 경우는 또 다르겠지."

하고 조스가,

"옛날 이조의 왕실에 있었던 호색담 얘기를 해보라."

고 성유정에게 졸랐다.

"아까 파코란 놈이 SC단이란 걸 만들었다고 하던데 그와 비슷한 얘기가 연산조 때 있었다. 이름을 채홍사라고 했다던가? 전국을 누비며 미녀를 뽑아 올리는 직책이지. 결국 스캔들이야. 연산군은 그렇게 해서 자기가 걸려들 덫을 만든 셈이니까."

하고 성유정이,

"아무래도 음담패설이 되면 서양이 동양에 따라오지 못할걸."

하며 웃었다.

"예를 하나 들어보라."

고 조스가 청했다.

"반고라는 역사가가 쓴 『한무고사』란 게 있어. 그 책에 의하면 한무제는 '사흘 동안 굶고 살 순 있어도 여자 없인 하루도 못살겠다.'고 측근에게 말했을 정도로 호색했는데 조금의 과장도 없이 무제가 궁중에 모아놓은 미녀의 수가 한땐 1만 수천 명이 되었다는 얘기다. 중국의 옛 지도엔 '오월吳越은 공기貢技가 풍성한 곳, 연조燕趙엔 미희美姬가 많고, 촉蜀엔 재녀才女, 송宋엔 가희歌姬가 많다.'고 되어 있는데 한무제는 각지에서 특색 있는 미녀를 골라선 스스로 방중술을 익혀 하루 16인의 여자와 교접하는 것을 일과로 했다니 대단하지 않은가. 유럽에 이에 비견할 만한 성호性豪가 있었나?"

성유정의 얘기에 조스는 눈을 둥그렇게 떴다.

"아마 그건 중국식 과장이 아닐까?"

"반고라고 하면 사마천에 이어 고대 중국의 가장 권위 있는 역사가

다. 그가 동시대의 역사를, 더욱이 황제에 관한 기록을 거짓으로 꾸몄겠는가."

"서양엔 그런 인물 없다."

고 조스가 고개를 저었다.

그렇게 되니 이사마도 한마디 거들지 않을 수 없었다.

"한무제라고 하면 사마천의 남성을 끊어버린 장본인이다. 자기는 하루도 여자 없인 못살고, 하루에 여자를 열여섯이나 걸머들인 주제에 약간 비위를 거슬렀다고 해서 사마천의 성기를 끊어? 참으로 나쁜 놈이군."

이 말을 한 탓으로 이사마는 돌멩이에 튀기는 지프 안에서 장시간 사마천의 얘기를 조스에게 들려주어야 하는 고역을 치르게 되었다.

조스는 사마천에 대해 흥미를 느꼈던 모양으로,

"사마천에 관해 영어나 프랑스어로 된 책이 없느냐?"

고 물었다.

"샤반이 쓴 유명한 책이 있어. 내가 가지고 있으니까 빌려주지."

이사마가 이렇게 말했을 때 자동차는 공주 가까운 고개를 기어오르고 있었다.

험로 중에도 험로여서 차 속의 사람들이 심히 흔들리는 바람에 말을 할 수가 없어 한동안 침묵이 계속되었다.

자동차가 산마루에 이르렀을 때 쉬어 가기로 하고 일동은 차에서 내려 풀을 깔고 앉았다.

이때 조스의 말이 있었다.

"당신들의 지도자는 호색에 관해선 별로 문제가 없는가?"

성유정은 들은 척을 안 했고 이사마는 저만치에 앉아 있는 운전사를 의식하고 조용히 말했다.

"우리가 어찌 그런 사생활까질 알겠는가."

조스가 빙그레 웃었다.

전주에서 묵기로 했다.

광주의 강연회가 내일 오후 4시부터 시작한다는 것을 알았기 때문
이다.

전주에서도 조스는 한시 반시도 가만있지 않았다.

"비지터스 센터가 어디냐?"

고 묻는데 여관 주인은 그런 곳이 없다는 것이다. 조스가 말하는 '비지
터스 센터'는 방문자에게 고장의 대략을 알리는 안내소와 같은 것을 의
미하는 모양인데 불행하게도 우리나라의 도시엔 그러한 시설이 없다.

실정을 그대로 말하자 조스는,

"유럽이나 미국엔 어느 도시엘 가나 비지터스 센터가 있어 그 지방
의 사정을 대강 알게 되어 있는데."

하며 서글픈 표정이었지만 익살을 부리진 않았다.

성유정과 이사마가 목욕을 하고 있는 동안에 조스는 시청을 찾아갔
던 모양이다. 얄팍한 책자 하나와 지도 한 장을 얻어 왔다며,

"전부 암호로만 되어 있는 것 같은 책자와 지도를 갖고 어떻게 하란
말이지."

하고 투덜대고 있었다. 안내해달라는 소리를 차마 할 수 없어 그러고
있는 것이다.

이사마는 지도를 빼앗아들고,

"같이 나가자."

며 일어섰다.

조스는 카메라를 점검하더니 따라 일어섰다.

외래인이 전주에 와서 제일 먼저 가볼 곳은 진남루다. 오후 4시의 여름 햇빛이 깔려 있는 길을 걸어 진남루 앞까지 왔다. 조스는 이사마를 세워두고 그 배경으로 진남루의 사진을 찍고 장소를 바꾸어 진남루를 배면으로 하고 서더니 이사마에게 카메라를 넘겼다.

버릇에 따라 조스의 질문이 시작되었다.

"언제 지었느냐, 무엇 하기 위한 건물이냐?"

등등이다.

다행히도 조스가 시청에서 얻어 온 책자 가운데 그 답이 나와 있었다.

명나라 영락 7년, 조선의 태종 9년, 서기론 1409년에 전라감사 겸 전주부윤인 윤향이 지었다고 되어 있다.

"옛날 공관의 후원에 있는 것이니 선비들이 놀았던 곳이 아닌가 한다. 한때 『이조실록』을 이곳에 보관한 적이 있었으나 너무 소홀하다는 이유로 달리 각閣을 지어 옮겼다."

고 책자에 나와 있다.

다음 찾아간 곳은 경기전이다. 이 경기전에 관한 것도 그 책자에 나와 있기 때문에 이사마는 수월하게 조스의 질문에 대답할 수가 있었다.

경기전은 전주성의 남문 안에 있다. 명나라 영락 경인년에 지었다고 하니 서기로썬 1410년이다. 이곳에 이태조의 영정이 봉안되어 있다.

그런데 그 책자에 유순의 한시가 적혀 있었다. 조스는 그 시의 뜻을 알고 싶다고 했다. 풀이하면,

"때에 호응하매 도록圖錄에 맞게 동한東韓을 평정해 도탄에 빠진 백성들을 평안하게 했다. 그 성덕 마땅히 백세에 빛날 것이니 천추에 묘모廟貌는 단청이 맑으리라."

고 되는 것인데 영어로 번역하려고 하니 땀이 빠질 지경이었다. 첫째 '도록에 맞게'를 설명하기가 힘들었다. 그래 예언대로라고 했더니 조스는,

"이성세의 등극이 무슨 예언서에 나와 있었느냐?"

고 따지고 들었다.

"한 나라의 왕이 된다는 것은 하늘이 알고 있는 일이다. 즉 천운을 탄 사람이라야 왕이 될 수가 있다. 천운을 탄다는 것은 미리 섭리가 그렇게 정해놓았다는 뜻으로 된다. 즉 그림이나 기록으로써 써놓은 것이나 같다는 얘기다. 그러니 도록에 맞게라는 것은 예언 그대로라고 할밖에 없다. 요컨대 필연적인 사실이란 것을 강조한 것이다. 꼭 그런 예언서가 있었다는 뜻은 아니다."

이렇게 설명을 꾸며대기에도 힘들었는데 또 질문이 나왔다.

"한韓이면 한이라고 해도 될 것을 왜 동한東韓이라고 했느냐?"

는 것이다.

"고래로 외자(글자 하나)로 나라의 이름을 짓는 것은 황제를 칭할 수 있는 종주국인 중국뿐이다. 예컨대 한漢·당唐·송宋·명明·청淸 등이다. 속국은 외자 이름을 가질 수 없다. 예컨대 고려·조선·안남 등이다. 그러니 한韓이란 외자를 사용할 수 없어 '동한'이라고 한 것이다."

하고 이사마는,

"미스터 조스, 당신은 나를 피로하게 만든다."

고 농담에 빗대 빈정거렸다.

조스는 경기전 동쪽 담 안에 있는 실록각의 사진을 찍곤 또 설명을 요구했지만, 시청에서 만든 책자엔 그 설명이 없었다.

하는 수 없어,

"서울 돌아가서 조사해보겠다."

고 얼버무릴 수밖에 없었다.

조스는 전주가 마음에 들었던 모양으로 여관에 돌아와서도 전주에 관한 일들을 꼬치꼬치 물었다.

"내 그럴 줄 알고 자네들이 거리로 나간 뒤 고서점에 가서 이 책을 구해 왔다."

며 성유정 씨가 『동국여지승람』을 꺼내놓았다.

"이게 뭔데?"

조스가 물었다.

"우리나라 옛날의 역사지리책이다."

하고 성유정 씨는 한 부분을 펴놓고,

"여기 전주에 관한 설명이 나와 있다."

고 했다.

조스의 파란 눈이 더욱 파랗게 빛났다.

이사마는,

"그 책의 설명은 성 선배께서 맡으시오. 나는 지금 기진맥진했소."

하고 웃었다.

"광주에 관한 것도 있겠지?"

조스가 물었다.

"물론."

하고 성유정이 광주 편을 펴놓았다.

그러자 조스는 륙색을 뒤지더니 큰 노트 하나를 꺼내놓았다.

"이건 광주에 관한 사전지식을 얻으려고 도서관에서 만든 기록인데 한번 대조를 해보자."

표지에 'KWANGJU'라고 쓴 그 노트를 펴보았다.

첫 페이지에 약도가 있고 약도엔 군데군데 번호가 기입되어 있었다. 그 번호순대로 광주의 지리가 설명되어 있었고 광주의 약사가 세밀하게 기록되어 있었다. 그 약사 가운데 '광주학생 사건'의 항목까지 있었다. 두터운 부피의 큼직한 노트에 꽉 차게 광주에 관한 설명이 기록되어 있는 것을 보고 이사마는 새삼스럽게 놀랐다.

"짤막한 시간에 전연 미지의 곳을 찾으려면 이 정도의 준비는 해야 한다."

는 것이 조스의 말이었는데 이사마는 폴 발레리의 '최대한'이란 표현을 상기했다.

조스는 영락없는 유러피언이었다.

이 파란 눈의 사나이가 광주에서 내일 진행될 정치집회를 어떻게 보고, 어떻게 느끼고, 어떻게 쓸 것인가.

그런 생각을 하며 이사마는 스르르 두려움을 느꼈다.

'이 사람, 이 유러피언의 눈에 과연 한국은 어떻게 비쳐 있을까!'

그해 5월 4

지은이 이병주
펴낸이 김언호

펴낸곳 (주)도서출판 한길사
등록 1976년 12월 24일 제74호
주소 10881 경기도 파주시 광인사길 37
홈페이지 www.hangilsa.co.kr
전자우편 hangilsa@hangilsa.co.kr
전화 031-955-2000~3 **팩스** 031-955-2005

부사장 박관순 **총괄이사** 김서영 **관리이사** 곽명호
영업이사 이경호 **경영이사** 김관영 **편집주간** 백은숙
편집 박희진 노유연 최현경 이한민 강성욱 김영길
관리 이주환 문주상 이희문 원선아 이진아 **마케팅** 정아린
디자인 창포 031-955-2097
인쇄 예림인쇄 **제본** 경일제책

제1판 제1쇄 2006년 4월 20일
제1판 제2쇄 2022년 4월 10일

값 14,500원
ISBN 978-89-356-5941-8 04810
ISBN 978-89-356-5921-0 (전30권)

• 잘못 만들어진 책은 구입하신 서점에서 바꿔드립니다.